붉은 소묘

민경현 소설집

붉은 소묘

문학동네

붉은 소묘

- 너의 꿈을 춤추련다 7
- 순회 법정 49
- 스타바트 마터(Stabat Mater) 91
- 사제와 나그네 139
- 꽁치는 빨간 눈으로 죽는다 177
- 평실이 익을 무렵 225
- 말하는 벽 271
- 패관(稗官) 林 아무개 307

해설 | 진정한 작가이고자 하는 자의 소설 — 양진오 349

작가의 말 371

너의 꿈을 춤추련다

파도 소리가 듣고 싶어요. 신의 꿈이 흐르는 물결 말예요.

그러면 내 몸은 파도 소리를 춤추겠지요.

혼돈을 휘젓는 소용돌이가 될 테여요.

신이 눈을 감으면 그 환각 속에 더불어 녹아들고

신이 눈을 뜨면 그 빛을 각광으로 춤을 추겠어요. 꿈을 꾸세요.

당신의 꿈을 춤추어드릴게요.

새벽예불이 끝났다. 잠든 산을 일깨우던 웅장한 예불성이 잦아들자 수십의 승려들이 고요히 법당을 빠져나갔다. 저마다의 사연을 대신하던 염불 소리가 언제였냐는 듯 일사불란하게 밖으로 나가는 그들은 흡사 잿빛 유령처럼 걸음 소리조차 남기지 않았다.

장륙전(丈六殿)은 거대한 전각이었다. 1장 6척의 거불(巨佛)을 모셨대서 장륙전이었다. 크면 클수록 외로워 보이는 게 부처였다. 유아독존(唯我獨尊)은 끝간 데 모를 고독이었다. 텅 빈 법당, 열다섯 칸 너른 전각도 비좁은지 거불은 전에 없이 무거운 어깨를 웅숭크리고 또다시 공허의 너머를 응시하기 시작했다.

장륙불의 눈길 앞에 젊은 승려가 춤을 추고 있었다. 모든 스님들이 빠져나간 뒤, 홀로 부처 앞에 남아 추는 목탁춤은 일종의 벌이었다. 새벽부터 하심(下心)의 수련으로 하루를 시작하는 거였다.

젊은 행자승은 오늘 처음 대중 앞에서 목탁을 잡았다. 초심의 행자에겐 떨리는 통과의례였다. 일심을 이룬 수십 승려들의 예불성을 목탁으로 이끄는 건 쉬운 일이 아니었다. 원주(院主)스님은 냉랭한 호통과 함께 장삼 자락에 냉기를 떨치며 돌아섰다. 수행승은 홀로 남아 일천팔십 번 맴돌이 목탁춤을 감당해야 했다. 그는 스스로 떠맡은 고달픔을 맴돌고 있었고 거불은 초점 모를 눈빛으로 저 까마득한 제자와의 인연의 거리를 비웃고 있었다.

석이도 장륙전 안에 남아 있었다. 화두 따윌 붙들고 있는 건 아니었다. 오히려 신새벽 계곡수 얼음장에 몇 번씩 담갔다 꺼내도 여전히 머릿속을 저미고 있는 간밤의 미망처럼 그의 머릿결엔 어지러운 성에가 무늬되어 올라 있었다. 손끝에 쥔 목탄을 따라 스케치북 위엔 수행승의 춤이 거칠게 옮아왔다.

그림도 춤도 미망이었다. 쫓아보고자 나앉은 부처님 전이었지만 괴로운 꿈은 법고 소리에도 물러나지 않았다. 그럴수록 그의 손끝에서 바람이 일었다. 크로키 속에서 춤추는 인물은 실제의 주인공보다 더 날쌔게 맴돌고 있었다.

수행승도 덩달아 맴도는 속도를 높여갔다. 붉은색 가사 자락과 잿빛 승복이 빠른 회전에 뒤섞여 한 덩어리 탁색을 이루었다. 웬만한 사람이라면 몇 바퀴 돌지 못해 회뜩회뜩 쓰러질 판이었건만 젊은 구법자는 돌면 돌수록 소용돌이처럼 구심력이 깊어지는 거였다. 그의 춤은 텅 빈 공허까지 빨아들일 듯 위력을 뿜어내고 있었다. 날파람이는 동작을 놓칠세라 석이도 속사(速寫)의 속도를 높였다. 딱 따그락, 딱 따그락…… 촉박한 목탁 소리가 두 사람 사이의 긴장을 고조시키고 있었다.

차츰 스케치가 꼴을 갖춰감에 따라 석이는 현기증을 느꼈다. 수행승의 숨가쁜 동세(動勢)에 맞춰 그의 뇌수도 빙글빙글 환각이 이는 거였다.

　꿈이다. 꿈. 깨지 못할 미몽이고 도려내지 못할 미련이다. 석이는 그렇게 머리를 저었다.

　그림의 형태가 또렷이 구축되어갈수록 그 모습은 엉뚱한 인물을 연상케 하였다. 떠난 그녀의 목소리가 들려왔다.

　'꿈을 거부하지 마세요. 삼라만상 일체가 신의 꿈이라 하지 않던가요. 마야(Maya, 신의 환각)가 이뤄낸 드라마가 우주라면 우리 모두가 낱낱이 미몽일밖에요.'

　'나는 어지럽소. 생시에도 내 머릿속엔 꿈이 출렁거리오. 나는 과연 깨어 있는 것이오?'

　'바다를 꿈꾸셨나요. 고요로 가득 찬 대양을. 그 가운데 문득 출렁출렁 물결을 일으키는 자를 보세요. 아득한 적요를 깨뜨리는 무심한 동작을 주시하세요. 그건 춤이에요. 환각을 꿈꾸다 눈을 뜬 자는 그렇게 춤을 추는 법이지요. 꿈처럼 출렁이던 혼돈이 갈라지고, 솟구친 빛의 각광을 받으며 가없는 환희를 춤추는 창조주를 마주하세요. 그의 춤은 공허 속에 비로소 생겨난 상황의 표현이에요. 태허(太虛)의 적요 가운데 마침내 생기소멸을 일으키는 시간의 원동인이랍니다. 춤이란 신의 꿈을 실현하는 에너지예요. 춤은 소용돌이치는 시간을 폭발시켜 빛과 어둠을 나누고 천체의 운행과 피조물의 마멸을 가능케 하는 것이어야 하지 않을까요.'

　'나는 외롭소. 나 하나 지탱할 힘도 남아 있지 않은 내게 백지 위의 공허는 파고들 여지가 없는 공백의 성채요.'

　'나를 그리려 말고 당신의 꿈을 그리세요. 춤추는 꿈을……'

　석이는 그렇게 여백 위에 그녀가 남긴 마지막 말을 써넣었다. 끝내 가뭇없는 여운으로 끝난 그녀의 종언을 반추하노라니 아릿하게 손끝이 저려왔다. 목탄이 중동에서 부러지고 말았다. 똑똑 한 방울 두 방울, 스케치 위로 물방울이 떨어졌다. 어느새 달아오른 몸의 열기에 머릿결에 앉은 성에가 녹아내리고 있었다. 그리움이 연소하고 있었다.

이건 저로군요!

어느 결에 다가와 그렇게 말을 건넨 이는 맴맴 목탁춤을 돌던 젊은 행자였다. 그 역시 후끈 달아오른 얼굴에 싱싱한 땀방울을 적시고 있었다. 고개 들어 상대를 바라보는 석이의 눈은 그러나 냉랭하였다.

실제의 저보다 그림 속 제가 더 그럴싸하군요.

칭찬 삼아 첫인사를 전하는 수행자로부터 쌀쌀맞게 눈길을 거둔 석이는 여봐란 듯이 손바닥으로 스케치북을 훑었다. 쓱쓱, 목탄으로 그린 그림은 순식간에 형체를 알아볼 수 없이 뭉개지고 말았다.

댁엣거니까 넣어두슈.

시뻘건 낯빛으로 어쩔 줄 몰라하는 수행승에게 석이는 검은 얼룩으로 변한 종잇장을 던져놓고는 차갑게 법당을 빠져나왔다.

아침공양 때였다. 찰중(察衆)스님은 천수통에 고인 설거지물을 보더니 뻣뻣이 고개를 저었다. 천수통에 밥찌끼가 뜨면 그 설거지물은 다시 각각의 발우로 되담겨지고 승려들은 그걸 되마셔야 하는 법이다. 누구의 잘못이 되었건 한 톨의 시주도 아끼지 못한 벌을 공동으로 받아야 하는 역시 하나의 수행이었다.

석이는 주저없이 제 몫으로 되돌아온 천수물을 벌컥벌컥 들이켰다. 바리때를 보에 싸자마자 방으로 돌아와 바랑을 꾸렸다. 아예 산문을 나설 작정이었다. 동안거(冬安居) 끝나려면 아직 달포는 남았지만 그간을 버텨봐야 눈 맞으며 피는 매화구경말고는 기다릴 것도 없었다. 머리 기른 제자 하나 나선다고 해도 누구 하나 말리는 이도 없었다. 떠나는 아무개나 남는 스님이나 어차피 어느 하늘에 숨었는지 모를 한 소식 듣자고 나선 길인 바에야 성불하슈, 한마디면 저간의 인연일랑 몇 겁 뒤에나 잇대보자는 마음밖엔 주고받을 것도 없었다.

눈 설(雪)자 설안거를 중동무이 뛰쳐나온 탓일까. 희붐하게 밝아오는 하늘에 폴폴 눈송이가 비쳤다. 산굽이 하나를 채 돌기도 전에 눈발은 제법 굵어지기 시작했다. 가뜩이나 너테가 앉은 길에 눈이 쌓여 걸음조차 수월치 않았다. 숫눈 위로 꿩이란 놈의 발자국이 어지럽게 흩뿌려 있었다. 구백 능선 선원에서 기슭까지 가려면 생눈사람 꼴이 날 판이었다.

처사님, 처사님! 부르는 소리에 뒤돌아보니 기우뚱거리며 뛰어오는 먹물옷짜리는 아까 새벽예불 때 목탁춤을 돌던 그 행자였다. 벙거지에 바랑까지 짊어진 꼴이 그 역시 부처님품 겨우살이는 포기한 모양이었다.

같이 가십시다.

동행을 청하며 벌쭉 웃어 보이는 얼굴매가 밉상은 아니었다.

추운데 눈이나 긋거든 내려오슈.

뉘게 얻어입었는지 보푸라기 인 누비동방 차림을 걱정해서 해준 말이었으나, 그래도 일행이 있는 편이 낫겠지요, 가지런한 치열을 보기좋게 드러내며 눈을 맞추는 수행승.

하고픈 대로 하라는 시늉으로 석이는 재게 발길을 놀렸다. 산중의 날씨처럼 알지 못할 것도 없었다. 꾸물거릴 새가 없었다. 이대로 눈발이 드세어지기라도 하면 오도가도 못 하고 눈무지에 갇힐 수도 있었다. 얼어죽고 난 뒤 어느 귀신을 붙들고 원망이 통할까. 아닌게 아니라 벌써 능선 따라 마른 가지에 눈꽃이 피기 시작했다.

어디로 가시는 길입니까.

산길에 익은 석이의 발놀림을 좇느라 행자는 숨이 턱에 받쳤다. 그 말에 석이는 공연히 맥이 빠졌다. 빗물에 머리 감고 바람에 빗질하자고 나선 걸음이라지만 만건곤 펄펄한 백설에 찍어둔 좌표 따위가 있을 리 없었다.

한행(寒行)이라도 나선 길이십니까.

헛헛한 심사가 얼굴에 비쳤을까, 수행자는 잘도 넘겨짚었다.

잘됐네요. 저도 꼭 한번 치러둬야 할 공부라고 생각하고 있었거든요.

만행길이 무슨 무전여행이라도 되는 줄 아슈?

해도 동행이 있는 편이 낫겠지요.

쳇, 걸불병행(乞不並行)이라 했시다.

아무렴. 빌어먹을수록 떼로 다니는 법이 아니었다. 저나 나나 불알 두 쪽 빼곤 속 빈 목탁 같은 신세. 석이는 그쯤에서 대꾸를 끊고 모자에 쌓이는 눈을 털었다. 마침 뒹구는 부대자루가 있어 한 귀를 이빨로 찢어 뒤집어썼다. 똑같은 식으로 동행에게도 하나를 덮어씌워주었다.

눈 녹은 물이 젤로 시린 법이오. 하고 한행을 나서건 탁발을 돌건 운수승(雲水僧)한테 짐은 그저 짐일 뿐이오.

축 늘어진 바랑을 나무라며 건넨 충고에 수행승은 머쓱하게 웃어 보였다.

암튼 기슭까지는 같이 가십시다.

게까지만 동행을 허락한다고 못을 박아둔 말이었다.

현허(玄虛)라고 합니다. 제 법명이지요.

석이는 그저 고개만 끄덕여 보였다. 현허는 석이의 빠른 걸음을 따라 보폭을 넓히며 이렇게 덧붙였다.

처사님은 이석 화백이시죠?

석이는 우뚝 멈춰 서서 상대를 쏘아보았다. 어떻게? 게다가 화백이란 분에 넘치는 칭호까지.

몇 년 전인가 미전에 출품하신 승무도를 보고 깊은 감명을 받았더랬습니다. 이렇게 지근한 인연으로 닿을 줄은 꿈에도 몰랐지만요.

석이는 황급히 고개를 돌렸다. 그리고 일행을 생각지 않는 터무니없이 빠른 걸음으로 산길을 치내려갔다. 능선길은 잿빛 설무(雪霧) 속으로 스며들듯 이어져 있었다.

*

모든 것이 마음에서 비롯된다(一切唯心造) 하였으되 그림만은 예외로 두어야 할 것 같다. 마음으로 친다면야 석이의 손끝에서 벌써 삼천대천 세계가 십만팔천 색으로 채색되었어야 옳았다. 스스로의 자질에 그 마음조차 없음이었는지 아니면 화약처럼 불온한 상태의 마음을 격발시킬 하나의 불티를 만나지 못함이었는지. 그런 맥락에서 삼 년 전 그려낸 승무도는 그가 그린 최초의 그림이라 할 수 있었다. 말 그대로 초발심(初發心)으로 이룬 첫 작품인 셈이었다.

하긴 실로 그림은 마음속에 먼저 그려져 있었는지도 몰랐다. 그녀, 희명을 처음 보는 순간 석이는 그 사실을 실감했다. 이제 내게 붓과 화폭이 필요하다.

그녀를 처음 본 것은 본찰(本刹)의 영산재(靈山齋)에서였다. 석이는 스승인 노사(老師)를 모시고 오랜만에 암자를 내려왔다. 재식(齋式)에서 그가 맡은 소임은 영가천도의 향등(香燈)공양 후 태워 없앨

〈지옥사자도〉를 그리는 일이었다. 고작 반나절 사람들의 절을 받다 가는 홀랑 타오를 그림장 하나. '계(戒)는 정성으로 지키는 것이다.' 항시 그렇게 강조한 노사는 그깟 붓질에도 지심(至心)을 엄명하였지만 그럴수록 마음엔 어깃장이 꿈틀거렸다. 까짓 지옥신장쯤이야! 남 모르는 연습으로 그려 없앤 수백 장 저승시왕초(十王草) 연습본 속 권속들로만도 염라부가 미어터질 지경이었다. 사하촌 주점에서 밤 늦도록 곡차공양이나 치르다 뒤늦게 붓을 쥐었다. 지옥경 속 나찰(羅刹)의 형상을 각별히 흉물로 그려넣었다. 그 왁살스런 표정이야말로 몇 시간밖엔 살지 못할 그림 속 악귀에게 어울리는 것이요, 깟놈의 그림에 대고 혼령의 명복을 빌어댈 순진한 대중에 대한 냉소이자, 그따위 그림이나 그리고 앉아 있는 제 신세에 대한 자조였다. 붓질이 끝나자 때맞춰 새벽예불 운집종(雲集鐘)이 울렸다. 모든 대중이 금당으로 몰려갔지만 그 홀로 후원의 공양간을 찾았다. 절집에서 담배연기를 숨기기에 그만한 명당도 없었다.

아궁이 속 벌건 잉걸을 바라보며 답답한 속을 연기로 뿜어내고 있을 때 후원을 가로지르는 여인이 눈에 띄었다. 비구니는 아니었다. 오히려 산중엔 도무지 어울릴 것 같지 않은 도회풍의 분위기가 그의 눈길을 끌었다. 여인이 경내를 넘어 컴컴한 동백숲으로 들어갔을 때 슬그머니 석이도 몸을 일으켰다. 동편 하늘에 턱걸이한 초승달로는 미처 밝히지 못한 산길이었다. 여인은 그 어두운 동선을 거리낌없이 밟아나갔다. 멀리 폭포 소리가 차차로 가까워지고 있었다. 여인의 찬찬한 걸음이 멈춘 곳은 폭포 앞 깊푸른 소(沼)였다.

멀찍이서 따르던 석이는 다급히 몸을 감추지 않을 수 없었다. 웅덩이 앞에 이른 여인이 서슴없이 옷을 벗어젖혔기 때문이었다. 당황했던 것은 비단 의뭉스런 속내 때문만은 아니었다. 몽환적 황홀경의 밑바닥에는 납득할 수 없는 미지의 상황에 빠진 호기심과 두려움이 동시에 일렁이고 있었다. 좀전까지 나찰을 그리던 그였다. 묘연한 용모로 사람을 홀려 물 속으로 끌고간다는 나찰녀에 관한 전설을 떠올리자 머리거죽이 뻣뻣해지는 거였다. 코웃음도 안 날 옛얘기로 돌려버리기엔 제가 처한 상황이 바로 그런 몽환 자체였다.

폭포수가 만들어낸 물안개가 새벽을 푸르게 감싸고 있었다. 훔쳐 보기조차 아찔한 여인의 나신을 남실남실 물결이 핥고 있었다. 석이는 제 심장의 고동에 귀가 먹먹할 지경이었지만 몸을 씻는 그녀는 태연하기 그지없었다. 초여름이라 해도 맨살에 닿기에는 몸서리가 날 계곡수였는데.

석이는 전혀 다른 욕망에 거친 숨을 몰아쉬고 있었다. 검은 웅덩이의 깊이, 거칠게 부서지는 포말의 하얀 아우성, 희디흰 여인의 꿈틀거림, 그 모든 것을 감싸고 있는 푸르른 몽환. 그리고 빼놓을 수 없는 것은 저 아뜩한 찰나의 유일한 목격자인 스스로의 존재감이었다. 분명 그는 있노라! 있노라! 저 자신을 일깨우는 뇌까림을 반복하고 있었다.

거무푸른 물결 속에 여인은 느릿하게 움직이고 있었다. 팔등신의 희고 긴 사지를 폭넓게 놀리는 동작은 기이한 우아함이었다. 유가(瑜伽, 요가)라도 하는 걸까. 그녀는 벽화 속에 등장하는 춤추는 여신처럼 신비감을 풍기고 있었다. 탄력 있는 각선이 검은 물결 속에서 서서히 치솟았다. 더디게 긴 반원의 궤적을 이룬 한쪽 발끝이 수직으로 하늘을 향하더니 이윽고 상체마저 그 일직선에 곧게 포개어졌다. 그녀의 몸은 나무랄 데 없는 한 일(一)자로 하늘과 땅을 잇고 있었다. 보기에도 위태로운 자세였건만 그녀는 이름할 수 없는 그 무엇과의 합일의 찰나를 한없이 길게 유지시키고 싶어하였고 또 그릴 능력이 있는 듯 보였다. 찬물에 젖은 그녀의 젖꼭지가 땡땡하게 일어선 양감이 멀리 석이에게까지 생생하게 육박해왔다. 곧게 떨어지는 폭포를 배경으로 여인은 아름다운 기둥이 되어 있었다. 석이는 그렇게 질감으로 가득 찬 피조물을, 아니 물컹한 실재감을 자아내는 무한의 창조력을 느껴본 적이 없었다.

　목욕을 마친 여인이 갈아입은 옷은 뜻밖에도 잿빛 승복이었다. 정갈히 승복을 갈무리한 여인이 문득 고개를 돌렸다.

　저기요.

　조심스러웠지만 그것은 분명 석이 저를 부르는 소리였다. 석이도 더는 몸을 숨기지 않았다. 이미 진작부터 그녀가 자신의 존재를 느끼고 있을 것이란 걸 알고 있었다.

　찰박찰박 물결을 딛고 다가가며 석이는 꼿꼿이 눈길을 세워 여인의 얼굴을 바라보았다. 민망한 체면 따윌 따질 여지는 없었다. 어떻게든 상대를 또렷이 기억해두는 것만이 그리고야 말겠다는 욕망을 채우는 방식이었다.

　다가온 그에게 여인이 내민 것은 한 자루 삭도(削刀)였다. 뭉툭해 보여도 칼날은 더할 나위 없이 시퍼렇게 벼려 있었다. 하긴 세상에서 그만치 날카로운 칼이 또 있을까. 무엇도 아닌 인연을 끊는 칼이었다. 부모와 자식의 연을 끊고 세상과 저와의 줄을 자르는 칼날. 제 정체만을 빼고 모든 것을 도려낸 후 그 상처 속에 오로지 남은 하나를 들여다보며 '이 뭣꼬(是甚麻), 이 뭣꼬,' 만을 뇌고 또 뇌어야 하는 처절한 의문부호를 깎는 도구. 모든 석씨(釋氏)의 제자는 그렇게 차디찬 칼끝이 빚어낸 독종뿐이었다.

　여인은 두 손으로 곱게 삭도를 받들었다. 석이는 그 터무니없는 칼을 건네받았다. 등을 돌린 여인은 폭포를 향하여 무릎을 꿇었고 석이는 물소리를 자르듯 치렁한 그녀의 머리채를 도려냈다. 물어도 답하지 않을 낙발위승(落髮爲僧)의 사연이야 알고 싶지도 않았다. 서걱서걱 칼끝에 묻어나는 그 소름 돋는 감촉을 느끼며 석이는 익숙하게 손을 놀렸다. 오랜 세월 노사의 센 머리칼을 밀어온 솜씨였다. 다만 마른 풀 같은 노승의 그것과 달리 숱 많은 여인의 머릿결에서 묻어나는 육감이 그의 손을 떨게 하였다.

그녀의 머리에 파르무레한 모공의 흔적만이 남았다. 내내 말이 없던 여인은 마지막 합장도 소리없이 남겨놓고 계곡을 떠났다. 파르스름 허공에 맺히는 여인의 궤적이 새벽 이내 속에 물들듯 사라지고 있었다. 바윗살 위에 남겨진 그녀의 머리카락은 아직도 물기에 젖어 있었다.

영산재는 석가모니께서 영축산에서 설하신 법회를 회상하는 상징례로, 절에서 치르는 의례 중 가장 거창한 것이었다. 각처에서 몰려든 사부대중들로 절 마당은 빈틈이 없었다. 마지(낮예불)와 더불어 시작된 재식은 그 규모에 어울리게 느릿느릿 거행되고 있었다. 단오를 맞아 탱탱하게 살이 오른 태양이 중천에 이르러 영혼천도가 시작되었다. 불보살을 불단에 모신 뒤 망혼을 인도하는 인로왕보살의 번기를 따라 기약 없이 어둠에 노니는 중음(中陰)의 영가들을 법석의 자리로 이끌어오는 절차가 있었다. 보살번을 필두 삼아 가람 안팎을 휘돌며 망혼을 부르는 행렬이 줄느런히 이어졌다. 끊어진 인연이 아쉬워 못다 한 별리의 사연을 독송으로 읊조리며 주절주절 이어지는 승속의 행렬은 유주무주(有主無主)의 고혼보다 더 수가 많을 성싶었다.

불보살의 상단과 제천신중의 중단에 차례로 공양을 권하는 의식(勸供)을 치르고 마지막으로 하단인 영가단에 차례가 돌아왔다. 영가단에는 조갈 들린 원귀에게 단이슬을 내리는 감로여래(甘露如來)

의 탱화가 걸리고 그 한켠에 지난밤 석이가 그린 문제의 〈지옥사자도〉가 볼썽사납게 끼어 있었다.

상단의 여래께 올리는 공양례가 장엄하였다면, 하단의 중음 고혼에게 올리는 그것은 애틋하였다. 미처 죽음을 육도윤회의 당연한 절차로 인정치 못하는 중생들의 인지상정이었다. 부처도 어쩌지 못하고 안쓰러이 자비를 용납하는 인연의 끈이었다. 향과 등불과 차와 열매와 꽃과 음식의 여섯 가지 공양이 차례로 올라가는 동안 중늙은 스님네 한 분이 범패를 불렀다. 홑소리 길게 뽑히는 그의 목청이 애달파 수없는 대중들은 허리 깊이 합장을 올렸다.

일단의 청년 비구들이 바라춤을 추었다. 젊은 스님들의 활달한 동작을 따라 제금(提金, 바라)이 번쩍번쩍 휘둘리다가 불현듯 허공에서 째앵- 맑게 부딪혀 범음(梵音)을 자아냈다. 번쩍이는 소리는 꽃이 되었다. 허공에 맺혔다가 홀연히 흩어지는 환청의 꽃. 그리고 그렇게 꽃잎 맺히는 소리처럼 한순간을 쓸고 간 승무단이 비워준 무대에서 작법(作法)이 이어졌다.

작법은 곧 나비춤이다. 호쾌한 바라춤에 비하여 나비춤은 한껏 적요했다. 십수명 바라춤과는 달리 춤추는 이도 다만 두 명의 비구니였다. 삼현육각 쾌활한 닐리리가 일제히 멈추자 딸랑딸랑 요령 소리에 뒤이어 둥둥 북소리만이 반주를 맞추었다. 두 여승의 동작도 지극히 절제되어 있었다. 불법을 상징하는 정중동의 조심스런 춤사위였다. 빨긋한 가사에 금빛 비단을 발치까지 늘어뜨리고 폭넓은 양 소매는 실로 나비인 양 하늘거렸다. 코끝에 눌러쓴 진노란 고깔 탓에 보일 듯 말 듯한 턱의 윤곽이 부끄러웠다. 그중 한 분은 유명한 승무 계승자인 지일스님으로 큰 재 때마다 보아온 친숙한 낯이었다. 패나 법랍이 찬 스님이었지만 그녀의 춤사위는 여전한 젊음을 간직하고 있었다. 그녀와 몸을 엇갈리는 또다른 여승. 고깔 그림자 속으로 언뜻 훔쳐본 그 얼굴에 석이는 뜻밖의 흥분을 느꼈다. 지난 새벽 폭포에서 기묘히 만났던 여인이었다. 석이는 그녀에게 붙박은 눈길을 떼지 못했다.

본래가 한 발짝 반경을 넘어서지 않는다는 나비춤이었다. 정(丁)자로 어긋나게 디딘 두 발을 축으로 이따금 태징 소리에 맞춰 절을 올리듯 상체를 숙였다 펴곤 했다. 우아하게 두 팔을 벌리되 흥을 내어 어깨를 들썩이지 않았다.

가장 먼저 더딘 춤사위를 참지 못한 것은 바람이었다. 펄럭펄럭 나부끼고 솟구치는 바람세를 따라 날개 닮은 소매가 휘이휘이 날아올랐다. 그럴수록 춤의 주인공은 고요한 동작이 흐트러질세라 지그시 몸을 돌려 바람을 피하는 거였다. 따라서 춤은 사람만이 추는 게 아니었다. 잡아채려는 바람과 견디어 지키려는 승려 간의 미묘한 긴장이 하나하나의 춤사위마다 팽팽하게 맞섰다. 춤추는 주인공과 지켜보는 석이만이 그 외줄타기 같은 아슬아슬함을 절감할 수 있었다. 혹시 모른다. 불단의 뒤켠을 지키고 있는 어마어마한 괘불(掛佛) 그림 속 부처님도 그 진땀 나는 적막을 느끼고 있었는지. 애꿎은 바람에 제일 심하게 몸을 떠는 이는 바로 그림 속 부처였다.

아아아으어으어— 범패를 부르는 중늙은 스님의 가락 없는 목청은 무심도 하였다. 홀렁, 바람이 고깔을 잡아챘을 때 푸르게 드러난 춤추는 비구니의 민머리에는 땀방울이 흥건하였다. 해도 그녀의 움직임은 끝내 고요하였을뿐더러 세심한 발놀림은 시간이 더할수록 정묘해지는 것이었다.

과연 춤추는 저 여인이 새벽에 보았던 그녀가 맞을까. 지난 새벽, 그토록 대담한 몸짓을 보이던 과감성과 지금의 저 조마조마한 외씨

버선의 흐름이 정말 동일인의 것이란 말인가.

승무는 오래도록 이어졌다. 뚫어져라 지켜보고 있던 석이는 어느덧 옅은 멀미를 느끼고 있었다. 지지부진한 동작에도 불구하고 더딘 춤사위는 차츰 무게도 없이 구름을 딛듯 조금씩 가벼워지고 있었다. 춤추는 비구니는 모든 인력(引力)으로부터 벗어나 너울너울 환희용약(歡喜踊躍)으로 빨려들고 있었다.

재의 마무리는 재식에 쓰인 갖은 장엄용구를 태우는 소대(燒臺)의 식이었다. 석이의 그림이 소지(燒紙)로 타오른 것도 그때였다. 하지에 즈음하여 한창 길어진 해도 서녘으로 기울고 있었다. 빨갛게 지피는 석양 속에 한 덩이 불무지가 기세좋게 타올랐다. 둘러선 사람들도 벌겋게 달아오른 얼굴로 기나긴 하루를 갈무리하고 있었다.

따그락딱딱 따그락딱딱, 모색(暮色)에 물든 산사에 목어 소리가 가쁘게 울렸다. 소대의 불꽃 속에 불보살과 갖은 신중들을 봉송하는 배경음이었다. 구천을 헤매는 고독을 달래주는 독경은 음울하였다. 사람들은 또다시 영혼과의 이별을 되씹어야 했다. 시작이 그러했듯 다시금 공(空)으로 모든 것을 되돌리는 허무감을 느끼며 석이는 한소끔 불길로 흩어지는 제 그림을 지켜보았다. 불무지 위로 어질어질 흩어지는 아지랑이. 그 흐린 시야 너머로 노란 고깔을 숙여 합장 올리는 여승의 모습이 보였다. 석이는 사람숲을 헤치고 그녀를 향해 나아갔다.

그리고 싶소, 당신을……

막 선방으로 들어서려는 여인을 붙들고 다짜고짜 던진 말이었다. 주변도 의식하지 않고 그는 여인의 소매 긴 팔목을 움켜잡고 있었다. 고깔 속에 파묻힌 여인의 눈이 투명하게 그를 바라보았다.

무엇을 그리시겠다?

그렇게 끼어든 이는 맞쌍을 이루어 나비춤을 추던 지일스님이었다. 중년의 비구니는 준엄한 얼굴로 그의 무례를 꾸짖고 있었다.

처사는 화사(畵師)가 아니시오?

석이가 노사의 오랜 시봉임을 익히 알고 묻는 반둔이었다.

그렇습니다. 그러니까 저기 꺼멓게 타고 있는 잿더미를 그린 장본인입죠.

지일스님의 등등한 노기에 맞서 그 또한 지지 않고 눈을 부릅떴다. 그가 가리키는 손가락 끝에 멀리 모락모락 연기를 내고 있는 소대가 보였다. 잔재 위로 폴폴 재티가 날리고 있었다.

여스님은 제자의 옷섶을 움켜쥐고 있는 석이의 손아귀를 부드럽게 풀었다. 이글거리는 석이의 눈길을 피해 허공으로 초점을 돌린 그녀의 안색인즉 무얼 그리 억하심정까지 품느냐는 나무람이었다.

처사께서 그리겠노란 것이 이 아이요 아니면 이 아이의 춤이요?

석이는 문득 대꾸를 찾지 못했다. 그것이 다른 것이었단 말인가. 그는 우물쭈물 상대가 던진 반문을 곱씹어야 했다.

저기 불살라진 재가 아마 처사께서 그리신 그림인 모양이구려. 그렇다면 처사께서 그리신 건 지옥도였소, 아니면 한 줄기 연기였소?

그쯤에서 여스님은 짧은 합장을 남기고 제자와 함께 물러갔다. 마당 위로 노을이 잡아끈 석이의 그림자가 물끄러미 남았다.

흩어지는 꽃잎이여(散花落), 꽃잎이여, 꽃잎이여…… 멀리 소대의 자리에서 날리는 연기를 향해 던지는 게송 소리가 아득하게 울려퍼졌다. 떨어져 흩어질 꽃잎이 누구의 영혼이었을까. 둥다당둥당 따그락당당, 저녁 법고 소리가 다급하게 산중을 휘몰고 있었다.

*

　눈은 멎었지만 산곡으로 이어지는 길은 깊어만 갔다. 정강이까지 차는 눈에 두 사람의 걸음은 마냥 더뎠다. 기다시피 내려와야 했던 바윗길에서 말끔히 풀 먹인 승의는 애당초 사치였다. 비 맞은 중놈이란 욕도 있지만 눈 뒤집어쓴 스님꼴도 못지않았다. 허연 입김을 헉헉대기는 해도 헌허란 행자도 만만치는 않았다. 허여멀건 도시촌놈이랄 친구가 산에서 낳고 자란 석이의 걸음에 뒤지지 않았다. 두 사람은 헐떡이는 서로를 바라보며 거친 숨을 돌렸다.
　설무가 사라진 자리에 운무가 찾아들었다. 거지반 해가 중천에 솟았을 텐데도 산곡은 희붐한 안개에서 놓여나질 못하고 있었다. 멀리 첩첩한 산그림자들은 아예 뵈지도 않고 가까운 산굽이들도 언뜻 바람에 드러났다 설핏 바람에 사라지곤 하였다. 건너편 산마루 밑으로 흘러내린 강파른 사면은 온통 다랑이논으로 층층이 메워져 있었다. 산자락에 잡힌 주름살이었다. 누대에 걸친 두메농군들의 애옥살이 흔적이 대물려온 퇴적층이었다. 석이는 그 가파른 삶의 경사를 바라보며 신발끈을 조였다.
　계곡 따라 이어진 길은 계곡보다 더 굽이치고 있었다. 숲으로 들어서는가 싶으면 눈 덮인 바윗등을 타고 미끄러지다가 위태로운 외나무다리로 계곡을 가로지르기도 하였다. 조붓한 등산로를 덮어버린 눈에 인적마저 지워져 까딱하면 길을 잃을 수도 있었다.
　삐죽한 바위너설을 타고 아슬아슬 지돌잇길을 굽이돌 때였다. 맞은편에서 거슬러오르는 노인이 있어 두 사람은 가까스로 길을 터주었다. 나이에 부쳐 보이는 커다란 지겟짐을 짊어지고 노인은 힘겹게 바위틈을 딛고 있었다. 두 사람의 도움을 받아 바윗등에 올라선 노인은 차오르는 숨을 고르며 합장을 해 보였다. 그의 숨결에서 옅게 가래가 끓고 있었다. 합장을 되돌려주고 돌아서던 석이는 설핏 노인이 내려놓는 등짐을 보았다. 흰 무명천에 싸인 그것은 분명 하나의 관이었다.

봅시다, 스님들! 내려가려는 두 사람을 붙드는 소리. 뒤쫓아온 노인은 먼저 허리부터 굽실거렸다. 갑자기 이런 청을 드리는 게 경우 없는 짓인 줄은 알지만서도…… 노인은 해수기침을 참아가며 떠듬떠듬 사정 이야기를 꺼냈다. 실인즉 저 송장이 제 마누라올습니다. 생전에 없이 살던 목숨이 장례야 아무렇게나 치러준들 남을 원망도 없겠지요만…… 이렇게 스님들 만나뵌 참에 염치 불구 황천길 편하시라는 망혼 염불이라도 청해봐얄 듯싶어서……

노인은 무엇이 민망한지 연신 손을 비비며 어쩔 줄 몰라했다. 석이는 망설이는 표정으로 현허를 바라보았다. 자신은 속가의 사람이니 자격이 없고 중이라는 이 친구라야 260자 반야심경도 떠듬거릴 풋내기였다. 아무리 스쳐가는 인연이라지만 남의 영결식을 허투루 치르는 법은 아니었다.

그러나 정작 현허는, 당연히 저희가 해드려야지요, 시원하게 대답을 던지고는 씨억씨억 나서 관을 짊어지려 했다. 노인은 그럴 필요까진 없노라 말리고 나섰다. 잠시 두 사람이 실랑이를 벌였다. 슬그머니 끼어든 석이가 현허의 옷자락을 잡아끌었다. 노인으로선 생의 반편을 떼어내는 배웅길이었다. 제아무리 힘들어도 남에게 맡길 수 없는 수고도 있는 법이다.

노인은 고맙다는 인사를 거듭하고 지게를 메었다. 그를 따라 접어든 산길은 산사로 오르는 길보다 좀더 험했다. 듬성한 푸나무서리 새로 겨우 뚫린 소로를 따라 노인은 청처짐 걸음을 놓았다. 가끔씩 나뭇가지가 관에 걸리곤 했다. 때마다 수굿이 걷던 노인은 더럭 등짐을 향해 소릴 질렀다. 이 사람이 남들 다 한 번은 가야는 길이 뭐가 무섭다고 자꾸 잡아채는 겨! 흡사 산사람에게 지껄이는 투로 골을 부리다가도, 어여 가세, 임자, 뒤에 남긴 것도 종당엔 모두 자네 뒤를 따를 것이 아닌감. 노인은 그렇게 망자를 달래며 지게작대기로 길을 열었다.

묏자릴 좋은 곳으로 봐두셨는가 보네요.
넌지시 던진 말에 노인은 빙싯 웃었다.
좋고 나쁜 것 따질 처지나 되남요……
대꾸인즉슨 아무렴 이 너른 산에 오 척 단구 널 자리 없겠냐는 투였다.

얼마나 그럴싸한 명당혈처를 보아두었는지는 몰라도 노인의 걸음은 산길을 닮아 끝도 없었다. 비탈진 너덜겅을 오르면서 노인은 자꾸 미끄러졌다. 행여 관이 자빠지기라도 하면 그만 봉변도 없을 판이었다. 바위를 감아 끙끙 안돌이할 때, 마디 굵은 노인의 손이 파들파들 떨렸다. 주름을 타고 땀방울이 흘렀고 급기야 관에서도 뚝뚝 추깃물이 배어나왔다.

기신기신 그들이 다다른 곳은 날카로운 바위봉우리가 겹겹한 골짝마루였다. 높이 솟은 바위꼭지는 흐릿하게 구름안개에 젖어 있었고 그 아래 기슭엔 몹시 허술한 산막 한 채가 바위에 기대 있었다. 노인의 임시 거처인 모양이었다. 하필이면 이런 곳에…… 하는 의문이 가시지 않을 만큼 노인이 삽을 박은 자리는 신통찮은 묘터였다. 음양풍수가 어떤지는 몰라도 서향한 묏자리는 쌓인 눈도 여전한 음지뜸이었다. 언 땅에는 삽날부터 제대로 들어가지 않았다.

삽자루를 돌려가며 세 사람이 파내린 구덩이가 얼추 허리춤을 넘었다. 그만하면 되었다 싶은데도 노인은 자꾸만 광중(壙中)을 파고 들었다. 꾸역꾸역 삽질하는 노인이 토해낸 숨결이 어두운 구덩이 속에서 희디희게 빛났다. 노인은 저승객이 딛고 가야 하는 암혈도(暗穴道, 이승과 저승을 잇는 길)를 통째로 뚫어버릴 듯 보였다. 석이는 그 컴컴한 구덩이를 물끄럼 응시하고 있었다.

관을 내리기 전 노인은 뚜껑을 열고 시신을 들여다보였다. 주검은 희디흰 시포(屍布)에 쌓여 있었다. 임자, 단단히 묶었으니 풀어질 염려랑 놓고 가소. 노인이 살핀 것은 시신을 동여맨 무명끈의 결박이었다. 동심결(同心結)이라 하는 매듭이었다.

신통헙디다. 죽을 날 다가온 줄 어찌 알고 하루는, 나 죽거든 잘 좀 묶어줘요, 그러지 않겠소.

노인은 두 손으로 가만히 매듭을 그러잡았다. 거친 손아귀 사이로 비치는 고매듭은 하얀 목련처럼 탐스러웠다. 그 꽃 같은 백색 위로 노인의 한숨이 스몄다. 혼례 때 한 번, 죽을 때 또 한 번. 일생을 두고 단 두 번 묶어보는 동심결. 사람의 힘으론 풀지 못하게 묶는 매듭이었으니 영결(永訣)은 그런 냉혹한 절차였다.

석이는 목탁을 잡았다. 따악 따악 따아악…… 청아한 목탁성이 산곡을 감아돌았다. 돌아오는 메아리는 그녀의 목소리를 닮아 있었다.

'죽는 게 두렵진 않아요. 해도 춤을 추지 못한다는 사실은 안타까워요.'

'걱정하지 말아요. 틀림없이 당신은 내세에서도 춤꾼으로 환생할 거요. 윤회의 바퀴를 따라 당신은 춤을 출 거요, 영원히……'

'영원히?'

그녀는 고개를 저었던가.

'오히려 그 영원이 끔찍하지 않으세요?'

영원이란 그녀에게 생멸이 없는 시간의 정지였는가보다. 흐르지 않는 시간이 존재할 수 없듯이 영원은 춤꾼인 그녀에겐 완전한 고립을 뜻하는 것이었다. 그녀에게 절실한 것은 영원이 아니라 찰나였다. 춤은 그녀에게 영원이란 고요의 바다를 휘젓는 찰나의 물결이었다.

'파도 소리가 듣고 싶어요. 신의 꿈이 흐르는 물결 말예요. 그러면 내 몸은 파도 소리를 춤추겠지요. 혼돈을 휘젓는 소용돌이가 될 테여요. 신이 눈을 감으면 그 환각 속에 더불어 녹아들고 신이 눈을 뜨면 그 빛을 각광으로 춤을 추겠어요. 꿈을 꾸세요. 당신의 꿈을 춤추어드릴게요.'

석이는 눈을 감고 나직하게 게송을 읊었다.

인연이 얽혀 잠시 몸뚱이를 이루다 이제 사대육신 흩어져 홀연히 허공으로 돌아가노라(三緣和合 暫時成有 四大離散 忽得還空)…… 옴 바자나 사다모……

죽은 이를 위한 진언(眞言) 소리가 메아리치는 가운데 노인과 현허는 관을 내렸다. 관이 자릴 잡자 노인은 한 움큼 흙을 집어 부실부실 흩뿌렸다. 석이는 노인이 망설일세라 서둘러 삽질을 시작했다. 노인도 주섬주섬 흙을 메웠다. 그렇게 쌓인 실토(實土)가 얼추 봉분의 모양새를 갖추었다.

뗏장으로 이불 삼고~ 칠성판으로 요를 삼아~ 눈을 감고 누운 세상~ 까마귀만이 벗이로세~

아련한 소리와 함께 노인은 달구질을 시작했다. 어허라 달구야~ 석이도 노인의 기분을 맞추려고 소리 높이 후렴을 붙이며 경중경중 봉분을 밟았다. 덩실덩실 주검을 딛고 춤을 추는 노인의 그림자가 젖은 흙 위로 어른거렸다.

어느새 현허는 옷을 갈아입고 있었다. 진흙 구덩이가 된 겉옷을 벗어붙이고 붉은 가사를 장삼 위에 걸쳤다. 하얀 장갑 낀 손으로 바랑을 뒤져 꺼낸 것은 금빛으로 번쩍이는 한 쌍의 바라였다. 석이는 그제야 눈치챌 수 있었다. 현허란 행자가 무승(舞僧)이란 사실을. 오늘 새벽, 어지러운 목탁춤을 팽이처럼 꼿꼿이 돌아낼 수 있던 것도 그런 까닭이었다.

채앵- 파르르 떨리는 바라 소리로 그의 춤이 시작되었다. 맨발, 현허는 희고 깨끗한 발로 이제 막 갈아엎은 봉분 위로 조심스레 올라섰다. 고요히 서쪽 하늘을 향해 합장을 올리듯 몸을 숙였다. 이윽고 붉은 가사 속에 소중히 갈무리해둔 바라가 스르렁, 우는 소리를 흘렸다. 노인과 석이도 서녘으로 고개를 숙였다.

찰나 펄럭 펼쳐진 가사 속에서 금분이 뿜어나오며 번뜩 바라가 솟구쳤다. 하늘길 따라 미끄러지는 태양이 날에 베인 듯 선연히 운무를 뚫고 비쳤다. 바라가 어지러운 모양으로 허공을 짓쑤시더니 승무자의 몸이 훌쩍 날아올랐다. 바람에 펄럭이는 옷자락 소리는 생생한데 그의 몸은 가벼이 허공에 머물러 있었다. 푸드덕 날아간 새의 날갯짓 뒤에 문득 남겨진 깃털인 양 살랑살랑 체공(滯空)하는 춤의 그림자. 흩어지는 안개처럼 그의 몸은 사라지고 먹빛 장삼과 붉은빛 가사와 희번덕이는 금빛 바라만이 남았다. 이따금 공중에 맺혔다 산자락에 부딪혀 되돌아오는 바라 소리가 춤추는 이의 실체였다.

에-헤에헤이 에헤-이야- 불(佛)이로구나~ 어느덧 노인의 달구 소리는 회심곡 타령조로 넘어가고 있었다. 나무나무 나무아미타불 춤추는 연연록 왕손은 귀불권데 이제 가면 언제나 오나 시장한데 요기하고 신발이나 고쳐 신자도 일직사자는 앞을 끌고 월직사자는 등을 미누나~

격에 맞지 않았다. 청정한 다라니경을 상징하는 젊은 수행자의 바라춤과 노인의 처량한 달구질은 파격이었다. 그럼에도 아름다운 부조화가 있음을 알아야 한다. 석이가 곧 그 목격자였다. 그는 떨리는 손으로 바랑에서 화구를 꺼냈다. 스케치북 위에 거칠게 선을 그어가는 그의 손길은 좀처럼 안정을 찾지 못하고 있었다. 덜 굳은 봉분 위에서 이리저리 엇갈리는 노인과 청년의 그림자, 그 검은 실루엣 속에 승속이 교차하고 있었다. 생의 씨줄과 멸의 날줄 위에 두 사람이 춤을 겨루고 있었다. 아니 두 사람은 생멸이란 위태로운 교직물을 짜고 있는지도 몰랐다.

*

당신을 그리겠소. 당신의 춤을 그리겠소. 그것이 어떻게 다른지 그려보아야 알지 않겠소.

석이는 그렇게 소리를 질렀다. 며칠을 두고 그는 산문 앞에서 고함을 쳐댔다. 비구니들만의 수행도량, 고요한 절집이었다. 낯선 신도는커녕 머리 깎은 여자가 아니면 누구에게도 빗장을 풀지 않는 산문이었다. 그 문 너머에 희명이 있었다.

산문 아래 소맷돌에 돌사자가 있었다. 석이는 그 앞에 주저앉아 돌사자를 잡아먹을 듯 쏘아보며 고래고래 함성을 멈추지 않았다. 기왓장을 갈아 거울을 만들겠노란 게 선승의 각오라면 그만한 고집이 저라고는 없을까.

닷새 만에 마침내 육중한 문소리가 들렸다. 문틈 새로 비친 건 희명의 스승 되는 지일스님이었다.

처사가 보아야 할 것은 처사의 마음이 아니겠소. 마음에 없는 그림이라면 그러서 무엇에 쓸 것이고, 또 이미 마음에 있는 것이라면 그 아이는 보아서 무엇 하시겠소.

그렇게 말하는 여승의 목소리는 화를 내고 있지는 않았다. 중년의 고갯마루에 선 비구니의 말투에서 물컹한 안타까움이 느껴졌다. 돌아서기 전 지일스님은 무언가 망설이는 듯 석이를 들아보았지만 더는 입을 열지 못하고 문 너머 사라졌다.

되닫힌 산문은 다시는 열리지 않았다. 차라리 듣지 않느니만 못한 선문답에 석이는 발광하듯 산문을 걸어찼다. 중뿔난 그의 고함은 담을 두른 비자나무 쓸리는 바람 소리에 흩어졌다. 심상치 않은 바람이었다. 산너울이 출렁인다 싶더니 훅 끼쳐오는 땅비린내를 따라 빗방울이 들었다. 장마가 시작될 모양이었다. 거센 장대비에 불어난 계류 소리가 그의 쉰 목청을 싣고 흘렀다. 그는 물소리에 쓸려 산을 내려와야 했다.

전에 없이 사흘을 호되게 몸살을 앓았다. 들끓는 신열을 견뎌가며 화틀을 짰다. 바탕감으로 쓸 광목천에 아교풀을 먹였다. 풀이 마르길 기다리는 동안 모로 쓰러져 끙끙 신음을 흘렸다. 풀을 먹이고 또 마르길 기다리기 십여 차례, 작업이 끝났을 때 그는 혼절하듯 깊은 잠에 빠졌다.

풀이 잘 먹은 바탕천은 말간 강물 같아 보이게 마련이다. 너무도 희어서 눈이 시리면 푸른 착시가 일어났다. 그 바닥 없는 강심에 비친 것은 긴 잠에서 깨어난 석이 자신의 얼굴이었다. 헝클어진 머리에 턱선으로 나룻이 숭숭한 자화상은 눈자위까지 움펑 꺼져 있었다. 며칠 만에 그친 비에 땡볕 속 매미 소리가 시끄러웠다. 그는 훌훌 웃통을 벗어젖히고 바닥에 깔린 화폭 앞에 무릎을 꿇었다. 손에는 가는 붓. 조심스런 붓끝을 따라 그어지는 선 역시 몹시도 가늘었다. 그의 뺨에 땀방울이 흘렀다. 실낱 같은 세필로 채우기에는 너무도 넓은 화폭이었다.

그해 가을 미술대전에서 그의 승무도는 한국화 부문 우수작으로 선에 들었다. 당대 제일의 금어(金魚)라는 노사 밑에서 20년 세월을 지내고 비로소 남 앞에 내놓은 처녀작으로 미단에 이름 석 자를 박아 넣었다. 문화면 특집으로 승무도의 사진과 평문이 신문에 실렸다. 전통 인물화의 세밀화기법을 생동감 있게 계승한 공력을 높이 산다는 호평이었다. 여기저기 아는 얼굴들의 축하가 줄을 이었다. 그는 신문기사를 오려 그림 속 주인공에게 우편을 띄웠다.

전람회가 끝나는 대로 그림을 떼어왔다. 제법한 값으로 사겠다는 화상이 여럿이었지만 그는 대꾸도 없이 돌아섰다. 누구에 앞서 먼저 평가를 받고픈 사람이 있었다. 그림을 걸어둔 자리는 암자의 법당 안 관음보살상 발치였다. 노사의 눈에 제일 잘 띄는 자리였다.

그의 마음을 모를 리 없는 노사였다. 그럼에도 하루 삼 때 빼놓지 않고 예불을 올리면서도 작품에 대해선 일언반구 운을 떼지 않는 스승. 석이는 기다렸다. 노사가 그를 아는 만큼 그도 노사를 알았다.

보거라, 예쁘지? 어릴 적 오갈 데 없는 그를 거두며 노사는 화려한 단청의 붓놀음으로 그를 매혹시켰다. 그러나 정작 지난 세월 노사는 단 한 번도 색에 대해 가르쳐주지 않았다. 헤아릴 수 없이 많은 제자들이 있었지만 석이와 노사의 관계는 사제 간이라기보다는 조손 간에 더 가까웠다. 그 긴 세월 노사의 곁을 지키고 있던 건 오로지 석이뿐이었음에도.

그림 위로 먼지가 더께로 쌓였다. 매일 법당을 닦아내면서도 석이는 그림만은 손을 대지 않았다. 노사의 입에서 한마디 평을 듣기 전에는 삭혀없앨지언정 제 손으로 그림을 치우진 않을 생각이었다. 그날도 그는 작품 곁에 쪼그리고 앉아 법당 밖 방울감나무에 익어가는 가을을 내다보고 있었다. 노사가 외출 나서는 차림으로 드락에 나섰다.

 화구를 챙기거라.

 단청 불사가 들어온 모양이었다. 또 어느 절에선가 맨 나무에 꽃을 그려달라고 했나보다.

 화구를 챙기래도!

 노사는 석이가 미처 듣지 못했는가 싶어 목소릴 높여 채근했다.

 스님!

 석이는 버럭 소릴 질렀다. 하얗게 센 노사의 호랑이눈썹이 꿈틀 치켜올라갔다.

 이대로 따라나설 순 없는 노릇이었다. 한 번 불사에 나서면 석 달 열흘도 모자랐다. 금어는커녕 채공(彩工)으로도 인정해주지 않는 노사 밑에서 그는 나뭇결이나 닦고 아교풀이나 먹이는 가칠장이로 또 그 긴 시간을 견뎌내야 하는 것이다.

 이번 참엔 뫼시고 가지 못하겠습니다. 내달까지 출품키로 한 전시회가 있습니다.

 그러냐? 허면 혼자 가야겠구나.

 가벼이 받아넘긴 노사는 직접 짐을 꾸렸다. 무거운 화구 바랑을 주렁주렁 매달고 망구(望九)의 노승이 홀로 산길을 나섰다.

 스니임! 스니임!

 한껏 격앙된 목청으로 노사를 뒤쫓아갔다. 한 손엔 승무도가 한 손엔 불붙은 장작개비가 들려 있었다. 뒤돌아선 노사의 안색은 무념했다. 흡사 희로애락이 무엇이던고, 하고 묻는 듯한 망부석을 닮은 노인.

 스니임! 마지막으로 비명처럼 스승을 부른 석이는 부르르 떨리는 손으로 직접 작품에 불을 붙였다. 마른 아교 덩어리인 그림은 순식간에 타올랐다. 매캐한 연기는 하늘로 솟고 기름 뭉치로 지글거리는 재는 땅 위로 흩어졌다. 노사는 우두커니 석이의 하는 양을 바라보고만 있었다.

다 태웠느냐?

……

그는 아직도 제가 무슨 짓을 저질렀는지 깨닫지 못하고 있었다. 망연한 그의 눈망울에 한 움큼 잿무지가 그렁그렁 비쳤다.

산국(山菊)이 늦도록 남았구나.

노사는 길섶에 핀 들꽃을 향해 말했다. 그리고 되돌아 걸음을 놓으며 혼잣말을 중얼거렸다.

나는 꽃밖에 모르고 살았다. 세상에 꽃밖에 무엇이 또 있겠느냐, 드러나도 부끄럽지 않은 것이……

그렇게 노사는 또다시 꽃단청을 베풀러 나섰다. 노사가 산그림자에 빨려들어갔을 때 석이도 짐을 꾸렸다. 처음으로 노사의 품을 벗어나는 길이었다. 철 늦도록 남아 있는 가을 꽃물결이 출렁출렁 그를 배웅하고 있었다.

이듬해 여름 그는 다시 희명이 있는 비구니절을 찾았다. 직접 그녀를 만나볼 엄두도 아니었고 억지로 산문을 넘을 작정도 아니었다. 산문 앞을 흐르는 계류에 놓인 작은 피안교 위를 얼마간 서성이다가는 절 뒤로 이어진 산자락을 타기 시작했다. 높은 데서 절터나 눈여겨 보아둘 작정이었다.

경내 뒤로는 아담한 밭터가 잇대어 있었다. 푸른 밭둑 위로 여스님 몇 분이 울력을 나와 있었다. 한껏 싱싱하게 녹엽을 뽐내고 있는 밭

고랑을 배경으로 곰틀곰틀 밭을 매고 있는 여승들은 아름다웠다. 짙푸른 콩대줄기 사이 언뜻 비치는 먹물옷은 온화한 조화를 이루고 있었다. 하나같이 눌러쓴 노란 밀짚모자 밑으로 그녀들은 접어둔 세상 이야기를 재잘대고 있을 거였다. 싱그러운 깻잎향이 물씬한 밭둑에서 석이는 무릎을 모으고 앉아 땡볕에 나선 부처들을 바라보고 있었다.

한 번은 오실 줄 알았소.

조붓한 밭둑을 따라 건너오는 인사. 챙 너른 모자그늘에서 드러난 얼굴은 지일스님이었다.

희명이가 꼭 보고 싶어하더군요. 연락을 넣을까 망설이던 참이었는데.

스님을 따라 경내로 들어섰다. 오동나무 그늘이 쓸어놓은 절마당을 가로질러 안내되어 간 곳은 후원 깊숙한 선방이었다. 희명은 그곳에 누워 있었다. 속가의 옷에 긴 머리. 더이상 출가자의 행색은 찾아볼 수 없었다. 작년 이맘때, 온 계절을 석이로 하여금 그 모습을 떠올리고자 전전긍긍케 하였던 치열한 승무자의 모습은 남아 있지 않았다. 그림보다 더 그림 같았던 그녀는 이제 병보다 더 완연한 병색에 물들어 있었다.

그녀는 누운 채 머리맡에 눈짓을 해 보였다. 거기엔 언젠가 석이가 보내준 신문 스크랩 속의 승무도 사진 액자가 놓여 있었다.

그림 속 주인공이 나라고 생각하자 저절로 눈물이 났어요.

하지만 그녀는 밝게 웃고 있었다. 얼마나 환한 웃음이던지 꼭 그녀가 보여줄 수 있는 동작의 전부인 듯싶은 커다란 미소였다.

어찌된 일이요, 대체……

석이는 그녀 곁에 무릎을 꿇고 앉았다. 부여잡은 그녀의 손은 불규칙하게 떨리고 있었다. 불수의(不隨意)적인 경련이었다. 그녀는 죄송하다고 말했다가 이내 반가운 사람에게 웃음을 보일 수 있어 기쁘다고 고쳐 말했다.
    파킨슨증후군. 말초부터 조금씩 경직되기 시작해 마침내 전신마비에 이르는 근육병이었다. 춤꾼인 그녀에게 더이상의 천형(天刑)은 상상할 수 없었다. 더욱이 그녀의 경우 병의 진행이 몹시 빠른 편이라 했다. 완화제로 쓰이는 주사를 그녀 스스로 거부한 탓이었다. 부작용으로 따르는 정신이상과 불규칙한 경련의 치욕을 차마 보일 수 없던 것도 춤꾼의 업이었을까.
    얼마나 고마웠는지 몰라요.
    그녀는 석이를 위해 많은 기도를 올렸다고 말했다. 제 마지막 춤의 가장 진지한 목격자를 허락해준 불연(佛緣)에 끝없이 감사한다고 했다. 그렇게 말하고 있는 그녀는 평화로웠다. 기나긴 곡절의 여울을 건너온 피로가 느껴지는 평화였다.
    미안하오. 그림은…… 보여줄 수가 없소.
    태워버리셨다는 소식 들었어요.
    고개를 떨구고 있는 석이에게 그녀는 얼굴을 만져보고 싶다고 했다. 석이는 그녀의 손을 끌어 제 얼굴로 가져갔다. 서로가 서로를 위로하는 접촉이었음에도 두 사람의 표정은 몹시 어색했다. 그녀는 멋대로 떨리는 손의 경련을 참기 위해 애쓰고 있었고 석이는 오열을 짓씹은 어금니를 앙다물고 있었다.
    그해의 남은 절반을 석이는 고스란히 그녀 곁에서 보냈다. 매일 아침 낮예불이 끝나면 석이는 휠체어를 밀고 그녀와 함께 피안교를 건넜다. 산은 즐거운 시절로 두 사람을 맞았다. 그들 앞에 기다리고 있는 억겁의 별리에 앞서 윤회가 허락한 짧은 시간을 두 사람은 아낌없이 즐겼다. 휠체어가 갈 수 없는 길에서 석이는 그녀를 들쳐업고 산을 탔다.

　산꼭대기엔 비죽한 바위가 있었다. 새부리바위라 불렀다. 옛날옛적 아홉 해 아홉 달에 걸쳐 큰물이 졌다. 천지가 모두 홍수에 쓸려 사라지고 산봉우리에 겨우 새 한 마리 앉을 자리만 남았을 때 까마귀 하나가 그 자리에 내렸다. 혼자 남은 새는 외롭다. 외롭다 까옥까옥 울다 죽고 그 애달픈 부리가 변해 바위가 되었다.

　바위꼭지에 오르면 언제나 바람이 드셌다. 큰물 대신 큰바람이 세상을 쓸고 있었다. 그날도 희명은 석이의 등에 업혀 큰센바람을 맞고 있었다. 어깨에 얼굴을 얹고 서로의 뺨이 닿을 듯 가까웠다. 바람은 두 사람의 머리카락을 이리저리 옭아매고 있었다.

　땅이 꿈틀 일어설 것 같아요.

　이엄이엄 굽이치는 산자락은 또다른 산으로 이어지고 그렇게 산맥을 이뤄 뻗어나가는 광경은 말마따나 꿈틀대는 땅의 힘줄처럼 역동적이었다. 붉고 노란 단풍으로 물든 산은 붉은 가사에 금빛 비단으로 차린 승무복을 연상시켰고 급기야 대지 전체가 도약 직전의 숨을 고르는 나비춤을 떠올렸다.

　당신도 저렇게 춤을 춰보오.

　석이는 싫다는 희명을 억지로 바위 끝에 곧추세웠다. 드센 바람 앞에 옷자락이 펄럭이고 그 속에서 수수깡인형처럼 허약한 그녀의 몸피가 도드라졌다. 손가락 하나 제 힘으로 가누지 못하는 그녀임에도 어느새 나비춤의 기본자세를 따라 정(丁)자로 발을 딛고 있었다. 그러나 얼마 가지 못해 그녀의 몸은 허물어지듯 기울어 석이에게 안겼다. 석이는 속절없이 자란 그녀의 머리카락을 빗어넘기며 처음 만나 삭발을 해주었던 단옷날 새벽 이야기를 속삭였다.

　얼마 전 스승께서 수계(授戒)를 주겠다 하셨지만 제가 사양했어요. 마지막으로 나비춤을 추어보고 싶은 욕심에 한번 흉내 삼아 깎아보았을 뿐, 지금에 와선 다른 수행자들께 죄스럽기만 한 걸요.
 그녀는 중이 아니라 춤꾼으로 죽고 싶어했다. 자기가 죽거든 강에 뿌려달라고 말했다. 염불일랑 외지 말고 뱃노래를 불러달라는 거였다.
 저승강을 건너면서 그 장단에 맞춰 춤을 출 거예요. 명부로 가는 뱃전에서 너울너울 멀어지는 당신을 향해 배따라기를 추어드릴게요.
 싫소. 그런 춤 따윈 절대 보지 않겠소.
 진심이었다. 평생 그 춤을 그리지 못해 괴로워하는 스스로를 감당할 자신도 없었다.
 괴로워하지 마세요. 그리워도 말고 그저 꿈을 꾸세요. 저는 당신의 꿈을 춤추겠어요. 아름답지 않은가요? 멀어지는 뱃노래, 저승강을 건너는 물결의 소리…… 숱한 죽음을 건네준 사공은 태연히 노를 젓고 저도 그를 흉내내어 울음을 견디노라면 사공은 강물 한 바가지를 떠준대요. 이승을 잊는 망각수를 마시고 잠들면 무엇을 꿈꾸어도 좋을 가장 자유로운 혼돈이 저편에서 나를 기다릴 테지요.
 그래, 강물이여. 흐르는 망각수여.
 모래톱 위에 올라 있는 배는 처량해 보였다. 바람이 그랬을까, 아니면 강물이. 배가 올라앉은 모래톱은 물결 닮은 무늬를 이루고 있었다. 바싹 마른 갈대가 강바람에 쓰러졌다. 그래도 강둑으로는 잎샘추위에 조바심을 내던 꽃들이 불 번지듯 한꺼번에 몰아피어 있었다. 화사한 시절이었지만 석이는 계절이란 참 사나운 것이란 생각을 하고 있었다. 시간은 그렇게 차례를 미루지 않고 낳을 것과 거둘 것을 가르는 매정한 힘인지도 몰랐다.
 물에 띄우기 위해 배를 밀다 말고 석이는 문득 뒤를 돌아보았다. 지일스님을 비롯한 몇몇 비구니들이 그를 바라보고 있었다.

그런데 춤이란 무엇입니까, 스님?

느닷없는 질문을 지일스님은 은근히 눈을 감아 피했다. 조금씩 자리를 잡아가는 주름이 그녀의 입가에 드러났다. 희미한 미소로 대신 답을 삼는 초로의 비구니를 바라보며 석이는 강물과 바람이 흐르는 소리를 들어야 했다. 돌아서 물에 띄운 배에 몸을 실었다. 지일스님이 다가와 상자를 건넸다. 곱게 빻은 희명의 뼈를 담은 넛상자였다.

춤이 무언지 내게 묻지 말고 처사가 그려보시구려. 모르긴 하되 언젠가 처사가 그려낼 만다라(曼陀羅)가 있다면 그것으로 내 대답을 삼도록 해주시면 아니 되겠소?

석이는 노를 저었다. 될 수 있는 한 멀고 깊은 강심을 찾아 노를 저었다. 물빛이 가장 짙푸른 지점에 이르자 배는 저절로 물결을 타기 시작했다. 그 물빛 깊은 곳에서 산골(散骨)을 치렀다. 물색 짙은 배경 속에서 재로 화한 그녀의 육신이 훨훨 흩어졌다. 절반은 강물 속으로 절반은 바람 속으로 사라지는 고운 재를 바라보며 석이는 뱃노래를 불렀다.

에헤야 노야디야~ 핫저고리 벗어서 대문에 걸고요~ 파도치는 물결 따라 흘러나 가잔다 어기어차 노야디야~

춤추는 그녀는 보이지 않았다. 뜻밖에 떠오른 것은 노사와의 기억이었다. 나무기둥에 금단청을 베풀고 있는 노스승의 모습. 스승이 그리는 것은 연꽃이었다. 붉은 여덟 겹 꽃잎(八葉紅蓮)을 그리며 노사는 어린 석이에게 중얼거리고 있었다.

중앙의 꽃술을 여덟 개 꽃잎으로 감싸야 한다. 네 분의 부처와 네 분의 보살이 꽃잎 속에 깃들이시나니. 여덟 개의 꽃잎을 동심원으로 놓되 서로 포개어두는 것은 그림 속 꽃잎에 시간을 흐르게 함이다. 꽃으로 하여금 소용돌이를 일으키게 하는 것이다. 소용돌이는 한 곳으로 모이는 법이니 그곳을 갈마(羯磨, Karma)라 이른다. 중심이란 뜻이다. 따라서 만다라란 여덟 개의 깨달음과 보리심을 거쳐 더할 곳 없는 곳(無上正等覺)에 다다르려는 마음의 상징이다. 부처께서 법을 설하실 때 세상에 내리는 꽃을 두고 이르는 말이 곧 만다라화니라.

뼛가루를 모두 흩뿌린 후 넋상자마저 강물에 띄워보냈다. 두둥실 흐르던 상자는 물결 센 여울을 만나 몇 번 몸을 비챘다. 바글바글 강물이 끓어오르는 자리였다. 그녀의 마지막 말이 들려왔다.

꿈을 꾸세요. 내가 당신의 꿈을 춤추어드릴 테요.

석이도 강물을 향해 소리쳤다.

나의 꿈을 춤추어다오. 너의 꿈을 그리련다.

그는 금비늘 떨리는 강심을 가로질러 배를 돌렸다. 내처 맞은편 강안에 닿았을 때 강 건너 저편에는 여태껏 비구니 스님들이 그를 바라서 있었다. 진혼무를 추어주겠노라 나선 그녀들은 강변의 모래바람을 맞으며 마냥 그렇게 서 있기만 했다. 황사를 맞으며 피어난 꽃들이 그 황사바람에 쓸려 난분분 휘날리고 있었다.

*

음복으로 마신 몇 잔 술에 노인은 금방 취기가 도는 모양이었다. 고된 산역(山役)에다 걸쭉하게 놀아젖힌 뒤끝이라 석이도 술맛이 달았다.

살아서는 복도 작던 마누라쟁이가 죽어서는 무슨 횡잽지 모르겠소. 처사님 염불도 구성지지만 젊은 스님 바라춤도 참으로 감지덕지요.

노인은 마다는 현허에게 거푸 잔을 건넸고 젊은 행자는 잘 마시지도 못하는 술에 벌겋게 얼굴이 달아 있었다. 노인은 엉거주춤 돌아앉아 새 무덤에 술을 부으며 버럭 소릴 쳤다.

"안 그런가 말여, 임자! 이래도 내가 돌부처에 미쳤다고 타박이나 놓을 거냐고, 허……"

노인의 눈길은 치솟은 바위벼랑을 따라 높은 곳으로 흘렀다. 바위는 흐릿한 운무에 쌓여 있었는데 석이는 노인이 왜 자꾸 그곳을 향해 장탄식을 흘리는지 궁금했다. 건주정이라도 부리듯 노인은 하염없이 중얼거리고 있었다.

"이녁이 뭐라 해도 이만 싶은 명당자리도 없는 게야. 세상에 부처님 발치께 무덤 쓰는 호강을 누린 혼백이 또 있는가 어디 저승을 다 뒤져보소."

석이는 슬그머니 노인의 곁에 쭈그려앉아 남은 술을 따라올렸다. 노인의 입시울에서 술잔을 빠는 소리가 씁쓰레 울렸다.

"석수장이 한가지로 환갑 진갑을 보냈구려. 일생 남의 무덤에 묘석이나 새겨주고 시답잖은 돌장승이나 쪼았으니 돌가루 비벼먹으란 팔자밖에 더 되겠소. 헌데 것도 인연이라면 참으로 쇠심줄 같은 인연입디다.

아무리 넓다 해도 어려서부터 집 뒤꼍쯤으로 여겨온 산비탈이었다. 그런 산곡에 노인의 말년을 옴짝달싹 못 하게 묶어둘 무엇이 숨어 있었다. 노인은 마애불을 쪼기 시작했다.

"남들에 앞서 마누라부터 미쳤다고 헙디다. 그나다 죽술연명이나 시켜주던 일자릴 작파하고 멀쩡한 바위산을 쪼겠다그 나섰으니…… 아는 이들도 하나같이 평생 돌 부순 죄값으로 썩돌(썩은 돌)귀신이 씌웠다고 쑥덕질이었지요. 하지만 어쩌겠소. 불모(佛母, 불상을 만드는 사람) 소리야 언감생심이라 쳐도 바위 속에 갇혀 계신 부처님이

오죽이나 답답하셨으면 이 시원찮은 석수를 다 불러세웠을 것이요.
　노인은 담배를 빼물었다. 바람 탓에 라이터에선 좀체 불이 붙지 않고 마른 불똥만 번뜩였다. 때마다 노인의 얼굴에 새겨진 주름이 선연히 도드라졌다.
　종생을 두고 다시없을 일이다 싶던 참이었는데 마누라 구박이 젤로 듣기 싫습디다. 해서 아예 연장망태를 짊어지고 이곳에 산막을 차려버린 게지요. 애당초 한두 해 작심으로 될 일은 아니다 싶었지만 어찌된 노릇인지 빤히 들여다보이는 부처님 상호에서 돌을 들어내기가 여간 일이 아니었소. 평생 저렇게 멋대로 결이 진 돌은 첨이요.
　그럴수록 노인은 결기가 났다. 공연한 화풀이로 할망구와 부딪히기 일쑤라 사흘걸이로 내려가던 집구석이 열흘, 보름 하는 식으로 멀어져갔다.
　그러던 것이 끝내는 이렇게 마누라마저 싸짊어지고 올라와버리고 말았구려. 히……
　한숨서껀 담배연기를 뱉어내며 노인은 히물히물 얼빠진 웃음을 흘렸다. 석이는 노인의 민망한 얼굴색을 피해 고개를 돌려야 했다.
　미완의 마애불은 보이지 않았다. 옅은 안개구름 사이 설핏 드러나는 바윗살조차 눈에 덮여 어디에도 부처의 모습은 보이지 않았다. 석이는 차라리 그 편이 나을지도 모른다 생각했다. 마애불이라는 인공품보다 돌 속에서 부처를 꿈꾸어낸 노인이 더 두려웠다. 노인의 꿈에 의해 부처는 다시 태어날 것이다. 이천오백 년 전 부처는 마야부인의 꿈을 탁태(托胎)하여 세상에 나왔지만 지금에 와선 저 늙은 석공의 꿈을 빌려 다시금 현현할 것이다. 늙은 석공이 쪼고 있는 것은 스스로의 꿈이었다. 누가 뭐라 해도 그는 불모라 불려야 했다.
　어럽쇼, 이건 또 무슨 조화랴?

어느 결에 끼어든 귀에 거슬리는 목소리. 순간 노인의 안색이 돌처럼 굳었다. 산비탈을 거슬러오는 이들은 정복 차림의 경찰과 완장을 두른 산림경관이었다.

아니, 노인장! 이건 안 되죠. 어쩌자고 국유지에 산소를 쓰시고……

……

노인은 대꾸할 말을 찾지 못하고 망연히 두 사람을 바라보고 있었다. 산림경관은 가쁜 숨을 몰아쉬며 언성을 높였다.

그러잖아도 노인장한테 영장이 떨어져서 찾아왔는데, 이건 진짜 배기로 산 너머 산일세.

공무원은 옆구리에 낀 서류가방에서 종잇장 하날 꺼내 노인 앞에 내밀었다. 그의 설명으로 미루어 노인에겐 예전에 국립공원 훼손 혐의로 벌금형이 선고되었고 벌과금이 납부되지 않자 마침내 구금명령이 내린 모양이었다. 경관은 쓴 입맛을 다시며 노인의 어깻죽지를 잡아끌었다.

우리도 이렇게까진 하고 싶진 않지만, 어쩌겠어요? 법이 그래논 걸……

노인은 거칠게 경관의 손을 뿌리쳤다.

감옥소를 가도 내 발로 갈 것이고 콩밥을 먹어도 내 입으로 먹겠소만 시방은 갈 수가 없소.

단호히 말해놓고 노인은 붉어진 눈으로 바위봉우리를 올려다보았다.

저 눈만 녹으면 다시 바위를 탈 거요. 올봄 한 철만 매달리면 끝을 볼 테니 그때 가서 내 발로……

무슨 소리요. 바로 그 때문에 벌어진 사단인데……

그렇게 옥신각신 실랑이를 벌이는 사이에 석이와 현허가 끼어들어 노인의 역성을 들었다. 산림경관은 기다렸다는 듯 눈을 부라렸다.

옳지, 공무집행을 방해하시겠다. 당신들도 마찬가지요. 국유림 훼손의 공범이니 같이 서로 가야쓰겠소.

그래야 하나요?

머리를 긁적이며 석이는 순진하게 웃어 보였다. 하고는 슬그머니 고개를 돌려 현허를 향해 살짝 눈짓을 보냈다. 현허가 고개를 끄덕거리는 순간 석이는 벼락같이 돌아서서 두 경관을 냅다 떼밀어버렸다.

에쿠! 야, 거기서! 저놈 잡아라!

난데없는 호루라기 소리가 어지럽게 바위산에 부딪혔다. 두 사람은 있는 힘껏 산자락을 치달았다. 경관들도 잡아먹을 듯한 기세로 그들을 뒤쫓았다. 그러나 끝내 두 사람을 붙들 순 없었다. 신나게 도망가며 현허는 미리 낚아챈 산림경관의 서류가방을 열어 안에 담긴 공문서를 눈 쌓인 계곡 아래로 훨훨 뿌렸다. 바람에 흩날리는 중요 서류를 챙기느라 경관들은 이리저리 발만 동동 굴렀다. 멀어지는 두 사람의 뒤꼭지에 악에 받친 욕말이 메아리쳤다. 이 날땡초들아……

읍내에 내려왔을 때 짧은 겨울해는 이미 서산을 넘어가 있었다. 파장을 맞은 장터엔 썰렁한 겨울바람이 쓰레기를 흩날리고 있었다. 밤길을 밝혀 다음 장으로 건너가야 하는 장꾼 몇몇이 드럼통 장작불을 쬐며 서성거렸다. 어두운 땅 위에 그들의 불콰한 그림자가 어른거렸다. 맥장꾼모양 공연히 빈 장터를 서성이던 석이는 현허의 손을 끌어 좌판에 앉았다. 불을 뺀 가마솥엔 팥죽이 식어가고 있었다. 두 사람은 천천히 숟가락을 놀렸다.

어디로 갈 거요?

동시에 그렇게 말해놓고 두 사람은 서로를 바라보며 웃었다. 짧은 웃음 끝에 현허가 먼저 풀죽은 목소리로 말했다.
　아무래도 집에는 한번……
　누가 계슈? 어머니?
　현허가 고개를 끄덕였다.
　큰 불효 하셨소, 부모 생전 출가라니……
　현허는 또 고개를 끄덕여 보였다. 시무룩 한참을 땅만 내려보고 있던 그가 피식 웃음을 흘렸다.
　근데요, 머리 깎은 저를 보고 어머니께서 뭐라시던지 아세요?
　뭐라십디까?
　'성불하시우.' 꼭 그 한마디뿐인데 그 말씀이 또 어찌나 매정스레 들리던지……
　현허는 바닥이 드러난 죽그릇을 득득 긁고 있었다.
　갑시다.
　석이는 툴툴 바지를 털었다. 헤어져야 할 시간이었다. 다모토릿집에서 흘러나오는 젓가락 장단을 뒤로 하고 두 사람은 장터를 벗어났다. 그들은 긴 그림자를 질질 끌며 말없이 걸었다. 저만치 간이역의 불빛이 꼬박꼬박 졸고 있었다. 거기까지만 허락된 동행이라고 느낀 순간 석이는 문득 멈춰 서서 현허의 옷자락을 붙들었다.
　딱 한 가지만 물어볼 것이 있소.
　현허는 말간 눈으로 석이를 바라보았다.
　석이는 마침내 진종일 입 속에 머금고 있던 질문을 꺼냈다.
　대관절 춤이란 무엇이요?
　물론 답을 듣고자 던진 물음은 아니었다. 지난 수년간 그래왔듯 다시 한번 스스로를 저주하는 주문을 되뇌었을 뿐이다.

춤이요?

짧은 반문을 되던져놓고 젊은 구법자는 큰 눈을 몇 번 섬벅였다.

뚜우— 간이역을 떠나는 화물열차가 경적을 뿌렸다. 경적의 긴 여운이 가라앉았을 때 현허는 무어라고 입을 씰룩거렸다. 그러나 미처 그의 대답을 들을 순 없었다. 호루라기 소리 때문이었다. 그때서야 두 사람은 자신들이 서 있는 장소가 영림서 앞이란 사실을 깨달았다.

잡아랏! 맞다, 아까 그 땡초들이다! 거기 서 이 쉐끼들! 저녁답의 고요를 꿰뚫는 외침. 경찰의 모습을 확인하는 순간, 뛰어! 석이는 후닥닥 되돌아 달아나기 시작했다. 현허도 덩달아 뛰었다. 두 사람은 선로를 따라 치달았다. 숨가쁜 발길에 선로의 자갈이 이리저리 튀었다. 화물열차의 외눈박이 전조등이 요란하게 스쳐갔다. 철거덕철거덕. 찰나 석이는 안간힘을 다해 몸을 날려 열차 꽁무니에 매달렸다. 간신히 사다리를 부여잡고 석이는 고개를 돌려 외쳤다.

타, 빨리!

한껏 손을 내밀었다. 잡았다 싶은 순간 와락 힘을 주었다. 그러나 딸려온 것은 허망하게 벗겨진 현허의 실장갑이었다. 닿을 듯 말 듯 쫓아오던 현허는 도리어 조금씩 멀어지고 있었다. 석이는 열차의 굉음을 이기느라 더 크게 고함을 질러야 했다.

조금만, 조금만 더!

목줄기에 불끈 힘줄이 돋았다. 그러나 한순간 현허는 그만 침목에 발이 걸려 선로 위에 나동그라지고 말았다. 그는 다시 일어서 뛰었지만 한쪽 발을 절뚝이고 있었다. 철거덕철거덕, 기차는 점점 속력을 높였고 삐익—삑, 뒤쫓는 경찰의 호루라기 소리는 점점 가까워졌다. 석이는 안타까이 벌어진 현허와의 허공에 대고 마냥 팔을 뻗치고 있었다. 기차 뒤꽁무니로 침목이 어지럽게 흘러갔다. 바람이 때리는 귀청에서 쇳소리가 찢어졌다.
 철거덕철거덕. 화차 위에 엎드려 자세를 잡은 석이는 서둘러 바랑을 뒤졌다. 스케치북을 꺼냈다. 그가 찢어낸 장은 아까 무덤 앞에서 바라춤을 추던 현허의 크로키였다. 하얀 종잇장이 펄럭 어둠 속을 날았다. 달려오던 현허는 가까스로 몸을 솟구쳐 그림을 받아냈다. 그리고는 선로를 따라 멀어지는 석이를 향해 활짝 그림을 펼쳐 보이는 거였다. 그의 뒤로 득달같이 경찰관 무리가 덮쳐들었다. 마을을 벗어나는 기차는 다시 한번 긴 경적을 뿌렸다. 늑대 울음처럼 긴 여운을 끌며 기차는 강을 가로지른 철교로 접어들고 있었다.

순회 법정

K는 화물을 덮는 포장천을 뒤집어쓰고
음산한 림보의 첫인상을 바라보았다.
패잔한 군대의 사열식을 보고 있는 기분이었다.
그런 기분은 이어지는 시가지의 풍경에서도 계속되었다.
림보는 소읍치고는 제법 규모가 있었음에도
거리에는 진공상태라 할 만큼 인적이 없었다.
K는 황량한 월면(月面)의 어디쯤을 헤매고 있는 것 같은
소외감을 떨쳐버릴 수 없었다.

철로변에는 아무런 소리도 들리지 않았다. 검게 타르를 입힌 침목 위로 눈이 내리고 있었다. 시야를 가릴 만큼의 눈발은 아니었다. 눈 쌓이는 소리라도 들릴 듯 고요한 직선을 그리는 강설 속에 드문드문 나목(裸木)이 서 있었다. 거뭇한 침목이 듬성한 간격으로 멀어져갔다. 철로는 그 동선을 따라 휘우듬한 궤적을 그리며 산곡 저편으로 사라지고 있었다. 산간역(山間驛)은 흡사 초점이 맞지 않는 흑백사진 같은 배경 속에 자릴 잡고 있었다.

    기차는 연착이었다. K는 그 사실을 확인이라도 하듯 손목시계와 차표를 번갈아 보았다. 허연 입김이 허공에 퍼졌다. 그가 초조해할수록 사위는 정적 속으로 한결 가라앉는 느낌이었다. 첩첩한 산그림자는 눈발로 인해 아스라하게 보였고 과연 그 적막 속에서 기차바퀴의 진동은 오래 전부터 이 황량한 간이역을 잊은 듯싶었다. 그다지 많은 시간이 지난 건 아니지만 분명 기차는 연착이었고 그건 K가 미처 계산에 넣지 못한 일이었다. 그럼에도 간이역은 지극히 태연한 고요에 싸여 있었고 비로소 무언가 빗나가고 있다는 예감이 K를 초조하게 재촉하고 있었다.

낯선 길이라 그럴 테지. K는 그렇게 중얼거렸다. 하지만 아무리 낯설다고 해도 지금 그가 느끼고 있는 감정은 다소 과도한 것이었다. 엷은 절망감이라고 해도 좋을 이런 기분은 따지고 보면 연고도 없는 외진 곳으로의 좌천과 이곳 지방법원에만 존재하는 순회 법정 서기라는 자신의 낯선 새 직함에서 비롯된 것일 테지만 여하튼 외딴 간이 정거장의 분위기는 불안할 만큼 생경한 것이었다. 물론 그의 감성이 민감한 탓일 수도 있었다. 생경하다고는 하지만 실상은 어디선가 많이 본 듯한, 그러니까 연하장이나 그림엽서 따위에서 흔히 보았음직한 그런 한 장면 속에 불쑥 발을 들여놓은 것 같은 심정이기도 했다.

플랫폼에는 마땅히 눈을 피할 곳조차 없었다. 그는 손에 든 무거운 사건 서류철이 눈에 젖을까 싶어 트렌치코트를 벗어 보따리를 감쌌다.

자판기는 계속해서 지폐를 뱉어냈다. 커피를 즐기는 편은 아니었지만 자판기가 지폐를 거부할수록 그의 혀는 카페인에 갈급증을 일으켰다. 그가 짜증스런 동작을 반복하는 중에 마침 곁을 스쳐가던 늙은 철도원이 끼어들었다.

"인 내보시우."

노인은 무슨 요술이라도 부리듯 낡은 지폐를 손바닥으로 두어 번 비벼 자판기에 밀어넣었다. 그러자 정말 자판기에 불이 들어왔고 노인은 물어보지도 않고 밀크커피의 버튼을 누르고는 선로 위로 내려가 잘각잘각 자갈을 밟으며 걸어갔다.

"기차가…… 가끔은 늦기도 하지요?"

철도원과 떨어진 거리 때문에 K는 다소 목소릴 높여 물었다. 노인은 힐끔 그를 훌겨보았을 뿐 선뜻 대답 없이 선로의 신호등 닦는 일에 열중해 있었다.

"타지에서 오신 게로군."

노인의 늦은 대꾸에는 이 지역 특유의 사투리 억양이 옅게 묻어나왔다.

"기차는 오지 않는다오."

"예?"

"눈이 오면……"

노인은 다시 자갈 밟는 소리를 내며 다가와 K의 정면에 대고 또박또박 대꾸했다.

"기차는 오지 않는단 말이외다."

"아니 이만 눈에 기차가 다 멈춘단 말씀입니까?"

노인은 K를 향해 눈살을 찌푸렸다. 그리고는 철로를 따라 손가락을 쭈욱 뻗어 산그림자가 겹쳐 있는 먼 데를 가리켰다.

"기차는 저 아득한 산맥을 넘어온다오. 이곳에선 저 산맥이 곧 하늘의 가장자리인 셈이오. 여기는 가랑눈이 내리지만 저 능선 너머는 닷새 넘어 눈사태가 졌을게요. 기차가 오지 않은 지 꼭 그만큼이니까 보지 않아도 알 수 있지. 경사진 스위치백 선로란 웬만한 눈에도 동륜(動輪)이 헛돌게 마련이거든."

그렇게 말하는 노인이 왜 자기를 훌겨보는지 K는 알 수 없었다.

"하지만 제게 표를 팔지 않으셨습니까?"

"그게 나의 일이라오."

노인은 젖은 걸레로 제복 위에 쌓이는 눈을 털어내며 태연스레 답했다. 늙은 철도원은 왼팔죽지에 두른 완장을 가리켜 보였다. 그의 움직임에 따라 뒷주머니에 꽂아두었던 붉은 신호기(信號旗)가 교묘하게 흔들렸다.

"표를 팔고 선로의 안전을 확보하는 일이 내 임무요. 그건 기차가 오건 오지 않건 조금도 상관없는 일이지."

늙은 철도원은 확신에 찬 목소리로 말했다.

"젊은 양반이 보다시피 철도의 체계란 저렇게 길게 이어진 연결인 게요. 먼 곳에서 와서 또 지체없이 먼 곳으로 이어지는, 단순하기 짝이 없는 쇠막대의 평행선이지만 그 연장선의 어느 한 곳이라도 지장이 생기면 그 다음의 나머지는 아무짝에도 쓸모 없는 부분이 되고 마는 게요. 철도란 그렇게 결코 끊어져서는 안 되는 연장선이며 철도원으로서 나는 그 기나긴 연결의 일부분을 책임지고 있소. 기차가 지나가는 것과 내가 이 역의 선로를 관리하는 건 전혀 별개의 일이란 걸 알아주었음 싶소. 선로를 이용하는 것은 여객일 수도 있고 화물일 수도 있소. 아시겠소? 그러니까 선로 위로는 가령 기차가 아니라 그 어떤 것도 지나갈 수 있고 그걸 결정하는 건 출발지인 시단역(始端驛)의 관할이오. 분명히 말해두지만 무엇이 지나가건 나로선 선로의 유지와 안전을 위해 최선을 다하면 그뿐이오. 설령 이즈막처럼 헛바람만 쓸고 간다고 해도 언제고 기차가 지날 테니."

돌아서 걸으며 노인은 접어올렸던 옷소매를 끌어내렸다. 철도원으로서의 신분을 보장해주듯 금줄 두른 소매가 나타났다. K는 뛰어가 노인 앞을 가로막았다.

"제겐 시간이 없습니다. 한 시간 내에 어떻게든 법정에 닿지 않으면 안 됩니다. 이 사건철이 없으면 여러 건의 재판이 열리지 못한다구요."

그런 말끝에 K는 자신의 새 직분과 그것도 첫 출근길이란 사정을 간곡히 밝혔다. 늙은 철도원은 제모의 모자챙을 더욱 깊이 눌러썼다. 가뜩이나 움푹 꺼진 노인의 눈자위가 짙은 그늘 속으로 한층 깊어졌다. 급기야 K는 버럭 신경질을 냈다.

"노인장께서 미리 기차가 오지 않는다는 말씀만 해주셨어도 제가 이렇게 아까운 시간을 허비하진 않았을 게 아닙니까!"

철도원은 비웃음을 흘리며 대꾸했다.

"이보시우, 법원서기 나리. 철도처럼 정확한 체계란 냉정해야 하는 법이오. 그건 만인을 상대하기 때문이지. 누구나 철도를 이용할 수 있으니까. 그걸 반대로 뒤집으면 철도를 이용하려는 자는 그 누구든지 철도의 규칙을 따라야만 한다는 뜻이오. 그건 당신이 취급하는 법이라는 것과 영락없이 닮았지. 법이란 필요한 사람이 들춰보기 전까진 법전 속에서 깊은 잠에 빠져 있게 마련이니 아니 그렇소?"

노인은 옅은 기침을 콜록인 뒤 아무렇지도 않게 때 탄 걸레로 수염이 거뭇한 입 주위를 문질렀다.

"이 역이 아무리 작다 해도 매일 아침 열차를 이용하는 통근자와 통학생만도 적지 않다오. 하지만 주위를 한번 둘러보슈. 그 사람들이 다 어딜 갔겠소. 물론 지역신문에 철도 불통안내가 나오기는 하지만 누구도 그따위 작은 기사에 눈길을 두진 않지. 그들은 이미 스스로 알아서 다른 교통편을 이용하고 있는 거요. 불평이야 하겠지만 자기 생활을 철도의 규칙에 맞춰야지 철도로 하여금 자기 일정을 따라오게 할 순 없는 노릇 아니겠소. 다시 말해 철도의 냉정함을 잘 알고 있다는 뜻이요. 젊은 양반! 만일 내가 당신이라면 기차도 닿지 않는 산간역 철도원과 입씨름을 벌일 시간에 차라리 부지런히 걷기라도 했을 거요."

사실 노인의 말이 끝나기도 전에 K는 벌써 내닫고 있었다. 그러나 개찰구를 빠져나간 그는 곧 역으로 되돌아오지 않을 수 없었다. 한산한 역전에는 마땅히 택시 한 대 보이지 않았다. 그는 철도원에게 택시를 불러달라고 부탁했다. 노인이 전화를 거는 동안 K는 개찰구 주위를 어지럽게 맴돌았다. 역사의 담을 따라 늘어선 측백나무 가지에 눈이 쌓이고 있었다.

초조한 탓이었을까. K에겐 금세 적막 속으로 되돌아간 간이역의 고요함이 체증처럼 가슴에 얹혔다. 그 속에 이따금 자갈을 밟으며 선로를 오가는 늙은 철도원의 성실한 발걸음만이 오락가락 들려왔다. 플랫폼 중간에는 탑시계 하나가 눈을 맞고 서 있었다. 시계의 자판을 맴도는 초침을 바라보며 K는 자신의 소중한 일과가 모래시계 속 모래알처럼 솔솔 빠져나가는 느낌을 받았다.

한 사내가 역 구내로 들어섰다. K의 곁을 스쳐가는 사내에게서 풍기는 술냄새는 이른 아침이라 더욱 역하게 느껴졌다. 사내는 선로 건너에 있는 철도원을 향해 익숙한 말투로 인사를 건넸다. 사내와 철도원은 그렇게 몇 마디를 주고받았다. K에게까지 자세히 들리진 않았지만 그들은 오지 않는 기차에 대해 이야기를 나누는 것 같았다. 사내는 철도원에게 뭔가 푸념을 두덜거리고 돌아섰다. 그가 자판기 앞에 멈춰 섰을 때였다. 집어넣는 족족 지폐가 되돌아나오자 사내는 자판기를 향해 냅다 발길을 휘둘렀다. 발길질은 여러 차례 계속됐고 철도원이 부리나케 뛰어와 사내에게 호통을 질렀다. 사내는 에익, 소리와 함께 한 번 더 자판기를 걷어차고는 역사를 빠져나갔다. 씩씩거리는 그의 거친 숨결이 기적(汽笛)처럼 멀어져가자 이내 역사는 좀전의 적막 속으로 되돌아갔다.

"도대체 택시는 왜 안 오는 겁니까?"

K는 탑시계를 가리키며 철도원에게 따져물었다. 철도원은 어깨를 한번 으쓱해 보이고 매표소 안으로 들어가 다시 택시회사에 전화를 걸었다.

"안됐지만 그쪽으로 가겠다는 기사가 없는 모양이오."
"아니 건 또 왜죠?"

그렇게 소리치는 K의 목소리는 가늘게 떨고 있었다. 치미는 분노를 삼키느라 목울대가 꿀꺽 울었다. 늙은 철도원은 여일하게 사무적 친절 이상도 이하도 아닌 말본새로 이렇게 대꾸했다.

"젊은이가 가려는 림보(林堡)는 바로 다음 역이오. 철도상으로는 십일 킬로미터이니 느린 화물열차로도 십오 분이면 충분하지만 그건 어디까지나 터널을 뚫고 가는 길이요만 차편이랴면 저쪽 산길 따라 비행기재를 넘어야 하니 갑절도 더 걸릴 거리라오."

노인의 검지는 다시 반대편 산능선을 짚어 보였다.

"아까도 말했다시피 산맥 너머는 여간 폭설이 아닌 형편이다보니 그 험한 고갯길을 넘어갈 엄두가 안 나는 모양인 게지."

"그렇다면 전혀 방법이 없다는 말씀이십니까?"

이제 K는 차라리 애원조에 가까운 말투로 철도원을 붙잡고 늘어졌다.

"글쎄요. 그 먼 길을 걸어가랄 수도 없고…… 아참, 그러고 보니 아까 최가가 그쪽으로 가는 길일 텐데."

K는 직감적으로 최란 자가 좀전의 술 취한 사내란 걸 알아차리고 서둘러 역사를 빠져나갔다. 역사 앞에는 낡은 소형트럭 한 대가 시동을 걸고 있었고 최란 사내는 막 운전석에 올라타려는 참이었다. 뒤따라온 철도원이 사정을 부탁하자 최는 선선히 K를 향해 올라타라는 턱짓을 해 보였다.

트럭 안은 몹시 지저분했다. 수북이 넘쳐나는 재떨이하며, 반나마 술이 남아 있는 소주병이 조수석 바닥에 뒹굴고 있었다. 좌석 뒤쪽에는 커다란 종이박스 서너 개가 아무렇게나 쌓여 있었다. K는 새삼

순회 법정 57

사내가 술에 취한 상태란 걸 떠올리고 음주운전으로 폭설 속의 고갯길을 넘는다는 게 불안했지만, 그런 걸 따질 계제는 아니었다. 이미 제 시간에 법정에 대긴 늦은 시간이었다.

그러나 최라는 사내는 여유작작 급할 게 없었다. 눈이 들이치는 것도 아랑곳 않고 열어놓은 창틀에 팔을 걸친 채 담배를 뻐끔거렸다. 그런 여유가 꼭 담배를 다 태우기 전까진 전혀 출발할 의사가 없다는 무언의 표시처럼 비쳤다. K는 저도 모르게 손가락으로 시계 유리를 두들기고 있었다.

"급하슈?"

"예? 아, 예! 그게 좀……"

K는 얽혀버린 아침 일정을 구구하게 설명하고 가능한 한 빨리 데려다달라는 부탁과 함께 충분한 사례의 언질까지 잊지 않았다. 사내는 알았다는 듯 고개를 끄덕여 보였다. 그러나 그는 끝내 태우던 담배가 필터만 남아서야 운전대를 잡았다.

차가 움직이자 K는 트럭이 보기보다 더 낡았다는 사실을 알았다. 해수 든 노인네의 숨결처럼 엔진에선 불규칙한 너킹이 끊이지 않았고 탄력을 잃은 서스펜션 탓에 조금만 턱을 밟아도 차체는 날뛰듯 덜컹거렸다. 때마다 K의 발 밑을 뒹굴던 술병에서 찔끔거리며 새나온 술이 구두와 바짓단을 적셨다. 다만 술이 취했음에도 불구하고 사내의 운전솜씨만은 능숙한 것이었다. 눈이 쌓여 흐릿한 도로를 손금을 읽듯 정확히 읽어냈다.

최란 사내는 줄담배였다. K는 호흡까지 거북했다. 담배연기를 빼려고 창문을 열려 했지만 최는 그마저 제지했다.

"추우니 그냥 갑시다. 히터가 고장이라."

아닌게 아니라 아까부터 발끝이 몹시 시리던 참이었다. 오래도록 서성인데다가 물기에 젖은 구두 위로 찬바람이 스몄다. 발가락 새가 가려웠다. 어려서부터 겨울이면 어김없이 동상에 걸리곤 하던 그였다. 한번 가렵다 생각되자 견딜 수 없을 만큼 발끝이 찌르르 울렸다. 사내가 뿜어내는 담배연기에 눈시울까지 따가웠다.

마을이 끝나고 나타난 들길이 차츰 구릉으로 이어졌다. 경사가 급해질수록 도로의 굴곡도 그만큼 춤을 추었고 더불어 눈발이 굵어져 갔다. 핸들을 돌리는 최의 손길이 바빠졌다. 차가 좌우로 쏠릴 때마다 그의 잇새에 질경질경 씹히는 담배꽁초도 덩달아 이리저리 오고 갔다. K가 보기에 그건 어설픈 장기자랑처럼 보였다.

"림보엔 무슨 일로 가슈?"

그렇게 묻는 최의 얼굴은 담배연기를 피하느라 한껏 찡그리고 있었기에 K는 상대가 시비를 걸어오는 것 같은 느낌이 들었다.

"그냥 볼일이 좀……"

쏠리는 차체에 몸을 지탱하느라 한 손은 천장의 손잡이를, 한 손은 서류 보따리를 각각 움켜잡은 어색한 태도로 K는 적당히 말끝을 흐렸다.

"혹시 순회 법정에 가는 길이슈?"

K의 어리둥절한 표정을 마주 보며 사내는 씨익 웃어 보였다. 담뱃진에 누렇게 전 잇새를 몽땅 드러내는 기분 나쁜 미소였다.

"형씨가 신줏단지처럼 끼고도는 보따리에 박힌 고놈의 법(法)자 마크를 보고 알았수. 한때는 이 몸도 법무부에서 주는 공밥을 얻어먹은 적이 있시다."

사내는 더욱 크게 잇몸을 드러내며 낄낄거렸다. K는 어색한 웃음으로 응대를 하며 슬그머니 고개를 차창 쪽으로 돌렸다.

"국립호텔서 얻어먹은 밥이 얼마나 황송했는지 지금도 법자 마크만 보면 엊그제 삼킨 밥알까지 곤두선다니까. 왜 그런 거 있잖수? 그런 델수록 힘 없는 놈, 못 가진 놈, 빽 없고 줄 못 타는 놈이 더 천대 받는 거 말이우. 고 법자 마크 단 분들이 달래주는 척 후려치는 데는 진짜 넌더리가 나거든."

최는 정말 끄윽 하고 신트림까지 게웠다. 물씬 차 안에 퍼지는 역겨운 냄새를 참으며 K는 어설프게 변명을 붙였다.

"저는…… 민사 쪽이라 형사관계는 잘……"

"형씨가 이쪽이 첨이라 잘 모르시는가본데, 순회부엔 민형사가 따로 없시다. 짝수 달엔 민사, 홀수 달엔 형사, 번갈아 재판이 진행되는 거요. 해서 림보에서는 재수 없으면 약식재판을 받으려고 두 달 동안이나 구류를 살아야 하는 일도 있단 말이지."

"설마…… 그건 명백한 형사소송법 위반인걸요?"

"그러게 내가 말하지 않수. 위해주는 척 뒤통수 갈기는 짓이라고. 말이 좋아 벽촌을 위한 순회 법정이지, 그 때문에 골병 드는 건 바로 그 벽촌에 사는 촌뜨기들이거든."

"……"

그쯤에서 모퉁이를 돌던 트럭이 크게 출렁였다. 쌓인 눈에 바퀴가 헛돈 때문이었다. 최는 절묘하게 운전대를 휘감아 방향을 틀었다. 갈수록 고갯길은 요동치듯 구절양장을 이루었다. 비행기재란 이름값을 하는지 경사는 숨이 받치게 치솟았고 곳곳에 포장이 파인 노면을 타고 바퀴는 요란한 마찰음을 토해냈다. 어찌된 노릇인지 가까이 다가갈수록 고개 정상은 더욱 아슴푸레 멀어지는 듯싶었다. 드세진 눈발에 와이퍼 속도를 높였지만 처음부터 조수석 쪽 와이퍼는 작동하지 않았기에 K는 외눈박이라도 된 듯 답답한 조망 속에 갇혀 있었다. 별안간 솟구치는 경사면에서 속절없이 운전대와 따로 노는 바퀴를 어쩌지 못하고 최는 결국 체인을 쳐야겠다며 차를 세웠다. 혼자 차 안에 남아 있기가 미안스러워 밖으로 나서자마자 후려치는 듯한 눈보라가 K의 뺨을 갈겼다. 눈은 거친 왜바람을 타고 어지러이 흩날렸다. K로선 제대로 서 있기조차 힘들었건만 최는 젖은 담배를 질겅이며 익숙한 솜씨로 잭을 돌렸다. 씽씽 귀청을 가르는 눈보라 속에서 최의 숙련된 손동작에 맞춰 기어가 맞물리는 소리가 경쾌하게 들렸다. 잠시 후 보란 듯 체인 장착을 마친 최는 잭의 러크를 손가락에 끼워 서부영화의 총잡이같이 휘리릭휘리릭 멋들어지게 돌려 보였다. 그쯤은 일도 아니라는 표정으로 씨익 웃어 보인 그를 따라 K도 다시 차에 올랐다. 젖은 담배를 꺾어버리고 새 담배에 불을 붙이는 그의 모습이 새삼 믿음직하게 다가왔다.

"왜 다른 곳에선 이름도 못 들어본 순회 법정이 림보에 생겨난 줄 아슈?"

최가 새롭게 자신감 넘치는 손길로 핸들을 휘감으며 말허릴 이었다. 흡사 누가 엿들을세라 그의 말투는 은근히 가라앉아 있었다.

"그건 사실 림보라는 요새를 깨뜨리려는 바깥세상의 술책이오."

"술책이라뇨?"

의아해하는 K의 반문에 대해 최는 의미심장하게 고개를 끄덕였다.

"울 아버지부터 그렇지만 림보는 원래 개척민들에 의해 만들어진 마을이오. 말이 좋아 개척민이지 따지고 보면 처치 곤란한 부랑아나 행려인을 쓸어모아두다시피 한 수용소나 마찬가지였시다. 탄광개발이란 허울 좋은 명목 아래 강제노역이 시작됐지만 개척민들은 갱도 막장을 지들 인생막장으로 알고 끽 소리 않고 탄도낄 휘둘렀던 거요. 하지만 사정이 달라졌지. 석유파동이 나고 탄경기가 바람을 탔을 때 다른 지역 탄광이 광맥을 찾아 심지어 해발 아래까지 파들어가야 했을 때 림보가 새로운 노다지로 각광을 받기 시작했시다. 채탄 비용이 제일 싸게 먹혔으니까. 자고 일어나니 세상이 바뀐 거지. 그야말로 순식간에. 저길 좀 보슈."

최는 눈바람을 타는 맞은편 산비탈을 가리켰다. 조급하게 시계를 들여다보고 있던 K는 그의 손가락을 따라 급히 눈길을 돌렸다.

"이쪽은 원시림 그대로의 울창한 숲이지만 저쪽 사면은 온통 흙벼랑 아니오. 순식간에 갱목과 동발로 깡그리 벌채된 거지. 그만큼 탄경기가 절정이었단 뜻이오. 부랑아 마흔세 명과 똥갈보 열한 명으로 시작한 마을이 인구 이천의 대형탄좌가 되면서 복닥불이 일었시다. 이슬이나 막아주던 까대기집들 사이에 석탄회관이 서고 술집, 밥집, 찻집에 뒤따라 급기야 기차역에 읍사무소까지. 탄바람에 불이 붙었으니 오죽했겠시까."

문득 그쯤에서 최는 심한 기침과 함께 커억 뽑아낸 가래침을 차 문을 통째로 열고 뱉어냈다. 그런 부주의한 동작 탓에 트럭이 잠시 방향을 잃고 비틀거렸다. 체인이 무색할 정도로 눈언덕은 가파른 빙판을 이루고 있었다. 급하게 핸들을 채고 가속페달을 짓밟는 최의 입에서 무심코 욕설이 튀어나왔다.

"씨팔, 중요한 건 타오르던 경기가 식은 뒤 림보가 얼마나 내리막을 치달았느냔 게 아니오."

운전이 힘들어지는 만큼 최의 입심도 덩달아 거칠게 변해가고 있었다.

"난 지금 우리 마을이 어떻게 짓밟히고 있는지 그걸 말하고 싶단 말요."

"예? 예에……"

또다시 시계에 눈을 가져가던 K는 황급히 맞장구를 쳤다.

"숭숭 뚫린 폐갱만 남아 있는 망해버린 마을이다 이거요. 니미럴, 그 땅에 핵폐기물을 갖다 묻건 카지노를 세우건 그딴 것들은 모두 개 하품하는 짓거리라니까. 우리가 왜 림보를 떠나지 못하는지 아슈?"

최는 대들듯 K를 향해 부릅뜬 눈을 들이댔다. K는 갑작스런 최의 행동에 움찔 물러섰다.

"제길! 당신이 알 턱이 없지. 알긴 개뿔을 알아?"

어느새 최는 거리낌없이 막말을 지껄이고 있었다.

"당신들은 영원히 그 이유를 이해하지 못할 거야! 그러면서도 어떻게든 우리를 쫓아내지 못해서 안달이지!"

빵빵, 그는 이유도 없이 클랙슨을 거칠게 눌러댔다.

"맨 첨엔 채광권을 말소시키고 산림벌채를 막더니 다음엔 학교와 관청이 폐쇄됐지. 툭하면 정전이나 군사훈련을 핑계로 주민을 꼼짝 못 하게 하고. 강제로 쫓아내지 못하니까 고사작전을 쓰는 거라구. 순회 법정을 만들어 사법절차를 복잡하게 한 것도 모두 그런 수작의 하나란 말이요. 알기나 하슈, 형씨가 왜 제때 기차를 못 탔는지? 기차가 오지 않는 이유도 다 우리를 말려죽이려는 꿍꿍이다 이거요. 이게 뭔 줄 아슈?"

최는 뒷좌석에 쌓아놓은 종이박스를 탕탕 두들겨 보이며 말했다.

"진폐환자에게 맞힐 수액(輸液) 제제요. 죽어가는 사람들의 생명줄이란 말요. 진즉에 기차가 실어다주었어야 할 것이지만 우릴 말려죽이려는 저들이 일부러 기차를 끊어버린 거지. 그나마 이것 가지곤 닷새밖엔 버틸 수 없다구."

"환자들을 대처에 있는 병원으로 이송하면……"

K의 반문에 최는 비명에 가까운 고함을 질렀다. K는 너무 놀라 부르르 몸서리를 쳤다.

"당신이 그렇게 말할 줄 알았어. 그러게 당신도 한 패가 분명해. 우린 안 떠나. 누구도 우릴 림보에서 쫓아낼 순 없다구. 갱목을 잘라 비목을 삼을지언정 우린 여기다 뼈다귀를 묻고 말 거야!"

K는 발작에 가까운 사내의 히스테리에 여간 당황스럽지 않았다. 최는 두들겨패듯 클랙슨을 짓이겼다. 요란한 경적 소리와 가쁜 엔진 음, 휘몰아치는 눈바람 소리, 게다가 분을 이기지 못해 고래고래 질러대는 사내의 고함이 어지럽게 얽혀서 K는 현기증이 날 지경이었다.

순간 꽝, 하는 굉음과 함께 눈앞에 번쩍 별똥이 튀었다. 미끄러지던 차가 길섶을 들이받은 거였다. 작은 바위턱에 얹혀버린 차는 가까스로 추락을 면했다. 바퀴 하나만큼 건너는 아득한 벼랑이었다. 정신을 가누고 최를 보았을 때 K는 헉, 심장이 멈출 듯 놀라고 말았다. 차창 모서리에 머리를 받은 최는 이맛전에 피까지 흘리며 넋빠진 눈으로 그를 바라보고 있었다. K는 한순간 사내가 죽지 않았나 더럭 겁이 솟았다.

"정신차려요!"

그러나 사내는 시큰둥 K의 손길을 뿌리쳤다. 여전히 차창에 머리를 기댄 채 최는 무겁게 말했다.

"내려."

그 짧은 명령을 이해하지 못하고 머뭇거리는 K를 향해 최는 다시 한번 딱딱하게 말했다.

"내려."

"설마 여기다 날 버려두고 가려는 건 아니겠죠. 아까도 말했지만 난 당신들이 적대시하는 그런 세력과는 전혀 무관한……"

"내리라고!"

최는 버럭 언성을 높였다.

"넌 그들과 다를 바가 없어. 아니 넌 그들과 떼려야 뗄 수 없는 한 덩어리야. 넌 내가 하소연하는 동안에도 줄곧 시계만 보고 있었어. 우리의 사정이야 어떻든 네 출근시간만 걱정하고 있었겠지. 어서 내려. 그리고 뒤에 타."

"이 눈보라를 맞으면서 짐칸에 타고 가라구요?"

K가 반문하자 사내는 거칠게 가속페달을 밟았다. 차는 나아가지 못하고 뒷바퀴에서 진흙만 튀겨내고 있었다.

"누군가 뒷바퀴를 눌러주지 않으면 우린 꼼짝도 못 해. 너도 갈 수 없고 나도 갈 수 없단 말얏!"

결국 K는 하는 수 없이 짐칸으로 옮겨타야 했다. 눈보라 속에 어정쩡 몸을 웅크리고 있는 그를 향해 최는 차창 밖으로 고개를 내밀고 고함을 쳤다.

"최대한 뒤쪽으로, 뒷바퀴에 무게를 실어야 한다구! 좀더, 좀더. 아니 아예 꽁무니에 매달리란 말얏!"

기가 질린 K는 사내가 시키는 대로 할 수밖엔 없었다. 피까지 흘리며 소리를 치는 최의 표정은 실로 위협적이었다. 바퀴는 계속 헛돌았고 최의 악다구니에 조금씩 밀려난 끝에 마침내 K는 원숭이처럼 짐칸의 뒤쪽에 매달린 꼴이 되었다. 엉덩이를 쭉 빼고 간신히 매달린 그를 검고 매캐한 매연이 휘감았다. 몇 번을 꿈틀거린 끝에 차는 간신히 도로에 올라설 수 있었다.

"이제 앞으로 가도 되나요?"

K의 애원을 들었는지 말았는지 최는 그저 난폭하게 트럭을 몰았다. 전혀 차를 세울 기색이 아니었다. 끝내 뒷유리를 두들기다 지친 K는 그나마 조금이라도 눈보라를 피하기 위해 가능한 한 몸을 웅크려야 했다. 도르르, 애벌레처럼 몸을 말고 있는 동안 그는 혹시나 사

내가 문을 열어주진 않을까 하는 기대보다는 롤러코스터처럼 출렁이는 적재함에서 굴러떨어지지 않기 위해 균형을 잡는 일에 더 신경을 써야 했다. 고갯마루를 넘어서자 최는 더욱 미친 듯이 차를 몰았다. 트럭이 급커브를 그릴 때마다 K는 이리 몰리고 저리 쏠리며 온몸으로 차바닥에 부대껴야 했다. 첫 출근에 맞춰 새로 장만한 양복은 이미 걸레쪽과 한가지가 돼버렸다. 안간힘으로 철제난간을 부여잡고 있는 손은 벌써부터 감각을 잃었다. 감각이 없긴 전신이 마찬가지였다. 퍼붓는 눈과 몰아치는 강풍에 K는 자신이 하나의 얼음조상(彫像)이 되어버릴 거라고 체념하기에 이르렀다.

산비탈이 완만해지면서 집들이 나타나기 시작했다. 도로를 따라 가작(假作)사택이 열지어 있었지만 사람의 흔적이라곤 찾아볼 수 없었다. 슬레이트가 깨지고 문짝이 떨어져나간 채 오래도록 방치된 폐가가 블록담을 잇대고 있었다. 그 위에 수북이 눈이 쌓여 있었다. K는 화물을 덮는 포장천을 뒤집어쓰고 음산한 림보의 첫인상을 바라보았다. 패잔한 군대의 사열식을 보고 있는 기분이었다. 그런 기분은 이어지는 시가지의 풍경에서도 계속되었다. 림보는 소읍치고는 제법 규모가 있었음에도 거리에는 진공상태라 할 만큼 인적이 없었다. K는 황량한 월면(月面)의 어디쯤을 헤매고 있는 것 같은 소외감을 떨쳐버릴 수 없었다.

덜컹거리던 트럭이 어느 삼층 건물 앞에 급정차했다. 차창 밖으로 최가 고개를 내밀었다.

"저기가 순회 법정이 열리는 석탄회관이오."

건물 옥상에는 눈에 젖어 식별할 수 없는 깃발 두 개가 걸려 있었고 한순간 K는 멍청한 눈길로 그걸 올려다보고 있었다.

"뭘 하슈? 늦었다더니 아예 출근을 포기한 거요?"

그때서야 K는 제정신을 차렸다. 트럭에서 뛰어내리며 그는 모종의 해방감을 느꼈다. 사로잡힌 몸이 되어 어딘지 영문 모를 곳으로 끌려가는 듯한 공포감에서 비로소 풀려난 기분이었다. 부리나케 건물 입구를 향해 뛰었다. 현관문을 들어서기 전 K는 잠시 멈춰 서서 뒤를 돌아보았다. 트럭의 차창 안에서 새로 불을 붙인 담배를 입에 문 최가 이쪽을 노려보고 있었다. K는 어정쩡 고개를 숙여 보이고는 서둘러 안으로 뛰어들어갔다.

법정이 열리는 이층 강당에 들어서는 찰나 K는 자신의 지각이 예상보다 더 심각한 사태라는 걸 절감했다. 유령도시처럼 한산하던 바깥과는 달리 실내는 발 디딜 틈 없는 인파로 가득 메워져 있었다. 림보의 모든 주민이 그 좁은 공간에 한꺼번에 몰려와 있을 것이란 짐작이 들었다. 훅 끼쳐오는 훈김 속에 그는 주춤 멈춰 서서 정신을 가다듬었다. 강당 앞쪽의 높은 단상에는 법복을 입은 판사가 마이크에 대고 무언가를 읽어내려가고 있었다. K는 빼곡한 사람들 틈새를 밀치며 그쪽으로 나아갔다. 사람들은 무뚝뚝한 표정으로 그에게 길을 열어주었다. 그가 판사의 법단 아래까지 다가가자 좌중의 눈초리가 일제히 그에게로 몰렸다. 고개를 숙이고 낭독을 하던 판사가 문득 눈을 들어 K를 바라보았다. 판사는 깔끔한 인상의 중년이었다. 적당히 벗겨 올라간 머리는 그의 권위에 어울렸고 각진 금테안경은 차갑고도 준엄한 눈빛을 보장해주고 있었다. K는 쭈뼛쭈뼛 인사를 건넸다.

"처음…… 뵙겠습니다. 제가 새로 발령받은 K입니다."

마이크 스위치를 내린 판사는 아래위로 그를 훑어보았다. K는 주섬주섬 옷매무새를 가다듬었지만 판사의 표정 속에는 엉망진창이 된 그의 꼬락서니가 법정의 권위를 실추시키고 있다는 실망감이 숨김없이 드러났다.
 "본의 아니게 늦어서 죄송……"
 "사건철은 가져왔나?"
 짧은 순간 K는 판사의 싸늘한 눈길을 마주 보았다. 아차! 비로소 K는 현재 제 모든 것보다 더 중요한 사건철을 트럭에 놔두고 내렸다는 사실을 깨달았다. K는 뛰었다. 밀집한 사람들 사이에서 나직한 비명과 욕설이 쏟아졌지만 그걸 신경 쓸 겨를이 없었다.
 회관 앞은 텅 비어 있었다. 그 사실을 확인시켜주듯 찬바람이 휑한 눈길을 쓸고 지나갔다. 바퀴자국마저 눈 속에 묻어버린 최의 트럭은 흔적조차 찾을 수 없었다. 저절로 오금이 접히며 K는 그대로 바닥에 주저앉았다.

 방청석을 가득 메운 사람들은 의외로 사건관계인이 아닌 경우가 대부분이었다. 대수롭잖은 소액심판 단독심리에 그렇게 많은 방청객이 몰려 있다는 게 이해되지 않았다. K는 법단 아래켠에 마련된 서기석에 자리를 잡았다. 그는 달리 할 일이 없었고 본래 그가 해야 할 모든 일은 판사가 직접 진행시키고 있었다. 사건번호를 부르고 피고와 원고를 호명해 출석과 본인 확인까지, 그 세세한 모든 일마다 사건철이 없는 한 K가 관여할 여지는 없었다. 판사는 흡사 1인 2역을 연기하는 배우처럼 서기 몫을 할 때는 대단히 사무적으로, 그러나 직접 사건심리를 할 때는 매우 세심하고 자상한 태도로 사건관계인을 대했다. K가 생각하기에, 까닭 모르게 실내에 들어찬 많은 방청객들은 소소한 민사사건의 대수롭잖은 내막보다는 하릴없이 서기석을 차지하고 앉아 있는 낯설고 초췌한 자신의 정체에 더욱 관심을 기울이는 것처럼 여겨졌다.

실내의 따뜻한 온도는 다소 안정을 가져다주었다. 비로소 젖은 옷이 불쾌하게 느껴졌고 얼었던 몸이 녹으면서 몸살기를 느낄 만큼 긴장이 풀렸다. 제일 먼저 반응을 보인 것은 살짝 동상기 오른 발가락이었다. K는 슬그머니 신발을 벗었다. 꼬물꼬물 발가락을 마주 비비자 수많은 벌레가 일시에 기어오르듯 찌르르한 감각이 다리를 타고 온몸으로 퍼져나갔다. 처음엔 시원하던 감각이 나중엔 기묘하게 성적인 만족감으로 작용했다. 부르르 몸이 떨려왔고 강한 요의를 느끼면서 아랫도리가 묵지근해졌다. 젖은 옷에서 모락모락 수증기가 피어오르는 가운데 그의 몸도 아지랑이처럼 휘발해버릴 듯한 느낌이 들었다.
　소송은 여러 건이었지만 대부분 신속하게 이루어졌다. 그러나 사건의 내용을 알지 못하는 K에게는 지루한 시간이었다. 방청객들은 무표정하게 자리를 지키고 있었다. 왜 아무도 자리를 뜨지 않는 걸까, K는 그 사실이 의문스러웠다. 심지어 심리를 끝낸 원고와 피고들도 다음 차례에 이어지는 남들의 사건을 지켜보기 위해 방청석에 남아 있었다. K는 그들의 면면을 하나씩 살펴보았다. 어디에도 공통점을 찾아볼 수 없는 각인각색의 얼굴들이었지만 법정 안을 통틀어 놓고 보면 모두가 비슷한 닮은꼴을 하고 있는 것 같았다. K는 무료한 그들의 표정 속에서 막연한 공통점을 찾아냈다. 결국 그들은 언젠가 자신들도 저 판사 앞에 서야 할 때가 올 것이기에 그날을 위해 오늘의 무료함을 견뎌야 한다는 모종의 시시한 신념 따위를 가지고 있는 성싶었다. 원고가 되건 피고가 되건 그들은 그날을 위해 어떠한 소송의 빌미를 만들 궁리를 하고 있는 건 아닐까. 문득 K는 아침에 만났던 늙은 철도원이 떠올랐다. 오지 않는 기차를 위해, 아니 결국은 기차의 도착과는 상관없이 존속해야 하는 철도를 위해 선로를 살피던 그 노인의 무표정한 성실이 어딘지 저 무수한 방청객들의 안색 속에 배어 있는 느낌이 들었다.

 K는 하품하는 모습을 가리기 위해 고개를 숙였다. 소송은 계속 이어졌다. 판사가 묻자 피고가 답했다. 원고가 끼어들어 피고가 자기 유리한 쪽으로만 말을 꾸민다고 따졌다. 판사는 원고를 제지하며 반박할 기회를 주겠노라고 말했다. 그 모든 상황이 K에게는 늘어진 테이프에서 나는 음악 소리처럼 비현실적으로 들렸다. K는 아까부터 골이 울리고 머리가 무거운 것에 신경이 몰려 있었다.

 멀리서 기차 소리가 들리는 것 같았다. 레일을 울리는 기차 소리는 더디게, 그러나 정확히 규칙적인 박자로 다가왔다. 척척 발을 맞춰 진군하는 병사들의 군화 소리처럼 기차는 하나씩 하나씩 침목을 먹어치우며 다가오고 있었다. 그러다 어느 순간 빠앙— 하는 요란한 경적 소리가 울렸다. 동시에 K의 눈앞에 눈이 부시게 밝은 기관차의 전조등이 정면으로 들어왔다. 레일에서 피해야 한다고 생각한 순간 그는 자신이 컴컴한 터널 속에 갇혀 있다는 걸 깨달았다. 터널은 꼭 기차의 폭만큼의 넓이였고 K는 어디로도 피할 수 없었다. 뒤돌아 뛰기 시작했다. 그러나 그의 발걸음은 기관차의 역동적인 속도보다 결코 빠를 수 없었다. 터널이 무너지는 듯한 경적 소리가 K의 몸뚱이를 짓이기려는 찰나 그는 스스로도 믿을 수 없는 민첩한 동작으로 기차의 꼭대기로 뛰어올랐다. 그러나 그가 올라탄 것은 기관차가 아닌 탄차(炭車)였다. 레일은 수직갱도를 따라 급경사로 곤두박질치기 시작했다. 그는 아득한 무저갱 속으로 추락하고 있었다.

 퍼뜩 정신을 차렸을 때 K는 너무도 놀란 나머지 저도 몰래 엉거주춤 의자에서 일어나 있었다. 짧은 졸음 속을 꿰뚫고 간 날카로운 악몽이었다. 때마침 판사가 손짓하여 그를 불렀다.

 "다음 사건이 끝나면 중식 휴정을 선언하게."

K는 진땀이 흥건한 이마를 옷소매로 닦으며 판사에게 고개를 끄덕여 보였다. 판사가 사건번호와 원피고의 이름을 호명했다. 방청석에서 한 여인이 일어났다. 빼곡한 사람들 틈바구니를 뚫고 나오느라 다소 애를 먹는 그녀를 보며 좌중에서 웅성거림이 있었다. 한눈에 보기에도 그녀는 여타의 방청객과 구별되는 인상이었다. 30대 중반의 깔끔한 미모에 깨끗한 정장 차림을 한 그녀는 교양 있는 태도로 판사의 질문에 또박또박 표준어로 답했다. 사람들의 웅성임 속에서 K는 원고인 그녀가 이곳 보건소에 파견된 공의라는 사실을 알아챘다.

"피고 최인길에게 소장이 송달되지 않았어요. 배달불가 사유를 보면 피고가 현주소지에 살지 않는다는군요. 이대로는 재판을 진행할 수 없습니다."

판사의 질문에 잠시 망설이는 듯하던 여인이 또렷하게 말했다.

"특별송달을 신청하겠습니다."

"집달리가 나가려도 피고의 소재는 알아야 하는데요?"

여인은 즉답을 못 하고 지그시 아랫입술을 깨물고 있더니 잠시 후 뭔가 결심했다는 투로 이렇게 대답했다.

"제가 소재를 알아요. 그 사람 저를 찾아옵니다, 매일이다시피……"

방청석 여기저기서 다시금 웅성거리는 소리가 터져나왔다. 사람들은 원고인 그녀가 피고와 내연의 관계라는 은근한 소문을 쑥덕이고 있었다. 판사는 신경질적으로 법봉을 두들겨 장내를 진정시켰다.

"특별송달 절차에 대해선 서기와 의논하세요."

K는 판사가 처음으로 자신의 직분을 인정해주는 것만 같아 기쁜 마음으로 여인에게 절차를 설명하기 시작했다. 그런 중에 또 한 차례 방청석 한 귀퉁이가 들썩였다. 사람들의 시선이 일제히 그리로 쏠렸을 때 여인의 입에서 탄성처럼 이런 말이 터져나왔다.

"피고가 저기 왔어요."

그러나 그 순간 진정으로 놀란 건 바로 K였다. 여인이 피고로 지목한 남자는 다름아닌 아까의 트럭기사 최였다. 그는 비켜선 방청객들 사이에 홀연히 서 있었고 그의 손에는 문제의 사건철 보따리까지 들려 있었다. K는 의자를 박차고 뛰어가 와락 그의 손에서 보따리를 낚아챘다. 그 작은 소동에 실내가 잠시 흐트러졌고 판사는 누구도 아닌 서기에 의해 그런 실수가 저질러졌다는 사실에 분노하여 벌떡 자리를 차고 일어섰다. 법봉을 두들기는 판사는 노골적인 질책의 눈길로 K를 노려보고 있었다. 그리고 또다른 눈, 바로 최란 사내의 알 수 없는 증오 섞인 눈길 역시 그를 흘겨보고 있었다.

"진정해요!"

그 말이 바로 자신에게 하는 명령인 듯 다시 좌정한 판사는 마이크에 대고 냉연하게 말을 이었다.

"당신이 최인길씨가 맞습니까?"

최는 대답 없이 계속 K를 노려보고만 있었다. 판사는 인증심문 따윈 아무래도 좋다는 양 연이어 질문을 던졌다.

"당신이 제소된 사실을 알고 있습니까?"

이번에도 최는 대답하지 않았다. 다만 눈길을 돌려 빤히 판사를 바라볼 뿐이었다. 대신에 그가 분명히 소송에 대해 알고 있다고 답변한 것은 원고 되는 여인이었다.

"피소 사실의 인지 여부도 중요하지만 그보다는 구체적인 소장의 내용을 알고 있느냐가 더 중요합니다. 피고는 그걸 자세히 알고 있습니까?"

최는 여전히 가타부타 말이 없었다. K는 최에게 부인하라고 귀띔해주고 싶었다. 사실 여부를 떠나서 답변을 준비할 시간을 가지라고 충고해주고 싶었지만, 물론 그런 일은 직분상 불가능한 일이었다. 다시 원고가 끼어들었다.

"제가 소장을 작성할 때 그 사람은 바로 제 옆에서 마음대로 해보라고 협박을 한데다가 소장의 문구를 가지고 비아냥거리기까지 했는걸요."

그 논박에 최는 눈에 띄게 풀이 죽었다. 사실 여부를 채근하는 판사의 질문에 그는 머뭇머뭇 제대로 대꾸하지 못하고 있었다. 판사는 그에게, 원한다면 소장을 검토하고 답변을 준비할 기한을 주겠다고 했지만 최는 그냥 이대로 소송에 응하겠다고 말했다. K는 방청석과 더불어 사건에 깊은 흥미를 느꼈다. 도무지 어울릴 법하지 않은 두 사람의 미묘한 관계가 선정적 호기심을 자극했던 거였다.

"소장에 첨부된 목록의 약품을 피고가 가져간 것은 사실인가요?"

"곧 되돌려줄 생각이었지만……"

"여하튼 그런 일이 있었고 제 날짜에 반환하지 못한 건 분명하군요."

"그게…… 아시다시피 타지서 오는 수송이 여의치 못한 바람에……"

"됐습니다. 예, 아니오로만 답하세요. 피소된 내용을 모두 인정합니까?"

최는 나름대로 변론의 뜻을 밝혔지만 모두가 구구한 평계로만 들렸다. 그에 반해 조목조목 최의 변명을 반박하는 원고 여인의 논리는 정연하게 조리를 갖춘 것이었다. K가 느끼기에는 면도칼로 잘라내듯 명확히 선을 긋는 여인의 태도로 보아 두 사람 사이의 염문은 공연한 것처럼 보였다. 판사는 그의 자신 있고 단정적인 어투만큼이나 이미 내심으로 판결을 내린 듯싶었다. 웅얼거리듯 불분명한 말투로 사정을 호소하는 최의 이야기가 끝나기도 전에 판사는 성급히 법봉을 두들겼다. 판결은 다음번 공판일자에 내리겠다고 선언하고는

K를 향해 눈짓을 보냈다.
 K는 법대 앞으로 나아가 큰 소리로 휴정을 알렸다. 일시에 자리를 뜨는 방청객들의 소란이 장내를 메웠다. 잠시 후 사람들이 빠져나간 법정 안에는 K와 최만이 남게 되었다. K는 공연히 최의 눈치를 흘끔거렸다. 최는 느릿한 동작으로 담배를 빼물었다. 그의 눈길은 아직도 K를 향해 꽂혀 있었다.
 "고맙습니다. 이거……"
 K는 어정뜬 손짓으로 서류 보따리를 가리켜 보였다. 최는 여유만만한 태도로 까닥 고개만 숙여 답을 삼았다. K는 어린애라도 보듬듯 보따리를 추려안고 서둘러 자리를 떴다. 께름칙한 최의 눈길이 법정을 나서도록 그의 등줄기를 떠나지 않았다.

 폭설이 멈춘 림보의 거리는 흡사 파한 연극의 배경 세트를 연상시켰다. 좀전에 회관을 빠져나간 그 많은 무리가 일제히 무대 뒤로 스며든 양 오간 데가 없었다. 보도 위에 어지럽게 찍혀 있는 그들의 발자국이 K에게 소외감을 배가시켰다. 소외감은 뱃속의 공복감과 합쳐져 K를 더 초라하게 만들었다. 물때를 타지 못해 갯벌에 남겨진 갑각류 한 마리처럼 K는 동그랗게 등을 움츠리고 흩어진 사람의 흔적을 더듬어 걸었다.
 거리의 식당들은 거개가 문을 닫은 상태였다. 어렵사리 찾아들어간 집도 매기가 없기는 마찬가지였다. 때 전 유리문에 붉은 페인트로 메뉴를 적어놓은 국밥집이었다. K는 그 집의 유일한 손님이었다. 흐릿한 유리문 너머로 밖을 내다보고 있을 때 건너편 테이블 위엔 고양이 한 마리가 그를 주시하고 있었다. 윤기 흐르는 짙은 검은 털을 가진 놈은 한번쯤 쓰다듬고 싶은 충동이 들 만큼 아름다웠다.

주방에선 이제야 쌀을 이는 소리가 무료한 박자로 들려왔다. K와 눈이 마주치자 고양이는 세로로 찢어진 눈을 바짝 치켜뜨더니 천천히 고개를 외로 비틀었다. 뭘 봐! K는 입 밖에 나지 않는 소리로 고양이를 향해 말했다. 고양이는 여전히 그를 보고 있었다. 그는 테이블 위의 팔각성냥통에서 성냥개비를 꺼내어 고양이를 향해 던졌다. 날아간 성냥개비에 맞자 고양이는 반짝 꼬리를 세워 반응했다. 길고 탐스러운 꼬리가 서서히 내려갈 즈음 K는 힐끔 주방의 눈치를 확인하고는 다시 한 개비 성냥을 던졌다. 또 한 번 고양이는 반짝 꼬리를 치세웠다. 그 동작이 퍽도 우아했고 흥미를 느낀 K는 몇 번이고 같은 장난을 되풀이했다. 테이블 위에 제법 많은 수의 성냥이 쌓이도록 고양이는 움직이지 않았다.

드르륵 문이 열렸을 때 정작 움찔한 것은 고양이가 아닌 K였다. 들어선 손님은 다름아니라 최와 원고로 나섰던 예의 그 여인이었다. 여인은 그새 흰색 가운을 덧입고 있었다. 최는 무표정한 얼굴로 K를 쳐다보았다.

"고양이네."

여인이 가운 소매 속에 움츠리고 있던 손을 꺼내 고양이를 쓰다듬었다. 희고 긴 그녀의 손가락과 탐스러운 고양이털의 윤기가 인상적인 조화를 이뤘다. 하지만 최는 우악스런 손길로 테이블 위의 고양이를 움켜잡아 아무렇게나 집어던졌다. 고양이는 능숙한 자세로 바닥에 내려앉더니 이내 주방 쪽으로 사라졌다.

최는 K쪽에 등을 보인 채 여인과 마주 앉았다. 테이블 위에 널린 성냥을 치우던 여인이 히뜩 K를 쳐다보았다. K는 그때까지 손에 쥐고 있던 성냥개비를 재빨리 감췄다.

최가 커다란 소리로 소주를 주문했지만 주방에서는 미처 대답이 없었다. 그러자 여인이 일어나 직접 주방께 선반에서 술병과 잔을 가져왔다. 술병을 따고 잔에 채워 최에게 권하는 그녀의 동작은 매우 익숙하고 또 친근해 보였다. 그런 모습은 앞서 법정에서 보였던 태도와는 전혀 다른 것이었다. 과연 두 사람은 언제 법정에서 대립한 적이 있었느냐는 양 친밀하기 그지없는 태도로 테이블 위로 껴안다시피 상체를 맞대고 밀어를 속닥이고 있었다. 그런 모습은 누가 보아도 한 쌍의 다정한 연인이 틀림없었다.

K가 느낀 배신감은 여인의 깔끔한 얼굴 위로 흐르는 기름진 교태처럼 미묘한 것이었다. 무슨 재미있는 이야기를 나누는지 두 사람은 간간이 웃음을 터뜨리곤 했다. 소리 높은 여인의 웃음소리는 천박하게 들렸고 최는 어깨까지 들썩이며 낄낄거렸다. 여인이 애교 섞인 동작으로 최를 쥐어박는 시늉을 했다. 하면서 여인은 찢겨올라간 눈꼬리로 흘금흘금 K를 곁눈질하는 것이었다.

이렇다 할 이유도 없이 K는 두 사람이 자기를 두고 히히덕거리고 있다는 생각이 들었다. 여인과 눈길이 마주칠 때마다 K는 주섬주섬 옷매무새를 가다듬었다. 어쩌면 최는 아침에 있었던 K와의 일을 떠벌리고 있을지도 몰랐다. 볼썽사나운 꼴로 차 꽁무니에 매달려 안간힘을 쓰던 모습을 그녀에게 들킨 것 같아 무안한 기분이 들었다. 반지르르한 여인의 입매가 까르르 벌어질 때마다 K는 심한 모멸감에 시달렸다. 어느새 되돌아왔는지 아까의 검은 고양이가 K의 종아리를 스치고 지나갔다. 그런 일이 고양이로선 친근감의 표현이란 걸 알면서도 K는 공연히 신경질을 내며 고양이를 걷어찼다. 풀쩍 퉁겨나간 고양이가 송곳니를 드러내며 울었다. 야옹—

바로 그 순간이었다. 와장창, 테이블이 엎어지는 소리가 요란하게 실내를 뒤흔들었다.

"이 잡년아, 그래서 그 꼴로 나를 엿먹였니?"

소란의 장본인은 바로 최였다. 그의 왁살스런 손아귀에 머리채를 잡힌 여인은 바둥바둥 몸부림을 치고 있었다. 뜻밖에 급전된 상황만큼이나 도무지 가늠할 수 없는 두 사람이었다. 여인은 연해 아니라는 말만 되풀이하며 빠져나오려 애썼지만 굵은 최의 손아귀는 더욱 우악스레 그녀의 머리채를 쥐고 흔들었다.

"그래도 지껄일 말이 남았니?"

최는 여인의 목을 눌러쥐었다. 끄륵, 숨 넘기는 소리에 뒤이어 이내 여인의 얼굴이 벌겋게 질려오르기 시작했다. 주방에서 주인아주머니가 황황히 앞치마를 끄르며 달려나왔지만 최는 뒹구는 술병의 모가지를 거꾸로 잡아 그대로 박살내며 외쳤다.

"끼어들기만 해!"

불길이라도 옮아붙을 듯한 그의 부릅뜬 눈을 대하자 주인도 어쩔질 못하고 저런, 저런 발만 구르고 있었다. 급기야 자기 분에 끓어넘친 최는 쿵쿵 여인의 머리를 벽에다 짓찧는 것이었다. 보다 못한 K가 두 사람 사이를 비집고 들어갔다.

"진정해요, 제발. 이러다 정말 일 내겠소."

"넌 또 왜 개건방을 떨고 지랄이야!"

순간적으로 눈에 불똥을 튀기는가 싶더니 최는 조금도 주저하지 않고 깨진 병모가지를 치켜들었다. K는 엉겁결에 최의 손목을 움켜잡고 용을 썼다. 서슬에 두 사람은 균형을 잃고 쓰러지며 바닥을 뒹굴었다. 좁은 식당 안이 일시에 아수라장이 되었다. 선반의 높은 꼭대기 칸에 몸을 사리고 있던 고양이가 날카로운 소리를 내며 울었다. 야아옹―

몇 번씩 사정을 말해보았지만 경관은 들은 척도 하지 않았다. 오히려 K의 말투가 애원조로 흐를수록 경관은 더 무관심한 표정을 지었다. 기둥에 붙은 오래된 목종시계에서 세 번 종소리가 울렸다. 오후의 재판시간도 이미 한 시간이나 지나고 있었다.

"제발 이렇게 부탁드립니다. 오후 법정 일이 끝나는 대로 곧 내 발로 다시 올 테니……"

미처 애걸이 끝나기도 전에 담당 경관의 옆자리에 있던 다른 경관이 책상을 두들기며 벌컥 소리를 쳤다.

"시끄럽소. 당신은 현행범이란 말요. 법원서기쯤 되면 그게 무슨 뜻인지 우리보다 더 잘 알 것이 아니오!"

"그러니 이렇게 통사정을 하지 않습니까. 이 사건철이 없으면……"

그러나 담당경관은 더이상 대거릴 할 필요도 없다는 시늉으로 아예 동료의 손을 끌고 파출소 밖으로 나가버렸다. K는 땅이 꺼질 듯 한숨을 내쉬며 맨 얼굴을 감쌌다. 그나마 한쪽 손은 의자에 수갑으로 엮여 있어 매우 부자연스런 자세였다.

얼마 후 그들이 자리로 되돌아왔고 뒤미처 문제의 최가 따라들어왔다. 어느새 그는 이마에 하얗게 압박붕대까지 감고 있었다. 최는 담당경관에게 무언가 서류를 건넸고 그걸 훑어보던 경관이,

"4주면 구속이네."

라고 중얼거리며 K 앞에 종잇장을 들이밀었다. 진단서였다. K는 벌겋게 달아올라 소리쳤다. 수갑에 묶인 철제의자가 요란한 소리를 내며 덜커거렸다.

"완전히 날조요! 저 상처는 내가 입힌 게 아니고 눈길에 차가 미끄러져 다친 거요. 바로 그 자리에서 내 눈으로 똑똑히 보았단 말이오. 저 사람이 거짓을 꾸미고 있는 거요."

문제가 된 상처는 아침에 K와 최가 비행기재를 넘는 도중에 일어났던 작은 사고 때 입었던 거였다. 최는 그야말로 눈 하나 깜짝하지 않고 뻔뻔스레 서 있었다. 경관이 호통을 쳤다.
"거짓말을 하고 있는 건 바로 당신 아뇨? 버젓이 증인이, 것도 둘씩이나 있는데."
"그러게 하나같이 위증이라고 말하지 않았습니까. 식당주인이나 그 여의사나 빨갛게 거짓말을 하고 있다구요."
"이보시오. 말을 꾸며도 좀 이치에 닿게나 하쇼. 당신 주장대로 정말 도와주려고 나섰다면 아무려니 그 사람들이 당신에게 불리한 증언을 할 까닭이 있느냔 말이오."
K는 딱 부러지게 대꾸하지 못했다. 온갖 변명들이 입 속에서만 맴돌 뿐 정작 입 밖으론 단 한마디도 내뱉을 수 없었다. 잠시의 침묵 끝에 K는 맥없이 주저앉으며 이렇게 중얼거렸다.
"나 역시 도무지 무슨 억하심정인지……"
가슴을 쪼개 보이고 싶을 정도로 속이 탔지만 그녀들이 왜 사실을 뒤집어서 자신에게 불리한 증언을 했느냐는 그 켯속이야말로 도무지 이해할 수도, 설명할 수도 없는, K 자신부터 가장 풀고 싶은 수수께끼이기도 했다. 할말을 잃고 물끄러미 진단서를 바라보던 K가 한숨을 쉬었다. 진단서를 발행한 의사의 서명란에는 보건소장, 바로 그녀의 이름이 버젓이 올라 있던 거였다. 이미 K는 그따위를 갖고 따져봐야 아무 소용 없다는 걸 체득하고 있었다. 꼬투릴 잡아봐야 이 사람들은 '그녀야말로 림보의 유일한 의사'라고 간명히 대답해버릴 게 뻔했다.
"증거로 보나 정황으로 보나 누구라도 당신이 잘못했다고 판단할 수밖엔 없소. 아무튼 할말이 있거든 이제 당신이 그렇게 부르짖던 법정에서나 해야 할 거요."

경관에게 떠밀려 유치감으로 향하면서 K는 최를 돌아다보았다. 어김없이 그 순간에도 그는 K를 바라보고 있었다. 다만 그의 눈빛이 지금까지와는 왠지 다르게 느껴지는 것은 붕대를 감고 있는 그의 인상이 서툰 가장무도회에 참석한 미라를 연상케 한 때문만은 아닌 듯 싶었다. 그때 최의 얼굴에 가득 새겨진 공허, 그러니까 오늘 내내 물리도록 보아왔던 이곳 림보 주민들의 공통된 무표정을 재차 접하면서 K는 지금까지와는 전혀 다른 종류의 분노에 입술을 깨물어야 했다. 그것은 여태껏 짚으로 만든 허수아비와 죽을힘으로 겨루어온 듯싶은 새삼스런 허탈감이라 할 수 있었다.

무심코 K는 최를 향해 미소를 지어 보였다. 최는 여전히 무표정했고 K의 미소는 점점 얼굴 가득 번졌다. 잇몸이 다 드러나도록 웃어 보였지만 그건 최를 향한 미소는 아니었다. 그건 가슴을 치받고 올라오는 자괴감을 이겨보려고 지어낸 억지의 한 방편이었다. K는 순순히 유치감을 향해 걸음을 옮겨놓았다.

바람벽에 면한 유치감 안은 어둡고 추웠다. 서쪽으로 뚫린 조막창을 비집고 조급히 기울어가는 겨울해가 한줌의 햇발을 떨어뜨리고 있었다. 차가운 마룻바닥을 서성이던 K는 이윽고 그 작은 사각의 양지뜸에 도르르 몸을 웅크렸다. 얼마를 견뎌야 할지 모르는 막막한 시간에 비해 그의 몸이 간직한 체온은 미약한 것이었다. 그마저 이내 덮쳐오는 몸살기에 끄먹끄먹 꺼져가듯 으스스 몸이 떨려오기 시작했다. 추위는 그를 시들게 했다. 이따금 괘종시계의 둔탁한 종소리가 지루한 오후의 시간대를 두들기곤 했다. 그때마다 햇빛자리를 좇아 엉덩이를 들썩인 것이 그 오후 K가 움직인 거리의 전부였다.

철문이 열리며 울리는 녹슨 소리에 K는 언뜻 잠을 깼다. 설핏 선잠이 들었던 것뿐인데도 식은땀이 축축한 등허리에서 선뜩 몸서리가 퍼졌다. 현기증과 침침한 시야 탓에 들어선 이를 한눈에 알아볼 수 없었다. 어깨며 머리에 쌓인 눈을 털고는 K의 곁에 자릴 잡은 그 사람은 주저앉는 동작만큼 몹시 지쳐 있어 보였다. 뜻밖의 방문객은 판사였다.

"아홉시가 되었네."

판사는 마치 때가 되었음을 알리러 온 사신처럼 그렇게 한마딜 던져놓고는 중동무이 말이 없었다.

"죄송합니다."

한참 만에 K가 그 한마딜 뱉어냈다. 판사는 끄덕끄덕 고갯짓만 해보였다. 다시 두 사람은 그들 앞의 폐쇄된 공간을 무겁게 응시했다. 외벽 너머로 찬바람이 쓸고 가는 소리가 간간이 이어졌다.

"몸이 안 좋은 모양이군."

판사는 손수건을 꺼내 식은땀이 홍건한 K의 이마를 닦아주었다.

"열이 대단한걸…… 하긴 이렇게 추워서야…… 게다가 여긴 너무 음산해. 유치장이 아니라 어디 무덤 속에라도 들어앉은 기분이 드는걸."

판사는 그런 말들을 떠듬떠듬 던져놓다가는 K에게 저녁은 먹었느냐고 물었다. 하루 종일 굶었지만 그닥 식욕을 느끼지 못하겠노라 답하자 판사는 역시 고개만 끄덕였다. 하고는 새삼 잊은 물건을 찾듯 여기저기 주머닐 뒤적여 담배를 꺼내 K에게 권했다. K는 피울 줄 모른다고 했지만 판사는 직접 불까지 붙여 강권하듯 그의 입에 담배를 물려주었다.

"경찰에서 구속에 대해서 논의를 해왔지만 내가 안 된다고 했네. 해도 상황이 너무 어렵게 꼬였어. 대충 합의로 넘어가기엔 애초에 틀린 일이야."

"……"

"최라는 그 친구 여간한 골통이 아니야. 하긴 림보란 곳 자체가 벌써 골칫거리긴 하지. 예전부터 대규모 탄광연합 노동쟁의가 있을 때면 림보지구대가 없인 투쟁이 되지 않는다고 할 정도였으니까. 최는 아버지 때부터 그 구심점에 있었네. 과격파 행동가로 두 번씩 징역을 살고 나와서 지금도 개발저지 주민대책위 위원장을 맡고 있다네. 절대 물러설 친구가 아니야."

한숨에 섞어 길게 연기를 뿜으며 판사는 설설 고개를 흔들었다. K는 무어라 응대를 붙이지 못하고 그저 침묵으로 일관하고 있었다.

"그래도 구속까지 가는 일은 내 선에서 막을 수 있으니 그나마 다행 아닌가, 응?"

판사는 슬그머니 K의 손을 잡고 다독거렸다. 판사의 손은 차가웠다. K는 지금까지 보인 판사의 도에 넘치는 친절이 그의 체온만큼 낯설게 느껴졌다.

"그럼 저는 어떻게 되는 겁니까?"

"약식재판으로 돌렸네."

"약식재판이라면……?"

"간단하지. 고작해야 벌금 얼마에 끝날 일일세. 것도 재판을 관할하는 게 바로 내가 아니겠나."

판사는 자기만 믿으라는 시늉으로 제 가슴을 자신 있게 두들겨 보였다.

"벌금이야 최에 대한 치료비 턱에 맞추면 되니까 크게 자네에게 손해될 것도 없을 걸세."

"하지만 저는 정말 잘못이 없습니다. 저는 결단코……"

"알지. 암 알고말고. 난 자네를 믿네. 그건 법이나 법관의 양심 이

전의 문제, 그러니까…… 음…… 일종의 우정이라고 해도 괜찮을지 모르겠네만 아무튼 우리가 한 배를 타고 있는 건 분명하지 않은가, 그렇지?"

동의를 구하는 판사의 눈빛에는 과분한 호의가 담겨 있었다. 어쩌면 비굴하다고까지 할 판사의 그런 태도에 K는 퍼뜩 머릿속을 스치고 지나는 생각이 있었다.

"듣자니 약식재판을 받으려면 다음 차 순회 법정까지 기다려야 한다고 하던데, 그렇다면 저더러 이 끔찍한 곳에서 꼬박 한 달을 견디라는 말씀입니까? 전 그럴 수 없습니다. 차라리 재단부 기피신청을 하고 정식재판을 받겠습니다. 거기서 저의 결백을 당당히 주장하겠습니다!"

흥분한 K를 향해 판사는 끌끌 혀를 차 보였다.

"진정하게. 왜 이렇게 앞뒤 모르고 흥분하나. 한 달이 길다고? 천만에! 자네가 순회부 법정을 기피하는 순간 자네는 곧장 법정구속이야. 지역 사법경찰은 피의자로서 자네를 열흘간 구속시킬 수 있네. 그리고 정식으로 입건이 되어 검사가 배당되면 피고인으로 최장 이개월간 구속될 수도 있다는 걸 또 계산에 넣어야지. 결백을 주장하겠다고? 이보게, 지금까지의 정황과 증거로는 세상 없는 변호사를 붙여도 유죄판결을 피할 순 없네. 자네가 결백할 수 있는 건 피고인 신분으로 무죄추정의 원칙을 적용받는 짧은 구속기간까지일 뿐이야."

다그치듯 거기까지 말해놓고 판사는 잠시 K의 눈치를 살폈다. K는 분개와 낙심이 교차한 표정으로 조막창 창살에 나뉘어 보이는 밤하늘을 내다보고 있었다.

"하지만 정작 중요한 건 판결 이후가 아니겠나. 초범에 우발적 동기였으니 최대한 선처를 받아 집행유예가 선고된다고 해도 그것으로 자네의 공적인 인생은 끝장이네. 당장 공직에서 쫓겨나는 건 물론이요 전과자의 낙인이 찍혀서야 하다못해 법률사무소에도 취직할 수 없잖느냔 말일세. 그야말로 공인으로선 이거지."
 하면서 판사는 검지손가락을 세워 K의 목을 스윽 그어 보였다. 선뜩한 손톱의 촉감에 K는 움찔 목을 움츠리며 저도 몰래 판사의 손을 밀쳐냈다. 으쓱, 판사는 어색하게 어깻짓을 하더니 K의 손가락 새에 하얗게 재로 변한 꽁초를 빼내 팽개치고는 새 담배에 불을 붙여 K에게 물려주었다. K는 멋모르고 뻐끔뻐끔 연기를 빨다가 이내 심한 기침을 토했다. 그때까지 목구멍 언저리에 도사리고 있던 감기기운이 일시에 터져나와 K는 좀처럼 기침을 멈추지 못했다. 판사는 껴안다시피 K의 등을 다독이며 진정시키려 애를 썼다.
 "내가 회유 따위나 하러 자넬 찾아왔다고 생각하면 오헬세. 분명코 나는 자네의 동료로서, 더 정확히는 자네와 동병상련을 느끼는 처지로서 자네를 돕고 싶네."
 판사는 K의 손에서 담배를 빼앗아 깊이 빨아들였다. 성급한 호흡을 따라 벌겋게 담배 끝이 타들어갔다.
 "그러나 혹시라도 내게 구원을 바라진 말게. 말했다시피 나도 자네와 동병상련의 처지란 걸 잊으면 안 돼. 나 역시 상부의 구원을 바라고 있는 입장이란 말일세. 자네나 나나 여하한 이유로 이 괴상하기 짝이 없는 곳으로 좌천된 신세긴 매한가지니까. 빌어먹을!"
 판사는 상소리 끝에 과격한 동작으로 담배꽁초를 팽개쳤다. 침침한 벽에 불꽃이 튀었다.
 "우선 본질적으로 자네가 무얼 잘못하고 있는가를 깨달아야 하네. 자네 말마따나 자넨 림보에 대해선 온전히 무죄일지 모르지만, 자네가 끝끝내 그걸 주장하는 한 상부, 즉 자네를 이곳에 보낸 분들에 대해서는 죄를 저지르고 있을 수도 있단 말이지."

그러면서 판사는 손가락으로 하늘을 찌르는 시늉을 해 보였다. 회칠한 천장에는 촉수 낮은 백열등 하나만 덩그러니 박혀 있었다. K는 멀뚱하게 반문했다.

"상부에서 도대체 제게 뭘 바라기에 제가 무죄를 주장해선 안 된다는 말씀입니까?"

"내 말이 좀처럼 이해되지 않겠지. 나도 알아. 한때는 나도 그런 혼란에 미칠 것 같았지."

"……"

"자네가 겪은 그대로가 림보란 곳의 실체야. 이런 말을 하기는 좀 그렇지만, 사실 처음 이곳에 왔을 때 난 치외법권에 발을 들여놓은 느낌이었네. 그러니까 법률로 통치되는 곳이 아닌 흡사 율법으로 유지되는 제삼의 영토에 와 있는 것 같았네. 판사가 아니라 신부가 필요한 곳이라고나 할까. 허허!"

판사의 허탈한 웃음에 K는 저도 몰래 고개를 끄덕이고 있었다. 섣부르나마 수긍이 가는 비유였다.

"법의 필요성을 설득하고 사법의 권위를 세우기 위해 애쓰던 초창기엔 실제로 내가 판사가 아니라 선교사로서 이 땅에 온 것 같은 착각에 빠지기 일쑤였지. 그때마다 난 견딜 수 없는 자괴감에 허덕여야 했네. 법관으로서의 존재 자체를 부정당하는 내면의 모순과 싸우는 일이 내겐 더 벅찬 숙제였다네. 그런 나를 바라보는 림보 사람들의 시선은 적대감이라기보다는 사실 호기심이라 해야 옳을 걸세. 그래도 나는 모멸감을 참아가며 그들을 내면의 율법으로부터 외면의 법정으로 나오라고 호소하길 멈추지 않았네. 그러다 마침내 하나둘씩 소장이 접수되는 걸 보며 나는 드디어 그들이 자신들의 양심을 법의 척도에 대어보기 시작하는구나 싶어 자못 기쁘기까지 했다네. 오늘 자네가 본 법정이 지난 수년간 내 그런 노력의 결실이라고 보아도 좋을 걸세. 그런데 말이야……"

도중에 판사는 다시 담배를 찾았으나 담뱃갑은 이미 비어 있었다. 판사는 니코틴에 갈급한 손가락을 주체하지 못하고 빈 담뱃갑을 초조하게 손으로 조물락거렸다.

"자네도 느꼈을 테지, 우리의 법정 안을 감도는 묘한 분위기를. 제기랄! 그들은 법의 심판 따위를 필요로 해서 내 앞에 선 것이 아닐세. 그들에게 우리는 한마디로 구경거리일 뿐이야. 순회 법정이 아니라 순회 공연을 다니는 유랑극단쯤으로 보인다 이거지. 내 말 알아듣겠나? 나나 자네나 한낱 피에로꼴밖엔 못 된다 이 말씀이야."

K는 아무튼 고개를 끄덕였다. 두덜두덜 하소연하듯 하는 판사의 속내에 어렴풋이나마 동감이 가지 않는 바도 아니었다. 판사는 거칠게 숨을 몰아쉬었다. 초조감이 더하는지 손바닥 안의 담뱃갑을 꾸깃꾸깃 짓이기기도 했다.

"나는 그들이 세금 내듯 소장을 제출한 거란 사실을 잘 알고 있네. 마지못해 응하는 거지. 하고 소장에 붙인 인지대만큼 구경 삼아 법정에 출두하는 것이고. 뒤늦게 깨달았지. 이곳은 치외법권도 아니고 그렇다고 율법지대 따윈 더더욱 아니란 사실을. 차라리 이곳은 선악의 기준 자체가 무용한 곳이라 해야 할 걸세. 정의고 나발이고 간에 이들에게 중요한 것은 정착의지뿐, 그 외에는 아무것도 아니란 사실. 그 한마디가 바로 림보의 역사일세. 그들에겐 이 땅이 곧 가나안이야. 물론 젖과 꿀이 흐르지도 않았지만 애초에 그따위를 바라지도 않았지. 처음부터 이곳은 황무지였을 따름이라고. 그리고 그들은 누가 뭐래도 이곳의 개척자임에 틀림없어. 비록 그들이 개척한 땅이

지옥의 변방일지라도……"

K는 '지옥의 변방'이라는 낯선 수사를 입 속에서 곱씹어보았다. 씹을수록 깔깔하게 맴도는 한마디였다.

"그래, 지옥의 변방. 그것이 림보의 원뜻이야. 자네가 단테를 읽었다면 금방 이해할 수 있었을 텐데……"

판사는 답답한 듯 머리를 가로저으며 이렇게 말했다.

"림보란 지명은 'Limbo'라는 라틴어에서 따다 붙인 말일세. 림보는 그리스도를 접할 기회를 갖지 못한 죄 없는 영혼이나 혹은 세례도 받지 못하고 죽은 어린 아기의 영혼이 머무는 고성소(古聖所)를 가리키는 명칭일세. 천국과 지옥의 사이에 존재하는 곳이지. 하나님조차도 최후의 그날까지 심판을 미룰 수밖에 없는, 무죄하지만 구원을 받지 못한 영혼의 거처인 거야. 후우……"

판사의 한숨 소리가 좁은 유치감에 메아리쳤다.

"자신들 손으로 개척한 땅에 림보란 이름을 붙인 그들은 스스로 신의 수수께끼로 남아 있길 원했던 모양이네. 신학이 심판을 보류했으니 하물며 법률로써야……"

판사는 고백의 끄트머리를 흐리며 성글게 흘러내린 머릿결을 쓸어넘겼다. 어둑한 조명을 받아 그의 이마에 주름골이 깊게 패었다.

"말씀하신 대로 혼란스런 문제로군요. 하지만 전 그런 데 조금도 관심이 없습니다. 중요한 건 저의 무죄를 어떻게 법정이 밝혀주느냐 하는 점입니다."

판사는 안경을 벗어 양미간을 주무르며 끄덕끄덕 고갯짓을 해 보였다.

"자네는 끝까지 결백을 주장하고 싶겠지만 엄밀히 말하자면 자넨 유죄야. 유죄."

하면서 판사는 마치 선고의 법봉을 두들기듯 K의 가슴팍을 툭툭 두들겼다.
 "림보에 온 것부터가 우리는 상부로부터 버림받았다는 원죄를 짊어지고 있는 셈이지. 허나 적어도 림보 사람들은 그렇지 않네. 원죄로부터 자유롭다는 걸세. 왜냐하면 여긴 그들의 거처이니까. 해도 텃세 따위라고 투덜거릴 것도 없네. 과연 누가 정착민이고 누가 이방인이란 말인가. 오히려 우리야말로 법률이란 정착민의 제도를 이끌고 온 식민(植民)이 아니겠나. 그들은 생래적(生來的) 방랑자야. 림보의 개척자지만 이곳의 주인일 수는 없네. 비록 그들이 영원히 림보에 머물고 싶어한다 해도 메시아가 그걸 허락할 리가 있겠나? 미상불 상부에서는 하루라도 빨리 림보가 개방되길 원하고 있네. 상부의 법률과 주권이 미치지 못하는 영토가 있다는 걸 용납할 수 없는 노릇이니까. 상부는 림보의 개발과 번영을 꿈꾸고 있네."
 "정말이지 전 그런 것엔 하등의 관심도 없습니다. 도대체 림보에 핵폐기물 저장소가 들어서건 카지노가 들어서건 그따위와, 제가 무려 한 달 동안 이 무덤 같은 유치감에 방치되어 있어야 하는 것과 무슨 상관이 있다는 겁니까?"
 "옳거니! 자네 말 한번 제대로 했네. 나 역시 마찬가지 심정이니까. 물론 처음엔 나도 이 땅을 사랑하고 싶었네. 상부의 뜻을 받들어 림보에 정의가 서길 바랐지. 하지만 지금은 아니야. 보다시피 나는 이미 지쳐버렸네. 지난 수년의 세월이, 림보라는 불가능의 땅이, 나를 폭삭 삭혀버린 거야. 그래, 솔직히 털어놓지. 세례자 요한의 역할을 하기엔 난 너무 속물적이야. 그렇다고 피에로로 남고 싶은 생각도 추호도 없네. 다만 이제는 하루빨리 상부에서 다른 곳으로 전근시켜주기만을 바라고 있을 뿐이야. 그래, 탈출 말일세. 그리고 그때가 머지않았음을 직관적으로 느끼고 있네. 헌데 자네가 나타난 거야. 응, 이 꼴을 하고 있는 바로 자네가!"

판사는 더럭 소리를 지르며 K에게 달려들었다. 갑작스런 그의 동작에 K는 속수무책으로 멱살을 잡혀 판사의 코앞에 끌려갔다.

"살얼음을 걷는 것 같은 나날을 난 잘 버텨왔어. 불가능과 모멸 사이를 오락가락하면서도 나는 지금까지 견뎌왔다고. 더이상의 실수만 없으면 이곳을 벗어날 수 있다는 희망 하나를 품고 말이지. 그런데 다른 누구도 아닌 내 직속의 부하가 이런 형편없는 꼬락서니로 소동을 일으키고 있다는 게 말이나 되나? 상부에서 알면 결정적인 나의 무능으로 비쳐질지도 모를 중대사라고!"

거친 호흡을 맞대고 두 사람은 똑같이 씨근거리고 있었다. 잡아먹을 듯 K를 노려보고 있던 판사가 스르르 움켜쥔 멱살을 풀었다. 하고는 간곡한 동작으로 K의 두 손을 잡아 품안에 품었다. 정감 어린 동작만큼이나 그의 목소리도 아련하게 바뀌었다.

"딱 한 달일세. 한 달만 참고 견뎌준다면 바깥의 일은 내가 모두 선처해놓겠네. 벌금도 내가 마련해놓을 테고, 앞으로의 공직생활에 하등의 지장이 없도록 말끔히 처리해두겠네. 내가 다른 곳에 자릴 잡는 대로 곧장 자넬 불러들일 것도 약속하지. 물론 자네가 원해야 하는 일이겠지만 난 자네가 다른 선택을 할 까닭이 없다고 보네. 막말로 우리가 빠져나간 뒤에 림보가 수몰이 된다 한들 그게 우리와 무슨 상관이 있겠는가?"

판사는 직업적 기질을 발휘해 정연하고도 반박할 수 없는 논리로 K를 설득했다. 그의 노력은 진지했다. 그것이 진심으로 자기를 위한 것이기도 하다는 걸 K가 의심했던 것은 아니었다. 다만 K는 자신을 곤경으로 몰아넣은 만 하루라는 시간의 벅찬 속도감을 받아들이지 못하고 얼이 빠져 있을 뿐이었다. K는 끝내 결정적 대답을 주저할 도리밖엔 없었다. 종국에 가서 판사는 몸을 가눌 힘도 없다는 듯 뒤통수를 벽에 붙이고 기대앉기에 이르렀다.

두 사람은 나란히 앉아 조막창을 바라보았다. 어느새 눈이 그치고 하늘은 깊은 속까지 개어 있었다. 그 망망한 허공을 시리도록 허연 달빛이 교교롭게 흐르고 있었다. 적막은 아주 먼 곳에서 찾아와 이 좁은 공간까지 지그시 억누르고 있었다. 새근새근 가라앉은 두 사람의 숨소리가 규칙적인 박자로 엇갈리고 있었다.

종소리가 들렸다. 낮게 끌리는 목종 소리가 침침한 유치감 복도를 느릿느릿 너울져갔다.

"새벽이 되었네."

찾아올 때 했던 것과 같은 유의 인사를 남기고 판사는 무겁게 몸을 일으켰다.

"다음차 순회지에 닿으려면 지금 떠나야겠어. 순회 법정이 열리는 곳은 어디나 길이 험하니까."

K가 보기에 판사는 걸음을 떼놓을 힘도 없어 보였다. 그럼에도 판사는 흡사 잠든 간수를 피해 달아나는 죄수처럼 살금살금 걸었다. 녹슨 철문 소리만을 빼면 그는 그림자처럼 복도로 빠져나간 셈이었다. 복도의 어둠 속으로 사라지는 그의 뒷모습에서 K는 판사가 겪어본 이상으로 소심한 사람일지도 모른다는 생각이 들었다.

판사는 얼마 가지 않아 되돌아왔다. 그러나 K는 다시 그의 얼굴을 보지 못했다. 이미 K는 담요를 뒤집어쓰고 서서히 잠에 빠져들고 있던 참이었다. 그가 스며들듯 깊은 잠에 침수되는 걸 확인하고서야 판사는 다시 소리없는 걸음을 돌렸다.

스타바트 마터(Stabat Mater)

다만 잠꼬대를 닮은 그니의 독경만이

가물가물 어둠 속에 번졌습니다.

모든 궁핍한 혼령을 위무하는 소슬한 만가(輓歌) 말입니다.

이튿날 아침 비록 찬서리 내린

박명의 폐사지에서 깨어날지라도 그쳐서는 아니 될,

그니의 노래 말입니다.

1

 낫날 같은 조각달이 막새기와에 박혀 있었지요. 삭풍이 쓸고 간 밤하늘이라 별빛이 몹시도 시렸습니다. 반나마 불타버린 궁궐은 이슥한 동짓달 야기를 뒤어쓰고 있었지요. 허물어진 담 자리 사이로 뭉턱뭉턱 겨울이 몰려들어 패망한 왕궁을 얼어붙게 하였습니다.
 세번째 딱딱이 소리가 지나갔습니다. 오래도록 柳는 별하를 기다리고 있었지요. 금군(禁軍) 소속의 별하가 숙위를 끝내고 나올 시간도 그만큼 지난 셈이었지요. 바람을 타고 오는 군불내가 오그라든 몸을 더욱 노곤하게 만들었습니다.
 까울까울. 난데없는 밤새 소리가 길게 허공을 가토질렀습니다. 재수없는 날짐승이 오밤중에 울어예는고. 柳는 갈까마귀 날아간 허공에 대고 침을 뱉었습니다. 친구를 기다려야 하는 시간이 얼마나 길어질지 모를 일이었습니다.

　柳가 또다시 마른 입술을 찢어 하품을 털어낼 즈음 나타난 별하는 그러나 별다른 인사조차 없었습니다. 지난 수삭간의 안부쯤은 허리춤에 절거덕거리는 칼자루 소리로 갈음해버릴 무신경이었답니다. 柳는 은근히 부아가 솟았습니다. 허나 그런 심사가 오히려 먼길토록 품고 온 난처한 이야기를 어찌 전할꼬, 끌탕을 일으키던 속내에 찬물을 끼얹었습니다.

　북국은 이보다 더 춥더이다.

　柳는 공연히 발끝으로 흙먼지를 일으키며 말머릴 꺼냈습니다. 사은사(謝恩使) 일행을 따라 청나라에 다녀온 지 얼마 지나지 않은 참이었지요. 별하는 별무관심이라는 듯 고개를 끄덕였습니다.

　해도 스산하긴 한양에 비길 데가 없는 듯싶소.

　이번에도 별하는 보일락 말락 고개를 끄덕여 보였습니다. 柳는 속으로 코방귀를 뀌며 넌지시 사려물고 있던 이야기를 비쳤습니다. 상대처럼 무심하기 짝이 없는 말투였지요.

　사행(使行)길 돌아오는데 영실(令室)을 보았구려.

　柳는 재차 흘깃 상대를 훔쳐보았습니다. 별하는 여전히 묵묵할 따름이었습니다. 다른 누구도 아닌, 병자(丙子)년 난리통에 헤어져 생사조차 모르던 아내의 소식을 듣고도 그는 얼어붙은 양 반응이 없었답니다. 柳가 본 것은 다만 그의 눈동자에 어린 달빛 조각이 잠시 일렁였다는 사실뿐이었습니다.

　매운 바람이 불었습니다. 황량한 칼바람 소리 중에 문득 柳는 찢기는 비명 같은 환청을 들었습니다. 제길, 또 그 증상! 헛들린 소리임에도 그는 고막이 패는 듯한 통증에 눈꼬릴 찌푸렸습니다.

　청나라 성경성(盛京城, 심양)으로 들어가는 길목에는 길게 목책이 늘어서 있었습니다. 청나라 관리들은 다른 길을 두고도 꼭 그리로만 사신을 맞았지요. 아우성은 목책을 비집고 터져나오고 있었습니다. 이른바 속환시(贖還市)였으니, 두 차례의 호란 끝에 끌려온 인질들을 되사오는 인신장이었지요. 성근 목책 사이로 내민 사지를 허우적거리며 목청껏 사신행을 부르는 그네들의 절절한 외침을 듣노라면 柳는 규환지옥으로 빨려드는 착각을 일으키곤 했습니다. 사신들은 눈을 감고 귀를 막은 채 그 길을 지나지 않을 수 없었지요. 청 관리들은 그런 효과를 노렸을 터였고 더불어 오랑캐 인신상의 채찍은 기승을 부리며 바람을 갈랐습니다. 인질들로 하여금 어서어서 몸값을 치러 놓여나게 해달라는 악청을 높이려는 포악이었을 테지요. 들끓는 아우성에 마침내 공물 실은 우바리 마바리마저 으헝으헝 울어대면 그렇게 끝없는 동북벌 전체가 호곡성으로 물결쳤답니다. 그리고 그 떼울음이 문득문득 이렇게 망국의 고향땅까지 삭풍을 타고 와 고막을 후벼파는 거였습니다.

 몇 차례 속환사(贖還使)를 따라갈 적마다 열심으로 찾아보았으나 종적을 알 수 없던 별하의 처였습니다. 종적이 묘연할수록 찾아야 한다는 바람은 더욱 간절해지는 겁니다. 한때나마 친구와 연정(戀情)을 다투며 맘을 졸이던 젊은 날의 미련 때문인지 아니면 단심(丹心)으로 굳은 우정 때문인지는 알 수 없었으되 말이지요.

 청국 인신상이 몸값을 얼마나 호되게 치르는지……

 柳는 말끝을 흐렸습니다. 미상불 인질들의 속가(贖價)가 턱없이 치솟은 건 사실이었지요. 당초 청포(淸布) 열 필이면 족하던 것이 이제는 일백 필을 호가하는 지경이 돼버린 거였죠.

 튼 살을 뚫고 스미는 추위에 버틸 것이라곤 오직 거적때기뿐. 일일이 들춰가며 아는 얼굴을 찾노라면 어느 틈에 동상으로 퍼렇게 죽어가는 손가락이 옷섶을 붙들고 놓아주질 않기 일쑤였소. 섬뜩해 뿌리치고 나면 거적 끝에 비져나온, 짓물러 곤죽이 되다시피 한 사지가 차라리 무거워. 어서어서 육탈할 때만을 기다리는 김지이지들이 나머지. 그들의 코끝에 이는 더운 김은 이미 숨탄것의 그것이랄 수 없었소이다. 거죽은 인신상의 말채찍에 맷독으로 더뎅이 지고 속은 속절없는 고향에서의 구원을 애태우다 가뭇없이 시든 빛노예들. 그 얼죽은 군상 위로 저렇듯 흉조(凶鳥)들이 맴돌더이다.

여전히 말문을 닫아걸고 있는 별하는 겨워하듯 고개를 치들어 언뜻언뜻 밤하늘을 떠도는 갈까마귀 무리를 쏘아보았습니다. 시린 달빛에 스친 그의 얼굴이 궁궐 지붕의 깨진 기와에 새겨진 도깨비 닮아 보였습니다. 그러나 아무리 해도 柳는 끝끝내 친구의 아내가 처한 소상한 사연만은 입 속에서 삭일밖에 없었습니다.

'아름다웠으니…… 모든 게 그니가 아름답던 탓이외다. 사랑이 깊으면 이별도 천만리. 하늘의 시샘으로나 돌려두시구려.'

그리도 절실하게 찾던 별하의 처가 난리 끝 몇 년이 지나도록 모습을 나타내지 못한 것은 그니의 어여쁨에 취한 청나라 색주상이 청루에 가두어놓고 살장사를 시켜먹던 까닭이었답니다. 더구나 기구한 것은 그니가 속환시에 나온 것도 기어이 제정신을 놓아버린 뒤끝이란 사실이었지요.

이레 뒤면 동지사(冬至使)를 모시고 다시 청국에 갈 예정이라오.

까울-. 柳는 연해 몸서리를 자아내는 갈까마귀 울음이 듣기 싫어 그쯤 작별을 고했지만 그보다는 부릅뜬 별하의 눈자위가 되쏘는 달빛이 더 섬뜩했는지도 모를 일이었지요. 돌아서는 그의 뒷고대를 갈퀴 같은 별하의 목소리가 잡아챘습니다.

은례는…… 에미와 한데 있더이까?

柳는 등줄기를 따라 서리가 맺히는 느낌이 들었습니다. 일점 혈육 고명딸의 안위였으나 柳는 끝내 되돌아서지 못하고 짧게 답했습니다.

찾아보리다, 힘 자라는 데까지……

종종걸음으로 궁성을 빠져나가는 柳의 귓가에 씨웅-, 날카로운 활시위 소리가 날아와 박혔습니다. 허, 뉘 보면 어쩌려고…… 궐내에서 화살을 쏘다니. 보는 눈이라도 있더면 당장 목이 날아갈 소행이었지요. 함에도 별하는 한 대 두 대 잇달아 시위를 당겼고 맵싸한 단궁 소리마다 허공을 떠돌던 북국의 겨울새들이 또박또박 추락하는 거였습니다. 금군 제일의 명궁 소릴 듣는 그였으니까요.

柳는 저도 몰래 발길을 멈추고 친구의 하는 양을 먼발치께서 지켜보았습니다. 이윽고 화살통이 비고 흉조들도 죄 날아갔을 즈음 별하는 마지막 남은 살 한 대를 기운껏 날렸습니다. 명전(鳴箭, 살대에 대롱을 달아 날아가며 소리를 내게 만든 화살)이었습니다.

쒜리리리웅-. 처량한 휘파람 소리를 길게 남기며 화살은 컴컴한 허공으로 빨려들어갔습니다. 어디메쯤 화살이 울어옜을까 뒤쫓던 柳의 눈길에 까마득한 북방 하늘이 아득했답니다.

*

중강(中江)에서 압록을 건너면 의주땅이지요. 얼음장이 앉은 강물을 갈바람에 쫓기듯 건넜습니다. 고토(故土)에 들어섰다고 살품을 파고드는 바람세까지 잦아지는 건 아니었지요. 의주성은 아직도 십수 마장 밖인데 가야 할 길엔 백설부터 흐벅졌답니다. 나귀 발굽에 차이는 눈가루를 바라보며 柳는 미답의 숫눈 위를 걸었습니다.

그러다 까닭 모르게 벋디디는 나귀. 잔등에 올라앉은 여인이 흔들흔들. 지평선보다 먼 곳에 걸어둔 그니의 눈꽃보다 투명한 눈길에 柳는 저도 몰래 한숨을 토했습니다. 사람 둘과 짐승 한 마리가 뱉어내는 숨결이 설경 속에 더욱 희게 도드라졌습니다. 날짐승 한 마리 떠오르지 않는 정적. 실혼(失魂)한 여인의 말없음. 북국에서부터 줄곧 좇아온 평행한 발자취처럼 끊이지 않는 그들 사이의 침묵을 일깨우는 새삼스런 설원의 고요였습니다. 여인은 하얗게 나귀 위에 얼어 있었습니다.

빙백(氷白)의 정적은 벅찬 것이었습니다. 새외(塞外)의 차가움에도 아랑곳없이 오래 전부터 柳의 가슴에는 불꽃이 지펴 있었습니다. 미지의 아름다움을 발견한 흥분 같은 것. 그렇다고 그것이 어디 아뜩한 곳에서 별안간 날아든 무엇은 아닐 터이지요. 아마도 그 불꽃은 제 왼편 가슴의 온기와 같이 지극히 당연했던 것이기에 까마득히 잊고 있었던 감각은 아니었을까요. 아무튼 그 느낌은 새삼스럽고 거북하다 못해 불길한 예감으로 남았습니다.

柳는 불안스레 여인을 돌아보았습니다. 그리고 이내 황급히 고개를 되돌렸지요. 설맹(雪盲)을 일으킬 듯한 순백의 황홀함. 설한(雪寒)을 뚫고 가는 설한(雪恨)에, 베인 듯 놀란 거였답니다.

柳는 손차양을 붙이고 하얀 구릉 속 갈 길을 가늠해보았습니다. 이틀길이나 뒤떨어진 사신행을 떠올리며 고삐를 잡아챘습니다. 딸그랑, 워낭 소리에 저만치 언덕 위 솔가지에 수북한 눈무지가 우르르 무너져내렸습니다.

저물녘 두 사람은 강마을 봉노에서 발쉼을 했습니다. 압록으로 흘러드는 샛강변에 앉은 주막은 방으로 치기에도 꼴사나워 모처럼 지피는 군불에 구들 틈으로 매운 내가 솟았습니다. 빠끔한 문틈으로 柳

는 바깥을 내다보고 있었지요. 모래톱 양지뜸에 결 곱게 눈이 녹고 그 위로 물오리 발자국이 가지런히 올라 있었구요. 엉치께부터 스며오르는 온기에 아슴푸레 졸음을 느꼈습니다. 온기는 평화로웠고 천 리 밖 향수를 일깨우는 객고가 밀려들었습니다.

멀리서 새를 향해 짖어대는 개. 끊어진 연을 좇아 우르르 몰려가는 강변의 아이들. 그들을 향해 저녁때를 채근하는 어머니들의 호통 따위가 아득했습니다. 방 안에 땅거미가 스며들고 있었습니다.

기분 나쁜 꿈을 꾸다 겁결에 잠을 깬 것 같은데 도무지 뒤죽박죽인 머릿속엔 아무것도 간직된 것이 없었습니다. 등을 타고 전하는 토벽의 한기 탓으로 돌리려 했지만 방 안의 어둠은 꿈속보다 더 어슴푸레하였습니다. 문종이에 스민 달빛에 물들어 방 안은 서늘한 밤기운에 휩싸여 있었습니다. 푸르스름한 한밤의 이내 속에서 여인의 존재가 괴이쩍게 도드라졌습니다.

여인도 졸고 있었습니다. 떠나는 길에 부러 단장을 시켰건만 실성한 여인의 몸가축은 이틀을 버텨내지 못했지요. 부스스한 모습으로 푸른 어둠에 잠겨 있는 여인을 가만히 응시했습니다. 이렇게 가까이서, 이렇게 차분하게 그니를 바라볼 기회도 없었지요. 柳는 저도 몰래 숨을 죽였습니다.

헝클어진 머리칼이 부르튼 뺨자위에 치렁했습니다. 요염하리 탐스럽던 귀밑머리 살쩍은 눈에 띄게 숱이 성기어 더욱 안쓰러웠습니다. 여위어 유난히 길어 보이는 목덜미의 곡선. 그 밑으로 이어진 쇄골은 그니의 무거운 머리가 담길 듯 옴폭히도 패었군요. 柳는 그 처량한 양감이 보기 싫어 이불깃을 끌어 덮어주었습니다. 그러자 이번에는 발끝이 드러났습니다. 외씨버선의 갸름한 곡선과 그 위로 깡뚱한 속곳이 한꺼번에 드러났지요.

있을 수 없는 일이었겠지요. 그럼에도 그는 몽롱히 그니의 말려올라간 치맛단을 흘겨보았답니다. 그 아찔한 황홀감은 비통과 끝이 닿아 있었습니다. 그니가 몰락하지 않았다면 그에게 이런 느낌의 기회도 없었을 터. 실혼(失魂), 실정(失貞), 실절(失節)…… 그니는 더는 앗길 것도 없이 철저히 빼앗긴 여인일 뿐이었죠.

柳는 속 빈 허물 같은 그니를 쓰다듬었습니다. 전란의 혹독함과 그보다 더 오래 묵은 젊은 날의 추억 따위가 뭉클 뒤섞인 탓에 그는 제가 무슨 짓을 저지르는지도 가늠칠 못했겠지요. 한 올 한 올 넘어가는 머릿결의 감촉이 거칠기 짝이 없었습니다.

문득 그니가 눈을 떴습니다. 오로지 간직하고 있는 것은 그 크고 둥근 눈매라는 듯, 그니의 눈동자에 방 안의 푸른 어둠이 치면했습니다. 순간 柳는 와락 그니를 껴안지 않을 수 없었습니다. 그 출렁이는 눈빛이 언젠가 별하의 눈에 일렁이던 조각 달빛을 생생히 재현했기 때문이었답니다.

사랑하였소.

柳는 그 터무니없는 주문을 뇌고 또 뇌면서 미친 듯 여인의 치마말기를 풀어나갔습니다. 여인은 반항하지 않았습니다. 반항조차 잃어버린 걸까요. 그니가 보인 반응이라곤 짚으로 만든 인형처럼 아무렇게나 몸을 내던진 것이 다였습니다.

헙! 격하게 여인을 풀어헤치던 柳는 어느 순간 스스로 제 입을 틀어막지 않을 수 없었습니다. 어둠 속에 희미하게 드러난 여인의 속살은 사타구니에서부터 시커멓게 죽어 있었습니다. 화류병으로 문드러져가는 썩은 살이 이미 살 전체에 곰팡이처럼 퍼져 있었던 게지요. 게다가 도도록 부풀어오른 뱃살. 썩은 거죽 속에 생명이 숨을 쉬고 있었다니까요.

柳는 헛발질을 해가며 주르르 물러앉았습니다. 여인이 그를 쏘아보고 있었습니다. 치부를 가릴 염도 없이 흐트린 자세로 방구석에 기대어, 퀭한 눈자위엔 동공조차 사라진 듯 깊푸른 어둠이 노도처럼 들끓고 있었답니다.

그는 방문을 걷어차고 뛰쳐나왔습니다. 바람에 되닫히는 문에서 녹슨 돌쩌귀가 귀곡성을 뽑아냈습니다. 그는 안간힘을 다해 눈길을 뛰어갔지요. 깊이 쌓인 눈무지가 자꾸만 발목을 잡아채는 거였습니다.

*

수년 뒤, 청나라의 요청으로 나선(羅禪, 러시아) 정벌을 위해 북정대(北征隊)가 파견되었습니다. 그참에 柳는 별하를 다시 만났습니다. 내도록 피해오다 어쩔 수 없이 동행이 된 길이었죠. 본래 금군의 별선군관(別選軍官)인 별하가 원정대에 합류한 것은 특별한 일이랍니다.

무슨 까닭인지 그는 스스로 북정대에 자원했다는 소문이었습니다. 거듭되는 청에도 허락이 내리지 않자 별하는 직접 청 사신을 찾아가 부탁을 넣었다는군요.

그대가 나라 간의 예법을 어기고 망령되이 무예를 자랑하니, 내 먼저 그 솜씨를 시험하여 마땅치 아니하면 도리어 벌이 내릴 것이야.

뜨악한 표정의 사신 앞에서 별하는 날아가는 새를 쏘아보겠노라 활을 잡았다고 합니다. 사신이 코웃음을 날릴밖에요. 비조적시(飛鳥的矢)야 궁수의 기본에 불과하니까요.

쑹-. 첫째 화살이 날았습니다. 그런데 이게 어쩐 일인가요. 살은 아슬아슬 목표한 새를 스쳐가고 말았습니다. 찰나 쏭-. 다시 둘째 화살이 날았습니다. 아차, 이번에도 살은 명중치 못하고 새는 포르르 허공으로 솟고 말았답니다.

낄낄낄.

사신이 체통 모르고 비웃음을 흘렸겠지요. 그런데 바로 그 순간, 날아가던 새가 방향을 가누지 못하고 추락해 파닥파닥 맨땅을 맴돌지 않겠습니까. 나졸이 잡아온 새를 보고 둘러선 이들이 모두 입을 다물지 못했다고 합니다. 왠고 하면 새는 숨은 말짱하되 두 눈알만 빠져 달아난 때문이었지요. 사신은 연해 탄성을 터뜨리며 천군만마를 얻은 듯 기뻐하였고 별하가 즉시로 북정대에 발탁된 것은 당연지사였지요.

회령에서 두먼새끔(두만강)을 건너 만주벌에 들어섰습니다. 때는 초여름. 예전 겨울에는 사발허통의 벌판에서 바람막이 하나 없이 뼈를 쪼개는 혹한이더니 이번에는 그늘 한 점 없는 뙤약볕 아래서 여드레를 달려 영고탑(寧古塔)에 이르렀습니다. 나란히 말을 달리도록 두 친구는 이렇다 할 대화를 나누지 않았습니다. 영고탑에서 청군과 합세하여 다시 열나흘 길에 걸쳐 다섯 개의 강을 건너고 이천사백 리 육로를 지쳐 흑룡강에 닿도록 두 친구는 여전히 서로를 외면하였습니다.

柳는 별하의 침묵이 불안하기만 했습니다. 오래 전 저지른 죄의 가책도 있거니와, 부인과 딸의 행적을 찾지 못하였노라는 거짓말에도 그저 슬그머니 고개 돌려 외면한 것으로 그만이던 친구의 태도가 새록새록 섬뜩케만 여겨지는 거였습니다.

강은 안개에 젖어 있었습니다. 흑룡강이란 이름에 걸맞게 검푸른 물길이 잠룡의 자태처럼 도도하였습니다. 뽀얀 물안개 사이로 건너편 적선의 돛대가 언뜻 나타났다가 설핏 사라지곤 하였습니다.
 싸움이 시작되었습니다. 불리한 전투였지요. 적군은 거선 십수척을 앞세우고 그 갑절의 중선으로 진을 치고 있었지만, 청군의 군선인 자피선(者皮船)이라는 배는 거룻배에 불과하였지요. 게다가 청의 장수는 선봉을 조선군에게 미루고 미적거리기만 하였습니다. 해전이라곤 겪어보지 못한 기마군이었으니까요. 적선에서 먼저 포화가 뿜었습니다. 검푸른 강물을 박차고 성난 잠룡이 튀어오르는 듯하였습니다. 놀란 말이 날뛰는 바람에 柳는 낙마하고 말았지만 실은 말보다 그가 더 자지러진 셈이었지요. 포성에 서툰 군졸들은 귀청을 싸매고 숨기에 급급했습니다. 이편 강둑에서도 반격을 했습니다. 매캐한 초연이 피는 가운데 펑펑 물보라가 일었습니다. 그러나 정작 포격은 피아 간에 별다른 피해를 주지는 못하였습니다. 그만큼 강폭이 너른 까닭이었지요. 말하자면 변죽만 울리는 소모전이었지요. 허나 양편 누구도 섣불리 상대의 사거리 속으로 배를 진격시킬 수는 없었습니다.
 북소리가 들렸습니다. 우렁우렁한 포성 사이로 낭랑한 군고(軍鼓) 소리가 울렸습니다. 그리고 문득 아군의 자그마한 자피선 한 척이 빠른 속도로 노를 저어 강심으로 뛰쳐나가는 거였습니다. 붉고 푸른 수실이 나부끼는 영기(令旗)를 앞세우고 불쑥 안개를 가르는 배. 집중되는 포화 속을 흡사 한 마리 물고기처럼 매끄럽게 헤쳐가는 뱃전에는 한 장수가 우뚝 버티고 서서 맞바람을 맞고 있었습니다. 짙푸른 철릭 자락을 나부끼며 벗어젖힌 흑립(黑笠)을 목에 건 그는 다름 아닌 별하였습니다. 물기둥이 치솟고 소용돌이가 어지러웠지만 배는 멈추지 않았습니다. 배는 노를 저어 나아가는 게 아니라 승천하는 듯한 별하의 풍모에 휘몰려가는 양 보였습니다. 문득 그가 활을 그러잡았습니다. 활 끝에는 이글거리는 화전(火箭)이 적선을 노려보고 있었습니다. 가히 성난 외눈박이 청룡의 모습 그대로요, 용두선(龍頭船) 타고 온 군신의 위용이었지요.

텅, 시위가 놓이고 야릇한 곡선을 그리며 불화살은 적선 돛기둥 한가운데 날아꽂혔습니다. 불어오는 동풍에 기세 좋게 불길이 번졌습니다. 이편 진영에서 일제히 함성이 뿜어나왔습니다. 수십 척 배 무리가 일제히 화전을 앞세우고 강둑을 박차고 나갔습니다. 닻을 거두랴 돛을 올리랴, 둔중한 적선이 물길에 휘돌리는 동안 아군은 벌떼처럼 적진을 헤집고 다녔습니다.

싸움은 칠 일 밤낮으로 이어졌습니다. 아군은 전승을 거두며 흑룡강 물살을 가르면서 적선단을 뒤쫓았습니다. 때마다 별하는 무쌍한 감투혼을 불사르며 선봉으로 뛰쳐나가길 주저하지 않았습니다.

효월랑(哮月狼). 어느덧 청나라 군사들은 그를 그렇게 불렀습니다. 말마따나 별하는 포효하듯 싸웠습니다. 불타는 적선에 서슴없이 뛰어올라 온몸이 피칠갑이 되도록 월도(月刀)를 휘두르곤 하였습니다. 살이 찢기고 피가 치솟는 와중에 그의 입에선 노래가 끊이지 않았다고 합니다. 청군들은 이방인의 노랫소리는 알아듣지 못하였으되 그의 칼날을 타고 떨어지는 핏방울과 피범벅 속에 번뜩이는 눈빛이 되쏘는 싸느라한 월광에 몸서릴 치곤 하였지요.

柳가 그 소문을 확인한 것은 칠 일째 밤, 마지막 전투가 벌어진 나선 오랑캐의 토성에서였습니다. 그날의 싸움은 여느 때 없이 치열한 것이었습니다. 그럴수록 별하의 용맹은 서슬이 서는 것이었지요. 때맞춰 하늘에는 날 버린 조각달이 매섭게 박혀 있었고 별하는 적군이 아니라 하늘의 초승달을 물어뜯듯 성벽을 타올랐습니다. 여지없이 달을 향해 울부짖는 승냥이에 다름없었지요. 맞부딪히는 창검 소리와 자지러지는 비명성이 서서히 사그라들고 자욱했던 포연마저 바람에 흩어지자 토성 꼭대기에는 별하가 꽂아놓았을 게 틀림없는 조선군의 깃발이 비로소 눈에 띄었습니다. 깃대 끝은 찌를 듯 달을 바라 치솟고 그 밑에는 여태껏 그가 울부짖었다는 노래가 새겨져 있었습니다.

> 변경에 돋는 달 활을 닮아 휘었누나
> 치켜든 칼끝에 서리꽃 섬뜩해도
> 돌아갈 국경은 멀고 또 먼데
> 아내여, 그대 장탄식의 여인이여
> (邊月隨弓影 / 胡霜拂劍花 / 玉關殊未入 / 少婦莫長嗟)

흙바닥에 활촉으로 새긴 글은 오래지 않아 지워지고 말았습니다. 이내 사라질 옛 시인의 새하곡(塞下曲)만 남겨두고 정작 노래의 주인공은 홀연히 자취를 감추었습니다. 전사자의 시신 속에도 섞이지 않았고 또한 개선하는 귀환대의 행렬에도 끝끝내 그의 모습을 찾을 수 없었으니 희한한 일이 아니겠습니까.

2

노화승 삼봉(三峯)선사가 해괴한 소릴 중얼거리기 시작한 것은 그가 팔십 세를 넘긴 어느 새벽부터였다고 합니다. 윗방에서 졸고 있던 동자승이 깨어보니 노승은 면벽한 바람벽을 마주하고 이렇게 넋두릴 하고 있더라는 겁니다.

넷이 부족해, 딱 넷이야.

그것이 무슨 푸념인지는 몰랐지만 삼봉선사는 그 뒤로도 꼬박 일 년을 두고 똑같은 타령만 계속했다고 합니다. 수많은 제자들이 번갈아가며 왜 그러시냐고 물었지만 선사는 코끝에 마주한 벽에서 눈꼬리조차 흘리지 않았습니다. 그로부터 다시 일 년이 지난 후 동자승은 선사가 중얼거리는 소리가, 사흘이 모자라, 딱 사흘만 더 있다면……, 으로 바뀌었다는 사실을 알았습니다. 제자들은 다시 선사 앞에 몰려갔습니다. 그들은 이러다 정말 노승이 면벽한 채로 입적할 것만 같은 죄스러움에 간곡히 말리고 나섰지만 선사는 들은 척도 않고 여전히 같은 소리만 중얼거릴 뿐이었습니다. 누구도 선사를 말릴 수 없었지요.

스님, 모자란다 하신 사흘이 벌써 골백번도 더 지났을 터인데 어찌 이러고만 계십니까?

다시 삼 년의 세월이 흐른 뒤 재삼 다짐한 제자들이 떼지어 몰려가 섬돌에 이마를 찧으며 연유를 물었지만 선사는 비틀어 꼰 가부좌를 풀지 않았습니다. 제자들은 다만 어느새 선사의 입에서 중얼거리는 소리조차 사그라들었다는 사실만 확인했을 따름이었지요.

아무튼 세월은 누구도 기다려주지 않지요. 많은 것이 변하고 또 바뀌었습니다. 일주문 앞의 낙락한 너도밤나무 그늘이 두 자나 품이 넓어지고 그 나무가 묘목이었을 때부터 해마다 날아들던 백학(白鶴)은 그 수가 불고 또 불어 급기야 백학(百鶴)떼를 이루어 찾아왔습니다. 겨울이면 선사의 제자들은 일주문 지붕 높이까지 쌓이는 새똥을 치우느라 진땀을 빼야 했답니다. 법당 뒤 계곡의 두껍소(沼)도 몇 치는 더 깊어졌으며 그 소의 돌바닥에서 선사의 나이보다 세 갑절은 더 오래 살아온 두꺼비의 미간에 무지갯빛 뿔이 돋아 휘황한 빛을 발하는 바람에 산사의 식구들은 몇 년 내 깊은 잠에 빠져들지 못했습니다. 젊은 날 선사가 칠해올렸다는 법당 추녀의 금단청이 더디 바래가듯 선사에 대한 제자들의 기억도 조금씩 희미해져갔습니다. 동자승에서 사미(沙彌)로 머리가 굵어진 어린 중만이 미뤄둔 청소를 하려고 무심코 휘두른 말총털이개 끝에서 뽀얗게 피어오르는 먼지 더께 속에 파묻힌 노승의 모습에 아차, 하고 놀라는 일이 있을 뿐이었지요. 개금(改金)만 올리면 그대로 불상으로 삼을 그 자태 그대로였습니다. 실제로 시주들이 쌀자루를 내려놓는 자리마저 법당 내 부처님전이 아니라 문고릴 걸어잠근 선사의 선방 앞으로 바뀌었습니다. 그렇게 계절이 흐를 때마다 제자들은 선사의 깊은 눈자위에 얽힌 거미줄을 걷어내고 갈라진 머리가죽 위로 쇤 들풀처럼 자란 머리카락을 깎아주었으며 마마 자국마다 슬어 있는 서캐를 긁어내곤 하였지요. 노승은 기어이 움직이지 않았고 누구도 그의 침묵을 이해하지 못했으며 또 아무도 이해하려 들지 않는 가운데 또다른 오 년의 시간이 낙엽처럼 쌓여갔습니다.

산사가 가을산에 안겼습니다. 그해 첫 익은 상수리 열매가 찬바람에 떨어져 요사채 기왓골 위로 우박 소리처럼 시끄럽던 밤, 가뜩이나 잠을 설치던 선승들은 법당이 무너지는 듯한 굉음에 벌떡벌떡 몸을 일으켰습니다.

할(喝), 그렇다 해도 하는 수 없지!

대갈일성과 함께 영원히 굳어버릴 것 같던 장좌불와를 깨고 선사가 자리에서 일어난 거였지요. 많은 제자들이 기억하기로, 녹슨 돌쩌귀를 밀치고 푸른 새벽 이내 가득 찬 뜨락에 내려선 선사의 모습은 올올이 삭아버린 승의는 바람에 흩어져 벌거벗은 와중에, 텅 비었으면서도 결코 쓰러지지 않을 헌거로운 고목 한 그루를 연상케 했다고 합니다.

　구 년 면벽을 끝낸 선사는 그날로 다시금 일천 날을 기약하고 극락구품변상도(極樂九品變相圖)를 그리기 위해 정진에 들어갔습니다.

　소문이 나자마자 산사는 밀려든 사부대중(四部大衆)들로 일주문 돌기둥이 휘청일 지경이었습니다. 가뜩이나 생불로 소문이 나 있던 노화승이 부처를 그린다고 하니 이제 부처 두 분을 모시게 되었다고 야단법석을 이룬 것이었지요. 소견 없는 사람들의 머리에도 천하제일의 금어로 유명짜한 불모(佛母, 불상을 그리는 사람)가 드디어 참부처를 낳을 때가 도래한 것만큼은 분명한 듯싶던 게지요. 그들은 이제 일천 날만 기다리면 구 년 면벽 끝의 깨달음이 극락도가 되어 나타날 것이오, 그때 가서는 이곳 두류산이 곧 부처님 계신다는 수미산(須彌山)이 될 광영만 남았다는 기대감에 들떠 있었답니다.

　제자들은 서둘러 산문을 폐쇄해야 했습니다. 삼봉선사가 극락도를 그린다는 것은 곧 그의 종생의 업을 뜻하는 것이오, 그건 다시 일천 날 뒤가 곧 노덕(老德)의 입적일을 가리키는 때문이었으니까요. 어떤 제자는 통곡을 쏟아내며 극도의 고행으로 여윌 대로 여윈 선사의 손마디를 부여잡았고 어떤 제자는 연신 참배를 올리며 활불의 걸음마다 꽃잎을 뿌리기도 하였습니다.

　극락도 벽화를 그려올릴 삼면 벽에 새로 회칠이 올라가자 선사가 좌정한 극락보전은 다시 금줄을 둘러 사람의 출입을 막았습니다. 막내인 사미승만이 다시 금당 앞 석탑 밑에 쪼그리고 앉아 선사의 바라지를 보기로 했습니다. 불단마저 치워내고 없는 휑뎅그렁한 법당 안에서 선사는 여전히 칠 벗겨진 불상처럼 초췌한 얼굴을 가슴팍에 묻고 지냈습니다. 화두에서 화두로 이어지고 상념을 넘어 또다른 상념의 바다로 흘러가는 그의 지루한 고독은 덩그마니 남겨둔 녹슨 철불과 부동심을 겨루는 듯, 어제고 오늘이고 끝날 줄을 몰랐지요.

사미는 이렇다 할 일도 없이 뒹구는 낙엽이 쓸고 간 마당 위에 저 혼자 하는 고누놀이로 시간을 보내거나 지천으로 똥을 지리는 백학 떼를 쫓느라 밤나무에 대고 고함을 질러대다가, 문득 새들마저 날아가버린 황량한 산자락에 서서 바지춤을 들추고 어느덧 거뭇해지기 시작한 불거웃을 들여다보고는 머쓱하게 사방을 휘둘러보곤 했습니다. 이도저도 시들해지자 소년중은 법당 돌계단에 쪼그려앉아 부지깽이로 턱을 받치고 노래를 웅얼거렸습니다.

중중 때때중
니 엄마는 화냥년(還鄕女, 청나라에 잡혀갔다 돌아온 여인네)
문드러진 사타구니
까까머릴 나았지
중중 때때중 머리 깎아 보태줄까

그것이 저 자신을 놀리는 뜻인 줄도 모르고 사미는 아잇적부터 듣고 자란 소리를 흥얼거렸답니다.

법당문이 삐거덕 열렸습니다. 모처럼 삼봉선사가 시르죽은 목소리로 소년을 부르는 거였지요. 비로소 채료(彩料)를 플 물 한 동이를 찾는 것이었습니다.

반드시 청열수(淸冽水)여야 하느니.

청열수란 동쪽으로 향한 높은 산곡에서 솟아 필히 남해로 흘러드는 물로서 아흔아홉 구비를 돌고 아흔아홉 여울을 지나 모래톱에서 솟도록 여적 얼음 같은 냉기를 품고 있는 물이라는 겁니다. 가장 가까이 길을 수 있는 곳이라야 삼백 리 떨어진 탐진강변이라나요. 그날 이후로 골백번 물동이를 져나르며 사미는 그제야 왜 수많은 상좌 승들이 선사의 그림 바라지를 자기에게 떠맡겼는지 알 수 있었습니다. 닷새가 걸려 겨우 물 한 동이를 길어온 다음날 밤 법당 앞 돌계단에 앉아 졸던 사미는 선사뿐인 금당 안에서 시끌벅적 수많은 사람들 떠드는 소리를 들었습니다. 슬그머니 문틈으로 들여다보니 대낮까지 맨 회벽이었던 한구석에 무수한 신중(神衆)들이 울긋불긋 법석을 열고 있는 것이 보였습니다.

그림에 매달린 삼봉선사의 기벽은 거기서 멈추질 않았습니다. 제비 온다는 삼짇날 있었던 일입니다. 전에 없이 성난 어조로 선사가 고래고래 제자들을 불러모으는 거였습니다. 법당 지붕 위에서 소란스레 요변을 떠는 것들을 당장 쫓아내지 않고 뭘 하느냐고 서까래가 들썩이도록 대노해 있었지요. 제자들이 다급히 지붕에 올라보았으나 고즈넉이 아침 햇살에 젖어 있는 용마루 위엔 너덧 송이 질경이 흰 꽃 사이로 노랑나비 두 마리만이 사랑춤을 추고 있을 뿐. 달포 뒤엔 산사의 동쪽 산록에 울울하게 푸르르던 대숲이 밤새 구슬픈 퉁소 소리를 냈습니다. 이튿날 마을 사람들은 수백 년을 울창하던 커다란 맹장죽이 깡그리 말라죽어 있는 걸 발견했지요. 그날이 선사가 구품도 그림 속 도산(刀山)지옥에 대나무 울타리를 두른 날이었다는 걸 아는 사람은 사미승밖엔 없었습니다. 모처럼 봄철 일미인 죽순을 캐려고 호미를 갈며 기다리던 사람들은 영문 모르고 맨입만 다셨지요. 또 어떤 날은 평소 하루 한 때 세 숟가락의 곡기만을 들던 선사가 공양을 들여놓기가 무섭게 빈 발우를 내놓고 내놓고 하는 겁니다. 자꾸 쌀을 앉히기에 진력난 공양주가 솥단지 하나 가득 밥을 들여도 선사는 순식간에 빈 솥을 법당 밖으로 동댕이치는 게 아닙니까. 빠끔히 열린 문틈으로 들여다본즉 방금 채색을 끝낸 지옥도 속의 아귀

(餓鬼) 두 마리가 붉은빛 꽃연지 물감을 핏물처럼 뚝뚝 떨구며 밥알을 다투는 모습이 보였습니다. 두 걸귀(乞鬼)를 달래기 위해 선사의 제자들은 그 겨울 황소바람 속을 누비며 모진 탁발행을 무릅써야 했지요.

그런가 하면 느닷없이 낯선 길손을 맞이하는 일도 있었답니다. 최초의 내방객은 호호백발 가득 하얀 보름달빛을 덧쓰고 찾아온 고리장이 노파였지요. 운신도 못 할 꼬부랑 허리로 어떻게 빗장 지른 산문을 넘어섰는지도 모를 일이거니와 뾰족한 곱사등엔 고리버들 가지를 잔뜩 우겨넣은 크다란 고리짝까지 힘겹게 걸머메고 있었습니다. 천한 고리백정 노파가 멋대로 산문을 넘은 일도 고약하건만 할망구는 거리낌없이 삼봉선사의 금당을 향해 곰틀곰틀 경내를 가로지르는 거였습니다. 막아서는 사미를 본숭 만숭 비껴가는 노파의 걸음걸이는 그렇지만 아무리 해도 따라잡을 수 없었지요. 더욱이 법당 앞에는 어느새 선사까지 친히 돌계단 소맷돌까지 내려와 할망구와 서로 깊숙이 합장을 나누질 않겠습니까. 선사와 함께 법당에 든 노파는 그 밤 이후 영영 극락전을 나서지 않았습니다. 사미가 그니를 다시 본 것은 훗날의 일이었습니다. 선사의 구품도 속에서 척 늘어진 버들가지를 가늘고 긴 두 손가락에 나볏이 들고 있는 우아한 양류관음(楊柳觀音)보살은 비록 꼬부랑 망구의 기색과는 거리가 멀지만 말입니다.

다음 차 보름달과 함께 찾아온 길손도 기억에 또렷하지요. 그니가 오기 전 한 달간은 삼남 전체가 온통 난데없는 불사자 소동으로 시끄러웠답니다. 놈은 이글거리는 불갈기를 휘날리며 팔백 리 두류산 자락을 공포로 몰아넣었습니다. 대낮에도 안광이 십 리에 뻗치고 산기슭에서 포효를 치면 산봉우리까지 들썩일 괴수였습니다. 관아에선 유명짜한 함경도 선창잡이들까지 불러들여 사냥에 나섰지만, 호랑이를 쥐 몰듯 가지고 노는 꼴을 본 포수들은 제 목숨 챙기기도 바쁠 밖에요. 문제의 불사자가 산사에 나타난 그 보름밤, 선사의 제자들은 선방에서 단 한 발짝도 나서지 못했습니다. 젖 먹던 힘을 다해 부여잡고 있는 문고리가 달달달 떨리는 소리는 어느 때 목탁 소리보다 우렁찼고, 불사자가 뿜어내는 시퍼런 안광이 선방의 문종이를 핥고 지날 때마다 그들은 십만팔천 분 부처님의 명호와 무수한 불보살과 갖은 제천신을 소리 높여 외치며 가호를 구했습니다. 산사가 생긴 이래 그렇게까지 절절한 염불성이 울려퍼진 적은 없었다지요, 아마. 그중 제일 위태로운 이는 바로 사미승이었습니다. 소년은 얼른 높다란 느릅나무 꼭대기로 피신했지만 불사자가 그 밑동에 등짝을 비비는 바람에 불갈기에서 옮겨붙은 불똥이 줄기를 타고 바짝바짝 올라오는 절명의 위기에 처해 있었습니다. 웬 여인이 산문을 두드린 것도 그때였습니다. 그 요란굉장한 내방객이 어찌나 방정맞게 산문을 두들기며 앙칼지게 욕말을 퍼붓는지, 제자들은 소란을 참느니 차라리 불사자에게 잡아먹히는 편이 낫다고 여길 정도였으니까요. 산문이 열리자마자 불쑥 푸른 술병부터 앞세운 여인은 술찌끼 냄새를 경내에 진동시키며 냅다 불사자를 향해 달려드는 거였습니다. 그니를 보자마자 사자는 불갈기를 사그라뜨리며 법당 마룻장을 파고들었지만 포달진 입청만큼이나 그니의 발길질도 맵싸기 그지없었답니다. 끝내 삼봉선사까지 귀를 막고 뛰쳐나오지 않곤 배기지 못할 지경이 되어서야 여인은 불사자의 갈기를 휘어잡고 법당에 들어섰습니다. 그때까지만도 그악스럽기 무쌍하던 그니가 설마 하니 대반야의 문수보살이라고는 아무도 짐작치 못했지요.

그러나 뭐니뭐니 해도 보현보살처럼 뻑적지근한 내방객도 없었을

겁니다. 그니는 다른 길손처럼 담을 넘는다거나 산문을 두드리는 귀
찮은 짓 따윈 하지 않았지요. 그니가 타고 온 어마어마한 흰 코끼리
는 그 굉장한 앞발로 단숨에 일주문과 해탈문, 금강문, 천왕문 등 산
사의 문이란 문은 차례로 짓부수고 등장하였습니다. 흰 코끼리 위에
천축국 고유의 하얀 황녀의 옷차림으로 성장한 그니는 그러나 마디
굵은 손으로는 바람 소리를 내는 쇠도리깨를 휘둘렀고 구릿빛으로
검그을린 낯빛으로는 데리고 온 수백의 권속을 일사불란하게 다스
렸습니다. 산사의 자랑이었던 진흙으로 빚은 사대천왕상이 산산조
각이 난 것도 그날이었지요. 소조(塑造)천왕상이 박살난 것이야 그
렇다 쳐도 그 위에 생생하게 칠해져 있던 황홀한 채색까지 깨끗이 탈
색되고 만 일은 도무지 알 수 없는 노릇이었지요.

하지만 그런 일이 잦아질수록 제자들은 갖가지 이적과 다채로운
기인들의 내방 따위에 차츰 만성이 되어갔습니다. 하여 나중 선사가
기약한 일천 날이 다 되어갈 즈음엔 이골 난 제자들은 법당 지붕에
청룡이 떨어지거나 경내 우물이 사흘간 용암처럼 끓어오르며 그 속
에서 아비규환의 고통에 찬 울음이 거품을 일으켜도 그닥 당황하지
않게 되었답니다. 선사의 법당 안에서 창검이 부딪히거나 고통에 찬
인마의 비명 따위가 터져나와도, 사이가 좋지 않은 신중들과 제천신
들 간에 으레 있는 난투극쯤으로 알고 시큰둥 지나쳤고, 심지어 여
래의 하생(下生)을 알리는 극락조의 아름다운 노랫소리가 흘러나와
도 태연히 합장을 받들 뿐이었습니다.

사정이 그렇다보니 삼봉선사의 천일 정진이 회향(回向)하기 사흘
전이 되어도 정작 제자들은 별다른 채비를 할 궁리를 하지 않았습니
다. 오히려 산사에 오르는 산길을 따라 무수한 연등을 장엄해놓은
이들은 이윽고 사흘 뒤 열릴 극락세계를 맞이하려는 기대에 부풀어

있던 산 아래 대중들이었습니다.
 그 밤따라 산사는 전에 없이 적막에 젖어 있었습니다. 또다시 보름 달빛이 처연히 산능선을 적시고 있었지요. 차갑게 앉은 서리에 녹슨 풍경조차 쇳소리를 잃었고 수많은 선승들도 피곤한 사바세계의 기억을 꿈속에 녹이고 있었답니다. 감미로운 음악과 기이한 울림이 끊이지 않던 선사의 극락전에서도 그날만큼은 무거운 정적만이 감돌았습니다. 다만 간간이 무슨 종잇장이 펄럭이는 소리만이 울려나왔지만 어린 사미는 그 소리가 죽은 이들의 망령을 천도하는 인로왕보살의 만장이 나부끼는 소리란 걸 알지 못했지요. 사미는 아까부터 경내를 오락가락하던 무지갯빛 뿔이 돋은 두꺼비와 숨바꼭질을 벌이고 있었으니까요. 하지만 그 느림보 중생을 잡았다는 사람은 아무도 없었습니다. 수풀을 들쑤시는 일곱 빛깔 야명(夜明)에 놀란 산고양이 한 마리가 풀쩍 지붕에 뛰어올랐습니다. 기왓골 위에서 동그랗게 몸을 사린 고양이 등을 타고 올올히 곤두선 터럭이 달빛에 역광을 받고 있었습니다.
 그 밤의 고요는 그리 오래가지 못했습니다. 뜻밖의 함성이 몰려와 잠든 산사를 들쑤셨습니다. 낯선 말굽 소리를 시작으로 깃발이 펄럭이는 소리, 급히 내딛는 사람들의 달음질 소리, 횃불에서 불똥이 튀는 소리 따위가 차차 산길을 타고 오르더니 급기야 산문의 바자울을 무너뜨리고 일시에 경내로 밀어닥쳤습니다. 대부분의 제자들은 막바지에 또 고약한 방문객이 찾아왔나보다, 벽을 향해 돌아누웠지만 어린 사미의 눈에는 그들이 극락변상도를 위해 찾아온 신인(神人)이 아닌 건 분명하였지요. 횃불에 번뜩이는 창검과 나부끼는 영기(令旗)부터 기세등등한 그들은 틀림없는 나라의 군병들이었습니다. 순식간에 군졸들이 경내를 에워쌌지요. 마상에 높이 앉은 이가 앞으로 나서 소리쳤습니다.

　대역 죄인 길삼봉은 어서 나와 오라를 받으라!

　무수한 군복짜리 가운데 그만이 문관복색을 하고 있었습니다. 수상한 분위기를 느껴 밖으로 나온 선사의 제자들 중 주지가 그를 알아보았습니다.

　정 대감이 아니시오? 무슨 변고가 있어 한밤중에, 것도 금부도사까지 이끌고 산중엘 다 오시었소?

　기실 주지와 정 대감은 막역한 사이였습니다. 집안에 불어닥친 사화의 재앙 탓에 어릴 적 정 대감은 이곳 산사에 숨어지내며 삼봉선사 밑에서 불경과 선시(禪詩)와 수묵을 배웠기에 당시 젊은 행자였던 주지와는 친동기간 못잖은 도반이었지요. 그후로도 정치적으로 열세에 있던 그의 당파가 반대파의 공세에 밀릴 때면 번번이 산사로 숨어들어 위태로운 일신을 의탁하곤 하였습니다. 그러던 차에 얼마 전 드러난 역모 사건을 계기로 정 대감 일파는 일거에 정국의 주도권을 잡아 반대파를 숙청하기 시작했습니다. 왕으로부터 위관(委官)을 명 받은 그는 진두에 서서 옥사를 지휘했습니다. 국청에는 연일 피륙이 찢기는 비명이 담을 넘었고 무려 일천을 헤아리는 인사가 변을 입었습니다. 처음부터 조작된 고변에 따라 벌어진 사화였기에 일사천리로 막힐 데가 없었지요. 그러나 문제는 처음 상소에 올라온 역모의 우두머리 격인 길삼봉(吉三峯)이란 도적이었습니다. 대수롭잖게 엮어넣은 이 전설적인 역사(力士)는 그러나 바로 그런 까닭으로 인해 정 대감의 발목을 잡게 된 거지요. 신출귀몰이라고밖엔 형언할 수 없는 행적이다보니 경상도에서 낮에 보았다는 소식이 올라오면 밤에는 전라도를 횡행하였다는 고변이 뒤따랐습니다. 거만(巨萬)의 현상이 걸렸지만 제대로 된 방문조차 붙일 수 없는 것이 그를 보았다는 사람마다 진술하는 형색부터 각인각색인데다 나이도 각각이요 심지어는 여장부라는 소리까지 있었으니 말입니다. 왕의 재촉은 열화 같고 처음부터 모략이었다는 반대파의 상소까지 잇달아 정 대감은 애간장을 졸이고 있었습니다. 와중에 마침 그럴듯한 고변이 올라왔습니다. 두류산의 삼봉선사가 바로 길삼봉이라는 내용이었지요.

그것이 가당찮은 허언임은 대감께서 더 잘 아실 게 아니외까?

성을 내며 반문하는 주지를 향해 정 대감은 씨익 입꼬리를 늘어뜨렸습니다. 그래서 그대는 천상 중 노릇이나 할밖에. 자고로 권력의 저울은 진실의 추로 기울지 않는 법. 대감으로선 어떻게든 옥사의 전말을 꿰맞춘 장계를 지어내는 일이 시급할 뿐이었습니다.

허언이고 아니고는 국문을 통해 밝혀질 터. 뭣들 하느냐, 어서 역적의 괴수를 끌어내라!

관군이 들이닥치려는 찰나 법당의 분합문이 천천히 열리며 선사가 마당으로 내려섰습니다. 여느 때 없이 선사의 동작은 무겁게 끌렸습니다. 붉은 가사를 둘렀건만 바람이 불 때마다, 오랜 절곡(絶穀)으로 바짝 여윈 선사의 몸은 앙상한 뼈마디를 낱낱이 드러냈습니다. 관자놀이를 타고 흐른 흰 눈썹이 유난히 펄럭였지요.

스님, 가시면 아니 되옵니다.

주지는 선사를 말리는 한편 정 대감을 향해 소리쳤습니다.

오랜 세월을 두고 선사께선 법당 밖으론 한 걸음도 출입하지 않으셨음을 세상이 모두 아는 바이오. 대감께선 어찌 천하의 대덕을 가리켜 도적의 괴수라 일컬을 수 있다는 말씀이오?

선사는 손을 들어 제자를 막았습니다.

하물며 나도 내가 누구인지 모른다. 그런 나를 두고 누구라, 무엇이라 칭하건 허물 삼을 일이 아닐 터.

선사는 대감을 향해 말을 이었습니다.

다만 내게 한 가지 못다 한 일이 남았으니 금후로 딱 사흘만 말미를 주시게. 이는 나에 대한 은전이 아니라 불전에 타치는 공덕이 될 걸세.

정 대감은 대답하지 못했습니다. 그 순간 그는 두려움에 휩싸여 있었지요. 까닭은 모르겠으되 가장 빠른 지름길이라 여겼던 것이 되레 영원히 도달할 수 없는 에움길로 빠져들고 만 듯싶은 자각이었지요. 문 틈새로 언뜻 비친 눈부신 광명 때문이었을까요. 그의 눈엔 흡사 법당 전체가 가르릉가르릉 숨을 고르는 거대한 맹수처럼 보였습니다. 선사는 몸을 돌려 사미에게 일렀습니다.

물 한 동이만 더 길어다주련. 마지막 수고가 되겠으나 사흘 뒤 해가 떨어지기 전까진 필히 돌아와야 하느니.

소년중은 달렸습니다. 평소 닷새 거리를 사흘에 닿으려면 죽자고 달리는 수밖엔 없었습니다. 근심스레 떠나보내는 스님들의 눈길이 애처로워 뛰었습니다. 서두는 발길에 들꽃잎이 흩날렸습니다. 머리를 쓰다듬어주시고 돌아선 선사의 표표한 뒷모습을 떠올리면 자꾸 눈앞의 풍경이 뿌예지는 겁니다. 하루 만에 강줄기에 닿아서도 아흔아홉 구비 아흔아홉 여울은 까마득했지요. 청열수 솟는 금모래톱 위 누른 갈숲 틈바귀에 닿았을 때 소년의 몸은 후끈 젖어 있었습니다. 물을 긷는 손은 심하게 떨렸지만 그 달고 찬 샘물에 얼굴 한번 담그지 못하고 사미는 곧 되돌아 뛰어야 했습니다. 출렁이는 물지게를 지고 일어서니 가야 할 길엔 양털구름만 하얗게 피었습니다. 자지 못해 빨갛게 튀어나온 눈에 가파른 언덕길은 가물가물 아지랑이 속으로 멀어지고 있었습니다. 그러다가도 헛딛는 발길에 물지게가 출렁이면 소년은 후닥닥 졸음에서 깨어 무릎을 가누었습니다. 헌 미투리마저 벗어던진 발바닥은 먼길 내내 맨발이었지요. 아무튼 소년은 이러구러 산기슭에 닿았습니다. 저 높이 산사를 품고 있는 제석봉을 보자 마지막 기운이 솟았습니다. 사흘째 떠오른 해는 아직은 중천에 있었고 해거름 전까진 산문에 들어설 자신이 있었지요.

다만 사흘을 두고 내처 뛰도록 굶주림도 몰랐건마는 하필이면 절이 얼마 남지 않은 산마루부터는 타는 듯 혀가 말라오는 거였습니다. 조갈이 심해질수록 물지게 속에 출렁이는 청열수 생각이 간절해질밖에요. 소년은 가만히 짚으로 묶어둔 뚜껑을 열어보았습니다. 물동이에 고여 있던 냉기가 시원하게 얼굴에 퍼졌습니다. 소년은 수면에 일렁이는 달궈진 제 얼굴을 한동안 들여다보기만 했습니다. 그렇게 걷다 말고 자꾸 물동이를 들여다보며 마른침만 삼켰습니다. 이제 거기만 돌아서면 산문이 보이는 산모롱이에 닿았을 때였습니다. 소년은 마지막 다리쉼을 위해 홀아비바람꽃 꽃대궁이 살랑대는 풀섶에 물지게를 내려놓았습니다. 하고는 가만히 물동이 속에 고개를 들이밀었습니다. 물동이 속에는 박박 깎은 제 머리통 위로 흰 구름이 스쳐가고 있었지요. 그리고 그 너머에 문득 낯선 얼굴이 끼어들었습니다.

그 물 한 모금만 마실 수 있겠니?

그니는 하얀 얼굴을 하고 있었습니다. 흡사 가는 붓으로 그린 형체가 그림 속에서 걸어나온 듯 여인의 모습은 그 또렷한 윤곽을 빼면 온통 하얀 여백만 남을 것처럼 투명했지요. 사미는 황급히 뚜껑을 덮었습니다.

안 돼요.

도리질을 치면서도 사미는 그니의 얼굴에서 눈을 뗄 수 없었답니다. 머리쓰개로 삼은 얇은 나삼이 나부끼는 속에서 함초롬 자기를 응시하는 그니의 커다란 눈을 보자 소년중은 갈증으로 찢어질 것 같은 제 목젖의 고통도 잊은 채 여인의 깊고 슬픈 눈이 얼마나 메말라 있는지 한없이 가여운 마음이 일었습니다.

난 잃어버린 아이를 찾아 오래도록 세상을 헤매고 있단다. 그런데 이제는 목이 말라 한 발짝도 더는 떼놓지 못하겠구나.

여인은 가늘고 긴 손마디로 소년의 이마에 흐르는 땀방울을 닦아 주었습니다. 사미는 무심코 물동이를 열었습니다.

딱 한 모금만이에요.

둥둥둥. 북소리가 산허리를 진동시켰습니다. 경내를 메운 승속의 사람들은 그 요동치는 장단에 맞서 벌렁이는 가슴을 진정시키려 애쓰고 있었습니다. 그들이 둘러선 가운데 삼봉선사가 좌정하고 있었고 그 곁에서 망나니가 스렁스렁 칼을 갈고 있었습니다. 서쪽 산봉우리엔 마침내 해가 꽁지를 거두기 시작하였습니다. 입가를 씰룩이던 정 대감이 목젖이 튀어나오라 고함을 쳤습니다.

요사한 중놈 때문에 시간만 허비하였고나! 서울까지 끌고 갈 것도 없다. 당장 저 요승의 목을 벨지니!

그렇게 망나니의 칼춤이 시작되었습니다. 서슬 세운 큰 칼날이 선뜩선뜩 허공을 베는 동안 정작 선사는 반나마 내려감은 눈으로 태연히 법당을 바라보았건만 오히려 정 대감은 초조하게 젖은 손바닥을 훔치고 있었습니다. 두근거리는 칼춤은 그러나 마냥 이어졌습니다. 물경 향 한 자루 타들어갈 동안 망나니는 벨 듯 말 듯 청룡도 자랑만 하고 있었지요. 실은 망나니는 아랫마을 사는 소백정으로 누구 못지 않게 삼봉선사의 불심과 도력을 경외하고 있던 바이니까요. 제 손으로 선사의 목을 날려야 한다는 사실이 이만저만 동티날 일이 아니었겠지요. 이러저러 못 하는 망나니는 애꿎은 탈혼춤으로 시간만 끌고 있었지요. 육중한 칼을 놀리는 것도 여간 고역이 아니었을 텐데요. 정 대감은 짜증이 났고 군졸들은 하품이 났지요. 군고를 두들기던 병졸은 북채를 잡은 손에 쥐가 오르기 시작했습니다. 사미가 산문을 들어선 건 그때였습니다.

물을 길어왔느냐?

제자들이 다투어 어린 사제에게 뛰어갔습니다. 알아듣지 못할 눈물 섞인 소리를 옹알거리던 사미는 선사 앞에 이르자 급기야 와앙, 울음을 터뜨렸습니다. 물동이는 바짝 말라 있었습니다. 제자들의 한숨이 마른 물통에 흘러넘쳤습니다. 선사는 크게 하늘을 칩떠보고는 이내 무겁게 눈을 감았습니다. 득의양양한 정 대감의 호령이 뒤를 이었습니다.

당장 목을 벨지니!

큰시님, 아이고……

시간만 축내던 망나니가 울상이 되어 선사를 내려다보았습니다. 선사는 천천히 고개를 끄덕여 보이고는 옷깃을 여몄습니다.

시님, 부디 편히 가십서! 용서하십서!

마침내 청룡도가 커다란 반달을 그렸습니다. 그리고 정말 단칼에 스님의 머리는 떼구르르 굴러떨어지고 말았습니다. 관세음보살! 비통에 찬 염불성이 곳곳에서 흘러나왔습니다. 정 대감은 제 목이 달아난 것처럼 부르르 진저릴 쳤습니다. 그때였지요.

그놈 칼질 하나는 시원쿠나.

그렇게 소릴 친 건 다름아닌 떨어진 선사의 머리였습니다. 피 한 방울 흘리지 않고 곧대로 좌정해 있던 선사의 몸이 부스스 일어서 떨어진 목을 원래 자리에 올려놓는 게 아니겠습니까. 망나니는 오줌을 지리며 풀썩 주저앉았고 마상에 있던 정 대감은 기어코 거꾸로 떨어지고 말았습니다. 선사는 그때까지 두 눈을 질끈 감고 울먹이고 있던 사미를 내려다보았습니다.

울지 말아라. 처음부터 이리 될 일이었느니 네가 울 일이 아니다. 하고는 어린 제자와 지그시 눈을 맞추었습니다. 사미는 울음을 그치지 못했습니다.

엉엉, 엄마아…… 엉엉……

고개를 끄덕인 선사는 소년의 손을 잡고 법당의 돌계단을 올라갔습니다. 선사가 문을 활짝 열어젖혔을 때, 사람들은 처음이자 마지막으로 그가 그린 극락구품변상도를 친견할 수 있었답니다.

그것은 그림만도 아니었고 그것은 음악만도 아니었지요. 그것은 불심만도 아니었고 그것은 인생만도 아니었지요. 그것은 극락이 아니었듯이 그것은 지옥도 아니었답니다. 그것은 무어라 이름할 수 있는 것이 아니었으되, 모든 이들은 그 알 수 없는 세상의 진면목을 향하여 두려워 엎딘 몸을 일으키지 못하였습니다.

어린 중만이 볼 수 있었지요. 선사가 이끌어간 그림 속에는 아까 한낮에 저에게 물을 청했던 그 희고 보드라운 얼굴의 여인이 품을 벌리고 있었습니다. 목이 마르다며 청열수 한 동이를 다 마시도록 소년이 미처 말리지 못하였던 그 안타깝도록 자애로운 눈길이 그를 향해 웃음 짓고 있었습니다. 선사는 사미를 향해 그림 속을 가리켜 보였습니다. 사미는 그렇게 수월관음(水月觀音)의 손을 잡고 화엄 속으로 들어갔습니다.

선사는 이제 극락도 커다란 구품세계를 마주 보고 섰습니다. 그리고 작지만 누구에게나 들리는 목소리로 이렇게 뇌었습니다.

둘도 없는 하나가 있으련 했건만 그 하나조차 결국엔 없음이런가!

스타바트 마터(Stabat Mater) 121

한숨인지 오도송(悟道頌)인지, 무이무일(無二無一)이란 알지 못할 길고도 처연한 숨결을 남긴 이 위대한 불모는 고개를 돌려 잠시 뒤를 바라보고는 역시 성큼 그림 속으로 걸어들어가는 거였습니다. 구품도 아홉 가지 세상 중 무간지옥의 끝도 없는 나락으로 이어진 벼랑길에서 선사는 바닥에 뒹구는 인로왕보살의 번기를 집어 뒤에 꽂아놓고는 내처 지옥길로 걸어갔습니다.

붙잡아라! 붙잡아!

정 대감은 기를 쓰고 법당으로 뛰어들었습니다. 그러나 그의 뒤를 따르는 사람은 아무도 없었습니다. 어느새 절집 마당은 텅 비어 수많은 승속의 인물들이 있던 자리엔 바람 따라 쓸리는 횃불만이 타오르고 있었습니다. 구품도 찬연한 광채에 싸여 대감은 고래고래 고함을 질렀습니다.

스님, 어디 가시었소! 스님, 날 두고 가지 마시오! 스님, 스니임……

대감은 미친 듯 소리치며 구품도 그려진 회벽을 두들겼습니다. 그림 속 저만치 낡은 승의 자락을 휘날리며 차츰 멀어지는 선사의 뒷모습을 향하여 그는 목청이 찢어져라 울부짖었습니다.

스니임, 부디 날 버리지 마시오!

그러나 그림은 대감을 받아들이지 않았습니다. 대감은 몇 번이고 벽화에 몸을 부딪혔습니다. 그러다 끝내 하염없이 얼빠진 비명을 쏟으며 절마당으로 뛰쳐나온 정 대감은 불똥이 뚝뚝 듣는 관솔불을 움켜잡았습니다. 불꽃이 어린 그의 눈동자부터가 시뻘겋게 달궈져 있었지요. 그러나 그가 불을 놓기도 전에 그림은 벌써 스스로 불이 붙기 시작했습니다. 그림 속 염열(炎熱)지옥을 맴돌던 열풍이 일진광풍 휘몰아치더니 구품도는 그 자리에서부터 불길이 번지기 시작했습니다. 점차 거세지는 불길에 맞춰 불꽃이 핥는 자리마다 찬연한 채색은 시커먼 그을음으로 바뀌기 시작했습니다. 살과 가죽이 타는 역한 매운내가 진동하며 불길은 지옥도를 지나 석가세존의 수미산과 아미타여래의 서천극락까지 거침없이 뻗쳐나갔습니다.

어허헝-! 정 대감은 성난 짐승처럼 울부짖으며 매캐한 연기 속으로 뛰어들어 닥치는 대로 손에 든 불막대를 휘둘렀습니다. 불꽃은 기둥을 타고 들보를 거쳐 서까래마다 번지더니 기왓골 여기저기를 뚫고 불헛바닥을 널름거렸습니다. 마침내 법당 전체가 불춤을 추기 시작했지요. 불보라를 타고 법당 속 구품세계가 훨훨 피어오르고 있었습니다. 소산(燒散)인지 승천인지 모를, 그 웅장하여 더욱더 허무한 연기는 끝내 귀곡성이 돼버린 대감의 울음까지 섞여 하늘 높이 치솟았습니다.

3

이 길만큼은 정말이지 두 번 다시 딛지 않을 작정이었습니다. 산길을 오르면서도 은례는 몇 번이고 되돌아갈까 망설였습니다. 어쩌면 모든 게 그때하고 이다지도 똑같을 수 있을까요. 이태 전 그날도 지겟짐을 지고 이 길을 올랐지요. 그때는 죽은 어미를 지고 있었고 지금은 산 계집아이를 지고 있는 게 다를 뿐이었지요. 죽은 어미나 산 계집애나 벅차게 무겁긴 매한가지였습니다. 은례는 입술을 사려물고 지게끈을 추슬렀습니다.

이 길로 가면 어미의 무덤이 나옵니다. 부둥켜안아도 설움이 가시지 않을 어미의 주검자리겠지만 그녀는 결코 은례의 친어미는 아니었습니다. 죽은 꼬실댁은 독경쟁이 당골레로 역시 무당인 은례의 신어미(神母) 격이었습니다. 말하자면 무령(巫靈)을 전수받은 어이딸 관계라 하겠지요. 해도 여느 신어미-신딸의 사이와는 달리 꼬실댁은 지난 이십여 년간 은례를 키워준 수양어미이기도 하였지요. 다만 은례는 철저히 그 사실을 인정하려 들지 않았습니다. 물론 죽어 누운 꼬실댁을 깨워 물어도 대답은 마찬가지일 겁니다. 말이 좋아 수양모녀지간이지 두 여자는 서로를 잡아먹지 못해 눈에 핏발을 세우던 사이였습니다.

내 신수가 평생 요 모양으로 글러먹게 된 것이 다 네년을 살려둔 복덕 때문이여.

살아생전 꼬실댁은 그렇게 자탄 섞인 타박을 입에 달고 지냈습니다. 은례라고 가만있었겠습니까. 바락바락 포달을 써가며 당장이라도 죽여 팔자를 고쳐보라고 대들기 일쑤였지요. 참으로 볼 만한 모녀지간 아니었겠습니까.

이십 년이 지났지만 은례는 자신이 어떻게 꼬실댁의 신딸이 되었는가를 생생히 기억하고 있습니다. 앞뒤 사정은 모르되 돌이켜보면 그니가 생부모와 이별하게 된 건 병자년 호란 때인 것만은 분명했습니다. 아마도 오랑캐군에 끌려가던 생모가 딸만큼은 살려보자고 그니를 생면부지의 꼬실댁에게 넘겨주었던 게지요. 허나 그야말로 늑대 피하자고 호랑이굴로 뛰어든 격이었지요. 당시 젊은 꼬실댁은 몸주신으로 모실 태주말명을 찾아 팔도 삼천리를 쑤시고 다니던 야심 찬 당골레였으니까요. 태주말명이란 나어린 동녀(童女)로 죽은 불쌍한 아이귀신이어야 했는데 그 신을 받기 위해 혈안이 돼 있던 꼬실댁한테 어린 은례야말로 천지신명이 점지해준 태줏감이었습니다.

오살할 년, 네 목숨 부지시켜준 덕에 내 무업(巫業)이 오그랑 쪽박에 한가진 겨. 그때 조금만 더 모질게 맘을 먹었어야 했는데······

노루 친 몽둥이 삼 년 우려먹는다고 꼬실댁은 심사만 틀어지면 은례를 쥐어박으며 아쉬워했습니다. 울어야 할지 웃어야 할지 모를 구박 속에 섧기도 설웠던 어린 시절을 보냈지요. 맞기도 오죽이나 맞았는지, 경 읊는 가락이 그르다고 한 대, 북장단이 틀리다고 한 대, 은례는 차라리 목매 죽은 손말명이 되어 밤마다 신어미 꿈에 나타나길 원했습니다.

해도 불로초 달여먹은 신선도 아니요, 하물며 신통할 것 하나 없는 독경쟁이 꼬실댁이라고 늙지 않을 도리 있겠습니까. 오십 고개에 풍을 맞고 누워 똥오줌 받아내는 신세가 되자 처지가 천지개벽했지요. 서툰 앉은뱅이굿 솜씨로 은례가 걸립해들이는 좁쌀 됫박이라도 없으면 꼼짝없이 굶어죽은 걸귀 짝이 날 판이었지요. 잘코사니, 은례는 거동 못 하는 꼬실댁에게 죽술을 떠먹일 때마다 제 생부모를 대라고 다그쳤습니다.

난리통에 불똥 튀듯 스친 인연에 성명 석 자도 못 들었다, 딱 잘라 돌아눕는 꼬실댁. 천불이 솟는 은례는 죽사발을 고스란히 엎어버리고 새파란 얼굴로 신어미를 노려보았습니다. 꼬실댁도 풀죽이 쉬어 빠질 때까지 입도 뻥긋 안 했지요. 제풀에 문을 박차고 나가는 신딸을 향해 그니는 이 한마디만을 쏘아주곤 했습니다.

너라도 참무당이 돼야 혀! 그 길만이 찢어진 인연을 되붙일 도린겨, 이것아……

실인즉 꼬실댁은 알고 있었습니다. 은례의 아버지가 왕성을 지키는 금군이란 걸 분명 들었지만 끝끝내 그것만은 가슴에 묻어둔 채 무덤까지 품고 간 거였지요.

산길이 가팔라질수록 등에 진 지겟짐은 천근만근 짓눌러왔습니다. 저만치 팽나무 고목이 눈에 들어왔습니다. 묏귀신 한 분쯤은 능히 깃들일 커다란 밑둥은 이태가 지났건만 기억에 또렷했습니다. 게서 달 뜨는 방위로 삼십 보를 가면 꼬실댁을 묻은 무덤자리였으니까요. 은례가 지게를 내려놓고 주저앉은 건 순전히 등짐이 무거웠기 때문이지 절대로 신어미를 찾아볼 염은 아니었습니다.

노릇노릇 익어가는 팽나무 열매 사이로 저만치 애기도둑갈퀴꽃이 수북이 덤불을 이루며 말라가고 있었습니다. 이름부터 고약스럽지, 애기도둑갈퀴꽃이 무어람. 그니는 퉤이 침을 뱉었습니다. 공연히 심사가 틀어지는 겁니다. 패씸한 이름의 그 꽃이야말로 제 손으로 한아름 따다 꼬실댁 무덤가에 흩뿌려둔 것이었지요. 짚이엉으로 대충 덮어둔 초분(草墳)은 그새 폭삭 주저앉아 시늉만 남았는데 갈퀴꽃 앙상 마른 꽃무지가 우부룩 봉분을 대신하고 있었습니다.

어미 무덤자리로 다가서던 은례는 그 앙칼진 덤불에 손을 베이고 말았습니다. 흰 손바닥에 스미듯 고이는 빨간 피에 참을 수 없는 성미가 치밀어올랐습니다. 에잇- 에잇-, 묵혀둔 독살풀이라도 치르듯 닥치는 대로 마른 꽃덤불을 짓이겼습니다. 순식간에 벗은 살 위론 핏금이 섰고 입은 옷에는 갈퀴꽃이 덕지덕지 들러붙었습니다.

지게 위에 얹어둔 계집아이가 앓는 소리를 냈습니다. 은례는 핏발이 선 눈으로 아이를 향해 달려들었습니다.

요년이, 달싹만 해도 결창을 발라버린다고 않던!

시퍼런 욕말과 함께 그니는 찢발기듯 소녀를 보쌈해둔 자루를 풀어젖혔습니다. 놓여난 아이는 그러나 쏜살같이 뛰쳐나와 치마를 걷어붙이는 거였습니다.

오줌 지릴 뻔했단 말여……

태연히 신어미의 짚무덤을 타고앉아 알두덩을 까발리고 소피를 쏟아내는 아이를 보자 은례는 무심코 실소를 터뜨렸습니다. 기막힌 광경이었지요.

　시방부턴 네가 받들어야것다.

　숨을 거두기 이틀 전 꼬실댁은 은례를 앉혀놓고 보따리 하나를 디밀었습니다. 녹슨 놋쇠거울(明斗), 신방울(神鈴), 귀신을 잡아 가두는 새끼를 꼬아두른 병(囚鬼甁) 그리고 신칼 따위. 자질구레한 것들 인즉 꼬실댁이 가장 위하고 받들던 무구(巫具)였지요. 말투도 얼굴색도 신어미는 평온하기 그지없었습니다. 자신의 전부이던 무녀의 업을 건네주는 허탈감도, 혼신을 다해 지탱하던 신뜻의 큰짐을 내려놓는 개운함도 찾아볼 수 없는, 그린 듯 태연한 모습이었습니다. 한마디 쏘아줄까 입을 삐죽거리던 은례조차 찔끔케 만든 고요였지요.

　신어미는 겨운 몸짓으로 가만히 놋쇠거울을 받들었습니다.

　대대 만신(萬神)께서 물리신 귀물 중에서 젤로 윗것이여. 내가 물려받을 때만 해도 쇠거울에서 징징 우는 소리가 들렸느니.

　그렇게 신어미는 비난수 읊듯 자분자분 이야기를 이어나갔습니다.

　한 시절 소홀하여 거울에 깃들인 태주님을 놓친 사연이야 입에 담지 않는 게 도릴 게다만 억지로 되모시려 해도 아니 된 건 끝내 내가 받을 신벌이었으련. 그 연(緣)에 너를 만났으니 복이 되었건 죄가 되었건 이제는 네가 태주님 맞을 준비를 해야 쓰것다.

　듣다보니 소름 돋는 이야기였습니다. 뜻인즉 그니더러 태주말명 삼을 애귀신을 구하라는 소리 아닙니까.

　열두 살 전 초경을 보지 않은 동녀야 하느니. 소금과 방울만 넣어둔 커다란 독 속에 가두어 굶기되 뚜껑 삼아 놋쇠거울을 덮어두는겨. 새로 짠 깃당목으로 동서로 세 번 남북으로 세 번을 묶어야 혀. 무섬을 탄 아이가 명두를 두들길 것이여. 쇠거울 울리는 소리가 크면 클수록 영험한 말명이 되시리니⋯⋯

스타바트 마터(Stabat Mater) 127

이야기를 듣는 동안 덜덜 턱이 떨려왔습니다. 아득했던 옛 기억이 새록새록 되살아났지요. 그 끔찍했던 일을 어쩌면 저렇게 무심하게 읊조릴 수 있단 말입니까. 은례는 넋 나간 소리로 말했습니다. 그만해요, 그만……

주리고 지친 아이는 소금을 먹고 목이 말라 죽어갈 것이여.

가릉가릉 벅찬 숨을 몰아쉬면서도 신어미는 할말은 다 하겠다는 투였습니다.

손에는 방울을 꼭 쥐고 있을 터이니 그것을 네 해로 삼되 꼭 같은 것으로 쥐어드리는 걸 잊지 말어야 혀. 독째 장사를 지내되 손 없는 날을 기해 곤방(坤方)의 북두성을 향해 뻗은 나뭇가지 아래 묻고……

끝내 은례는 자리를 박차고 뛰쳐나가고 말았습니다. 속이 뒤틀리며 욕지기가 솟았습니다. 한바탕 생목을 쏟고 되돌아와보니 꼬실댁은 입매 가득 웃음을 머금고 있었습니다. 소리도 없는 웃음이 턱없이 화사해 볼때기 주름 사이로 볼우물까지 깊었습니다. 춘삼월 꽃맞이굿이라도 나선 처녀무당처럼 곱기도 한량없었지요. 만 하루를 그렇게 웃다가 한숨 쉬듯 마지막 날숨을 토해놓았습니다.

은례는 노래를 불렀습니다. 무심코 부른 노래였지요.

아가아가 우지 마라 네 에미는
삼 년 묵은 말뼉다귀 털이 나면 온다더라
병풍에 그린 황계닭이 날개 치고 울거든 오마더라

그니는 미처 노래를 끝맺지 못하고 무릎 사이로 고개를 묻었습니다. 뒷동을 이은 것은 먼발치서 지켜보던 아이였습니다.

아가아가 우지 마라 너 울면은 너 울면은
이 내 간장 다 녹는다

 제법 그럴듯한 장단이 아니겠습니까. 물기 어린 눈으로 은례는 소녀를 바라보았습니다. 볼수록 아이는 제 어릴 적 도습을 되새기는 거울 같았습니다.
 꿈도 꾸지 않기로 했지요, 처음에는. 헌데 꼬실댁을 묻고 나서 하루이틀 지날수록 신어미의 마지막 당부가 생생히 귓전에 휘몰리는 거였습니다. 참무당이 되야 혀. 그것만이 모든 걸 이르는 길이여.
 아녀, 아니라고. 그니는 현기증이 날 때까지 도리질을 쳤습니다. 사람이 할 짓이 아니여. 생목숨을 귀신하고 바꿔치는 일이었습니다. 여차해서 들키기라도 하는 날엔 맞아죽을 노릇 아니겠습니까. 놋쇠거울을 정갈히 닦아놓고 몇 날을 두고 치성을 드렸습니다. 절을 하고 경을 읽고 또 절을 하고 또 경을 읽고. 지쳐 쓰러져 반지레한 거울을 들여다보았습니다.
 엄마도 저런 얼굴이었을까. 그니는 거울면에 묘하게 이지러져 보이는 헐떡이는 제 얼굴을 쓰다듬어보았습니다. 거울이 울었을까요, 얼굴이 울었을까요. 징징 쇳소릴 닮은 곡성이 들렸습니다. 꼬실댁의 마지막 넋두리가 메아리쳤습니다.
 귀신을 다스리고 하늘의 뜻을 아는 길이여.
 진정 그리만 된다면 하물며 제 살붙이 부모의 넋인들 불러내지 못하겠습니까. 은례는 죽은 이의 넋을 대신하는 공수받이 무당처럼 홀연히 일어섰습니다. 이슥한 밤길을 번뜩이는 그니의 안광에 놀란 올빼미란 놈이 날아갔습니다. 꾸꾸꾸꾸-.

그렇게 보쌈해온 아이가 바로 저 계집애였습니다. 뭐라고 꼬드겼는지 어떻게 끌어왔는지, 하얗게 칠한 듯 기억나지 않습니다. 무섬에 떠는 아이를 두들겨댄 건 그니가 더 무서웠기 때문이었지요. 독 속에 소녀를 처넣을 때까지도 은례는 좋은 일만 생각키로 하였습니다. 더이상 앉은뱅이 독경수라고 천대받고 싶지 않았습니다. 태주님만 몸주신으로 뫼시면 사통오달(四通五達)의 천리안이 될 것입니다. 나랏무당이라는 천관만신, 전례보살이 부럽잖게 성무(成巫)할 것입니다. 간살 맞은 장님대일랑 팽개치고 아홉 척 신간(神竿)을 보란 듯 치켜세울 겁니다. 덩실덩실 작두를 타고 너울너울 하늘까지 오르렵니다.

경을 읊되 북은 치지 않았습니다. 동구 밖에 내몰린 당집이었으나 행여 듣는 귀가 있을까 두려웠지요. 그래서인지 좀처럼 경발이 서질 않는 거였습니다. 신을 뫼시는 청신경(請神經) 소리보다 이빨 부딪히는 소리가 더 크게 들렸습니다. 덜덜덜. 속도를 더하여 옥갑경(玉甲經)으로 넘어갔습니다. 독경에 몰입되지 못하는 건 마찬가지였지요. 마침내 가장 위력적이라는 박살경(搏殺經)까지 넘어가도록 마음은 전혀 갈피를 잡지 못하였습니다. 반나절도 지나지 않았건만 독 속의 아이는 죽은 듯 고요했습니다. 놋거울을 두들기고 신방울을 울려야 했는데…… 혹시 너무 독살스레 처박아 변이라도 난 건 아닐까. 참다못해 은례는 독을 싸맨 왼새끼줄과 삼베를 풀어헤쳤습니다. 웅숭깊은 오지항아리 속으로 촛불을 들이밀었습니다. 가만히 떠오르는 커다란 눈동자 두 개. 곱이 끼고 눈물에 짓물러서 차라리 더 투명한 아이의 눈이 저를 바라보는 게 아니겠습니까.

은례는 그대로 주저앉아 곡을 놓았습니다. 엄니, 엄니, 섧게도 부르는 그 이름이 헤어진 생모였는지 아니면 바로 이십 년 전 똑같은 꼴을 겪을 수밖에 없었던 못난이 당골 꼬실댁이었는지요.

> 따분따분 따분새야 너 왜 울며 어데 가니
> 우리 엄마 산소 간다
> 가지 줄게 가지 마라 열매 줄게 가지 마라
> 가지 싫어 열매 싫어 나는 나는 갈 테야

 속 모르는 아이는 앞장서 걸었습니다. 너울춤이라도 추듯 가벼운 걸음. 내리막 지는 산길은 땅거미에 빨려들듯 어두워갔습니다. 행여나 기억할까 두려워 이리저리 산굽이를 돌아왔건만 아이는 아득한 산마루에서도 저 사는 마을을 한눈에 알아보는 거였습니다. 은례는 계집아이의 손을 붙들고 재차 다짐을 받았습니다.
 알겠지, 길 잃고 먼 마을 굿당서 배불리 먹고 호강하고 오는 길인 겨.
 아이는 무조건 고개부터 끄덕였습니다. 지난 하루 겪었던 봉변이 뭔지도 모른 채 그저 한아름 들고 있는 재수떡에 군침이 괴었던 거지요. 깡충깡충 멀어지는 소녀의 경쾌한 뒷모습과 멀리 저물녘 보랏빛에 잠기는 산 아랫마을의 정경이 겹쳐졌습니다. 은례는 소녀에게 조심해 걸으라고 소릴 칠까 하다가 그만두었습니다.
 돌아오는 길은 다른 고갯길을 택했습니다. 아까 어미의 무덤길로 갔다간 죽은 어미의 삭다 만 육신이 벌떡 일어나 앞길을 가로막을 것만 같았습니다. 어스름 산길엔 어둑서니라도 나설 듯했고 바람에 쓸리는 나뭇가지들이 죽은 꼬실댁의 쉰 목소리 닮은 비웃음을 쏟아놓고 있었습니다.
 넌 틀린 겨. 이젠 다 글러먹은 겨……
 가팔라지는 고갯길 따라 점점 숨이 찼습니다. 치맛자락을 걷어붙이고 산길을 내닫기 시작했습니다. 무엇에 두려워 쫓기는지도 모르고 그니는 헉헉 고갯마루를 치달았습니다.

　갈림길에 이르렀을 땐 이미 반달도 서쪽 능선을 타넘은 오밤중이었습니다. 한쪽 길은 집으로 향하는 내리막이고 다른 쪽은 예전 산사로 오르던 가풀막이었습니다. 오르막으로 접어들었습니다. 집에 가야 할 일도 없었지만 오늘따라 빈집에 홀로 지내기가 싫은 때문이었습니다.

　산사에는 참 오랜만이었지요. 위세 좋던 가람이었는지라 천한 독경쟁이가 문턱을 넘기 쉽지 않았던 곳입니다. 가끔 꼬실댁은 은례의 손을 잡고 큰만신님네 꽁무니에 숨다시피 산신 모신 칠성각에서 밤치성을 올리곤 하였습니다. 그마저 절이 불타 허물어진 뒤론 와볼 일이 없었던 게지요. 아닌게 아니라 절로 향한 길은 그새 수풀길이 돼버리고 말았군요.

　아무리 밤이라도 그렇지 그 장하던 절자리가 이다지도 을씨년스레 변할 수 있을까요. 발을 들여놓기가 망설여지게 경내는 잡초 더미로 그득했습니다. 뽀득뽀득 깨진 기와편을 밟으며 은례는 조심스레 절터를 둘러보았습니다. 작정했던 칠성각은 축대까지 내려앉아 흔적만 남았고 탑돌이 염불성으로 장하던 오층탑도 옥개석부터 바닥에 쑤셔박혀 허무하였습니다. 기둥이 고스란히 숯으로 화한 금당은 들보 위에 간간이 걸쳐 있는 서까래 위로 무성한 뺑대쑥이 자라고 허물어진 벽채로 밤바람이 들고나는 거였습니다.

　푸드덕푸드덕. 갑자기 새떼가 날았습니다. 검게 그을린 금당 안에서 솟은 건 백학떼였습니다. 검은 하늘을 장차게 차고 오르는 흰 날갯짓을 그니는 휘둥그런 눈으로 배웅하였습니다. 그리고 금당 안에서 빛이 배어나오기 시작하였습니다. 이상도 하지요. 이미 달넘이도 끝난 터인데 그건 틀림없는 달빛이었습니다. 떨어진 문짝을 밀치고 그니는 그렇게 무의식을 따라 금당 안으로 들어섰습니다.

보련, 달이 솟았구나, 아가야.

그렇게 속삭인 건 제삼의 목소리였습니다. 허깨비에 홀렸음직한 환청이었지만 그렇다고 귀에 선 음성은 아니었습니다. 달은 맞은편 벽에 높다랗게 걸려 있었습니다. 보름달이었지요. 숯더미 같던 캄캄한 사위가 조금씩 월광에 모습을 드러내는 거였습니다. 그을음이 앉은 사방벽 가운데 그니는 희미하게 떠오르는 색채를 느낄 수 있었습니다. 안개에 쌓인 듯 혹은 물위에 어린 듯 몹시 불투명한 색채였지요.

네가 왔구나, 은례야.

그니는 소리가 들린 방향으로 고개를 틀었습니다. 오른쪽 벽에 그려진 보살상이었습니다. 홀라당 타버린 벽화 중에서 오로지 남아 있는 수월관음. 품에는 낮달처럼 뽀얀 동자승을 안고 있는 관음상은 그러나 달이 아니라 그니를 바라보고 있었습니다.

엄마아-.

그렇지만 절절한 부름은 아니었습니다. 잿무지가 된 가슴속 깊이 묻어놓은 그 뜨거운 불씨를 꺼냈는데도 왜 그렇게 담담한 외침이 되었을까요. 하긴 그처럼 지극히 평범해야 할 이름이 또 있겠습니까마는.

발끝에 걸리는 건 해골이었습니다. 잿빛 해골은 삭았어도 입고 있는 푸른 문관복은 그대로였습니다. 흉배에 구름 속 기러기(雲雁)가 수놓아 있는 걸로 보면 지체 높으신 대감님이었겠지요. 은례는 주저 없이 해골의 옷을 벗겼습니다. 춤과 노래를 하지 못하는 독경쟁이로서 그니는 대감옷을 입고 굿판을 휘모는 대감말명 무당네가 여간 부럽지 않았습니다. 저도 그런 옷만 걸치면 당장이라도 대감신 강령을 받은 양 펄펄 천지를 날아다닐 성싶던 거지요.

스타바트 마터(Stabat Mater) 133

띠이웅-. 활시위를 닮은 높고도 날카로운 비파음. 맞은편 벽 검튀튀한 내굴 먼지 속에 신장(神將)의 위용이 떠올랐습니다. 오래 전 절문을 지키던 찰흙으로 빚은 사천왕 중 한 분이었죠. 동방을 지킨다는 지국천왕(持國天王)은 가슴에 비파를 안고 있었습니다. 그 우람한 모습에서 은례는 누구도 아닌 아버지의 얼굴매를 기억해낼 수 있었습니다. 신장은 그니를 향해 고개를 끄덕이며 비파줄을 퉁겼습니다. 추거라, 네가 추고 싶던 춤을.

한껏 팔을 벌리고 서서 가만히 숨을 참았습니다. 고요한 비파 소리를 가슴 가득 채워넣으려는 멈춤이랄까요. 미상불 현을 타는 소리도 나직하였지요. 차라리 사위의 정적을 일깨우려는 가녀린 울림이라 해두어야겠습니다. 모든 사물에 결이 있다면 바로 그 비파 소리를 따라 가지런히 누울 성싶었습니다. 불 탄 절자리는 숨을 죽였습니다.

합장을 올려 두 손을 모았습니다. 깊이 허리를 숙이는 듯싶던 그니가 떼댕-, 치솟는 소리를 타고 풀쩍 몸을 날렸습니다. 법당 앞 돌계단에 고여 있던 회리바람이 소스라쳐 솟구쳤습니다.

엇끗비끗 버선발을 놀렸습니다. 널찍한 소맷자락으로 얼굴을 가린 채 슬금슬금 보살상을 향하여 다가갔습니다. 희고 긴 어머니의 몸피 앞에 쓰러질 듯 안겨 깊이 엎드렸습니다.

오냐, 아가야.

펄럭, 소매를 뿌려 그리운 얼굴을 쓰다듬던 그니가 물결지는 가락을 타고 빠르게 법당을 가로질렀습니다. 똑같이 신장에게 깊은 절. 아버지는 눈을 감고 비파에만 열중해 있었습니다. 신음(信音)이니 그러하겠지요. 비파는 그저 음을 잣는 데 그치지 않고 때로는 날갯짓처럼 가쁘게 떨리고, 때로는 쇠북처럼 무겁게 울렸습니다. 세상의 모든 소란과 정적이 고저 장단의 소릿골 사이에 여울졌습니다. 부처의 말씀은 아득해도 들린다 하였지요.(梵音深遠). 천지현황(天地玄黃)의 먼 시공을 건너온 소리를 따라 그니도 너울너울 춤을 추었습니다. 두발돋움으로 둥기당기 박자를 타다가 둥싯 발끝으로 원을 지으며 미끄러지듯 흘렀습니다.

삼현육각도 필요치 않았습니다. 바람 탄 대숲이 퉁소인 양 울어주고 쓸리는 억새에선 어김없이 피리 소리가 났지요. 딛는 발길마다 쿵덕쿵덕 마룻장이 박자를 먹였습니다.

차고도 흰 그니의 손이 신칼을 대신해 번뜩였습니다. 베어지는 어둠을 드티고 달빛이 금물처럼 흘러넘쳤습니다. 그리고 되살아나기 시작한 건 소산된 그림이었습니다. 제일 먼저 녹슨 촉대에 불이 붙는가 싶더니 곧 벽을 타고 불길이 번졌습니다. 지옥불이 일었습니다. 염열지옥을 필두로 열탕지옥, 아귀지옥…… 불꽃을 따라 그니는 독경을 외웠습니다. 삼악도(三惡途)를 떠도는 축생과 아귀를 달래려 구성진 목소리로 해원경(解寃經)을 읊었습니다.

돌이 되어 가신 혼은 옥돌되어 가시고 물이 되어 가시거든 장경수가 되시오. 닭이 되어 가신 혼은 청학백학 동제하는 봉황되어 가시고, 개가 되어 가시거든 백호흑명 사자되어 가시오……

경에 취하면 제 가락에도 눈물이 난답니다. 희뿌연 시야 중에 벽화 속 아득한 벼랑길에서 허영허영 다가오는 이가 있었습니다. 원통하고 절통한 사연을 함박꽃 웃음에 묻어두고 갔던 꼬실댁이었지요. 도검지옥 칼날길을 맨발로 딛고 온 신어미는 이윽고 지옥도 앞에 꽂혀 있던 깃발을 뽑아 은례에게 건넸습니다. 오래 전 삼봉선사가 꽂아두고 간 인로왕보살의 번기였지요. 은례는 깃대를 쥐고 펄럭펄럭 휘둘렀습니다. 고혼(孤魂)을 극락으로 천도하는 깃발이 혼령처럼 나부꼈습니다. 지옥의 무간문(無間門)이 벌컥 열렸습니다. 물소리가 들렸습니다. 아니 독경 소린가요.

 지옥불이 꺼지거든 말라죽은 조갈귀에 피가 돌고 주려죽은 행근귀에 살이 붙고 나가죽은 객귀가 울 안에 돌고…… 나무나무 나무로세, 나무아미타불.

 물소리는 점점 크게 번졌습니다. 아버지의 비파음이 가빠지고 딸내미의 춤사위도 거세게 몰아쳤지요. 계류로 흐르던 물이 폭포되어 넘쳐났습니다.

 확탕지옥 끓는 물 속에 한 송이 연꽃이 피었습니다. 방향(芳香)은 고여 있지 않는 법. 연뿌리가 땅 밑으로 뻗듯 지옥도의 생생한 색조가 벽을 타고 번져나갔습니다. 삼악도 지옥경에서 색계(色界)로, 무색계(無色界)로 그리고 마침내 깨우친 자의 오계(悟界)에 이르기까지. 만지면 묻어날 듯, 살아 있는 채색을 바탕으로 악령과 축생과 수라(修羅)와 인간을 넘어 범천과 보살과 기어코는 부처의 그림자까지 한 덩어리로 현현케 하였던 힘. 그것은 태극처럼 돌고돌아 멈출 수 없는 은례의 춤사위였지요. 질풍노도인 양 들끓어 하늘까지 가리울 독경의 몰아지경이었지요.

 어리둥절 되돌아온 제천신중과 불보살 모두 넋을 잃고 그니를 바라보았습니다. 바닷물도 뿜어올리는 용오름 같다가도 조락하는 갈잎처럼 비칠비칠. 그러면 여기저기서 조바심 섞인 탄성이 쏟아져나왔습니다. 비파성이 애잔해지고 허물어진 그니가 들썩들썩 어깨를 떨었습니다. 어깨울음 가운데 천수타령을 읊겠지요.

 천수 천수 천수가 가요 칠석 제석님께 천수 가요 올라가는 천상수 내려오는 감로수 휘이여-.

 작두타기 솟을굿을 치르듯 그니는 회오리바람처럼 일어섰습니다. 짚고 선 번기를 힘껏 하늘로 던졌습니다. 하이얀 깃폭은 뚫린 지붕을 넘어 휘이휘이 은하수 속으로 빨려들어갔습니다.

재차 허물어진 그니는 다시 일어서지 못하였습니다. 비파음도 끊기고 물소리도 잦아들었습니다. 불꽃이 꺼지자 산사의 극락전을 가득 메운 광휘도 일시에 꺼지고 말았습니다. 기필코 찾아올 암전(暗轉)의 순간이었지요.

다만 잠꼬대를 닮은 그니의 독경만이 가물가물 어둠 속에 번졌습니다. 모든 궁핍한 혼령을 위무하는 소슬한 만가(輓歌) 말입니다. 이튿날 아침 비록 찬서리 내린 박명의 폐사지에서 깨어날지라도 그쳐서는 아니 될, 그니의 노래 말입니다.

---

* 소설의 제목인 'Stabat Mater'라는 라틴어는 영어로 'Stood the Mother'로 번역된다. 우리말로는 '성모애상(聖母哀傷)' 쯤으로 해두어야겠다. 예수께서 못 박히신 십자가 아래 서성이는 슬픈 성모의 애열(哀咽)을 표현한 성가곡이다. 어디 주 예수의 어머니만 슬펐겠는가. 그리스도와 더불어 그의 좌우에서 십자가형을 받은 두 강도의 어머니도 못잖게 슬펐겠지. 뿐인가. 기실 모든 어머니는 애상을 갖고 자식을 낳는 법이다. 출산이야말로 여호와께서 모든 어머니의 조상인 이브에게 내리신 벌이 아니던가. 따라서 모든 어머니는 본디부터 성모여야 하는 것 아닌가. 내가 또 신성모독을 저지르고 있는 걸까.

    In nomine Domini, mea culpa. (하느님의 이름으로, 저는 많은 죄를 지었나이다.)

사제와 나그네

언젠가 하늘이 내게 물을 것일세.

너는 먹으로 무엇을 하려 했느냐고.

그러면 나는 이렇게 대답할 도리밖엔 없다네.

그 대답을 알기 위해 나는 한사코 먹을 놓을 수 없었노라고.

사람이 손을 대서 아름다워지는 것과

사람의 손을 타서 추해지는 것의 경계를 알 때까지

나는 온 세상천지를 가맣게 칠해보고 싶었노라고 말일세.

그 뒤에 나는 하늘에 기도를 돌릴 것이네.

먹이 있어 내 생이 고락에 겨웠노라고.

그것으로 후회는 없노라고.

선생이 밤새 노려보고 있던 것은 무엇이었나.
비가 오고 있었다. 해묵은 기왓골에 부딪혀 삭은 양철낙수통을 타고 흐르는 밤비 소리가 옛집을 고요히 재우고 있었다. 가을비의 단조로운 리듬처럼 옛집은 누백년 기대 있던 산기슭에서 그렇게 밤을 견뎌야 했다. 선생도 아마 무언가를 견디고 있었는지 모른다.
선생은 좀처럼 붓을 들 것 같지 않았다. 당신 앞에 펼쳐놓은 화선지는 차라리 광막해 보였다. 석이도 말없이 먹을 갈았다. 몇 시간째인지 모르게. 아마 오늘은 밤도와 연적(硯滴)의 물을 다 말릴 때까지 먹을 갈아야 할지도.
늙은 묵객(墨客)의 불면처럼 지루한 것도 없었다. 그 무한정의 시간 속에 선생은 무엇을 묵새기고 있었나. 그래 모른다. 알 수가 없다. 알까보아 두려웠다. 선생의 고요는 불안의 피막에 쌓여 있었고 밤은 가릉가릉 불온한 전조의 숨을 고르고 있었다. 선생의 침묵은 걷잡을 수 없는 붓놀림을 자제하기 위한 안간힘 같기도 했다. 파천황(破天荒)의 찰나를 고대하며 갈무리해두는 일격처럼……

　석이는 두근거리는 가슴의 고동을 감추기 위해 부러 태연스레 먹을 갈았다.

　옛집의 사랑채는 유난히 천장이 높았다. 갈빗대 같은 서까래가 흉하게 드러나 있고 맨보꾹을 가로지른 형광등엔 몰려든 부나비들이 한정없이 몸을 부딪고 있었다. 가장자리가 검게 죽은 형광등에선 징징 잡음이 새나왔다. 음습한 밤기운이 꾸역꾸역 방 안으로 밀려들고 있었다. 시궁창같이 고이는 시간의 한가운데서 선생이 펼쳐놓은 백지 위엔 곰팡이꽃이라도 필 것 같았다.

　퀭하게 뚫린 당신의 눈자위만이 살아 있었다. 다만 처음부터 무언가를 보고 있는 게 아니라 음험한 흡력(吸力)으로 어둠을 빨아들여서는, 바닥 모를 늪과 같이 고여만 가는 눈길이었다. 석이는 그 음험한 인력에 저항하고 있었다. 해도 허우적거릴수록 더 깊이 빨려드는 수렁인 양 당신의 눈길을 벗어나긴 어려웠다. 먹을 가는 단조로운 동작도 그렇게 힘든 것이었나.

　문득 축축한 죽지를 퍼덕이는 밤새의 날개 소리가 들렸다. 뒤이어 갈가리 찢기는 번개. 젖은 하늘을 할퀴고 지나간 섬광에 뒤이어 선생의 고비늙은 얼굴이 벽력처럼 번뜩였다. 짧으나 짧은 순간 노선생의 얼굴에 핀 저승꽃까지 낱낱이 감광되더니 그 잔영은 눈이 시릴 만큼 오래도록 석이의 망막을 짓쑤셨다. 이편의 삶보다 저편의 죽음에 훨씬 깊이 발을 들여놓고 있는 육탈(肉脫) 직전의 혼. 꽈르릉쩍쩍…… 하늘귀를 허무는 뇌성이 지난 건 석이가 주체 못 할 몸서리를 치고 난 한참 뒤였던 모양이다.

　너이더냐, 나를 죽이러 온 것이……

어느 순간 선생이 그렇게 말을 건넬까보아 석이는 지레 몸을 사렸다. 하지만 그런 일은 벌어지지 않았다. 선생과 같이 한 지난날이 줄곧 그랬듯 앞으로도 그러할 것이다. 해도 오늘밤의 촉감은 너무 질척했다.

죽음이 오히려 은전(恩典)에 가까울 노인이었다. 권좌는 앉는 게 아니라 짊어지는 것임을 노대가는 얼굴 가득한 주름으로 보여주고 있었다. 선생의 어깨는 자신이 여태껏 이룩해온 영광의 무게로 짓눌려 있었다. 무겁다 한들 기꺼이 권좌를 내놓을 수도 없는 당신이었으니. 그의 권좌는 사제의 자리에 가까웠다. 그것은 물러설 수 없는 영광이었다. 찬탈에 의해서만 계승될 자리이며 선생은 죽음으로 본분을 다할 거였다.

당신의 불면은 초조하게 기다리는 영면으로부터 가불해온 것에 지나지 않았다. 노대가의 진정한 비극은 스스로 죽을 수 없는 운명이라는 데 있었다. 물론 그것이 전적으로 선생의 선택이었고 그 파국이 어떠하리란 것도 그만이 알고 있을 터.

석이는 거기까지만 선생을 이해하고 있었다. 설령 그 이상을 알 수 있다 해도 그는 거부할 것이다. 석이는 선생을 쓰러뜨리러 온 것이 아니었다. 작렬하는 황혼을 보아두려는 욕심까지만이었다.

선생도 그걸 모를 리가 없었다. 석이를 바라보는 선생의 눈길에 사랑도 원망도 없어야 할 까닭이 거기에 있었다. 그럼에도 노대가의 눈빛에 퍼뜩 스친 애증의 그림자는 당신이 정녕 지쳐 있는 까닭인가. 선생의 피로는 어디에서 왔는가. 흔들리는 그의 눈빛은 오랜 세월 그래왔듯 달관과 절망 사이의 모호한 경계를 두리번거리는 습성 때문이었을까.

선생이 지쳤다고 당신을 경외하지 않는 건 아니었다. 오로지 진하고 맑은 검은빛(墨色) 하나로 종생까지 끌고 온 노대가의 육신이야말로 경배받아 마땅했다. 선생이 느끼는 피로만큼이나 아스라이 당신이 디뎌온 궤적이 뻗쳐 있었다. 그 위로 무겁게 끌려온 당신의 종적에 석이는 기꺼이 고개를 숙였다. 석이는 이렇게 묻고 있는 것이다.

당신은 사제입니까, 아니면 나그네입니까.

선생의 행적은 하늘로 들려질 것인가, 아니면 모래바람에 스러질 것인가. 그러면 선생은 이렇게 반문했다.

너도 아니었느냐, 나를 베어줄 이가?

선생은 흔들리고 있었는가. 흔들리는 선생의 눈빛엔 어찌할 수 없는 방랑자의 피로가 배어나왔다. 사제의 길을 택했을지언정 끝내 삭이지 못한 나그네의 기색 또한 종생의 순간까지 당신의 그림자가 되어 떨어지지 않는가보다.

그런 선생의 모습은 석이에게 또다른 주인공의 흔적을 되새기게 했다. 사제와 나그네의 기로에서 선생이 철저히 사제의 길을 지켰다면 또다른 인물은 기꺼이 길 없는 황야로 걸음을 옮겨놓은 표박자였다. 물론 두 사람은 닮았다. 실체와 그림자처럼. 실체 없는 그림자가 없고 그림자 없이 실체가 존재할 수 없듯 두 사람의 운명은 불가분이었다.

*

마지막으로 R을 만난 것은 낡은 극장에서였다.

밤이 되자 포구를 끼고 있는 작은 도시는 빠른 속도로 어두워졌다. 다닥다닥 이어진 옛 건물들 사이에 극장은 거북한 덩치를 비집고 있었다. 그것부터가 구식이었을 테지만 때맞춰 정말 옛날 필름처럼 주룩주룩 비까지 내리고 있었다. 동시상영 극장 간판도 그렇게 비를 맞고 있었다. R이 극장 간판을 그린다는 사실에 반신반의하며 찾아온 걸음이었지만 막상 그걸 마주하노라니 저도 모르게 미간이 찌푸려졌다. R이 그걸 그렸다는 사실이 문제가 아니라 그런 그림에서도 감출 수 없는 체취가 서려 있다는 사실이 비위를 상하게 했다.

그건 형상이나 색채의 문제가 아니라 말 그대로 냄새, 그러니까 후각적인 문제였다. 그림에서 풍겨나오는 냄새는 짓무른 영혼에서 피어나는 퀴퀴한 자극이었다. 그건 R로 하여금 그토록 떨쳐버리지 못해 안달케 했던 선생의 체취였다. 선생은 그의 육신의 할아비이자 영혼의 아비이기도 했다. R은 선생의 입김을 받아 화가로 탄생하였지만 당신의 입김을 타고 온 홀씨는 그의 영혼에도 어김없이 곰팡이 꽃을 피웠다.

R은 선생을 거부하고 있었다. 극장 간판 따위의 속화(俗畫)를 그리는 것도 당신과 당신에게 물려받은 혼에 대한 자학일 터였다. 그럼에도 그의 그림에선 여전히 곰팡내가 났다. 석이 저에게도 그렇게 가시지 않는 체취가 있을 것이다. 저버리고 떠나온 스승, 노사(老師)의 체취가 물씬 풍길 거였다.

극장에 들어서기 전 석이는 입 안 가득한 침을 뱉어 발로 문질렀다. 극장 안의 옛날식 긴 회랑을 따라걸으며 그는 여태 가시지 않는 그 구진한 냄새에 진저리를 쳤다. 텅 빈 회랑의 동선을 따라 메아리치는 발걸음 소리가 무겁게 앞서갔다.

극장 옥상에 얼기설기 올린 가건물이 간판 작업실이었다. 거기에 R이 있었다. 삐거덕 들어서는 인기척에도 그는 반응하지 않았다. 코를 찌르는 페인트와 희석제 냄새, 개수를 확인이라도 하듯 열 지어놓은 빈 술병들, 바닥 여기저기 흩어진 스틸사진 속의 벌거벗은 여체들, 단조로운 고성으로 흘러나오는 트랜지스터의 폭풍경보 그리고 포구에서 몰려온 꿉꿉한 습기. 대충 그런 것들이 R을 휩싸고 있었다. 석이는 말없이 돌아앉은 R의 뒷모습을 바라보았다.

R은 야전침대에 걸터앉아 이젤을 마주하고 있었다. 켄트지 위엔 형태를 가늠할 수 없는 선이 몇 가닥 그어져 있을 뿐. R은 턱을 괴고 선을 응시하고 있었다. 손가락 사이엔 뭉툭한 콩테(conte)가 끼워져 있었다. 상긴(sanguine). 어김없이 그와 더불어 연상될 만큼 R이 집착하는 암적색 초크였다. 그의 손가락 마디는 언제나 불그죽죽 물들어 있었다. 죽은 살 같다고 놀려대면 그는 히죽 웃으며 이렇게 답했다.

내 피도 같은 색이야.

어혈(瘀血)이라면 그럴 만도 했다. 그가 그리는 소묘는 그래서 항상 암적색 꿈이었다. 그는 혼신으로 멍든 모노톤에 매달렸다. 누군가 그의 상긴스케치를 두고 적벽돌 속의 암각화라고 불렀다. 그런 수사에 수긍하건 안 하건, 아무튼 그가 캐낸 빛의 화석이 모조리 암적색인 건 사실이었다.

판자벽 사이를 비집고 들어온 바람이 길게 드리워진 백열등을 흔들고 갔다. 방 안의 모든 그림자가 똑같은 박자로 흔들렸다. 그 순간을 기다리기라도 했다는 듯 R의 손이 빠르게 움직이며 백지 위엔 몇 개의 선이 더 보태졌다. 그가 그리고 있던 건 벽모서리 한켠을 오락가락하는 자신의 각진 실루엣이었나보다. 바람이 빛을 밀고 빛이 어둠을 움직였다. R은 어둠의 동선을 따라 진동하는 제 윤곽을 속사(速寫)하고 있었다.

한번 탄력이 붙은 R의 드로잉은 숨막힐 듯한 속도로 이어졌다. 종이 위에 몇 개의 윤곽선을 따라 붉은 실루엣이 여러 겹으로 중첩되고 있었다. 흡사 백지의 뒷면에서 불쑥 튀어나오는 듯한 동감(動感)이 분출하고 있었다. 크로키 자체보다 그걸 그리고 있는 R의 동작이 더 속도감을 자아내고 있었다. 그는 질풍처럼 몰아치고 있었다. 콩테라는 강렬한 도구에다 그 폭력에 가까운 속도를 감안할 때 그의 스케치 속에 번지는 부드러움은 의외의 결과였다.

하지만 그것이야말로 R에겐 태생적인 낙인이었다. 나면서부터 할아버지 밑에서 배운 수묵의 붓놀림이 없었다면 불가능할 재능이었다. 비단 손목이 아닌 온몸의 뼛골에 스민 도려낼 수 없는 유전질.

말 그대로 그림자를 잡으려는 허망한 스케치였다. 다만 석이는 R이 보여주는 몰닉(沒溺)에 두려움을 느꼈다. 삼매(三昧)인지 탐닉인지. 아무튼 그는 어느 때 어느 곳에서건 제 모든 것을 완전연소시킬 줄 아는 재능의 소유자였다.

뒤통수의 자화상이로군!

석이는 필요 이상으로 큰 소릴 질렀다. 그제야 R은 부스스 몸을 돌렸다. 낡은 야전침대의 스프링이 녹슨 소리를 토했다. 백열등 밑에 R의 얼굴이 드러났다. 굳은 그의 얼굴 위로 아직도 백열등이 흔들리고 있었다. R은 구겨진 양철 조각을 펴듯 어렵사리 웃어 보였다. 남에게 빌려오기라도 한 것 같은 어색한 미소였다.

*

다만 선생의 무쇠 같은 영혼에 푸른 동록(銅綠)이 슬었다면 R의 그것에는 암적색 곰팡이가 만발하였다는 것이 두 사람의 차이점이었다.

R이 거부해야 했던 것은 자신의 재능 전체였을 것이다. 수묵을 버

리고 상긴을 택했다거나 문인화를 등진다고 해결될 문제가 아니었다. 그가 이젤 앞에 앉는 한 그는 할아버지 이소(爾小)선생의 이지러진 그림자일 수밖에 없었다.

언젠가 노사는 그에게 아예 붓을 팽개치라고 호통을 쳤다. 머리를 깎아보라고도 했다. 아무렇게나 던진 막말이 아니라 R이 허우적거리는 인연의 그물 자체를 베어버리라는 노사로선 지극한 충고였을 게다. 물론 R은 따르지 않았다.

그가 노사를 찾아온 것부터가 난마처럼 꼬인 인연의 매듭이었다. 천하의 이소선생의 적손(嫡孫)이 꽃단청을 칠하는 채공(彩工)이 되겠다고 했을 때 알 만한 사람들은 그 사건이 몰고 올 파장에 신경을 곤두세웠다. 거기에는 문인화 대 불화(佛畵)의 거리 못잖게 이소선생과 노사 사이의 건너선 안 될 강을 건넜다는 호기심도 섞여 있었다. 호사가들의 입방아를 피하기에 두 늙은이들은 너무도 거목이었다.

세간의 이분법은 자못 흥미진진하였다. 선생이 현대 한국화의 정통이라면 노사는 방외(方外)의 거두인 셈이었다. 더욱이 두 거목이 한 뿌리에서 나온 절친한 사이였다는 것과 그럼에도 전혀 다른 열매를 맺는 나무로 갈라서기까지 내막 모를 사연이 있었을 거란 추측 속에 이소선생의 적통이 노사에게 백기투항해온 것은 초미의 관심거리가 아닐 수 없었다.

심지어는 노사조차 뜻밖의 태도를 보였다. 처음 R이 암자로 찾아왔을 때 노사는 벼락같이 일갈을 내질렀다.

돌아가거라! 네 있을 자리가 아니다.

헤아릴 수 없는 문하생 중에 노사가 내친 제자는 단 하나도 없었다. 애초에 부처님집이란 들고나는 이들을 막지 않는다는 믿음 때문이었다. R이 다시 없을 예외가 된 셈이었다. 세상 없는 노사의 부동심까지 흔들 만큼 이소선생의 존재는 부담스러웠을까. 그리고 정말로 R은 제가 한 짓이 몰고 올 파장이 종당에 할아버지에게 비수가 되어 날아가길 원하고 있었을까.

아무튼 R이 부득불 암자에 남은 건 사실이었다. 당연히 노사가 붓을 허락할 리가 없었다. 그 또한 단청에 별반 애착을 보이지 않았다. 해도 공양미 값은 하겠다고 나섰으니 노사의 암자엔 석이말고 또다른 부목이 늘었다. 그러다 어느 절집서 단청 화사가 벌어지면 둘은 화구바랑을 나누어 지고 노사의 뒤를 따랐다. 노사가 인정치 않는 한 석이와 R은 금어(金魚)가 아니었다. 두 사람은 가칠장이로서 꽃단청이 베풀어질 바탕목을 다듬고 오색단청이 곱게 물들도록 가칠(假漆)을 입히는 일을 맡았다. 그럴듯이 가칠변수(假漆邊首)라고 불리는 것과는 달리 그것은 비할 바 없는 고역이었다. 노사 밑에서 온전히 한 청춘을 가칠장이로 이골을 낸 석이에 비해 R은 사력을 다해 매달리는 셈이었다.

햇볕이 그의 몸을 태우고 바람이 그의 살성을 다졌다. 노사의 부름을 받고 화사에 참여하기 위해 모인 중견의 금어들은 서까래 밑에 매달려 진땀을 흘리고 있는 가칠장이가 R이란 사실을 알고 놀라워했다. 화단의 선후배로서 악수를 나눌 때마다 그들은 바윗결처럼 굳은 살이 박힌 R의 손바닥에 움찔 몸을 사렸다. 그것은 곧 R이 품고 있는 냉기 서린 집념에 대한 반응이기도 했다. 심지어 고된 한 시절을 함께한 동기인 석이에게조차 R과의 애틋한 우정 한 구퉁이에 껄끄러운 옹이가 느껴질 지경이었다.

그래도 그때를 아름다웠다고 추억한다. 일과가 고된 만큼 휴식은 감미로웠다. 밤이면 두 사람은 암자 뒤의 대나무숲에 이는 바람 소리를 스케치했다. 둘은 서로의 가난한 화첩을 사랑하였다. 그 보잘

것없는 산물을 아끼는 법을 알게 되기까지 서로가 겪어왔을 험로에 대한 공감이었다. 석이는 R의 상긴을 부러워했고 R은 석이에게 색감을 배웠다. 서로가 상대의 터치를 이해하는 데는 적잖은 시간이 걸렸다. 손목의 놀림이란 잘라 말할 수 있는 성질이 아니라 붓에 대한 야성적 감각이었다. 보여준다고 볼 수 있는 것도 아니요 수치로 나타낼 수 있는 것도 아니었다. 그것을 이해하기 위해서 두 사람은 서로가 부대껴왔던 모든 마티에르(matiere)의 구구한 질감까지 보듬어야 했다. 둘은 많은 이야기를 나누진 않았지만 대신 긴 시간을 밤의 숲속에서 지새웠다. 서로를 이해하는 만큼 닮은 터치가 나올 수 있다고 믿었던 순진한 사랑이었다. 산등성이로 넘어가는 은하수와 지난 낮의 열기를 식혀주는 서풍은 아름다웠다. 추녀에 매달린 수은등 밑에서 목탄지 스케치북 위를 사각사각 스치는 R의 콩테 소리가 얼마나 간지러웠는지 생생하게 기억할 수 있었다.

형에게선 바람 냄새가 나.
수인사도 없이 몇 잔째 오고 간 술잔을 비우며 R이 건넨 말이었다. 아닌게 아니라 폭풍이 몰고 온 갯바람엔 짠내가 물큰했다. R은 헝클어진 머릿결을 손가락빗으로 빗어넘겼다. 몇 년에 몇 달 만인지 세어볼 필요도 없이 해쓱해진 그의 턱선이 저간의 안부를 대신한 셈이었다. 바람에 냄새가 있을까. 그건 어떻게 사람 몸에 배어들까. 바람내에 절었다면 저라고 나만 못할까. 석이는 좀전에 그리던 R의 스케치를 바라보았다. 흔들리던 백열등은 멈췄지만 스케치 속의 붉은 실루엣은 아직도 바람을 타고 있었다. 바람은 그의 속내에 회오리치고 있을 거였다.
그리고 또다시 어둑한 침묵이 이어졌다. 석이는 무슨 말을 해야 하는지, 아니 무슨 말을 하려고 찾아오기나 한 것인지 스스로에게 묻고 있었다. 밤늦게 출항하는 객선(客船)에서 무적 소리가 울려왔다. 어웅한 고동이 한참을 끌려가고 난 끝에 R이 다시 입을 열었다.

나도 이제 떠나야 하는데……

그답지 않은 신세타령을 하다 말고 R은 제 옆에 기대놓은 널찍한 합판을 향해 손을 뻗었다. 다음번 프로를 그리려고 흰 페인트를 발라놓은 캔버스용 합판 한 귀가 가볍게 떨어져나왔다. R은 그 조각을 석이 앞에 내밀었다. 더뎅이 진 페인트는 상당한 두께였다. 그리고 덮고, 그리고 덮고…… 실감나는 시간의 두께이자 허무한 권태의 퇴적층이었다.

이게 마지막이야. R은 발끝으로 바닥에 뒹구는 에로배우의 스틸사진을 걷어차며 말을 이었다.

앞으로는 실사(實寫) 스크린을 걸 거라더군. 이젠 이 짓도 못해먹을 판이라구.

그는 피우던 담배로 사진을 지졌다. 여배우의 입술께가 벌겋게 타들어갔다. 석이는 상한 기분을 감추려고 술잔을 꺾었다.

근데 형은 어디로 갈 건데?

그 소리가 기어코 석이를 깔깔 웃게 만들었다. 미처 삼키지 못한 술방울이 턱을 타고 흘러내렸다. R도 덩달아 웃었다. 더 큰 웃음소리였다. 두 사람은 서로의 꼴이 우습다고 손가락질을 해댔다. 허리까지 젖히고 웃어대던 R이 급기야 침상 너머로 벌러덩 자빠져 허우적거렸다. 일으켜 세운답시고 손을 내밀었던 석이조차 덩달아 엎어져 뒹굴었다. 와그르르, 요란한 소리를 내며 술병과 페인트통 따위가 어지럽게 바닥에 흩어졌다. 두 사람은 아예 대자로 널브러져 웃음에 가빠 헐떡였다.

사제와 나그네 151

한참 만에 웃음소리가 멈췄다. 나무판자를 때리는 빗소리가 투닥투닥 들렸다. 천장에 매달린 백열등이 뱅글뱅글 맴돌았다.

아예 노스님께는 안 돌아갈 셈이야?

R이 물었다.

너 정말 취했냐?

석이가 목소리를 곤두세워 반문했다. R은 절레절레 고개를 흔들었다. 석이는 외로 째진 눈으로 그를 훑겨보았다. 오늘따라 이상했다. 상처는 건드리지 않는다는 묵계를 R은 깨뜨리고 있었다. 다분히 의도적이었다. R이 한숨을 쉬었다. 석이는 더듬더듬 쓰러진 술병을 그러잡았다. R이 중간에서 병목을 낚아채 나발을 불었다.

정말 형이 보기에도 내가 할아버지가 원망스러워 이러고 있는 것 같아?

석이는 대답 대신 가만히 눈을 감았다. 네가 그 얘기가 하고 싶었구나. R은 반쯤 몸을 일으켜 석이를 바라보고 있었다. 홉뜬 그의 눈은 그럼 너는 노스님이 미워서 산을 내려온 거냐, 고 캐묻고 있는 것 같았다. 석이는 아예 질끈 눈을 감았다. R은 비실비실 일어나 쪽창을 열었다. 빗소리가 한결 선명하게 들렸고 부두의 썩은 비린내도 한층 진하게 풍겼다. R은 창턱에 팔을 괴고 훅 끼치는 습한 바람에 대고 이야기했다.

사제일까 나그네일까. 내가 그 문제를 처음으로 맞닥뜨린 건 스물세 살 때였다. 그림이 아닌 다른 일을 하고 있는 나를 처음으로 상상해보았던 나이였다. 내가 탄 배가 처음부터 구멍이 나 있었다는 사실을 깨달았다. 누구보다 멀리 저어갈 수 있다고 믿었는데 말이다.

사람들은 김린이란 인물을 내 아버지로서가 아니라 할아버지의 아들로서만 기억했다. 그 이름이 할아버지께는 서른 살에 요절한 외아들이었지만 내게는 유복자를 남겨놓고 자살을 택한 아버지였다. 할아버지께나 내게나 어차피 유일무이한 존재이긴 마찬가지였는데 말이다. 어머니를 찾아야겠다고 생각했다. 왜 그 나이가 되어서야 그럴 작정을 했는지 모르겠다. 막상 찾겠노라 맘을 먹으니 그렇게 어렵지도 않았는데 말이다.

처음 당신을 만났을 때 나의 솔직한 인상은 뭐랄까, 좀 우스웠던 것 같다. 세상에 그렇게 평범하기 짝이 없는 여인이 어떻게 할아버지 같은 철옹성에 아물지 못할 상처를 남길 수 있었을까 내심 당황스러웠다.

내 아비이거나 혹은 이소선생의 외아들인 김린이 스스로 목숨을 끊었을 때 세상은 그것이 이소선생의 집요한 문인화적 자존심이 낳은 불가피한 운명이라며 고개를 저었다. 사람들은 그가 아틀리에의 누드모델과 도망을 친 사실부터 이소선생의 철저한 선비혼에 대한 반항으로 이해하고 있었다. 그리고 그가 반년도 못 돼 다시 집으로 되돌아온 것도 결국은 이소선생의 거대한 그림자를 벗어날 수 없었던 숙명적 한계로 이해하였고 이내 반미치광이가 되어 제 손으로 생을 마감한 것도 피할 수 없는 귀결로 알고 있었다.

그날 사실상 난생 처음 보는 것과 다름없는 당신의 핏줄을 앞에 두고 어머니는 아무 말씀이 없었다. 난 당신에게 많은 것을 기대하지 않았다. 왜 내가 구멍난 배를 물려받게 되었는가를 따져물을 생각은 추호도 없었다. 난 단지 김린이란 침몰한 꿈이 내 아비라는 사실과 그를 사랑했던 누군가가 있었다는 것만 확인하고 싶었을 따름이었다.

그렇지만 침묵하고 있는 어머니는 나와는 또다른 입장이었다. 나는 당신의 침묵이 묻어둔 과거로 인해 현재의 평온한 일상이 깨지는 것이 두려운 지극한 생활인으로서의 조바심이란 사실을 눈치챘다. 그런 한편으로 비록 묻어버린 기억이라 해도 당신에게도 은밀한 비망록이 있었다는 야릇한 흥분이 당신의 얼굴 한구석을 발갛게 물들이고 있다는 것도 흥미로운 사실이었다.

돌아서는 내게 어머니는 유일하게 간직하고 있던 아버지의 유품을 돌려주었다. 배면에 거칠게 그린 자화상과 함께 보낸 아버지의 마지막 편지였다. 당신한테는 미뤄둔 청산이었을 테지만 내게는 새로운 의문이었다.

—용서하오. 아무래도 난 나그네가 될 수 없었나보오. 난 사제가 되기 위해 태어났소. 당신이 만났던 건 그렇게 사제와 나그네 사이에 진동하던 그림자였나보오. 그건 내가 아니라 나의 떨림이었을 게요.

돌아온 나는 흥분해서 할아버지 앞에 그걸 흔들어 보였다. 마치 아버지의 주검에서 찾아낸 할아버지의 지문이라도 되는 양. 그때도 할아버지께선 붓을 들고 계셨다. 하지만 난 알 수 있었다. 당신의 붓이 여느 때 없이 지독한 갈필(渴筆)로 갈라지고 있었고 그건 당신이 어렵게 견디고 있다는 표현이었다. 끝내 나는 당신의 손에서 붓을 빼앗아 꺾어버리고 말았다. 나를 노려보는 당신의 눈은 그렇지만 분노로 인한 것이 아니었던 것 같다. 그건…… 글쎄…… 아무튼 마주 보기에 신기하고도 두렵기까지 한 눈길이었다. 흡사 문득 스쳐간 돌부처의 미소 같았다고나 할까. 도무지 이소선생이란 얼굴로는 지을 수 없는 그런 표정이었다. 기다리다 지쳐 돌이 돼버린 망부석이 그리던 이를 만났을 때 지을 성싶은 표정 같았다. 당신께서 나를 부르셨을 때 오싹 한기를 느꼈다.

애야, 아비 된 자는 언제고 한번은 불현듯 아들을 불러세울 수밖엔 없는가보구나.

할아버지는 마치 왜 그렇게 늦돼서야 아비의 음성을 들었느냐고 나를 나무라는 것 같았다. 그렇게 읊조리는 당신이 이윽이 보고 있던 건 내가 아니라 내 뒤에 서성이는 또다른 나인 것만 같았다. 당신의 목소리는 어웅한 우물 속에서 흘러넘치듯 잔향을 이루고 있었다.

우리는 그렇게 두 가지 선택밖엔 할 수 없는 족속이란다. 사제가 되지 못하면 나그네가 되어야 하는 것이 너와 네 아비와 또 그를 낳은 나의 업이련마는…… 아비는 그 기로에서 사제의 길을 택한 거란다. 편지가 그걸 증거하고 있지 않느냐. 누가 강제한다고 결정할 일이 아니다. 붓을 든 사제가 되겠다는 건 그의 야망이고 신성한 갈증일 터. 네 아비는 스스로 돌아온 것일 뿐이다.

어느새 내 손은 당신의 손아귀에 잡혀 있었다. 그때 당신 손길이 수갑처럼 차가웠다고 기억한다.

그렇지만 애야, 사제란 슬픈 소명이구나. 사제 된 자의 희열이란 필시 더 높은 세계로 돌려야만 하는 것일 테니 말이다. 더불어 그는 또 무한히 피로한 법이니, 사제란 끊임없이 신성한 자신을 증명해야 한다. 작품으로 말이다. 창조주는 죽음으로서만 그의 피로를 거두시는구나. 그를 계승하려는 자는 앞선 사제를 죽여 저의 사제 된 소명을 증명해야 한단다. 또 먼저 된 자는 거짓된 후계자를 가리기 위해 목숨을 걸고 그에 맞서지 않을 수 없느니…… 네 아비는…… 스스로 택한 길을 갔더니라.

다음 순간 당신은 무서운 악력으로 내 손목을 움켜잡고 부릅뜬 눈으로 나를 쏘아보셨다.

나는 내 아들을 부끄러워하지 않는다. 그 아이는 떳떳이 자신을 실험하였고 가히 실험하는 자는 후퇴를 예비하지 않는 법!

당신은 전율하고 있었고 움켜쥔 손가락 마디를 타고 고스란히 전

사제와 나그네 155

해지는 그 공포를 나는 감당할 수 없었다. 뒤이어질 당신의 말씀이 무엇일지 도저히 견딜 수 없을 것만 같았다. 나는 도망쳤던 것이다. 나는 도망자일 뿐이다.

　석이는 두려워하는 그를 보고 싶지 않아 돌아누웠다. 등뒤로 토닥이는 빗소리가 아련했다. 젖은 도로를 질주하는 자동차 소리가 간간이 이어졌다. 어느덧 아침물을 보러 나가는 새벽 배들의 발동 소리가 먼동을 재촉하고 있었다. 묵은 피로와 적당한 취기가 밤바다를 타고 출렁였다. 혼곤히 찾아오는 꿈은 내일 떠날 길을 묻고 있었다. 어쨌든 이곳은 그의 도피성(逃避城)이 아니었다.
　이튿날 석이는 코를 찌르는 희석제 냄새에 눈을 떴다. 밤 도와 R은 마지막 간판을 그리고 있었다. 시너에 페인트를 섞고 또 페인트끼리 이렇게 저렇게 색을 만드는 것을 보고 있노라니 노사 밑에서 겪었던 옛일이 새로웠다.
　가칠장이 노릇을 할 때도 조색(調色)은 두 사람 몫이었다. 천연석채나 안료만을 고집스레 주장하는 노사였는지라 물감을 풀 때도 반드시 민어부레를 쑤어 만든 풀에 아교를 이겨 색을 만들어야 했다. 발색도 좋고 쉬 변색되지 않는 요즘의 인공안료를 몰라라 하는 것도 늙은이 고집밖엔 아무것도 아니었다. 심통 사나운 윗금어들은 원하는 색조가 나오지 않는다며 물감접시를 동댕이치곤 했다. 차마 스승에게 가지 못하는 분풀이가 가칠장이에게 쏟아지는 거였다. 가만히 참고 볼 석이도 아니었다. 사형이고 선배고 간에 펄펄 끓는 부레풀 속에 삶아내겠다고 길길이 날뛰면 말릴 사람이 없었다. 그 와중에 R은 엉망이 된 작업대 밑에서 깨진 접시 조각을 그러모으곤 했다. 극장에서의 마지막 날도 그는 묵묵히 제 할 바를 하고 있었다. 하지만 그런 평화야말로 제 속의 뇌관을 건드리지 않으려는 고요에 불과하다는 걸 석이는 알고 있었다.

 비는 그쳤지만 거리에는 여전히 습한 바람이 감돌고 있었다. 두 사람은 비린내 가득한 선창을 따라 걸었다. 쉬파리만 쫓던 어물행상 아낙들의 소용없는 호객이 물새 소리에 뒤섞였다. 정오의 햇발처럼 둘의 걸음은 마냥 늘어지고 있었다. 석이와 R은 누가 누구를 따르는지도 모른 채 서로의 발길을 뒤쫓았다. 헤어지기 적당한 자리를 찾아야 할 시간이었다.
 포구가 끝나는 자리에서 해안선은 가파른 해식애(海蝕崖)로 솟구쳐올랐다. R은 그 언덕을 향해 풀섶을 헤쳤다. 언덕의 경사를 따라 바닷빛은 짙은 남록으로 깊어지고 시야가 한껏 시원하게 벌어졌다. 파도가 깎은 절벽이었지만 절벽은 파도보다 더 격렬한 물보라를 간직하고 있었다. 맞서려는 나와, 그런 나를 몰아때리는 상대를 그렇게까지 닮게 만든 건 오직 세월의 힘이었다. 밀려오는 파도는 본을 맞춰보듯 절벽에 거세게 몸을 기댔다가는 산산이 흩어지곤 했다.
 덜 여문 갈꽃 속에서 칼새들이 솟구쳤다. 경쾌하게 허공을 박차는 새들에게서 핑핑 소리가 들릴 듯싶었다. 가파른 흙벽이라 해도 날개 쉼 할 여지조차 없을까보아 새들은 절벽에만 자리를 잡았다. 이름처럼 쌀쌀한 습성을 살아가야 하는 나그네새는 갈꽃이 익기 전에 떠날 거였다. 여름새 뜨고 나면 절벽은 도요들의 총총한 족적을 기다릴 테다. R은 계속해서 언덕마루로 석이를 이끌었다.
 그곳엔 뜻밖의 광경이 석이를 기다리고 있었다. 조붓한 절벽 위의 공간은 온통 해바라기 천지였다. 바람이 파도를 밀고 파도가 해안을 때리자 키 큰 해바라기들이 일제히 너울춤을 추었다. 물과 뭍이 똑같은 리듬으로 넘실대고 있었다. 감푸른 남해와 높다란 태양을 배경 삼아 해바라기는 싯누런 생명력을 감당 못 해 흐느적거리고 있었다. 뚜우— 사이렌 소리를 앞세우고 병원선이 지나갔다. 파도는 병원선의 하얀 선체에도 시원하게 부서지고 있었다.

종종 나오던 자린데 오늘이 마지막이겠네.

R은 맞춤해놓은 바윗등에 앉아 스케치북을 열었다. 석이도 엇비스듬한 자리에 앉아 목탄을 잡았다. 누가 누구의 시간을 잡아끌고 있었는가. 발길을 붙드는 건 동행이 아니라 짠내 나는 바람을 일으키는 파도와 꽃보라였다.

거친 목탄지 위를 스치는 R의 콩테 소리는 언제 들어도 기분이 좋았다. 그건 파도보다 먼 곳에서 들려오는 목소리와 같았다. 몽환적인 속삭임은 기억의 틈새에서 흘러나오고 있었다. 석이는 무의식적으로 목탄을 놀렸다. 단색의 소묘에도 불구하고 석이는 반투명한 수채의 꿈에 젖어 있었다. 그 스스로 꿈을 꾸는 꽃이 되어 있었다.

단청의 수많은 꽃 가운데 수화(睡花)가 있었다. 자는 듯 꿈꾸는 듯 살그머니 봉오리를 오므리고 있는 꽃. 노사의 얼굴이 스쳐간 건 당연한 연상이었다. 평생을 꽃단청만 두고 살아온 늙은 화승(畵僧). 꽃의 꿈이 늙은 중의 고목 같은 사지에 엉글어 있었다. 뜻으로 꽃을 피우는 늙은이였다. 그리고 세상은 그를 불모(佛母)라 불렀다. 문득 석이가 고개를 들었을 때 R은 이윽이 그를 바라보고 있었다.

확실히 그런 것 같아. 누가 뭐래도 형은 노스님의 핏줄이야. 꽃에 취하면 누가 누군질 모르겠어.

아찔한 꽃바람이 석이의 눈앞을 스쳤다. 역시 노승의 묵은 몸내음을 감출 수 없었는가. 바람에 어지럽게 뒤섞이는 해바라기 꽃대가 현기증을 일으켰다. R이 그의 손을 그러쥐었다.

할아버지가 사제의 숙명이라면, 노스님은 나그네일 거야.

석이는 대꾸를 않고 그의 손을 뿌리쳤다. 스케치를 마무리하는 동안 R은 해바라기처럼 건들거리며 콧노래를 흥얼댔다.

두 사람은 서로의 스케치를 바꿔 가졌다. R은 영은암이란 절집에 들를 거라고 했다. 아버지의 영가를 모셔둔 암자라고 했다. 이제 서로의 갈 길로 가자는 뜻이란 걸 석이가 모를 리 없건만 어느새 R은 성큼성큼 해바라기 사이를 뚫고 언덕을 내려가고 있었다. 커다란 더플백이 그의 뒤통수를 가리고 있었다. 그리고 그마저도 키 큰 해바라기 꽃대에 가려 이내 보이지 않았다. 석이의 손에는 R이 남긴 암적색 해바라기 스케치가 무겁게 들려 있었다.

*

그렇게 이소선생을 찾아왔다. 처음 절을 올리고 노사 밑에 있던 아무개라고 인사를 드리자 선생은 보일 듯 말 듯 고개를 끄덕였다.

애썼겠다.

무엇을 애썼단 말씀인가. 외곬진 늙다리 화승 밑에서 견뎌낸 세월을 두고 하는 말씀인가 아니면 더운 날 산중턱 옛집까지 올라온 수고가 그렇단 뜻인가. 선생은 그렇게 무심했고 그런 당신의 태도가 오히려 석이에겐 편안했다.

선생의 옛집은 사환가(仕宦家)의 고택답게 크고 넓었다. 옛집은 선생의 뜻에 따라 오래 전 일반에게 기증되어 있었다. 반은 공원처럼 또 반은 선생의 기념관처럼 쓰이고 있었다. 선성은 다만 중문을 굳게 닫고 안사랑채를 떠나지 않았다. 칩거라기보다는 이미 거동 자체가 수월찮은 노인이었다.
 낮으로 노닐던 사람들까지 떠나면 너른 옛집에는 괴괴한 정적만이 머물렀다. 더욱이 선생의 사랑채는 못내 을씨년스러웠다. 한때 추녀를 장식했던 고인들의 편액이나 전각 따위도 모두 바깥채로 내보내고 바람때에 삭아드는 기둥과 서까래가 구중중한 분위기를 풍겼다. 단청장이들끼리는 그런 집을 두고 백골집이라 불렀다. 미상불 그 지붕 밑을 거반 형해(形骸)나 다름없는 노인만이 버티고 있는 격이었다.
 석이는 그런 축축한 공기가 싫었다. 때맞춰 장마철이라 자고 나면 마당으로 물이끼가 번졌다. 석이는 웃통을 벗어붙이고 청소를 시작했다. 물고랑을 파고 이끼를 쓸어냈다. 서까래에 번지는 물때를 닦아내고 기둥에 스는 나나니벌집에 약을 쳤다. 쐐기를 박고 사포질을 할 데도 한두 군데가 아니었다. 나무를 다루는 데는 어지간한 도편수 찜 쪄먹을 이력이었다. 선생은 무표정한 얼굴로 웬놈이 나타나 시키지도 않은 짓을 하고 다니는지 구경만 하고 있었다. 선생이 그를 불러앉힌 건 사흘 만이었다.
 먹 가는 법이나 익히고 가거라.
 익히라는 뜻은 배우라는 뜻과 달랐다. 당연히 가르치겠다는 뜻도 아니었다. 석이 역시 부담 없이 선생 앞에 꿇어앉아 먹을 갈았다. 선생은 세 가지 먹물을 썼다. 담묵(淡墨)과 중묵(中墨), 농묵(濃墨) 등 농도에 따라 각기 다른 벼루를 쓰는 것도 여느 묵객과 다를 바 없었다. 석이가 할 일은 벼루마다 알맞은 정도로 먹을 가는 일이 전부였다.
 처음 먹을 갈았을 때 선생은 붓을 대보지도 않고 진하다 말했다. 그리고는 종이 위에 낙서하듯 획을 뭉개 사실을 보여주었다. 다음 먹물은 묽다고 말했다. 다른 종이 한 장이 낙서처럼 버려졌다. 석이는 몇 번씩 벼루를 닦고 다시 먹을 갈아야 했다. 때마다 파지가 늘어 갔다. 선생이 아무런 토를 달지 않는 경우는 아마 농담(濃淡)이 맞는 때였던 모양이다. 그때도 당신은 그저 한 일(一)자만 몇 획 긋고 파지로 버렸다. 그렇게 꼬박 한나절이 지났지만 석이는 도대체 당신이 원하는 적당한 농도를 어림하지 못하고 있었다. 수도 없이 먹을 갈고 벼루를 비우는 일로 하루해가 기울었다. 선생은 자리를 걷으며 파지도 태워버리라 일렀다.

한아름 파지를 들고 뒤란으로 나왔다. 불을 지피려 성냥을 긋다 말고 석이는 일일이 낙서들을 마당에 펼쳐놓았다. 선생이 붓을 적시기도 전에 묽다 진하다 획을 뭉갠 것들은 제 눈에 보기에도 미세한 농담의 차가 있었다. 먹이 마르기 전엔 모두 거기서 거기인 것 같았는데…… 그에 반해 선생이 별말씀 없이 정서한 한 일자는 찍어낸 듯 동일한 먹색이었다. 뒷골을 타고 고드름이 맺혔다.

다음날도 이른 아침부터 먹을 갈았다. 진종일을 먹을 쥐고 있어도 선생이 원하는 먹색이 감이 오지 않았다. 그렇다고 선생이 나무라는 것도 아니었다. 그저 묽다, 진하다 한마디에 석이는 벼루를 닦아내고 새로 먹을 갈면 그뿐이었다. 그렇게 하루해를 넘겨보내고 매일 저녁나절이면 태워버릴 파지를 뒤뜰 가득 펼쳐놓고 한숨을 쉬었다.

그런가 하면 선생이 처음부터 아무런 언질 없이 먹물에 붓을 대는 날도 있었다. 먹색이 제대로 나왔는가 하면 그런 것도 아니었다. 선생은 하루 종일 몇 장의 바위를 그렸다. 흐린 먹은 겹쳐 쓰고(積墨) 진한 먹은 물을 보태 썼다(潑墨). 그림마다 바위의 형태도 다르고 준법(皴法)이나 원근 등 모든 것이 달랐지만 딱 한 가지 일정한 것이 곧 묵색이었다. 그날부터 석이는 아예 파지를 놓고 먹빛을 따지는 일을 그만두기로 했다. 오래 전 노사가 했던 말이 생각났다.

수묵과 채색이 어떻게 다른가. 묵색은 그저 검기만 한 것이 아니다. 그것은 모든 색이 태어나고 소멸하는 시작과 끝의 색이다. 생멸이 공(空, sunya)에서 와서 공으로 돌아가는 것이라면 먹빛이야말로 그에 어울리는 색이라 하겠다. 그것은 곧 우주를 꿰뚫는 진리의 불변하는 빛깔이다. 하여 패도(覇道)를 좇는 왕자(王者)가 취할 바이며 선비의 문인화는 그 정신을 바탕으로 삼느니. 반면 채색은 변화하는 것이다. 혼돈은 어둡지만 또한 빛을 낳는 근본이다. 빛은 색계(色界, rupa)를 이루나니 혼돈과 달리 질서가 있다. 다만 그 질서는 무한히 변화하고자 하는 자유 외 다른 원리가 아니다. 채색은 다섯 색(五色)을 뒤흔들어 삼라만상에 천변만화를 더하는 것이니 이는 곧 장이들의 업이다.

이소선생은 석이에게 먹빛이 어떻게 흐르고 또 귀일하는지 되새겨볼 기회였다. 선생과의 관계가 분명해질수록 먹 가는 법이나 익히라던 선생의 뜻이 거북하게 가슴에 얹혔다. 선생이 먹빛으로 우주를 일관하려는 선비라면 당신의 먹의 정도를 이해하는 것은 그 정신의 시작과 끝을 안다는 것과 같은 뜻이었다. 그러나 선생의 먹은 얼마나 자유자재한가. 그럼에도 그 기준은 무서우리만치 투철하지 않은가. 처음과는 달리 선생의 그늘에서 지낸다는 일이 여간 부담스럽지 않았다. 석이는 작정했던 것보다 긴 나날을 선생의 옛집에서 보내고 있었다.

해도 오늘밤은 여느 때 없이 지루했다. 벼루가 몇 번씩 마르도록 선생은 붓을 들지 않았다. 석이는 때마다 새로이 먹을 갈았다. 또르르…… 연지(硯池)에 떨어지는 물방울 소리가 퍽도 요란스러웠다. 그만큼 적막이 깊었는가보다.

진즉 화구를 정돈하고 선생 앞에서 물러났어도 좋을 일이었다. 노인이 무슨 맘으로 다 늦은 저녁에 먹을 갈라 불렀건 건밤이 새도록 이렇게 버티고 있을 필요는 없었다. 번뇌도 불면도 모두 당신의 것이었다. 당신이 면벽하고 있는 것은 어둠이지 석이 저 같은 길손의 그림자가 아니었다. 그를 모르는 바 아니면서도 굳이 노인 앞에 꼿꼿이 버티고 있는 석이 자신의 심사는 또 무엇인가. 오기였나 호기심이었나. 혹은 선생의 고뇌에 대한 서푼짜리 공감 때문이었나.

석이를 흥분시켰던 것은 선생이 흔들리고 있다는 사실이었다. 여태껏 수묵의 표상으로만 여기고 있던 선생에게서 슬몃 풍겨나오는 사람의 체취에 석이는 민감하게 반응하고 있었다. 만일 누군가 사제직을 계승코자 선생을 죽이려 한다면 이 밤처럼 좋은 기회도 없었다. 그런 면에서 솔직히 제 뱃속 한 귀퉁이에서 꿈틀거리는 도발적 심사는 석이 스스로도 놀라운 것이었다.

문제는 밤이 너무도 길다는 사실이었다. 야색이 짙어갈수록 석이는 이게 아니었다는 후회에 물들기 시작했다. 하지만 언제고 후회는 실수보다 앞설 수 없다. 올라설 봉우리는 보이지 않고 내려가기에도 이미 지쳐버린 절벽과도 같았다. 개도 안 물어갈 호승심은 오간 데 없고 오로지 살아야겠다는 본능만으로 바위틈을 부여잡고 있는 꼴이었다. 흔들리는 듯 보이던 것은 선생이 아니라 석이 자신의 오만한 호기심이었다.

불현듯 빗소리가 굵어졌다. 먼 곳에서 변죽만 울리다가 서서히 포위를 좁혀오는 북소리처럼 들렸다. 북소리에 서린 귀기에 퍼뜩 고개를 들었다. 선생이 그를 노려보고 있었다. 북소리가 커져가는 만큼 선생의 눈길이 조금씩 멀어지는 듯한 착각이 들었다. 시간이 더욱 더디게 흐르고 있었다. 북소리는 아주 지척까지 다가왔고 급기야 석이제 가슴의 동계(動悸)와 하나가 되었다. 멍하니 귓속에 이명이 울렸다. 선생은 아득한 곳에서 화살촉을 갈고 있었다. 당신은 살아 있는 희생을 찾고 있었는가. 마지막 제의를 집전하는 늙은 사제의 얼굴은 지독한 무표정이었다.

부르르르…… 천장의 형광등께를 날아다니던 부나비 한 마리가 벼루 위로 떨어졌다. 뒤집힌 몸을 바로잡으려 몸부림을 칠수록 놈은 끈적한 농묵에 범벅이 되어갔다. 그래도 놈은 포기하지 않고 안간힘으로 벼루 위를 맴돌았다. 먹물방울이 석이의 바짓자락까지 튀었다. 석이는 바지에 묻는 먹물과 날벌레를 번갈아 보았다. 한참 만에 몸부림치던 벌레의 날갯짓이 간헐적으로 바뀌었다. 이윽고 더는 날개를 파닥일 수 없게 된 놈은 뒤집힌 배만 꼼지락거리고 있었다. 석이는 먹을 들어 벌레를 지그시 눌렀다. 말로 할 수 없는 미묘한 파열음이 먹의 고형질을 타고 손끝에 전해졌다. 힘껏 먹을 갈았다. 벼루 위에서 빠득빠득 마찰음이 들렸다. 선생을 향해 고개를 들었을 때 당신의 앙다문 악관절에서도 똑같은 소리가 비어져나오고 있었다.

*

상념의 불꽃이 선생의 불면을 밝히고 있었다. 당신의 오래된 작품 하나. 까맣게 잊고 있던 과거 속에 떨궈놓은 한 장의 그림이 컴컴한 어둠 속에서 당신을 뒤쫓고 있었다.

요즘 선생의 주위에는 패나 분주한 바람이 불고 있었다. 당신의 일생에 걸친 전 작품을 화집으로 남기려는 사업이 한창이었다. 난관이 많은 사업이었다. 기획 단계에서부터 선생의 전작화집이 몇 권의 도록이 될지조차 추정치 못할 만큼 노대가의 필력은 상상을 넘어서는 것이었다. 세월도 세월이려니와 언제나 왕성한 창작욕에 불타는 작가로서, 또 당신의 주장대로 끊임없이 신성한 자신의 존재를 증명해야 하는 사제로서 이룩해놓은 작품의 양은 그 규모로만도 당신의 명성에 값하는 것이었다. 물론 거개의 작품이 따로 소장자가 있었고 따라서 화집간행위원회의 가장 우선한 일은 일일이 작품의 소재부터 파악하는 작업이었다. 공식적인 컬렉션에 속한 작품들은 큰 문제가 되지 않았다. 상당수에 이르는 해외의 컬렉션들은 물론 분단 이후 북에 남게 된 작품들까지 요로를 통해 협조를 약속받은 상태였다. 그러나 개인 소장자들의 경우엔 난점이 많았다. 하나하나의 소재를 찾기도 어려웠지만 그보다는 적잖은 소장자들이 소장 사실 자체를 숨기고 있는 경우가 많았기 때문이다. 유명세가 드센 작가일수록 다수의 작품이 되레 대중의 눈앞에서 모습을 감추는 운명에 처하기도 했다. 은밀한 치부나 상속의 수단으로 그렇게 되기도 했고 혹은 컬렉터의 기이한 습벽에 기인한 결과이기도 했다. 그렇다손 쳐도 이소선생의 경우엔 그 정도가 유난스러웠다. 더군다나 별다르게 세간의 이목을 끈 작품들이 전혀 수면 위로 떠오르지 않는다는 것이 특이한 사실이었다. 그리고 그건 전적으로 당신의 영욕의 개인사에서 비롯된 모순이었다.

  삼십 년 전 한때 선생의 친일행각에 관한 논쟁이 화단을 후끈 달군 적이 있었다. 선생에게 한 독립지사의 영정에 대한 의뢰가 들어온 것을 계기로 당신의 친일행적이 새삼 논란거리가 된 것이었다. 동시대를 겪었던 많은 대가들이 오로지 침묵으로 비슷한 사태를 유야무야 넘긴 데 반하여 선생은 뜻밖의 행동을 보였다.

  처음 당신이 강단을 물러나 옛집으로 낙향했을 때만 해도 문제가 그렇게 시끄럽지는 않았다. 주위에서는 왜곡되었던 것이 시절이지 어찌 선생의 예술혼이냐고 완곡하게 만류하고 나섰다. 작품이 뛰어났던 만큼 그 시대상황이 당신을 전면에 내세운 것일 따름이라는 논리였다. 이대로 물러서면 선생에게 날아온 오욕을 고스란히 인정하는 결과라고 흥분하는 축도 있었다.

선생이라고 그걸 모를 리 없었다. 사실 당신이야말로 그 시절을 대표하던 '일본화(동양화)'의 기린아였다. 그리고 그 순금으로 빛나던 명예가 이제는 똑같은 무게의 오예(汚穢)가 되어 당신을 더럽히고 있는 역사의 반작용에 가장 큰 충격을 받았을 터였다. 그러나 사람들이 결정적으로 간과하고 있는 것이 있었다. 선생은 당신이 누렸던 그때의 영광을 진실로 사랑하고 있다는 사실이었다. 사무치게 사랑한 나머지 그것을 면죄부로 써버린다는 것은 당신에겐 더욱 치욕적인 변명 외 다름아니었다. 당신은 머리에서부터 발끝까지 철저한 사제였고 그것은 한 걸음도 물러설 여지가 없는 직분이었다.

선생의 다음 행로에 이르러서야 화단은 심상찮은 분위기를 감지했다. 당신은 공공연히 군국주의 시절에 그린 작품을 모조리 거두어들이겠노라 선언을 했던 것이다. 그와 비슷한 전례가 없는 것도 아니었다. 해도 그런 경우는 우회적 경로를 통해 은밀히 이루어지게 마련이지 선생과 같이 정면으로 나선다는 건 무모하기 짝이 없는 일이었다.

그림시장이 들썩였다. 이소가 젊어서 그렸던 그림을 거두어 무덤에 같이 묻히려 한다, 여하한 값이라도 치러준다더라, 왜정 말의 어떤 그림은 신작 몇 점과 맞바꿨다더라…… 화상들은 그 시절 작품을 구하기 위해 혈안이 됐고 언론에선 문제작들의 사진이라도 구하기 위해 케케묵은 옛 자료를 쑤석이기에 이르렀다.

실제로 한동안 적잖은 거래가 이루어지기도 했다. 선생은 그림이든 돈이든 분명 기대 이상의 대가를 치렀다. 그런 사실이 하나둘 확인되면서 사태는 소용돌이치기 시작했다. 문제작들의 가격이 치솟기 시작하면서 작품의 소장자가 이리저리 바뀌는가 하면 위작 시비까지 끼어들어 점입가경을 이루었다. 모두가 선생이 자초한 파란이었음에 분명했다. 선생은 초인적인 필력으로 사태를 감당해야 했다.

선생은 스스로도 예상치 못한 막대한 대가를 치러야 했다. 일례로 태평양전쟁 당시 '화필보국(畵筆報國)'의 기치 아래 열린 반도총후미술전람회(半島銃後美術展覽會)에 초대작가로 출품했던 〈남양의 아침(南洋の朝)〉이란 그림은 그 소장자가 선생의 대표작이라 할 〈풍난도화영(風㬉桃花影, 바람이 복사꽃 그림자를 흩뜨리다)〉과 맞바꾸자는 제의를 해왔다. 곁에 놓고 보지 않으면 참지 못할 것 같다 하여 작업실 전면에 걸어두었던 자타가 공인하는 걸작 중의 걸작이었다. 터무니없는 수작이었지만 소장자는 그림 속에 비치는 욱일승천기(旭日昇天旗)의 잔영을 보증수표처럼 믿고 있었다. 선생은 심호흡을 한 번 하고는 작품을 내주라 일렀다.

선생의 영감에도 한계가 있었고 누대에 걸친 권문세가의 재산이라도 마냥 화수분이 아니었다. 선생의 예술혼은 분명 피폐의 벼랑가로 떠밀리고 있었다.

그런데 엉뚱하게도, 격류를 타던 사태는 예상치 못한 방향으로 물줄기를 틀었다. 떠들썩 입소문을 타던 작품들이 하나둘 물 밑으로 가라앉기 시작했다. 일확천금을 노리던 소장자들이 좀더 교묘한 투자자로 돌아선 것이었다. 나름대로 그들은 이소선생의 이름값이 지고한 불변의 위치에 올라서는 그때, 그러니까 당신의 사후까지를 계산해넣기 시작한 것이었다. 작품에 대한 역사의 찬반을 떠나서 작품

자체의 시대적 의미에 새로운 값어치가 보태졌다. 그렇게 더욱 무게를 더한 문제작들이 소리없이 수면 아래로 가라앉은 거였다.

사태는 그렇게 일단락지어졌고 선생에게는 참담한 경제적 파탄과 고갈된 영혼만이 남았다. 당신 스스로 유례없는 삼 년간의 절필에 들어갔고 더하여 아들의 자살이란 비극까지 겹쳤다. 당신이 아들에게 그렇게까지 엄혹할 수밖에 없었던 것도 한편으론 극단적인 위기에 처한 스스로의 처지 때문이었는지도 모른다. 이소 김행(金幸)이란 사제가 신성한 지위를 놓고 가장 치열한 싸움을 벌여야 했던 상대는 안토오 코이치(安東幸一)라는 영광된 젊은 날의 분신이었다.

그런 저간의 사정 속에 수년에 걸쳐 선생의 전작 목록과 그 소재를 추적해오던 간행위원회에서는 더이상 소재를 알 수 없는 작품들은 후에 추록집으로 돌리기로 하고 본격적인 작업에 들어가기에 앞서 선생의 마지막 재가를 기다리고 있었다. 그렇게 정리된 목록만 무려 일만삼천 점을 넘는 대작업이었다. 그나마도 소실되거나 소장자가 공개를 꺼리는 적잖은 작품을 제외시킨 결과였다. 선생 자신도 이름만 가지고는 당신의 작품인지 미처 기억하지 못하는 것들이 상당수 있노라 고백할 지경이었다. 그런 당신이 딱 한 작품이 빠졌다고 결정적인 토를 달았다.

〈고첨록파(顧添綠波, 첨록파를 돌아보며)〉란 문제의 그림을 찾기 위해 간행위 실무자들은 다시금 눈이 빠져라 옛 자료를 뒤져야 했다. 그러나 그런 화제(畵題)는 어느 자료에도 나타나지 않았을뿐더러 지인이나 집안 식구들에게조차 생소한 이름이었다. 선생에게 물어보았자 당신은 '별루년년첨록파(別淚年年添綠波, 해마다 이별에 쏟는 눈물 푸른 물결 짙어가는데)' 라는 수수께끼 같은 옛 시구로 답을 삼았다. 시구대로 '첨록파' 가 대동강을 일컫는다면 예의 작품은 당신이 평양에 머물던 무렵에 그려진 것일 터였다. 그때가 태평양전쟁 초기였으니까 문제의 작품 역시 '왜색풍' 일 가능성이 많다는 추측은 간행위 사람들에게 골치 아픈 숙제였다. 선생은 아직껏 그 옛날의 악령과 사투를 벌이고 있는 걸까.

달리 방도가 없었다. 선생의 제자와 후손들은 삼십 년 전의 악몽을 되새기면서도 하는 수 없이 미술상의 문을 두드리지 않을 수 없었다. 유일하게 기댈 곳은 거간꾼들의 동물적인 후각뿐이었다.

이른 아침 선생은 석이를 앉혀놓고 난을 치고 있었다. 간행위 실무를 보고 있는 선생의 사위가 찾아왔다. 잠시 석이의 존재에 걸끄런 눈치를 보이던 그는 조심스레 운을 떼었다.

〈첨록파〉에 관한 말씀입니다. 아버님.

경쾌하게 난줄기를 뽑아가던 선생의 손이 멈칫 굳었다. 보고 있던 사람까지 움찔 놀랄 반응이었다. 마뜩찮게 꺾인 난줄기를 바라보는 노인의 눈매가 고약하게 일그러졌다.

역시 그쪽에서 갖고 있던가?

그렇게 혼잣말하듯 중얼거리는 선생의 눈매는 여전히 날카롭게 난줄기를 흘겨보고 있었다.

그게 좀…… 지금까진 자기도 모른다고 딱 잡아떼기만 하던 사람이 어제는……

사위는 좀처럼 속사정을 털어놓지 못하고 홀로 안절부절못하고 있었다. 자꾸 말끝을 흐리는 것이 차마 자기 입으로는 전하지 못할 말을 들은 눈치였다.

어제는 어쨌다는 겐가?

못생긴 난에 눈길을 붙박아둔 채 채근하는 선생의 목소리는 차분히 가라앉아 있었다. 사위는 기어들어가는 목소리로 뒷동을 이었다.

자꾸 찾아오면 아예 작품을 태워버리겠다고……

듣고 있던 선생의 입꼬리가 희미하게 찢어졌다. 씁스레한 미소가 일그러진 입가에 맺혔다 싶은 순간 당신은 와락 못생긴 난을 구기박질렀다. 이윽고 선생은 큰 소리로 외출 채비를 일렀다. 직접 나서겠다는 거였다.

그쪽 기세가 정말 무슨 일을 낼 것처럼……

태워? 태워도 내 손으로 태워야지.

단장을 짚은 노인의 손이 파들파들 떨리고 있었다.

그 집은 시골 면소의 작은 초등학교와 담장을 맞대고 있었다. 학교 울타리를 따라 핀 코스모스가 집의 담장께로도 한창이었다. 선생을 맞이한 소장자는 채 중년도 못 된 젊은 부인이었다. 집주인의 성품은 수수한 대로 깔끔하게 꾸며진 집안 곳곳에서 찾아볼 수 있었다. 뜨락의 작은 화단에 오밀조밀한 제철의 꽃나무들이 그랬고 아기자기한 장독대가 그랬다. 활짝 열어젖힌 창문으로 쏟아지는 햇살은 독신의 홀진 살림살이를 다사롭게 비추고 있었다. 첫인상 어느 구석에도 그녀는 작품에 불을 지를 만한 독기를 감추고 있지 않았다.

내가 김행이란 사람이외다.

댁에서 떠나셨다는 전갈을 보냈습니다.

어색한 첫인사만 뺀다면 노인과 여인은 지극히 자연스레 행동하고 있었다. 자리를 권하는 여인이나 편안히 등받이에 기대 지그시 눈을 감고 있는 선생이나 서로 별다른 부담을 느끼고 있는 것 같지는 않았다. 그러면서도 두 사람은 우연히 열차의 좌석에 마주 앉은 사람들처럼 애써 서로를 외면하고 있었다. 탁자 위의 찻잔이 고스란히 식은 뒤에야 선생은 무겁게 운을 떼었다.

예까지 찾아온 까닭을 아시리라 믿소.

여인은 대답 대신 고개를 돌려 햇살이 부서지는 뜨락을 내다보았다. 긴 목의 곡선과 부드러운 턱의 윤곽이 매력적인 옆모습이었다. 한참 만에 여인은 짧은 한숨 끝에 이렇게 토를 달았다.

이번이 마지막으로 알고 있겠습니다.

잘라내듯 차갑게 말해놓고 그녀는 노인을 작은방으로 안내했다. 어둑한 방의 한가운데 이젤이 서 있었다. 그리고 그 위에 놓인 캔버스는 흡사 누군가 좀전까지 그리고 있던 것처럼 자연스럽게 보였다. 여인이 커튼을 걷고 창문을 열어젖히자 알맞은 햇발이 그림 위로 쏟아졌다.

기름을 많이 써 유난히 엷은 느낌이 나는 유화였다. 젊어 한때 선생이 즐겨쓰던 화풍이 틀림없었다. 다만 작품은 예상과는 달리 평범한 서정의 인물화였다. 앳된 여인의 상반신이 멀리 에둘러가는 강물을 바라보고 있는 내용이 그 전부였다. 짐작대로라면 강물은 대동강일 터이지만 구도상으로는 주된 인물을 부각시키기 위해 지극히 소략하게 처리한 원경일 뿐이었다.

다만 알 수 없는 작품 속 모델을 보고 있자니 석이는 묘한 느낌에 사로잡혔다. 그림 속 주인공의 프로파일이 조금도 낯설지 않았다. 그건 그림 속 인물과 작품의 소장자가 너무도 흡사한 인상을 풍기고 있는 까닭이었다. 실제의 모델인 양 닮아도 너무도 닮았다. 그녀는 그림 속에서 걸어나온 사람처럼 보였다. 다만 그림은 육십 년 전의 것이고, 그 세월 동안 여인은 채 중년의 나이에도 이르지 않았단 말인가. 아무튼 석이가 보기에 무심히 창 밖을 내다보고 있는 여인은 의도적으로 그림 속 모델의 포즈를 흉내내고 있었다.

사제와 나그네 171

선생이 더딘 걸음으로 캔버스 앞으로 다가갔다. 그림은 정말 선생의 못다 한 손길을 기다리고 있는 듯 보였다. 아니 선생부터가 오랜 시간 미뤄둔 미완성 작품 앞에 돌아온 지친 길손처럼 보였다. 먼 곳을 보고 있는 여인과 옛 그림 앞에 돌아온 선생, 그리고 미완성의 그림이 있는 풍경이 비로소 하나의 작품을 이룬 것 같았다. 석이는 그쯤에서 조용히 방을 빠져나왔다.

*

추억은 나그네만의 것일 수는 없었다. 뼛골까지 사제인 선생도 옛 그림 한 장의 상념에 밤을 새워야 했는가. 머물다 떠난 자리에 나는 없어도 나의 체온은 식지 않는 불씨로 타오르는 것인가.
비가 갠 모양이구나.
불현듯 당신의 혼잣말을 듣고서야 석이는 빗소리가 그쳤음을 알았다. 새소리가 들리고 옛집 뜨락은 몽롱한 안개에 싸여 있었다.
노인은 청마루로 나와 새벽에 눈 뜨는 정원을 굽어보았다. 석이는 주섬주섬 화구를 정리했다. 발을 걷어젖힌 문틈으로 꾸역꾸역 밀려드는 청신한 새벽의 내음에 문득 서럽다는 생각이 들었다. 밤새 꿇어앉아 남의 살이 돼버린 장딴지를 주무르니 지난밤이 낯선 이역의 꿈만 같았다.
아닌게 아니라 노인도 아직 꿈속을 떠도는 모양이었다. 노인은 담장을 따라 무성한 배롱나무 밑을 거닐고 있었다. 한창 꽃철이라 배롱나무에 어리는 새벽안개마저 발그레 물들어 있었다. 밤새 내린 비에 절반나마 꽃잎을 떨궈내고도 꽃나무는 그렇게 붉디붉었다. 그 속을 거니는 노인의 하얀 모시단삼이 두드러져 보였다. 노인은 없고 흰옷만 목백일홍숲에 어른거리는 새벽경이었다. 선생이 석이를 불렀다.

오늘은 나하고 꽃구경이나 가보런.

느닷없는 소리에 석이만 아연해했던 건 아니었다. 선생이 연이틀, 것도 지난밤 철야까지 한 몸으로 외출을 나서겠다고 하자 집안 식구들은 불가불 말리고 나섰다. 해도 선생은 한사코 대문을 나섰다.

영은암에 다녀올 참이다.

선생의 아들 김린씨의 영혼을 모신 절집이었다. 지난번 헤어질 때 그곳에 들를 거라던 R이 생각났다. 그는 또 무슨 여정을 따라 표박하고 있을까.

노구로 감당하기에 산사로 오르는 길은 무리였다. 선생은 기꺼이 석이의 등에 업혀 산을 올랐다. 노인은 거짓말처럼 가벼웠다. 귓전에 가쁜 선생의 숨결만 없었다면 꼭 허수아비를 지고 가는 느낌이었다. 종이를 꿰뚫을 듯하던 당신의 붓심은 도대체 이 헛헛한 몸피 어디에 감춰둔 것일까.

선생은 잣송이 익어가는 냄새가 좋다고 했다. 말마따나 산길은 높다란 잣나무 사이로 오롯하게 뚫려 있었다. 석이도 그 냄새가 좋았다. 산에서 나고 자란 그였지만 언제 맡아도 송진 내음에는 물큰한 무엇이 있었다. 불현듯 외딴 암자에 홀로 버티고 있을 노사가 떠올라 저도 모르게 도리질을 쳤다. 가쁘게 걸음을 놓았다. 절집보다 먼저 쟁그랑 울리는 풍경 소리가 다가왔다. 조붓한 산길이 풍경 소리에 홀리듯 산사로 빨려들고 있었다.

당신도 풍경 소리에 취해버린 걸까. 애써 오른 산길이 무색하게 선생은 아들의 영가를 만나볼 염도 없이 명부전 높은 축대에 앉아 추녀 끝만 바라보고 있었다. 하긴 선비정신으로 일관하는 당신이 방외학(方外學)이라 무시하는 절집에 외아들의 혼백을 맡긴 것부터가 뜻밖이었다.

풍경이 요란할 만도 했다. 절집이 앉은 자리는 동해의 높새바람이 산맥을 넘는 자리였다. 그침 없이 몰아치는 동풍에 풍경 끝 물고기는 쟁겅쟁겅 쉼없는 소리를 털어내고 바짝 살 발린 몰골이었다.

어쩔 수 없는 게 세월의 힘이다마는 사람에게만 그러한 게 아니라 꽃에도 그러하구나.

선생이 한탄한 대상은 서까래 끝에서 바래가는 여섯 잎 연꽃 단청이었다. 실로 그랬다. 비바람 드센 탓인지 단청의 화려한 비단무늬는 속절없이 색이 빠져 있었다. 해도 그 솜씨가 놀라운 것이 여느 금어의 손속이 아니었다.

석이는 비로소 추녀를 따라 찬찬히 눈길을 돌렸다. 보면 볼수록 구석구석 허튼 곳이 없는 단청공양이었다. 꽃이 피어야 할 곳에 꽃을 두고 구슬을 드리워야 할 곳에 구슬이 있었다. 꽃무늬도 한량없지만 색깔만도 십만팔천 색이라는 단청이었건만 추녀 끝 화문(花紋)은 그 꽃잎에 그 색이 아니면 결단코 용납될 것 같지 않은 형색이었다. 금어가 그린 것이 아니라 본디 나무에서 피어난 꽃이었다. 그러다 끝내 기둥마다 흐르는 구름(流雲)에 이르면 법당이 통째로 동풍을 타고 부유하는 느낌이 들었다. 그런 감탄은 선생에게도 마찬가지였나 보다.

옛날 천하명필이 글씨를 쓴 나무를 판각해보니 먹이 삼 푼이나 스며 있더란다. 그래서 붓을 잡는 일을 입목도(入木道)라 부른다는구나. 보거라, 저 꽃을 피운 금어의 솜씨야말로 그런 경지가 아니겠는가.

선생은 그렇게 읊조리며 미소를 지었다. 탈색된 꽃단청만큼이나 희미한 웃음이었다.

　생각해보려무나. 꽃을 그리기는 쉽다 해도 도대체 그 꽃을 저렇게 지게 할 솜씨를 무어라 부르겠누. 가히 꽃들을 쉬게 하는 힘까지 갖춘 붓이다. 화려함은 종결의 순간에 극미(極美)에 이른다지만 저렇게 꽃들에 더딘 열반을 마련해준 붓도 지고한 뜻이다.

　당신은 점점 꽃을 닮아가고 있었다. 무엇이 그렇게 흐뭇할까. 석이는 묵묵히 선생의 찬탄을 되새기고 있었고 그를 향해 눈길을 돌린 선생은 여전히 미소 짓고 있었다. 당신은 따박따박 이렇게 덧붙였다.

　저 꽃은 네 스승이 그린 것이다.

　쇠북 소리가 귓속을 뚫고 갔다. 바람이 불었다. 서까래에 핀 꽃들이 바람을 타고 일제히 저를 향해 쏟아지기 시작했다. 하얀 눈앞에 꽃보라가 휘날렸다. 견딜 수 없는 현기증에 꽃구경이나 가자던 선생이 더없이 미워지기 시작했다.

　딱 반백 년이 되었겠구나. 네 스승이 화사(畵師)가 되어 처음 올린 단청이니라. 처음 그가 화승이 되었다 했을 때 그의 이름을 아는 이들로 가슴을 치지 않은 사람이 없었다. 그렇지만 나는 두려워했구나. 온전히 벗어나기까지 그간 세월을 왜 그리 두려워했는지⋯⋯ 돌이켜보면 그 두려움이야말로 나를 위안해주는 것이었을 텐데 말이다. 진실로 내가 두려울 때면 나는 여기에 와서 저 꽃을 피운 옛 친구를 불러보곤 하였구나.

　당신의 한숨이 바람결을 탔다. 노인의 눈길은 먼 곳을 흘러 아마 바람이 넘은 산맥을 되넘고 있었을까. 아득히 풀리는 눈빛처럼 차츰 시르죽어가는 당신의 목소리는 모호한 혼잣말을 되새기고 있었다.

　언젠가 하늘이 내게 물을 것일세. 너는 먹으로 무엇을 하려 했느냐고. 그러면 나는 이렇게 대답할 도리밖엔 없다네. 그 대답을 알기 위해 나는 한사코 먹을 놓을 수 없었노라고. 사람이 손을 대서 아름다워지는 것과 사람의 손을 타서 추해지는 것의 경계를 알 때까지 나는 온 세상천지를 가맣게 칠해보고 싶었노라고 말일세. 그 뒤에 나는 하늘에 기도를 돌릴 것이네. 먹이 있어 내 생이 고락에 겨웠노라고. 그것으로 후회는 없노라고.

추녀 끝에 걸린 높다란 가을 하늘을 향해 노인은 헛바람 같은 웃음을 날렸다.

그러하이! 비웃지 않고 나를 등진 그대를 어찌 두려워하지 않을 수 있단 말인가. 꽃이 붉어도 열흘을 가지 못한다지만 그걸 알면서도 피어야 하는 꽃도 세상에는 있는 법이란 걸 그대만은 알았더이. 보게나, 그렇다고 색봇짐을 등에 지고 떠돌이가 되었던들 과연 아름다움의 땅끝까지 가보았을 겐가. 마침내 저 우주의 천장지구(天長地久)를 모두 디뎌보았노라 외칠 수 있겠는가. 겪어온 아름다움이 모두 객진(客塵)이었노라 소리칠 용기가 그대에겐 있는가.

꽃구경을 마친 노인은 비틀비틀 법당 안으로 들어섰다. 노인은 아무도 뒤따르지 못하게 굳게 법당문을 닫아걸었다. 석이도 굳이 노인을 따를 생각은 없었다. 바람을 향해 마주 섰다. 하늘가를 넘실대는 산능선이 그의 뒤로 굽이치고 있었다. 법당을 스쳐간 바람은 잔뜩 꽃색에 묻어 새로운 지평선으로 향하고 있었다. 쟁그랑쟁그랑 풍경소리가 연해 발등에 떨어졌다. 제 발끝을 물끄럼 쳐다보았다.

꽁치는 빨간 눈으로 죽는다

그때서야 꽁치의 부릅뜬 눈알들이 일일이 보였다.

그 눈은 자신들을 죽음으로 이끌어온 집어등의 푸른 불빛을

죽어서도 흡떠보고 있었다.

그 푸른빛을 얼마나 집어삼키고 싶어했는가는

꽁치의 눈을 보면 바로 알 수 있었다.

꽁치는 빨간 눈으로, 타오르는 새빨간 눈으로 죽어갔다.

빨간 눈. 그것은 화인(火印)처럼 섬뜩했다.

죽은 꽁치떼를 바라보는 김인영의 눈도 그렇게 바뀌어 있었다.

탈 대로 다 타버리고 마지막 잉걸이 되어

남은 색감을 연상케 했다.

1. 안개에 박힌 미늘

안개는 바다를 더 망망하게 숨겨놓고 있었다. 기상일보 팩스 전문의 삼백 미터라는 높은 무고(霧高)가 아니라도, 지금의 안개는 말 그대로 한치 앞을 가늠하지 못하게 시야를 가리고 있었다. 메인마스트 앞의 조망은 짙은 이류(移流) 안개로 인해 답답하게 막혀 있었고 희끄무레한 선수루만이, 뭉터기져 불규칙하게 뒤척이는 해미의 흐름 속에서 이따금씩 나타났다 사라지곤 할 뿐이었다. 기관을 꺼버린 배는 아까부터 옅은 횡요(橫搖)를 계속하고 있었다. 알금거리는 파도가 아니라 바람결에 흩뿌리는 안개가 뱃머리를 쥐고 흔들어대는 것 같았다. 침로를 잡기 위해 돌려대던 디바이더는 하품이라도 하듯 둔각으로 벌어진 채 해도(海圖) 위에 내버려져 있었다. 레이더의 형광 스코프 위에는 스위퍼(주사선)가 연해 맴돌고 있었지만 워낙 두터운

안개인지라 방해상(妨害像)을 추려낼 자신이 없었다. 안개처럼 꾸물거리는 바다를 앞에 두고 배와 배 위의 모든 것이 휘주근히 지쳐 있었다. 바다는 안개에 전 사백 톤 거대한 선체를 아기 요람처럼 흔들어대고 있었다.

깨어 있는 건 나와 선장 단둘이었다. 수염이 거칠하고 어깨가 처져 있었지만 그래도 선장은 명치께 늘어진 쌍안경을 그러쥔 채 대꾼한 시선을 미늘처럼 안개바다에 꽂아두고 있었다. 선장이 그 마디 굵은 손가락에 무슨 옥기를 움켜쥐고 있는지 알 수 없었지만 여하튼 벌써 닷새째 그 모습 그대로였다.

수색은 지루하게 이어지고 있었다. 첫날 사고해역을 맴돌던 일본 해상보안청 헬기들은 하루 만에 더는 나타나지 않았다. 같은 선단 소속의 어선들도 이미 어군을 좇아 먼 바다로 떠난 지 오래였다. 개중에는 일찌감치 귀항을 결정한 배들도 있었다. 선원들은 그런 소식을 들을 때마다 생가슴을 앓았다. 이미 열 달 넘겨 비린 뱃바람에 전 몸들이었으니 귀항이란 말만 들어도 미주알이 졸밋거릴 그들이었다. 그런 마음은 나라고 다를 리 없었건만 오로지 선장만이 요지부동이었다. 원래가 굴강하고 선이 굵은 그의 명령 소리는 날이 갈수록 짱짱하게 스피커를 울려댔다. 선장 그림자만 보아도 할금할금 시선을 피하던 선원들은 낮으론 수색, 밤으론 작업의 쉴새없는 강행군에 지쳐가고 있었다. 선장을 말릴 사람도 없었거니와 한편으론 같은 선원이 당한 해난을 좌시할 수 없다는 일말의 동료애도 없진 않았을 것이다. 그렇지만 그런 숨죽인 분위기는 그리 오래 가지 않았다. 이렇다 할 어획고도 없이 무작정 사고해역을 맴도는 데는 여러 가지 문제가 뒤따랐다. 선단에 합류할 것과 정상조업 재개를 독촉하는 본사의 전통은 건네질 때마다 선장의 손에서 구겨졌다. 그 고집 앞에서 선원들은 뭐라 불평 한마디 제대로 대받지 못하고 추운 뱃전에서 연일 활시위처럼 등을 구부린 채 선잠을 자야 했다. 그렇다고 매골 난 몸을 보상해줄 이렇다 할 어획고가 있는 것도 아니었다. 꽁치떼는 조류를 따라 벌써 남쪽으로 달아났기에 사고해역은 말 그대로 철 지난 바다였다. 게다가 애타게 고대하는 귀항 선언을 내려야 할 선장은 저렇게 요지부동이었다. 선원들 사이에선 하루빨리 수색을 포기하고 보합(어획고에 따라 안분되는 보수)을 채우든지, 아니면 아예 귀항을 하자는 불만이 팽배해 있었다. 그들을 탓할 순 없었다. 누가 보기에도 선장은 수색이란 이름으로 허송세월하고 있을 뿐이었다. 더이상의 동료애도 선원들에겐 별반 호소력이 남아 있지 않았다.

하긴 애초부터 실종자 자신이 우리들에게 느꺼운 유대감을 남겨놓고 사라진 존재도 아니었다. 그러나 뭐니뭐니 해도 가장 큰 문제는 이 너른 북양어장에서 단 한 명의 실종자를 찾아내야 한다는 희박한 가능성, 아니 불가능의 벽이었다. 십오 미터가 넘는 삼각파도에 쓸려간 사람이 살아서 표류하고 있으리라는 희망부터가 어불성설이었지만 설령 수면 위에 떠 있다 하더라도 수은주를 영하 밑으로 뚝뚝 떨어뜨리는 11월 오호츠크해의 밤을 며칠째 견뎌낼 순 없는 노릇이었다. 모두들 실종자는 벌써 고깃밥이 됐으리라 여겼고 지친 수부들에겐 애바른 육지 생각만이 남아 있을 따름이었다. 선원들의 불만은 시시각각 쌓여갔고 아무리 제 앞에서 드러내놓고 하는 말들이 아닌 쑥덕질이라 해도 그걸 모를 선장이 아니었다. 더욱이 보합에 관한 한 가장 많은 손해를 보는 이는 바로 선장이었다. 그럼에도 선장은 꽁치떼가 멀찍이 떠나 늦물이 되어버린 사고해역만을 어깃장 맴돌고 있는 것이었다.

"안개가 걷히면 다른 날보다 시야가 좋겠지?"

뱃전 너머 안개를 찢을 듯 노려보며 선장이 말했다. 선장은 오늘도 수색을 계속해나갈 모양이었다.

"글쎄요. 안개해역이 너무 광범위해서 얼마나 기다려야 될지 모르겠습니다."

나도 모르게 투정 섞인 어조로 내뱉은 대꾸였지만 선장은 먼 곳에 붙박은 눈길을 그대로 두고 고개만 끄덕여 보였다.

"그날도 이렇게 안개가 짙었댔는데……"

요즘 들어와 선장이 전에 없이 자주 말꼬릴 흐렸다. 마스트 꼭지에서 안개주의를 알리는 섬광등이 점멸하고 있었다. 때마다 강파리한 선장의 광대뼈가 날카로운 불빛 속에 불쑥불쑥 드러났다. 그의 눈빛은 6해리를 넘는 광달(光達) 거리를 가진 섬광등처럼 안개 속을 집요하게 파고들고 있었다. 에둘러 안개 평계를 대보았던 나는 포기하는 심정으로 지도 서가에서 광대역 점장해도를 꺼내어 펼쳤다. 삼십만분의 일 축척의 해도 속에 실종해역이 아득하게 펼쳐졌다. 선장이 말한 그날은 실종자가 처음 승선하던 날을 말하는 것일까? 그럴 것이다. 그날도 오늘처럼 안개가 유난히 짙었으니까. 수중고혼이 되었을 실종선원 김인영의 시체는 이 너른 안개바다 어디쯤을 떠돌고 있을까?

*

안개가 짙은 날이었다.

무적음(霧笛音)과 경고타종이 어지럽게 안개에 섞여들었다. 그만큼 안개가 깊어간다는 징표였다. 안개에 저며진 망망대해의 대기는 묘한 환각성을 띠고 있었다. 젖빛 뿌연 마법의 주약(呪藥)은 호흡을 타고 수부들의 몸속에 들어가 이상작용을 일으키곤 했다. 턱없이 치미는 대지에의 그리움이랄까. 일단 그런 향수병에 휩싸이면 당장 뱃전 밖의 불투명한 전망에서 흙비린내가 훅 끼쳐오는 듯한 착각이 일면서 견딜 수 없는 폐쇄감에 훌쩍 배 난간을 뛰어넘고 싶어지곤 하는 것이었다. 그날도 수많은 선원들이 등에 진 냉동꽁치박스의 무게도 잊은 채 흐릿한 눈으로 뱃전 너머 안개를 응시하고 있었다.

"서두르라고!"

사관들의 독촉에 마지못해 몸을 놀리면서도 선원들은 좀처럼 안개에 빨려든 시선을 거두지 못했다. 흡사 태엽으로 움직이는 듯 그들의 엉거주춤한 동작엔 이미 운김이라곤 찾아볼 수 없었다.

운반선이 오는 날은 괴로운 날이었다. 그 동안 잡았던 꽁치를 옮겨 실어야 했고 배에서 필요로 하는 유류나 식료품 따위를 건네받아야 했다. 밤샘작업에 지친 몸으로 아침참 겨우 눈을 붙일 시간에 운반선이 들이닥치면 그 알량한 취침시간마저 화물작업에 뺏겨야 했기에 운반선은 그 불가결한 필요성에도 불구하고 선원들의 환영을 받지 못했다.

"저기 보이네."

누군가의 말꼬리가 선원들의 시선을 잡아끌었다. 황색의 섬광등을 필두로 흐릿하게 녹색, 홍색의 신호등화가 나타났다. 여기저기서 경고등 불빛이 물위에 떠오르듯 빠끔빠끔 나타나기 시작했다. 선단의 배들이 하나둘 모여들고 있었다. 태양이 보이지 않는데도 9월 초순의 날씨는 후텁지근했고 시간이 지날수록 안개는 상승하는 기온과 요란한 경고음에 뒤범벅이 되어 더욱더 불쾌한 느낌을 가중시키고 있었다. 다가오는 배들의 형체가 조금씩 뚜렷해지면서 그 위에서도 우리처럼 팩팩하게 움직이고 있는 사람들의 모습이 하나둘 어렴풋 나타났다.

여러 척의 배에서 뿜어대는 무적 소리는 마치 우리에 갇힌 짐승들의 울부짖음처럼 웅웅 안개 속을 소용돌이쳤다. 그러다 어느 한순간 약속이라도 한 듯 일제히 무적음이 멈췄다. 굉음의 반작용일까, 갑작스레 찾아든 적요 속에 비로소 파도 소리가 들렸다. 여태 느끼지 못했던 파도 소리가 어느새 철썩철썩 뱃전을 때리고 있었다. 스피커에서 선장의 짧은 명령이 떨어졌다.

"기관, 반전타력 넣고, 갑판은 시 앵커 던져라."

그제야 갑판은 다시 움직였다. 선장의 명령 한마디에 갑판은 흡사 비로소 전기가 들어온 회로처럼 다시 부산하게 작동하기 시작했다. 어창(魚艙)에서 상갑판의 윈치로 꽁치박스를 나르는 행렬이 개미떼처럼 이어졌다. 가까이 접근한 배들 간에 선외방송으로 잡담을 주고받기 시작하자 금세 바다는 무슨 어시장처럼 북적이며 분위기가 바뀌었다.

"박 이항(이등항해사), 자네 운반선엘 좀 다녀올 수 있겠는가?"

선원들에 섞여 바쁘게 오가던 내 팔을 붙든 건 갑판장이었다.

"새로 충원될 인력이 한 명 있는데 갑판이 바쁘니 자네가 좀 다녀와주었음 싶어서……"

말꼬릴 흐리는 것으로 보아 명령이 내게 떨어진 건 아닌 모양이었다. 갑판장 뒤로 상갑판 뱃전에 기대어 한가롭게 안개바람을 맞고 있는 강형달 일갑(일등갑판원)을 보자 난 일부러 그가 들을 수 있을 만한 큰 소리로 이렇게 대꾸했다.

"안 되겠는데요? 조금 있다 조타 당직 교댈 해야거든요."

난처해하는 갑판장을 뒤로 하고 조타실 쪽으로 성큼성큼 걸어가는 내 뒤통수를 힐겨보는 강 일갑의 눈매가 희뜩희뜩 느껴졌다. 당장이라도 꺽짓손 센 작자의 손갈퀴가 뒷덜미를 움켜쥘 것 같았다. 나부터가 차라리 그렇게 한바탕 뒤엉킬 기회를 바라고 있었는지도 모른다.

사람들은 강 일갑 같은 사람을 원양에선 어느 배를 가리지 않고 하나씩 있게 마련인 필요악으로 여겼다. 아무리 노동여건이 개선되었다고 하지만 원양은 아직도 다분히 전근대적이었다. 알게 모르게 자행되는 폭언, 구타, 감금 따위가 아직도 배 위 질서의 한 축이었다. 당하는 선원들 간에조차도 어느 정도는 그 필요성을 인정할 지경이었다. 그런 피학의 압박 없이는 망망한 바다를, 숨이 턱에 차는 노동을, 간절한 육지 생각을 스스로도 견디기 어렵기 때문이었다. 그렇지만 내가 그를 용납할 수 없던 것은 그의 밉살스런 역할 때문만은 아니었다. 작자는 근본이 삐뚤어진 인종이었다. 공동노동에 게을렀고 선상수칙과 거리가 멀었다. 선원 모두가 그물에 매달려 있을 때에도 그는 소주팩을 들고 먼산바라기를 하고 있을 때가 많았다. 그러면서도 선원들의 작은 실수는 갈퀴 같은 눈매로 잘도 잡아냈고 북두갈고리 같은 손매엔 인정사정이 없었다. 그의 행패는 다분히 정신착란에 가까운 것으로 언제나 도를 넘어서기 일쑤였다. 물론 당하는 선원들이라고 고분고분할 리만은 없었다. 하나같이 비린 물 뱃바람에 살성을 다진 그들이었다. 때문에 강 일갑 주위엔 크고 작은 사단이 끊이질 않았고 언제고 큰 사고로 번질 여지가 다분했다.

이해가 가지 않는 건 선장의 태도였다. 위계질서를 제일로 내세우는 선장이 위아래 없이 저지르는 작자의 행패에 관해선 번번이 모른 척 넘어가는 건 알다가도 모를 일이었다. 때마다 중재자로 나서는 건 갑판장이었다. 그의 직속상관이기도 하려니와 낙락한 품으로 뱃일 전반을 감싸안는 갑판장이 없었다면 강 일갑은 벌써 셀 수 없는 칼침에 어육이 났을 거였다. 그렇긴 해도 갑판장 역시 철저히 공평 무사하다고는 할 수 없었다. 왜 그들은 강 일갑에 대해서만 안절부절못하는 것일까.

조타실로 돌아왔을 때 조타창 밖으로 고무보트를 타고 농무(濃霧) 속으로 사라지는 강 일갑이 보였다. 나는 담배를 피워문 채 바로 일상업무로 돌아갔다. 조타를 살피고 컴퍼스 오차를 확인하고 운반선과 주고받을 물목 따윌 체크하는 새 얼마쯤 시간이 지났을까. 곁에서 항해일지를 기록하고 있던 실항(실습항해사)이 망원경을 건넸다.

"저거 좀 보십쇼."

그새 짙은 안개가 어느 정도 걷히고 시야는 박무 상태로 나아져 있었다. 실항이 가리키는 곳엔 아까 일갑이 타고 떠났던 고무보트가 운반선 현측(舷側)에서 파도를 타고 출렁이고 있었다. 시나브로 높아진 파고 탓에 앞으로 나아가려는 보트는 피칭을 반복할 뿐 좀처럼 진로를 잡지 못하고 있었다.

"파고가 얼마지?"

실항이 팩스 기상도를 뒤적이더니 이 미터라고 답했다. 일견하기에도 파고는 그보다는 훨씬 거칠어 보였다. 선장 쪽으로 눈길을 돌렸을 때 그는 벌써 마이크를 턱밑에 대고 선외스피커로 일갑을 부르고 있었다.

"강형달! 무게를 뒤로 실어! 모터를 눌러야지!"

그러나 보트 위의 상황은 그렇게 말처럼 쉬워 보이지 않았다. 파도가 부딪힐 때마다 고무보트는 키질하듯 솟구쳐올랐다가 자맥질 치듯 쑤셔박혔다. 텅텅, 고무바디에 부딪히는 파도 소리가 여기까지 들릴 것 같았다. 보트 위의 두 사람은 털썩털썩 뒤엉켰고 겉보기엔 마치 난투극이라도 벌이고 있는 것처럼 보였다. 모터의 조타를 잡으려고 안간힘을 쓰는 강 일갑과 그의 허리채를 잡고 늘어지는 신참 선원의 몸부림이 안타까워 손바닥에 땀이 날 지경이었다. 쏴아아- 터엉! 한 너울의 파도가 보트를 쓸고 지나갔다. 하얀 포말이 검은 보트 위에 흘러내리자 보트는 다시 방향을 잃고 팩 토라졌다.

"안 돼! 파도를 머리로 받아야지!"

선장이 안타깝게 소리쳤지만 강 일갑이 그걸 몰라 저러고 있을 리 없었다. 보트 위의 두 사람은 말 그대로 프라이팬 위에 올려진 것처럼 이리 튀고 저리 튀며 제 몸을 추스르기도 벅차 보였다. 스크루가 물거품을 튀기며 연해 솟구쳤다. 중국선적 운반선에선 알아듣지 못할 중국말로 시끄러운 소리가 계속 흘러나왔다. 바다는 파도와 선외 방송 소리와 일엽편주 위의 몸부림으로 난장판이 되었다.

"야, 도저히 안 되겠다. 갑판! 시 앵커 거두고. 기관! 기관! 미속으로 접근한다. 이항! 열한시 방향으로 가서 파도를 막아라!"

갑자기 배가 몸트림을 일으켰다. 조타를 잡은 손아귀에 나도 모르게 힘이 들어갔다. 배가 보트 가까이 다가가는 것은 더 위험한 상황을 불러올 수도 있었다. 배는 망설이듯 느릿하게 움직였다. 선장의 다급한 목소리가 바다 위의 상황을 생생하게 중계하고 있었다.

"시 앵커 다 올렸나? 아직도 그거 하나 끌어올리지 못하고 뭐 하나? 기관, 타력 받을 준비 됐어? 이항, 횡압력에 대비해서 선회력 맞추는 거 잊지 말아라. 각도가 좁아 충돌할 수도 있다."

방송의 톤이 올라갈수록 파도의 높이도 더불어 높아지는 듯했다. 그에 맞춰 보트 안의 상황 역시 아슬아슬 외줄을 탔다. 퍼억, 소리가 나며 다시 보트가 처박혔고 두 사람이 뒤우뚱거렸다. 보고 있는 입장에선 안쓰럽기 짝이 없는 광경이었다. 아마 잔뜩 겁을 집어먹었을 초짜 선원이 강 일갑을 부여잡고 놓아주지 않는 모양이었고 강 일갑은 깡창깡창 개다리질을 쳐대며 그를 떼어놓으려 하고 있었다. 겉보기에 두 사람은 정말 싸움박질이라도 벌이고 있는 듯 보였다.

"조타 바짝 당겨! 기관실 미속으로 더 낮추란 말이다! 이항, 이 자식, 회두타력을 생각하고 돌려야지."

박무를 뚫고 운반선의 우람한 몸집이 불쑥 현측에 나타나며 바다 위의 사정은 더 심각해졌다. 이제는 파도에다가 배가 일으킨 추적류에 의해 보트의 피칭은 더욱 격해지면서 자꾸 엉뚱한 쪽으로 밀리고 있었다. 두 척의 거선 사이에서 보트는 짜부라질 듯 몰리고 있었다.

"어, 어! 대호 칠, 대호 칠, 너무 붙었어! 너무 붙었다고!"

다른 배에서 우리를 향해 경고를 퍼부었다.

"기관! 아시당, 아시당! 새끼야 뒤로 반전하라고! 반저언!"

새되게 갈라진 선장의 목소리. 땡땡땡땡! 급박하게 터져나오는 경고 타종.

"우현! 우현! 오른쪼옥—!"

"야! 대호 칠! 어떤 개잡새끼가 키를 잡은 거야! 아시당에 횡압이 반대란 것도 모르나?"

"이항! 얼른 틀어! 반대쪽으롯!"

쿠쿵, 우지직—. 굉음과 함께 뱃난간에 솟아 있던 선외재(船外材) 라이트 바(light bar) 몇 개가 속절없이 부서져나갔다. 배는 가까스로 충돌을 피했으나 위기를 넘겼다고 안도할 겨를조차 없었다. 기어이 보트가 뒤집히고 만 거였다. 두 개의 빨간 구명벌이 추적류 거품 속에서 꿀럭꿀럭 숨을 넘기고 있었다. 나는 선장이 빼앗다시피 한 조타를 내팽개치고 현측 계단으로 뛰어갔다. 강 일갑은 던져주는 구명튜브를 향해 필사적으로 헤엄을 쳐댔지만 동승했던 신참 역시 필사적으로 부여잡은 손을 놓지 않았다.
"머릴 들어, 머릴!"
"튜블 잡으라고! 후크 더 긴 거 가져와!"
수부들이 후크와 구명삭(救命索)을 던지며 소동을 벌이는 새 강일갑은 안간힘으로 매달린 신참을 떨치고 간신히 후크를 부여잡는 데 성공했다.
"으아아아!"
계단에 올라서자마자 그는 성난 맹수처럼 기성을 지르며 후크를 빼앗더니 아직도 물 속에 잠겨 있는 신참을 향해 마구 도리깨질을 쳐대기 시작했다. 갑판장이 어깻죽지를 껴안고 말리고 들었지만 그는 막무가내였다. 새로 올 선원에게서 물귀신을 쫓기 위해 종이에 불을 붙여 살풀이 준비를 하고 있던 노수부 엄씨가 불방망이를 강 일갑의 얼굴께 들이밀었다.
"왜 이러나, 이거? 물 선 초짜가 그럴 수도 있지."
"그게 아니란 말욧! 저 새끼, 저 새끼 인영이에요. 김인영이란 말예욧!"
거품을 물고 날뛰는 강 일갑을 말리던 갑판장이 튜브에 매달려 막 물 속에서 올라오고 있는 신참을 쳐다보았다. 일순 그의 눈이 화등잔만하게 커졌다.
"너, 너는……!"
"악! 저 새끼 날 죽이러 온 거야! 날 죽일 거라구!"
강 일갑은 부여잡은 갑판장의 팔을 뿌리치고 허겁지겁 마스트를 향해 뛰어갔다. 영문 모르는 선원들의 부축을 받으며 계단으로 올라서는 사내의 몸에서 뚝뚝 물거품이 흘러내렸다. 물에 젖은 장발의 머리카락을 쓸어올리며 그가 갑판장을 향해 괴상한 웃음을 흘렸다.

"형님, 오랜만이유!"

2. 칼과 칼끝

"FTC ON!"

선장은 기어코 항진할 것인가? 레이더의 FTC(우설반사 억제장치)를 켜고 휘도 마커를 올렸다. 선장은 직접 레인지 스케일을 바꿔가며 반경을 체크했다. 스코프 속에 일 마일, 이 마일, 육 마일, 십오 마일…… 순차적으로 너른 바다가 들어왔다. 스코프를 들여다보는 선장의 얼굴 윤곽을 형광 스위퍼가 핥고 지나고 있었다. 때마다 굵직한 주름이 파도치는 선장의 지긋한 얼굴이 언뜻언뜻 드러났.

그의 굳은 인상은 안개바다보다 모호했다. 초조해할 것이란 짐작과는 달리 그는 여전히 가늠할 수 없는 고요를 움펑눈 가득 담고 있었다. 속이 타는 건 오히려 내 쪽이었다. 언제 떨어질지 모를 시동 명령에 대비해서 안개바다를 추측항진하기 위한 준비에 눈코 뜰 새가 없었다. 혼자서 항정선을 구하고 각 침로마다의 오차를 계산해가며 안개바다를 더듬느라 동동 발을 굴렀다. 그러나 정작 선장은 지지눌린 표정으로 할 듯 말 듯 시동 명령을 내리지 않고 있었다. 그럴수록 바다는 안개 속에서 더욱더 가뭇없이 멀어지는 것 같았다.

로랜(Long Range And Navigation)과 RDF(무선방위측정기), 어군 탐지기 따위가 이따금씩 찌륵찌륵 쏟아내는 전자음을 제하면 조타실 내엔 선장과 나의 숨소리만이 흐를 뿐이었다. 바다는 그랬다. 그 거대한 존재가 한번 웅크리고 들면 천지간이 텅 빈 듯 생경하기 짝이 없는 적막이 나를 감싸고 들었다. 그 완벽한 무음 속에서 선장은 마지막 배팅을 결정해야 할 도박사처럼 시동 명령의 순간을 망설이고 있었다.

끼룩! 어디선가 갈매기의 목맨 울음이 들렸다. 끼룩! 끼룩! 안개가 보낸 환영 같은 날갯짓이 조타창 앞을 스치고 지나갔다. 조그만 케이프 피전이 아니라 이 미터를 훌쩍 넘는 날개를 가진 커다란 앨버트로스였다. 선장은 고개를 치켜올려 그놈들을 주시하기 시작했다. 선장과 눈길을 맞추기라도 하겠다는 듯 개중 한 놈이 꼿꼿이 바람을 맞으며 조타창을 노려보고 있었다. 짙은 노란색 부리가 칼끝처럼 선명하게 보일 만큼 가까운 거리였다. 놈의 깊은 동공은 섬뜩한 무표정이었다. 선장과 갈매기의 눈빛이 부딪혔다. 갈매기를 쏘아보는 선장의 눈살이 파르르 떨고 있었다.

*

해가 지고 난 밤바다는 배로 인해 빛났다. 선장의 점등 명령과 함께 무수한 어군 유도용 라이트가 화드득 밤의 속기를 잡아채듯 일시에 불길을 지폈다. 아름답던 일몰을 삼키고 시무룩 잠들어가던 바다는 다시 한번 수은등 빛깔로 화려하게 되살아났다. 그리고 곧이어 밤새도록 이어질 뼈진 노동을 예감하며 피곤한 수부들은 차가운 뱃전에 쪼그려앉았다. 어느덧 우수수 피어나기 시작한 하늘의 뭇별들과 낯으론 보이지 않던 선단 소속의 배들이 하나둘씩 가마득한 어둠 속에서 떠올랐다. 그리고 아련하게 변색된 바다를 보며 출렁이는 또 다른 눈빛, 바로 김인영이란 그 불투명한 사내의 종잡을 수 없는 눈길이 있었다.

밤이면 그의 눈길은 아우성을 치곤 했다. 평소 실어증 환자처럼 한 마디도 흘리지 않았고 부접을 못 하게 냉기가 도는 그였건만 환하게 밝혀진 밤바다를 바라볼 때의 눈길만큼은 시커먼 뱃머리에 부서지는 포말보다 더 들끓어오르는 것 같았다. 어군을 쫓아 전속전타하는 뱃머리에서 그는 남모르는 격한 감정에 홀로 몸을 떨고 있었다.

"준비해라!"

배가 고기떼에 접근하자 그물을 내릴 준비를 하라는 선장의 명령이 떨어졌다. 뱃전에 쭈그려앉았던 선원들은 주섬주섬 각자의 파워롤러 활차 앞으로 다가섰다. 느릿하긴 해도 그들은 일사불란했다. 조금 전까지 제가끔의 사념과 피곤을 갑판에 널어놓고 있던 그들을 그렇게 일거에 팽팽한 긴장으로 몰아갈 수 있는 힘이 곧 선장의 권위였다. 뱃전에 일던 포말이 잦아들면서 바닷물의 긴장은 넘실넘실 갑판으로 넘쳐들고 있었다. 실제로 바다는 잔뜩 긴장하고 있었다. 파랗게 떨리고 있었다. 불빛을 향해 몰려든 꽁치떼의 푸른 잔등이 배어나 만든 색조였다. 그를 바라보는 김인영의 눈동자는 무엇에 홀린 듯 더 심하게 출렁이기 시작했다.

"준비해라!"

파워롤러의 스위치를 잡은 초사(일등항해사)의 복창이 이어졌다. 기관축계의 무지막지한 힘으로 돌아가는 파워롤러에 사지가 딸려들어가지 않도록 주의하라는 경고가 담긴 선뜩한 복창이었다. 그만큼 파워롤러에서는 사고가 잦았다.

"하망(下網)!"

명령과 함께 무서운 속도로 그물이 바다로 달려나갔다. 똬리를 틀어놓은 로프 뭉치가 풀리며 쉬릭쉬릭 먹잇감을 향해 달려드는 파충류 같은 소리를 냈다.

"서치 쳐라!"

팍! 부푼 풍선이 터지는 것 같은 소리와 함께 집어용 서치라이트가 켜졌다. 어둠의 한 귀가 찢어지며 칼날 같은 불빛이 일직선으로 뻗쳤다. 앙칼진 투광기(投光器) 불빛이 은은하던 바다를 날카롭게 가르는 순간 파다다닥, 바다가 튀어올랐다. 빛을 따라 솟구치는 꽁치떼. 불기둥을 따라 바다의 살결이 격렬하게 타오르기 시작했다. 이제 바다는 더이상 출렁이는 물결이 아니었다. 바다 전체가 검푸른 등과 은빛 배를 가진 거대한 물짐승이 되어 몸부림치는 느낌이었다. 서치라이트가 수면을 갈아붙일 때마다 바다는 굵은 힘줄 마디를 울룩불룩 드러내며 배를 삼킬 듯 부풀어올랐다.

"선미 쪽 서치, 좀더 현 가운데로 바짝 당겨라!"

선장의 냉랭한 목소리도 이때만큼은 꽁치떼처럼 격앙되곤 했다.

"갑판, 이따가 와핑드럼 손을 봐라. 그물 앵글이 잘 맞질 않는다."

명령을 내리는 그의 목소리엔 힘이 서려 있었다. 그건 단순히 목청을 돋우는 것을 넘어서 배의 모든 것, 기관과 어구와 그리고 사람까지, 모든 구성체를 일사불란하게 조종할 수 있는 위력이었다. 토막토막 끊기는 그의 명령은 긴 시간을 두고 바다를 겪은 조건반사의 결과였다. 배가 바다에 떠 있는 이상 적어도 그에게 불수의근(不隨意筋)이란 없었다. 선장은 바다에 대해 야심을 터뜨리고 있었다.

"올려라!"

선장의 한마디에 불끈 바다가 움직였다. 그물이 바다를 휘감았고 파워롤러는 쿵쿵쿵 소리를 내며 고무톱니를 돌리기 시작했다. 바야흐로 바다와 겨루는 줄다리기를 앞두고 수부들은 그을린 팔뚝에 불끈불끈 힘을 모았다. 어드기 어영차! 어드기 어영차! 일제히 으아쌍을 내지르며 젖 먹던 힘을 다해 로프를 당겼다.

어느새 김인영이란 사내의 눈길도 활활 타오르고 있었다. 그와 바다 사이엔 그물이 아닌 어떤 제삼의 장력이 팽팽하게 맞당겨 있는 것 같았다. 헉헉 밭은 숨결을 토해내면서도 그의 입꼬리엔 알 수 없는 열락이 맺혀 있었다. 그 싸늘한 얼굴에 나타나는 쾌감이 어떤 종류의 탐욕인지 나는 끝내 알아내지 못했다. 다만 한 가지, 그가 그런 식으로 자기 자신을 소진시켜버리려 한다는 사실만이 위태로이 예감될 따름이었다.

삐이익-, 길게 귀청을 째는 금속성과 함께 윈치가 그물을 들어올렸다. 안간힘을 토해낸 선원들이 비로소 아무렇게나 주저앉아 헐떡헐떡 숨을 고르면 그물귀가 벌어지며 무작스레 갑판 위에 꽁치떼가 부려졌다. 튀어오르는 꽁치떼가 산지사방에서 부딪혀와도 한동안 누구도 몸을 추스르지 못했다. 펄떡펄떡 날뛰는 꽁치떼와 씨익씨익 입김을 뿜어내는 선원들. 갑판은 살아 있었다. 꽁치는 그렇게 격렬한 몸부림으로 살아 있었다. 그러다 차츰 꽁치의 발악이 잦아들기 시작하면서 반짝이는 은빛이 무더기로 갑판 위에 쌓여나갔다. 파르스름 꽁치떼의 몸에서 발하던 은빛 산란은 얼마 가지 못해 무거운 정적으로 가라앉았다. 그리고 그때서야 꽁치의 부릅뜬 눈알들이 일일이 보였다. 그 눈은 자신들을 죽음으로 이끌어온 집어등의 푸른 불빛을 죽어서도 흡떠보고 있었다. 그 푸른빛을 얼마나 집어삼키고 싶어했는가는 꽁치의 눈을 보면 바로 알 수 있었다. 꽁치는 빨간 눈으로, 타오르는 새빨간 눈으로 죽어갔다.

빨간 눈. 그것은 화인(火印)처럼 섬뜩했다. 죽은 꽁치떼를 바라보는 김인영의 눈도 그렇게 바뀌어 있었다. 탈 대로 다 타버리고 마지막 잉걸이 되어 남은 색감을 연상케 했다. 어떤 색상이 꽁치의 부릅뜨고 죽어간 눈의 선명함에 비길 수 있을까. 어떤 응시가 김인영의 빨간 시선처럼 그 대상과 한 몸을 이룰 수 있을까. 하룻밤에도 몇 번씩, 벌써 몇 주일째 보아왔건만 그의 선명한 눈빛은 결코 만성이 되지 않았다.

"어서 박싱하지 않고 뭘 멍하니 보고만 있어?"

사관의 재촉을 받고서야 선원들은 박싱을 위해 죽은 꽁치 더미에 파고들었다. 꽁치는 조금 전까지 그렇게 무섭게 몸서리치며 살아 있던 것이라 여겨지지 않을 만큼 순식간에 뻣뻣하게 굳어 있었다. 그 서늘한 죽음의 감촉은 겹겹의 실장갑이 무색하게 생생한 것이었다.

밤샘작업은 고달팠다. 사실 김인영만이 아니라 모든 선원들이 수면 부족으로 꽁치처럼 빨갛게 충혈된 눈을 하고 있었다. 꽁치잡이가 제철을 만나면서 여덟 시간 취침 보장이란 말은 선원노조에서도 웃어넘길 약속이었다. 일 년 중 9, 10, 11월 삼 개월간 잡아들이는 양이 전체 어획고의 태반을 넘기는 봉수망이었기에 그 무렵 배 위는 숫제 난장판을 이루고 있었다. 여름내 하룻밤 서너 번을 넘기지 않던 양망(揚網) 명령이 10월 들어서 열댓 번을 넘기기 일쑤였다. 다른 어군을 쫓아 항진하는 동안 잡은 꽁치를 모두 박싱해서 급창(급속냉동창고)에 입창시키지 않으면 안 되었다. 선령(船齡) 이십 년을 넘긴 낡은 우리 배엔 이렇다 할 자동화 설비가 없었던 탓에 조업에 관한 모든 일이 일일이 사람 손을 거칠 수밖에 없었다. 다시 그물을 뿌리기 전까지 갑판 위에 널린 꽁치 더미를 다 처리하지 못하면 애써 잡은 그것들은 죄다 갈매기밥으로 뿌려질 터였다. 선원들은 밤이 새도록 꽁치 더미 가운데 쪼그라뜨리고 앉아 퉁퉁 어독(魚毒)에 부어오른 손을 꽁치비늘에 문대야 했다. 그렇게 꾸려진 십삼 킬로그램 특등박스는 부산에서 담배 한 갑에도 미치지 못할 갯값에 팔려나갔다.

"왜 또 이래?"

한켠에서 소란이 일었다. 강 일갑과 김인영이 쪼그리고 앉아 서로를 노려보고 있었고 두 사람을 말리느라 너덧 명의 선원이 엉겨붙어 있었다. 처음에 광적으로 김인영을 피해다니던 강 일갑이 무슨 속셈인지 며칠 전부터 인영의 옆자리 활차를 차지하고 앉기 시작했다. 무슨 강짜를 부릴 양인지…… 사람들은 뒤끝을 걱정하면서도 무서워 피하잖고 더러워 피한다고 누구 하나 참견하려 들지 않았다. 헤살꾼 강 일갑이건 큰사리 바닷속처럼 속을 모르는 김인영이건 선원들에겐 둘 다 상종하고 싶지 않은 인사들이었다. 제 몸 추스르기도 벅찬 입장에 내막도 모르는 그들 간의 불화에 참견할 열두 폭 오지랖도 없었다.

"먹어봐. 먹어보라구!"

뻣뻣하게 날선 꽁치의 배지느러미를 강 일갑의 턱밑에 칼날처럼 들이대고 있는 건 김인영이었다. 강 일갑은 튀어나올 것 같은 부리눈을 짓고 있었지만 왠지 사시나무처럼 몸을 떨고만 있을 뿐 평소 그답지 않게 몸을 사렸다.

"왜 못 먹어? 사람살도 아니고 꽁치살인데?"

사람살? 집어등 빛에 죽은 꽁치의 빨간 눈이 반짝 빛났다.

"내가 먹어볼까?"

그렇게 씹듯이 말을 뱉은 김인영은 이윽고 들고 있던 꽁치를 머리부터 으적으적 씹어삼키기 시작했다. 새삼 역한 비린내가 갑판을 감돌았다.

"이, 이…… 개새끼!"

부들부들 떨고 있던 강 일갑의 주먹이 기어코 김인영의 턱에 꽂혔다. 그의 입에서 핏물 밴 꽁치살이 튀어나오는 순간 강 일갑이 몸을 날렸고 곧바로 꽁치 더미 속에서 두 사람이 버둥버둥 얽혀들었다.

선원들은 저런! 저런! 소리만 낼 뿐 선뜻 뜯어말리려 나서지 않았다. 평소 강 일갑의 더러운 성미를 잘 알고 있는 그들이었다. 싸움구경도 구경이었고 그 덕에 그만큼 일손을 쉴 수도 있었다.

꽁치 더미를 헤치고 초사가 달려갔고 뒤이어 나와 갑판장이 뛰어들어서야 간신히 두 사람을 떨어뜨려놓을 수 있었다. 갑판장에 붙들려서도 연신 욕설과 발길질을 해대는 강 일갑에 비해 김인영은 씨근덕거리면서도 아직껏 입을 우물거리고 있었다. 입자위를 닦아내는 그의 장갑에 사람의 것인지 꽁치의 것인지 모를 핏물이 배어나왔.

선장이 달려온 것은 그때였다. 뛰어오는 선장의 눈에선 집어등에 반사된 시퍼런 노기가 뿜어나오고 있었다. 선장은 다짜고짜 뭉툭한 구두코로 강 일갑의 정강이를 걷어찼다. 선장이 강 일갑에게 그렇게 화를 내는 건 처음 보는 일이었다.

"이 새끼 낼까지 충돌빵에 처넣어둬!"

충돌빵이란 배의 선수에 설치된 두 겹의 충돌격벽(隔壁)과 격벽 사이의 좁은 공간이었다. 허드레 도구를 쌓아두는 방이었는데 아주 가끔 문제 선원을 가둬두는 곳으로 쓰이기도 했다. 격벽은 수밀(水密)설계로 되어 있어 통풍은커녕 한 줄기 빛도 들지 않는 철저한 암흑의 공간이었다.

끌려가는 강 일갑의 입에선 끝내 짐승 같은 울부짖음이 흘러나왔다. 돌아선 선장이 김인영을 노려보았다. 김인영도 충혈된 적의로 선장을 노려보고 있었다. 두 사람은 말없는 적의를 불태우고 있었다. 둘러선 선원들 역시 모두 숨을 죽이고 있었다. 배 위에는 때아닌 침묵이 길게 흐르고 있었다. 멀리서 천둥 소리가 하늘을 째고 울려왔다. 한 줄기 강쇠바람이 불더니 어느새 타래진 구름이 수평선을 덮어오고 있었다. 비가 내리면 바로 추워질 계절머리였다. 북양의 겨울이 옥죄어오고 있었다.

3. 구명삭(救命索)

무리진 해미가 조금씩 걷혀가는 걸 느낄 수 있었다. 안개 속에 묻혀 있던 태양이 아스라한 박명을 뱃전에 뻗쳐왔다. 그러다 어느 한 순간에 도사리고 있던 햇살이 수술 메스처럼 조타창을 째고 달려들었다. 바다는 그랬다. 도무지 종잡을 수 없는 게 바다였고 변화무쌍이란 말로밖에 규정할 수 없는 것이 바다였다. 선장은 마시던 커피잔을 내려놓고 털외투의 깃을 세웠다. 이제 겨우 볕이 드는데 새삼 추위를 느끼는 것일까.
"자네 원양은 올해가 첨이랬지?"
선장이 잔뜩 가라앉은 가래목을 틔우며 물었다.
"네, 그렇습니다."
"그래, 일 년을 보낸 소감이 어떤가?"
"생각보단 힘들었습니다. 각오는 했었습니다만……"
선장은 호로록 소릴 내며 다시 커피를 들이마셨다.
"올해가…… 좀…… 그랬지……"
오늘따라 선장이 자꾸 말꼬릴 흐리는 게 영 귀에 설었다. 스스로도 그런 느낌이 어색했던 탓일까. 선장은 전혀 다른 톤으로 말머릴 돌렸다.
"나도 꼭 자네만 했을 때 원양에 뛰어들었지. 마구로(참치잡이), 채낚기(오징어잡이) 봉수망, 트롤 안 타본 게 없어. 시절 좋았지. 벌이도 벌이였지만 사관이 모자라서 배만 갈아타면 한 계단씩 승진하곤 했더랬지. 그때에 비하면 자넨 좀 불쌍한 세대야."

"……"

"지브롤터로 다마스쿠스로, 모가디슈로, 구석구석 안 가본 데도 없고 말이야…… 응?"

"네에……"

선장이 말꼬릴 낚아채서야 나는 겨우 대답을 했다.

"내년엔 나하구 같이 칠레로 한번 가보자구. 진짜 뱃놈이라면 장쾌한 남빙양을 한번은 거쳐야지. 안 그런가? 이거 북양은 너무 답답하지 않어?"

그건 허세였다. 해미가 박무로, 그리고 박무마저 빠르게 걷혀가고 있는 북양의 너른 바다는 감당키 벅찬 광활함 그 자체였다. 그런 허세로 눈가림할 수 있는 대상이 아니었다. 선장도 자신의 허풍에 코웃음을 한번 치고는 물끄럼 커피잔 속에 시선을 담갔다.

삐리리릭— 팩스에서 새로운 기상도가 뽑히고 있었다. 새로 날아든 기상도 속엔 이미 안개는 오간 데가 없었다. 파고 1.5미터 이내, 7~10노트, 풍력계급 3급의 북서풍이 오후까지 예상된다고 한다. 옴짝달싹 못 하게 배를 묶어두었던 해미의 뒤끝치곤 싱거운 날씨였다. 오늘 하루 바다를 쓸고 갈 바람은 'gentle breeze', 산들바람이었다. 선장은 잠깐 일기도를 들여다보더니 자리에서 일어서 구석의 삼각 환기창을 열고 담배를 꺼내물었다. 구수한 담배연기와 함께 차가운 11월의 대기가 꾸역꾸역 밀려들어왔다. 선장은 모자를 벗어들어 한 손에 움켜쥐고는 담배를 끼운 손으로 성근 머리카락을 쓸어넘겼다. 모자테에 눌린 기름에 전 머리카락이 찬 바람에 떨고 있었다. 아득하게 열리는 드넓은 대양을 바라보는 그의 가슴도 그렇게 떨릴 것이었다.

"기관 시동."

기어이 선장의 입에서 시동 명령이 떨어졌다. 나는 속력통신기에 대고 시동 명령을 복창했다.

"기과안 시도옹!"

선저(船底) 기관실에서 압축공기 압력을 높이는 소리가 쌔앵쌩 울리기 시작했다. 공기댐퍼가 열리며 요란하게 기관이 가동되기 시작했다. 우웅, 소리와 함께 연료운전이 시작되면서 메인마스트 뒤로 검은 연기가 꾸역꾸역 피어올랐다. 가늘게 횡요하던 배가 우르릉우르릉 몸서릴 쳐댔다. 엔진 회전수가 올라가길 기다리는 동안 선장은 새 담배에 불을 붙였다. 높아가는 엔진음이 초조하게 들리는 모양이었다. 줄담배를 빨아들이는 옴폭한 선장의 볼자위에 가는 경련이 일었고 바다를 겨누는 그의 눈꺼풀도 그렇게 떨고 있었다. 선장은 지금 이 시동의 순간을 벅차게 만끽하고 있을 것이다. 그는 내년을 말했지만 정작 내년에는 그에게 배를 내줄 선주회사가 없을지도 모른다. 나이도 나이지만 연달아 터진 사고는 규모 있는 어선의 선장직엔 치명상이 될 것이었다. 강 일갑의 죽음은 누구도 예상치 못한 일이었다. 선장이라고 예외는 아니었다.

*

아오모리(青森)의 불빛에 비가 내리고 있었다. 조업권에 발생한 폐색된 저기압 탓에 배는 낯선 일본 항구로 피항(避港)와 있었다. 피항은 우울한 휴식이었지만 그래도 선원들은 간절히 피항을 원했다. 습기 찬 바람이 불면 선원들은 피냄새를 맡은 늑대처럼 바람을 향하여 '불어라! 불어라!' 주문을 걸었다. 큰 소리로 외치진 못해도 너나 할 것 없이 모든 선원들이 중얼중얼 바람을 빌었다. 조업을 못 할 만큼 바람이 드세지면 피항을 할 것이고 그만큼 뼛골 빠지는 노동으로부터 놓여날 수 있기 때문이었다. 마침내 선원들의 기도를 알아듣기라도 한 것처럼 끄먹끄먹 하늘이 흐려졌다. 오전부터 하늘에는 먹장구름이 타래지기 시작하더니 정오를 넘기지 못하고 팩스에서는 황천(荒天)을 예고하는 긴급 기상 명령이 줄줄이 흘러나왔다. 어군을 쫓던 배는 급하게 키를 휘감아 뱃머리를 돌려야 했다.

하지만 정말이지 피항이란 언제나 우울하게 마련이었다. 모처럼 빤히 보이는 육지를 눈앞에 두고도 단 한 발짝도 상륙하지 못하는 선원들의 심사는 가련한 것이었다. 선장은 당직사관을 제외하고 전원 취침을 명했지만 그 말에 따르는 선원은 한 명도 없었다. 선실에 누워도 슬그머니 현창(舷窓)으로 타넘는 육지의 잔상이 가슴을 저미고 들 터였다. 그날따라 식반마다 감투밥이 그대로 남아버리자 주방장마저 텅 빈 식당에서 혼자 돌아가는 비디오의 스위치를 꺼버리고 느적느적 갑판으로 기어나왔다. 추적추적 내리는 비를 맞으며 선원들은 젖은 빨래처럼 현난간에 겨드랑이를 끼운 채 어둠 속에 잠든 항구를 더듬어보고 있었다.

육지의 불빛은 빈털터리가 바라보는 쇼윈도처럼 초라한 제 신세를 낱낱이 드러나게 했다. 수부들은 이렇다 할 대화도 주고받지 않았다. 그들은 서로의 생각을 너무 빤하게 들여다보고 있었다. 모두가 몇 달 전 서서히 멀어지던 부산 내항의 복닥거리던 부둣가를 그리고 있었다. 그 배경 속에서 보고픈 이들의 얼굴을 하나씩 꺼내어 비바람에 날려보내고 있을 거였다. 파도는 계속해서 배를 롤링시키며 뱃사내들을 달래보려 했지만 우울증에 빠진 갑판은 좀처럼 활기를

띠지 못했다. 조업권의 무서운 황천과는 달리 육지의 끄트머리에 잇
댄 바다는 팩소주의 뒷맛처럼 씁쓰름 젖어 있었다. 입과 코로 소주
불을 내뿜으며 그 동안 시난고난 쌓인 피로와 범벅이 되어서야 갈 곳
없는 수부들은 하나씩 둘씩 선실로 되돌아가 육지 생각을 베고 쓰러
지듯 잠이 들었다.

 조타실에서 술추렴 삼아 시작한 사관회의는 새벽녘 조업권의 폭
풍우 경보가 해제되었다는 전문을 받아서야 끝이 났다. 선원들의 바
람만큼 피항은 그리 길지 못할 것 같았다. 선장은 기관 당직에게 시
동을 명했고 나는 조타를 교대하고 모처럼 정수시킨 물에 여유 있는
샤워까지 마쳤다. 이제 선실로 돌아가 늘쩡하게 한숨 자고 나면 배
는 다시 조업해역으로 되돌아가 있을 거였다.

 그러나 선실로 가는 통로를 걷다 말고 나는 퍼뜩 몸을 숨기지 않으
면 안 되었다. 내가 쓰는 선실로 살그머니 숨어드는 그림자 하나, 강
일갑이었다. 도둑처럼 살짝 선실문을 열며 좌우를 두리번거리는 그
의 모습에서 나는 오싹한 불안감을 느꼈다. 나와 선실을 나눠쓰고
있는 사람은 다름아닌 김인영이었다. 그 순간 내 머릿속엔 잠든 김
인영을 노려보며 나이프를 치켜드는 강 일갑의 독살스런 얼굴이 떠
올랐다. 문고리를 붙들고 한껏 숨을 죽인 채 귀를 밀착시켰다. 무언
가 소리가 들려왔다. 나직했지만 문 틈새로 흘러나오는 분명한 그
소리는 바로 강 일갑의 울음소리였다. 앙다문 어금니 새로 북받쳐
느껴나오는 흐느낌. 그리고 울음을 집어삼키며 서리서리 내뱉는 중
얼거림.

 "왜 돌아왔어, 왜, 왜? 크으큭. 끄륵…… 응? 왜 돌아왔냐구 흑
흑……"

 흐느낌은 오래 계속되었다. 나는 슬그머니 문에서 떨어져 복도의

어둠 속으로 몸을 감췄다. 오래지 않아 문이 열리며 강 일갑이 나타났다. 꺼림하게 고갤 숙인 그는 갑판으로 향하는 계단을 타박타박 밟아 한 계단씩만큼 더디 사라져갔다.

선실은 고요했다. 가르릉거리는 엔진 소리만이 잔자누룩한 어둠 속에 배어들고 있었다. 위침상을 쓰는 김인영은 죽은 듯 누워 있었지만 고른 숨결로 보아 별다른 일은 없었던 모양이었다. 그는 정말 아무것도 모른 채 잠들어 있었을까. 자리에 앉아 그가 누워 있는 침상 바닥을 바라보고 있자니 갖가지 단상이 뒤얽혀들었다. 항진하기 시작한 배를 피칭시키는 물결을 타고 새삼 멀미 기운이 치밀었다.

앞뒤도 없는 꿈속에서 나를 깨운 건 날카로운 사이렌 소리였다. 에엥 에엥 에엥! 아니, 어쩌면 모종의 불길한 예감이 잠들기 전부터 나를 사로잡고 있었는지도 모르겠다. 급히 선실문을 나서며 힐끗 뒤를 돌아보았을 때 모로 돌아누우며 담요를 뒤집어쓰는 김인영의 모습이 눈에 들어왔다. 그 태연한 모습을 보자 순간적으로 신경질이 솟구쳤지만 머뭇거리고 있을 새가 없었다. 정비사 공씨가 쿵쾅거리며 복도로 뛰어들어오면서 왕배덕배 소릴 질러댔다.

"빠졌다아! 사람이 빠졌다. 강 일갑이 빠졌다. 강 일갑이……"

선미에는 자다 놀라 깨어나온 선원들이 빼곡하게 진을 치고 바다를 향해 아우성을 지르고 있었다. 수면 위에는 강 일갑이 스크루가 일으키는 수류에 말려들지 않으려고 필사적으로 허우적거리고 있었다. 선미루를 가득 메운 선원들은 잡히는 대로 구명삭과 구명부대(救命浮帶)를 바다에 던져주고 있었지만 강 일갑은 부이(buoy) 하나만을 달랑 끌어안고 자꾸 엉뚱한 방향으로 배와 멀어지려 하고 있었다. 선원들은 발을 동동 굴렀고, 기관 정지! 기관 정지!를 외쳐대는 선장의 목소리는 사이렌 소리에 섞여 급박하게 갑판을 때렸다. 그 소동 속에 갑판장의 모습도 보였다. 그러나 진두에 나서야 할 그는 바득바득 악을 쓰는 선원들과 달리 조금씩 멀어지는 강 일갑을 우두커니 바라만 보고 있었다. 그의 시선을 이어늘인 곳엔 아직도 육지의 아슴한 불빛이 남아 있었다. 배는 타력만으로 거대한 선체를 비틀려 애를 써야 했다.

풍덩!
미끄럼틀처럼 대놓은 반자를 따라 널빤지로 짠 목관(木棺)이 바닷물에 떨어졌다. 빗비늘처럼 은푸르게 반짝이던 수면에 하얀 물보라가 일었다. 강 일갑의 시신을 담은 목관은 포말 속에 두둥실 떠올랐다. 그리고 잠시 출렁이는가 싶더니 이내 방향을 잡았다는 듯 그렇게 끄먹끄먹 수평선을 향해 멀어져가기 시작했다.
부이 하나만 껴안고 탈선(脫船)을 시도했던 강 일갑을 구조(?)하자마자 격노한 선장은 다짜고짜 그의 젖은 뺨을 후려쳤다. 그는 재차 충돌빵에 갇혔다. 그리고 강 일갑이 한 움큼의 빛도 스며들지 않는 그 축축한 어둠 속에서 목맨 시체로 발견된 것은 그 이튿날 아침이었다.
선장 몰래 식사를 갖다주려다 처음 그의 죽음을 발견한 노수부 엄씨는 와들와들 조타실로 기어와서는 벌어진 턱을 다물지도 못하고 충돌빵이 있는 선수루만을 손가락질해 보였다. 다른 사관들과 함께 우루루 달려갔을 때 충돌빵에는 열어젖힌 수밀문 틈으로 아침 숫햇살이 몽실몽실 스며들고 있었고 강 일갑의 몸에선 이미 시큼한 산똥 냄새가 풍겨나오고 있었다. 갑판장은 허공에 흔들리는 강 일갑의 두 다리를 부여잡고 그대로 털버덕 주저앉았고 선장은 와락 모자챙을 움켜쥐었다. 강 일갑이 목을 매단 줄은 그가 껴안고 뛰어들었던 부이에 감겨 있던 구명삭이었다.

"쏴라!"

퍼퍼퍼펑! 퍼펑! 펑! 퍼엉! 초사의 명령이 떨어지자 오렌지색 연기를 품어내며 로켓구난 신호탄이 선원들의 손을 떠나 강 일갑의 시신을 담은 목관을 향해 날아갔다. 몇몇은 명중하지 못하고 바다에 떨어졌지만 몇 개인가는 기어코 목관에 꽂히어 진홍빛 연기 사이로 진한 불꽃을 피워올렸다. 미리 기름칠을 해놓은 목관은 순식간에 불이 붙었다. 불은 목관에만 붙은 것이 아니었다. 보고 있던 선원들의 가슴에도 화르륵 불티가 옮아가고 있었다. 흐느끼던 선원들은 마침내 목놓아 울어젖히기 시작했다. 거친 뱃사내들에겐 도무지 어울릴 것 같잖은 청승이었다.

갑판장은 고개를 젖혀 하늘을 올려다보며 눈물을 거두려 했다. 목관은 이제 한 덩어리 큰 불꽃이 되어 당당하게 수평선을 타고 미끄러져가고 있었다. 멀어지는 목관의 불꽃은 낙조처럼 장엄했고 유성처럼 안타까웠다. 강 일갑의 타오르는 주검은 그러다 어느 한 순간 속절없이 물 속으로 가라앉으며 화려한 불꽃을 거두어들이기 시작했다. 어느덧 그는 세상에서 가장 깊은 무덤을 향해 빨려들어가고 있었다. 한 선원이 물 속으로 사그러드는 불꽃을 보며 하모니카를 불기 시작했다. 〈돌아와요 부산항에〉. 배 위에선 장송곡조차 그 노래였다. 그 나직한 반주를 시작으로 선원들의 입에서도 울먹이는 곡조가 흘러나왔다.

"꽃 피이이는 동백서엄에 봄이 왔거언마안……"

노랫소리가 점점 커지면서 청승맞은 하모니카 소리는 이내 선원들의 합창에 파묻혔다.

"형제 떠어난~ 부산하앙에~ 갈매기만 스을피이 우우네에……"

노랫가락은 선원들의 울렁이는 마음의 파고를 타고 수평선으로 흘렀다. 타오르던 목관의 잔해는 이제 하나의 검은 점으로 멀어졌다. 그래도 선원들은 노래를 멈추지 않았다.

4. 더 깊은 항로

배는 촉박한 항정선을 좇아 수색해역을 감아돌고 있었다. 그러나 그것은 어디까지나 해도 위에서의 느낌일 뿐 완전히 안개가 걷혀 창창하게 드러난 바다는 가도가도 수평선으로 막혀 있었고 배는 사백 톤 무거운 몸집을 가누며 단조로운 항진을 계속하고 있을 뿐이었다. 잔물결이 떨리는 수면을 노려보고 있노라니 나도 모르게 졸음이 쏟아졌다. 오래도록 수면 부족에 시달리고 있었기에 가물거리는 시야를 주체하기 힘들 지경이었다. 선장도 이따금 쌍안경 아이피스에 붙박았던 눈을 떼고 벅벅 눈자위를 문질러댔다. 그래도 나로선 교대로 토막잠이라도 잔 터였지만 며칠째 제대로 눈을 붙이지 못한 그는 오죽했을까. 조타를 교대하기 위해 실항사가 아까부터 서성이고 있었지만 나는 선장이 마음에 걸려 선뜻 키를 넘겨주지 못하고 있었다. 실항사는 눈치를 보느라 이러지도 저러지도 못한 채 애꿎은 섹스턴트(六分儀)만 만지작거리며 쓸데없이 태양의 고도를 잡아내려 천측기록부에 끼적거리고 있었다. 답보상태의 수색은 피곤할뿐더러 이제는 인내심도 바닥을 보이고 있었다.

"이항사님!"

실항이 옆구리를 찔러서 바라보니 마침내 선장이 쌍안경 쥔 손을 늘어뜨린 채 꾸벅꾸벅 졸고 있었다.

"좀 주무시라 해야 되지 않겠습니까?"

그 말이 옳다는 것을 알면서도 나도 속으로 어깃장이 일었다. 대답 없이 컴퍼스를 들여다보며 플로팅시트에 수정방위선을 부욱- 하고 그었다. 보다 못한 실항이 선장을 흔들어 깨웠다.

"선장님, 선장님, 선실에 들어가서 좀 주무시죠."

"으응!"

퍼뜩 고개를 든 선장은 설핏 나와 실항을 바라보고는 모자를 벗어들더니 앞머리를 몇 차례 쓸어넘겼다. 실항이 몇 번 더 간곡하게 권하자 선장은 귀찮다는 듯 쏘아붙였다.

"나보다 박 이항 자네나 교대를 해."

"전 괜찮습니다."

"괜찮긴! 고집 부리지 말고 가서 초사 불러와서 교대해."

"저보다 선장님이……"

"알았다니까! 초사나 올려보내."

나는 더이상 대꾸하지 않았다. 자리에서 일어서며 해도 위에 집어던지듯 내려놓은 디바이더가 탁, 하고 신경질적인 소리를 냈다. 조타실 문을 나설 때 선장은 또다시 쌍안경의 경통을 그러쥐고 있었다.

"뭐 심사가 안 좋으신 모양이지?"

양묘기(揚錨機)에 앉아 피우던 담배꽁초를 막 손가락으로 퉁겨낼 즈음 갑판장이 미소를 지으며 다가와 물었다. 나는 퉁명스레 답했다.

"무적 소리가 시끄러워서요."

사실 안개가 걷힌 지 한참이 지났는데도 무적은 계속해서 귀청을 울리고 있었다. 십 분 간격으로 무적을 울리도록 한 것은 선장의 명령이었다. 갑판장은 빙싯 입꼬리를 치올려 웃으며 묘쇄고(錨鎖庫) 뚜껑 위에 걸터앉아 담배 하나를 청했다. 볼수염이 가칠하게 난 두 볼 가득 볼우물을 지으며 맛나게 빨아들인 첫 모금을 솔솔 내뱉으며 그는 이렇게 말했다.

"자네에겐 시끄럽게 들릴지 모르지만 표류자에겐 지옥에서 듣는 부처님 소리 같을걸?"

그렇게 말하는 갑판장의 시선 역시 멀리 수평선에 걸쳐 있었다. 그건 영락없이 선장의 모습이었다. 실제로 두 사람은 외양뿐만 아니라 성격에 있어서도 닮은 구석이 많았다. 심지가 굳고 굴강하며 사람을 품어들이는 품이 낙락히 넓은 게 그랬다. 다만 속심을 드러내는 방법이 다른 것이 두 사람의 차이일 뿐이었다. 선장이 엄한 아버지와 같았다면 갑판장은 푸근한 어머니에 비해야 했다. 불호령 같은 선장의 명령을 수더분하게 선원들을 아울러 처리할 줄 아는 갑판장은 한없이 속이 깊고 다감한, 그러니까 비기자면 꼭 바다를 닮은 사내였으며 그야말로 바다에 관한 한 미립이 날 대로 난 옹골찬 뱃사람이었다.

"한 가지 여쭤봐도 되겠습니까?"

나는 비로소 오래도록 망설이던 질문을 꺼냈다. 물론 이미 늦어버린 물음이란 걸 잘 알고 있었다.

"그날 말입니다…… 그러니까 강 일갑이 배에서 뛰어내리던 밤에요…… 왜 그 사람을 말리지 않으셨습니까?"

그날 강 일갑의 뒤를 밟았던 나는 그가 선미루 어둠 속에서 갑판장과 무언가 속닥이는 것을 목도하고서야 선실로 돌아와 잠을 청했던 거였다. 자제하려고 했지만 내 목소리는 추궁에 가까운 어조가 돼버리고 말았다. 그러나 뜻밖에 갑판장은 두툼한 메기입에 씨익— 웃음을 흘리는 것이었다.

"말리긴? 뛰어내리라고 시킨 사람이 바로 난데……"

다시 무적 소리가 길게 울리며 먼 바다로 퍼져나갔다. 은결로 반짝이는 바다가 메아리치듯 파르르 너울거렸다. 떨리는 수면에 반사된 햇살이 그을린 갑판장의 윤곽 깊은 얼굴을 뚜렷한 명암으로 구분지었다.

"자네, 바다 중에 어떤 바다가 제일 무섭게 느껴지던가?"

황당한 표정을 감추지 못하고 있는 내게 그는 엉뚱한 물음을 던졌다. 나는 대답하지 않았다. 갑판장은 쏘아보는 내 눈길을 피해 먼 바다로 고개를 돌렸다. 턱을 괴고 뱃난간에 기대어 그는 질겅질겅 담배 끝을 씹었다.

"내가 겪은 바다 중에 가장 무서웠던 바다는 며칠이 지나도 꿈쩍할 줄 모르는 바다였네. 물결은커녕 바람 한 점 일지 않는 바다. 지나는 배는 고사하고 고기 한 마리 튀어오르지 않는 바다. 그런 바다를 상상할 수 있겠나? 말인즉슨 감옥 같은 바다 말일세. 사방이 막힘 없이 트였는데도 불구하고 한 발짝도 내디딜 수 없는 그런 엄청나게 너른 감옥 말일세!"

"……"

"자네 언젠가 인영이가 정신병자 같아 한 방을 쓰기 껄끄럽다고 했지? 그건 어느 정도 맞는 말이었어. 그 녀석은 칠 년 만에 수항도 정신요양소를 탈출해서 남의 이름을 훔쳐 이 배에 올라탄 거였으니까. 자신을 그곳에 처넣은 놈들을 찾아서 바다로 되돌아온 거지. 나와 선장과 그리고……"

나는 아무런 대거리도 하지 못했다. 그건 갑판장의 도끼질하듯 툭툭 내리찍는 말투 때문만은 아니었다. 새삼스레 발견한 그의 눈, 죽은 꽁치처럼 빨갛게 충혈된 색깔로 자꾸 확대되어 다가오는 그의 시뻘건 눈 때문이었다.

*

 선저의 어창은 갑갑하기 짝이 없는 곳이었다. 빼곡히 들어차 있는 꽁치박스로 몹시 비좁았고 퀴퀴한 비린내와 영하 십도의 조여오는 듯한 냉기 때문이기도 했겠지만 아무래도 수면 아래에 잠겨 있다는 괴괴한 선입견이 작업 시간 내내 갑갑한 느낌을 더하는 곳이었다. 육십 촉 전구가 뜨문뜨문 박힌 천장 아래서 어창조(魚倉組) 선원들은 허연 입김을 토해내며 정신없이 움직이고 있었다. 거추장스런 털돕바를 당장 벗어붙이고 싶었지만 꽁치박스를 꺼내와야 할 급창엘 들어가려면 하는 수가 없었다. 영하 사십도의 급창 속에 한번 들어갔다 나오면 가잠나룻이 거칠한 그들의 입주위와 눈썹엔 순식간에 허연 서리가 내려앉았다. 그런 탓인지 잠이 부족해 벌겋게 충혈된 수부들의 눈동자만큼은 침침한 어창 속에서 더욱더 빤질빤질 윤이 나게 보였다. 어창 일은 고단한 원양 봉수망 위에서도 가장 혹심한 진 고생판이었다.
 "네미럴! 시코미(운반선이 가져다주는 일용품) 안 받고 말지, 때마다 이 고생이라니!"
 "아이구, 김가야, 넌 욕할 기운이라두 남았구나! 끄응, 차라차차!"
 십 킬로그램이 넘는 박스를 한꺼번에 예닐곱 개씩 져나르면서 선원들은 누구한테 하는지 모를 육두문자를 퍼부으며 안간힘을 써야 했다. 갑판장은 때마다 그네들을 다독거리며 자신도 파스로 도배하다시피 한 등판으로 바리바리 박스를 져날랐다.
 "그러지들 말고 기운들 써. 세 시간 뒤면 운반선이 온다고 했으니까 그때까지 마치지 않으면 선장한테 또 한소리 듣는다구. 요것들만 후딱 정리하고 잠깐이라도 눈을 붙여야지."

어창에 쌓여 있는 꽁치박스는 수천 상자에 달했다. 운반선이 올 때까지 져날라야 할 무게는 어창조 일 인당 십수톤이 넘었다. 그나마 제철을 넘겨 적게 잡은 분량이 그랬다. 10월 한창때는 일만 상자를 넘기기 일쑤였다. 성에 앉은 어창의 냉매 파이프는 늦가을 독기 오른 뱀처럼 쉭쉭 소리를 뿜어내고 있었고 계단을 오르내리는 선원들은 가쁜 걸음으로 살얼음 언 바닥을 녹여가며 뼈품을 팔고 있었다.

기괴한 울음소리 같은 게 들린 건 그때였다. 처음엔 기관축계가 돌아가는 소리나 혹은 청수펌프가 시동되며 내는 소리려니 하고 무심히 넘어갔으나 그 소리는 점점 묵직하게 무게를 더해가는 것이었다. 그것이 배에서 나는 잡다한 기관음들과는 전혀 다른 소리라는 것을 알아차렸을 때는 이미 미지의 불안감이 어두컴컴한 실내를 스멀스멀 감아돌고 난 뒤였다. 그 괴성은 바닷속 저 깊은 곳에서 솟구쳐 오르는 것이었다. 흡사 상상할 수조차 없으리만큼 거대한 심해의 괴물이 뿜어내는 포효를 닮은 울림. 어창의 송판 바닥이 조금씩 떨려오기 시작했고 짐을 나르던 수부 몇몇이 동물적인 본능으로 서로의 얼굴에서 불안을 읽어내고 있었다. 곰곰이 눈시울을 좁히고 있던 갑판장이 내게 물었다.

"박 이항, 오늘 무슨 기상특보라도 있었어?"

나는 고개를 저었다. 기상도는 말짱했다.

"이상한데……?"

갑판장의 얼굴에 불길한 그림자가 설핏 스쳐 지났다. 그 얼굴색을 신호로 저 깊숙한 곳에 도사리고 있던 거대한 울림이 해수를 타고 번지듯 빠르게 덮쳐왔다.

우우웅, 쿠앙! 순간 나는 들고 있던 꽁치박스와 함께 허공을 날았다. 콰당탕! 무너진 박스가 몸을 덮쳤다. 아이쿠! 윽! 여기저기서 짓찧는 소리와 비명 소리가 뒤섞였다. 갑판장의 찢어지는 외침이 조명이 깜박이는 실내를 갈랐다.

"모두 갑판으로 피해!"

떨리는 그의 손가락이 갑판으로 오르는 계단을 다급하게 가리켰다. 여기저기 나뒹굴던 선원들은 아픈 곳을 문지르며 허겁지겁 계단으로 기어갔다.

우우웅, 쿠광 쾅! 다시 한번 배가 굉음에 휩싸이는 것 같더니 또다시 몸이 휘청거리며 층계참에 부딪혔다. 큰 충격에 이어 작은 충격이 연달아 뒤를 이었다. 배는 서 있기도 힘들 정도로 요란하게 횡요하기 시작했다. 우르르! 쌓아놓은 꽁치박스 더미가 여기저기서 무너지더니 한쪽으로 몰렸다. 양상측판을 커다란 해머로 두들기는 듯한 소리가 연달아 들렸고 어창 바닥이 파도 위에 떠 있는 나무판자처럼 멋대로 울었다.

"빨리 올라와, 꽁치박스에 휩쓸리면 큰일이다."

갑판장의 염려는 뒤늦은 것이었다. 몇몇 선원들은 벌써 엉망으로 허물어진 박스에 파묻혀 사지를 허우적거리고 있었다. 보다 못한 갑판장이 무너진 박스를 헤치며 선원들을 건사하러 나섰다. 뒤미처 요란한 사이렌이 울리더니 급박한 선내 방송이 튀어나왔다.

"선장이다. 모든 선원들에게 알린다. 현위치에 해진(海震)이 발생했다는 긴급입전이다. 해진파에 의한 높은 파랑이 예상되니 선원들은 조속히 비상구난 위치로 움직여라. 반복한다……"

갑판장은 멍하니 넋을 잃고 있던 나를 잡아끌어 박스 더미에 깔려 끙끙대는 선원들에게로 달려들었다. 속력통신기로 기관에 지령을 내리는 선장의 목소리엔 불이 붙었다.
"기관, 비상엔진까지 걸고 전속전타한다! 사관들은 전원 조타실로 집합하라!"
나는 얼얼한 몸으로 기어가듯 어창계단을 짚어올갔다. 그때 갑판 게이트에서 중늙은 엄씨의 얼굴이 불쑥 나타나 앞을 가로막았다.
"갑판장, 갑판장 빨리 좀 올라와봐야겠어. 펌핑 준비해야 될 거 아냐? 위에선 우왕좌왕 난리도 아닌데."
"파도가 얼마나 됩니까?"
"이건 파도가 아냐, 파도가! 바다가 완전히 미쳐 들끓어!"
"형님 엄살 그만 피우쇼. 선원들 기죽습니다."
갑판장은 무너진 박스를 우겨밟으며 앞으로 나아갔다. 파도에 횡요가 심해지며 격벽이 꽝꽝! 울 때마다 그의 우람한 몸집이 춤추듯 비틀거렸다. 파도가 선측 종재를 후려칠 때마다 용골에선 뚝뚝! 부러지는 소리가 들렸다. 엄씨가 거꾸로 내민 고개로 휘청이며 다가오는 갑판장을 안타깝게 바라보았다.
"엄살이 아냐! 갑판장, 이러다 일 나는 거 아닌지 모르겠어. 혹시 지난번에 강 일갑 장사 치를 때 부정이 끼쳐서 그런 건 아닐까? 기관실 최가가 그날 선수 우현에서 오줌을 누더란 말이지, 재수없게스리…… 뒤에 망자굿이라도 한번 해줬어야……"
"형님, 답답하슈, 시방 이 마당에 자꾸 그런 소리 하실 겁니까?"
"그려, 그려. 얼른 가자고…… 윽!"
배가 기우뚱하면서 엄씨의 등뒤로 왈칵 바닷물이 쏟아져들어왔다. 바닷물에 쓸려 거꾸로 고개를 내밀고 있던 엄씨가 그대로 어창 계단으로 꼬라박혔다. 배 밑바닥인 어창까지 바닷물이 넘쳐들어올 정도면 이만저만한 풍랑이 아닌 모양이었다.

"모두들 빨리 올라가서 구명의 착용하고 위치로 가! 이항, 뭘 꾸물거려?"

갑판의 상황은 어창보다 더 심각했다. 당장 성난 바다의 위력이 적나라하게 눈앞에 펼쳐졌다. 날씨는 전혀 황천이 아니었다. 구름 한 점 없는 시퍼런 하늘이었음에도 바다는 있는 대로 갈기를 드세운 채 너울춤을 추고 있었다. 거세게 솟구치는 파도의 끝에는 포효하는 포말이 하늘을 뒤덮었다. 바다의 분노는 그렇게 통째로 배 위에 쏟아져내리고 있었다. 갑판 위는 로프며 박싱머신의 노끈 따위가 분노한 바다의 실핏줄처럼 여기저기 뒤엉켜 있었고 각종 기자재들과 어구들이 꼴사납게 나뒹굴었다. 빨간 구명의를 입은 선원들이 이것저것 되는 대로 부여잡고 가까스로 넘쳐드는 파도를 버티고 있었지만 드높은 파고를 타고 사백 톤 철선 전체가 이미 바람 탄 낙엽이었다.

쏴아아아! 다시 한번 파도가 갑판을 때리고 갔다. 차가운 바닷물이 온몸을 후려쳤다. 윈치기둥을 부여잡은 손아귀가 부들부들 떨려왔다. 도저히 감당해낼 수 없을 것 같은 성난 바다의 위력 앞에 선원들은 이미 반쯤 얼이 빠져 있었다.

위이이잉! 갑판이 덜썩 들리는 것 같더니 급한 피칭에 따라 선체의 후미가 거짓말처럼 솟아오르면서 노출된 프로펠러가 공기 속에서 헛도는 굉음을 뿌렸다. 배는 내동댕이쳐지는 것처럼 좌현 쪽을 파도에 들이받혔다. 기울어진 우현을 향하여 좌현에 있던 모든 것들이 쏟아져내렸다. 그 위에 또다시 파도가 덮쳤다. 배는 부심을 잃고 오른쪽으로 기운 채 버겁게 몸을 비틀고 있었다. 계속되는 피칭에 프로펠러의 헛도는 소리는 배가 내지르는 비명처럼 들렸다. 선원들의 아우성은 파도와 기관음에 묻혀 흔적도 없이 사라졌다. 갑판장만이 고래고래 악을 쓰면서 피스톤 펌프의 토출밸브를 열어젖히며 윈

동기 손잡이를 계속 잡아채려 애쓰고 있었다. 그의 독려에 맞춰 몇몇 노련한 갑판원들이 꿈틀거리는 호스를 끌어잡고 침수된 캠버를 향하여 달려들었다.

조타실 안은 점입가경이었다. 파도에 얻어맞은 좌현측 조타창은 통째로 날아갔고 그 사이로 연해 바닷물이 튀어들어오고 있었다. 사관들은 배를 바로잡기는커녕 제 몸들 가눌 정신도 없어 보였다. 피가 흐르는 이마를 부여잡고 있는 초사를 대신해서 조타를 잡았지만 암만 배를 일으키려 키를 돌려대도 선수는 바로잡히질 않았다. 쿠쿵! 부여잡은 조타와 상관없이 선수가 파도를 따라 우현 35도로 팩팩 앵돌아졌다. 선장은 마이크로 갑판을 속타게 불러댔다.

"갑판! 갑판! 타효가 불안정해서 조종이 불가능하다! 트림을 선미 트림으로 바꾸는 작업이 시급하니까 어창조 데리고 내려가서 버릴 것은 전부 내버려라. 부력을 살려야 하니까 흘수가 C-1에 맞춰질 때까지 화물을 내버리고 중요한 물건만 선미와 좌현 쪽으로 이동시켜라. 선수에 청수칸 파이프가 터진 모양이니까 펌프는 그쪽으로 배치해서 청수를 전부 소비시키고!"

다른 스피커에선 기관장이 목이 터져라 지원요청을 해대고 있었다.

"지옥임다! 지옥! 빌지파이펑이 터졌슴다. 기관실이 온통 증기로 꽉 찼슴다. 아무것도 안 보이고 그저 뜨거워 죽겠슴다이! 속히 인력을 보내주십쇼!"

기관장의 목소리를 타고 매캐한 디젤유 타는 냄새가 전해질 것만 같았다. SSB 무전기를 붙들고 메이데이! 메이데이!를 외치고 있던 초사가 선장을 붙들고 늘어졌다.

"선장님! 우현이 기울어 복원되지 않는 게 도저히 가망이 없습니다. 구명정 띄울 준빌 해야겠습니다."

"시끄럿! 배를 포기할 순 없다!"

"아닙니다. 시간이 없습니다. 지금 퇴선하지 않으면 다 죽습니다."

내가 보기에도 횡요주기가 너무 느렸다. 중두선을 넘어 전복되는 건 이제 시간문제였다.

"절대 배는 포기 못 한다. 구명정 보트쪼가리로 이 파도를 감당할 수 있을 것 같은가?"

"그럼 화물을 내버리면 안 됩니다. 중력을 살려 복원력을 회복시켜야 됩니다."

"닥쳐! 수백 톤 꽁치박스가 파도에 이리저리 쓸리면서 횡요주기가 더 느려지는 건 계산 안 하나? 이 배는 내가 잘 알아!"

모두가 그렇게 우왕좌왕이었다. 제 것은 물론이고 수십 명의 목숨을 두고 이론과 경험의 대결을 벌이는 초사와 선장의 대치가 팽팽하게 이어지는 순간에도 사태는 걷잡을 수 없이 종말을 향해 급경사를 치달았다.

"선장님!"

초사는 먹살 쥐듯 선장의 옷섶을 움켜쥐고 매달렸다.

"닥쳐! 죽으면 죽었지 퇴선 명령은 없다! 이항, 어서 가서 선미를 눌러라! 트림만 바꾸면 살아나갈 수 있다."

어느 말을 따라야 할지 갈피를 잡을 수 없던 나는 무작정 갑판으로 달려나갔다. 황혼에 뒤섞여 광분하고 있는 바다가 다시금 시야 가득 육박해왔다. 갑판에 올라서자마자 바다는 파도를 끼얹어 끓어오르던 내 정신을 싸늘하게 훑고 갔다. 갑판에 바짝 엎드려 눈을 떠보니 캠버를 따라 쓸려가는 파도의 포말 속에서 양묘기의 체인샤클을 거머챈 몸으로 파도를 버티고 있는 갑판장이 보였다. 거쿨지게 파도와 싸우면서 그는 누군가를 향해 필사적으로 팔을 뻗치고 있었다. 그가 팔을 휘젓는 곳은 뱃머리 쪽이었다. 높이 치켜올라간 배의 선수에 누군가가 당차게 서 있는 것이 보였다. 대 오케스트레이션의 총지휘자처럼 두 팔을 V자로 치켜올린 채 버티고 있는 그의 앞으로 저 멀리 성난 포말을 일으키며 해일 같은 파도가 무너져내리고 있었다. 시커멓게 솟아오른 파도의 물줄기는 저 깊은 바다 밑, 태곳적부터 태양광이 도달하지 못하던 깊고 깊은 해연으로부터 솟아올라온 거대한 분노를 직감케 했다. 그것은 다름아니라 김인영이라는 미치광이가 불러낸 저주가 분명했다.

"안 돼! 인영아, 안 돼!"

목이 터져라 외치는 갑판장의 비명. 그 외침이 들렸을까? 김인영은 우리 쪽을 향하여 잠깐 고개를 돌렸다. 다른 기억은 없었다. 꽁치의 눈처럼 붉게 충혈된 그의 두 눈만이 헛것처럼 클로즈업되었다. 침몰하고 있는 태양이 그의 몸에 광배처럼 이글거리고 있었다.

"안 돼에—!"

한껏 입을 벌려 외쳤지만 차갑고 짠 바닷물만이 울컥 입 속 가득 밀려들어왔다. 파도를 버티느라 곁에 있던 활차를 붙들고 늘어지는 내 몸 위로 지금까지 느껴볼 수 없었던 무겁디무거운 수압이 덮쳐눌렀다.

쿠우웅, 추아아아아악! 거센 수류에 온몸이 갈가리 찢겨나가는 것 같았다. 콧속이 짜르르했고 벌컥벌컥 짠물이 입 속으로 밀려들어왔다. 오로지 살아야 한다는 갈망만으로 으스러져라 활차를 부둥켜안았다. 평형감각을 잃은 정신이 물보라 속으로 아뜩하게 사라지는 것 같았다.

그러나 덮쳐든 삼각파도를 정면으로 받아 고꾸라지듯 물 속으로 처박혔던 배는 기적처럼 부상을 시도하고 있었다. 구명의 밖으로 울룩불룩 알통을 드러낸 갑판장은 배를 통째로 끌어올리기라도 하듯 부르르 체인샤클을 잡아당기며 견뎌내고 있었다. 캠버의 양끝에 뚫린 배수구로 꿀럭꿀럭 해수를 뿜어내며 배는 안간힘을 토해놓고 있었다.

우우우우우웅! 기관이 과부하에 지친 소리를 토하며 바다를 갈랐다. 검푸른 갑판의 끝에는 난적을 물리치고 하늘을 향해 포효하는 짐승의 외뿔 같은 뱃머리가 출렁이는 황혼을 향해 솟구쳐올랐다. 그리고 휘황한 태양이 드리웠다. 일몰의 태양은 성자를 잃은 광배처럼 처연하게 방혈(放血)하고 있었다.

5. 퇴선 명령

"그날도, 그러니까 칠 년 전 그날도 상황이 비슷했어. 오늘 새벽처럼 짙은 안개바다였지. 그러다 어느 한순간 뭉터기 바람이 뺨을 후리는 거지 뭐야. 갑자기 영화의 장면이 바뀌듯 난데없는 빗줄기가 갑판마루를 두들겨대기 시작했어. 새벽기상도상으론 저기압은 사백 해리나 떨어져 있었지만 한겨울로 접어들면서 종잡을 수 없이 미친 듯 이동하는 저기압의 이동속도를 미처 전해받지 못했던 거였지."

갑판장의 눈길은 수평선을 너머 머나먼 곳에서 이야기를 길어올리고 있었다. 그의 손각지 끝에 아치형으로 둥그렇게 타들어간 담뱃재가 위태로워 보였.

"느닷없이 불어닥치기 시작한 사십 노트가 넘는 스트롱게일(큰센 바람) 속에 우리가 탄 배는 파고 십 미터가 넘는 황천 속을 기를 쓰고 뚫고 가고 있었지. 악천후 속에 배의 속도는 평균시속 삼 노트를 넘지 못했어. 항진이 아니라 이미 표류하고 있던 셈이지. 같은 선단의 배들 간에 생사를 묻는 소리가 불붙듯 무전기를 타고 넘었고 구명대를 착용한 채 선원들은 죽음의 그림자를 싣고 우그르르 솟구쳐오르는 파도 앞에 웅크리고만 있었지. 그러다 어느 한순간 십오 미터는 됨직한 파도가 불쑥 우현에서 솟아올랐고 겁을 집어먹은 선장은 무의식적으로 퇴선 명령을 토했어. 이미 늦은 거였지. 서른다섯 명 선원들 대부분을 집어삼킨 파도가 쓸고 갔을 땐 FRP 구명정 위에 남아 있는 건 고작 일곱 사람뿐이었어. 그나마 조각배가 그 미친 바다에서 뒤집히지 않은 것만도 구사일생의 천행이었댔지."

기적 중의 기적이었다. 생존자 일곱 중에 셋은 석 달 전 처음으로 바다에 나선 완전 초짜들이었다. 바다 구경도 못 한 산골 출신의 그들이 노련한 수부들조차 집어삼킨 그 해난 속에서 살아남았다는 건 기적 외에 다른 설명을 붙일 수 없었다. 둘은 형제였고 다른 하나도 성만 달랐을 뿐 둘도 없는 배꼽친구였다.

그러나 차라리 없느니만 못한 기적도 있게 마련이다. 성난 바다가 가라앉자 그들을 기다리고 있는 것은 끝없이 막막한 수평선이었다. 밤으로는 영하의 추위와 낮으론 방향조차 가늠할 수 없는 매운바람이 그들을 덕장에 널린 명태꼴로 만들었다. 얼어붙은 채 말라가는 북어처럼 0.7톤 구명정 위에서 그들은 아무것도 어찌 해볼 것 없이 더딘 죽음을 맞이해가야 했다. 엎친 데 덮친 격으로 그들은 슬랙 워터(급하게 흐르던 조류가 멈추는 현상) 속에 갇히고 말았다. 구명정 안의 상황은 지옥과 다를 바 없었다. 비상구난 레이션 박스는 애초에 파도에 쓸려가버렸고 간신히 빗물을 받아두었던 청수탱크는 아무리 제한 배급을 해도 사흘을 더 버틸 수 없을 것 같았다. 두 시간

간격에서 하루 두 번, 다시 하루 한 번으로 아껴가며 쏘아올리던 구난 신호탄마저도 몇 개 남지 않았다. 간절한 삶에의 집착을 싣고 노란 연기를 뿜으면서 하늘로 솟구쳤던 신호탄은 바닥난 희망을 비웃기라도 하듯 붉은 낙하산을 살랑살랑 흔들며 수면으로 가라앉았다. 텅 빈 수평선 속에 그걸 바라보는 건 표류자 자신들밖에는 없었다. 표류 닷새 만에 부상이 심했던 두 사람이 시체가 되어 버려졌다. 야광충으로 인해 밤이면 푸르스름한 빛이 창백하게 떨리는 귀기스런 수면 위에서 그들은 다음번에 던져질 시체는 누구일까를 생각하지 않으면 안 되었다.

"머리에 부상을 입고 혼수상태에 있던 인영이의 동생 인태가 다음 차례였어. 사력을 다해 동생을 껴안고 버티던 인영이가 끝내 혼절했지. 언 관자놀이를 녹이던 눈물이 다시 얼어붙어가며 다른 사람들도 차례차례 정신을 잃어갔다네. 바다마저 얼어버리는 것 같았어. 모든 공간이 추위와 적막 속에 얼어붙어 아무것도 움직이지 않는 가운데 밤하늘의 성좌만이 흐르고 있었다네. 어둔 하늘 속 별빛은 차라리 육지의 불빛보다 가까웠어. 그렇게 죽어가고 있던 내 입으로 무언가가 밀어넣어졌네. 질기고 비릿했지만 그게 인육이란 걸 가릴 판단력조차 남아 있지 않았어. 먹을 걸 넣어주는 강형달이의 손가락마저 씹어먹고 싶었으니까. 그래…… 나를 끌고 가려는 사신(死神)을 씹어삼키듯 우리들은 악착스레 그걸 씹어삼켰네. 죽음을 씹었던 거지. 죽지 않으려고 또다른 죽음을 씹었던 거지."

갑판장은 잠시 말꼬리를 끊었다. 그리고 온 수평선을 다 들이켜듯 벅찬 들숨을 들이마셨다. 융기하는 그의 가슴이 부풀어오르다 못해 끝내 빵, 터져버릴 것 같았다. 한참을 그렇게 바다를 가슴에 담고 있던 그는 한숨처럼 다시 바다를 토해놓았다.

"이제 하나씩 갈 곳으로 가는 모양일세. 형달이도 그렇고 인영이도 그렇고…… 자네는 선장이 여태 인영이를 찾아헤매고 있다고 생각하나?"

"……"

"선장은 단지 바다를 누리고 있을 뿐일 걸세. 망설이고 있는 거지. 바다로부터의 퇴선 명령을 말이야. 이제 귀항로를 잡으면 그 양반도……"

선장처럼 그도 말꼬리를 흐렸다. 그리고 들릴락 말락 이렇게 혼잣말을 지껄였다.

"그때 떠났어야 했는데…… 도둑 때는 벗어도 비늘 때는 못 벗는다고……"

얼마 전에 천정(天頂)을 넘어선 것 같던 태양이 어느새 황도를 타고 미끄러지듯 겨울 바다로 처박히고 있었다. 초겨울 바다의 짧은 오후가 시나브로 저물어가고 있었다. 해넘이를 앞둔 바다는 황홀하게 빛났고 현호(舷弧)를 따라 길게 그림자를 늘이고 있던 갑판장이 이윽이 바다를 굽어보았다. 저물녘의 빛과 그림자가 그의 얼굴에 주름져 흘렀다. 그 표정이 곧 붉게 끓어가는 바다와 한가지였다.

"준비해라."

진종일 지겹도록 IMO 수색규정을 떠벌리던 스피커에서 이제 선장의 조업준비 명령이 떨어졌다. 선실에 들어가지도 못하고 하릴없이 바다만 쳐다보고 있던 선원들이 투덜거리기 시작했다.

"해도 안 떨어졌는데 무슨 조업이야? 쓰펄."

"맞아. 저녁도 안 먹었잖아? 이젠 아예 밥도 안 주고 부려먹을 참인가보지? 추워 죽겠는데……"
"이거 해도 너무하는 거 아냐?"
선원들은 한마디씩 군소릴 뱉어내면서도 주섬주섬 각자의 활차 위치로 다가갔다. 그들의 지청구가 허튼 소리만은 아니었다. 집어등도 켜지 않고 조업이라니? 갑판장이 선원들의 등을 다독거리며 제 위치로 가는 걸 보고야 나도 하는 수 없이 파워롤러 레버 앞으로 다가섰다. 한 줄기 해풍이 쥐어뜯듯이 귀때기를 할퀴고 지나갔다.
"하망!"
쿵쿵쿵, 북소리같이 파워롤러가 돌아가며 봉수망이 바다를 향해 퍼져나가기 시작했다. 그물은 금빛으로 타오르는 바다를 향해 너울져 퍼져나가고 있었다. 그물의 끝이 금물결 속에 잠겨 보이지 않았다. 그래도 그물은 하염없이 바다로 흘러가고 있었다. 선장의 양망 명령은 그렇게 무한정 늘어지고 있었고 선원들 모두가 멀뚱한 눈으로 맨 바다를 더듬고 있었다.
"이봐, 갑판장! 이거 지금 그물 씻는 거지, 응? 맞지, 응, 응?"
노수부 엄씨가 갑판장을 다그쳤다. 갑판장이 쓸쓸하게 웃으며 고개를 끄덕였다.
"그런갑소."
이제 그의 미소까지 짙은 황혼 빛을 띠고 있었다. 대답을 들은 엄씨가 선원들 사이를 누비고 뛰어다니며 고함을 질러댔다.
"맞다, 맞아! 귀항이다, 귀항!"
"뭣이? 귀항? 거 진짜요?"
"그래! 귀항이라고! 육지로 간단 말이다! 지금 그물 씻는 거 보면 모르나?"
"이히호! 귀항이다아! 귀항!"

그들의 환호성을 타고 모자나 장화 따위가 하늘 높이 솟았다. 해넘이 노을 속에 때에 전 개인장비들이 첨벙첨벙 바다에 떨어졌다. 선원들은 서로 부둥켜안기도 하고 서로를 쥐어박는 시늉도 해가며 마음껏 귀항 선언을 만끽하고 있었다.

가만히 고개를 돌려 조타실을 올려다보았다. 조타창은 금빛 노을만 되쏠 뿐 그 너머 선장의 모습은 보이지 않았다. 대신 스피커에서 몹시 잡음이 섞인 카세트테이프의 노랫가락이 흘러나왔다.

꽃 피이이는 동백서엄에 봄이 왔거언마안……

노랫소리를 들으며 갑판장이 양망레버를 당겼다. 황금노을을 껴안고 있던 그물이 흐늘흐늘 딸려올라오기 시작했다.

노랫가락 중간에 길고 긴 무적이 울었다. 노래와 뒤섞인 무적음이 먼 바다로 넘실넘실 퍼져나갔다. 침로를 바꾸느라 뱃머리가 길게 선회하기 시작하더니 어느 한 지점에서 조타가 멈췄다. 서남향 침로에는 햇물 든 바다를 따라 벌써부터 황혼색 항로가 그어져 있었다. 배는 또다른 자오선을 찾아 타력을 높이고 있었다.

평실이 익을 무렵

"참으로 닮았구나!"

글쎄 처음 만났을 적 앳된 그녀가 그랬을까.

아니, 차라리 노추(老醜)를 건너뛰고 보송보송 환생했다 해야겠지.

그러나 끝끝내 노인은 그녀의 이름을 소리내어 부르진 않았다.

불러서 만날 이름이었다면야.

옛날 옛적 멀리 남해 바닷가에 가난한 어부 부부가 살고 있었습니다. 그네들 이름은 아무도 몰랐습니다. 원래 없는 놈은 남들 다 가진 이름도 성도 없게 마련이지요. 도둑이 들었다가 적선하고 갈 살림살이였지만 그래도 부부는 별 걱정이 없었습니다. 바다가 있었으니까요. 비록 뒤뚱이는 마상이(獨木船) 한 척에 코 가는(細) 걸그물뿐이었지만 밀물 때 맞춰 그물을 부려두면 썰물 지고 나서 펄떡이는 망둥이며 집게발 딱딱 꽃게에 알록달록 쥐노래미 따위로 그날그날 굶지는 않았지요. 그렇게 욕심도 바람도 없이 하루하루 오복소복 나잇살이나 먹는 재미로 살아가는 부부였답니다.

하지만 세상살이가 그렇게 밋밋할 리만은 없지요. 어느 날 갑자기 득병한 어부의 아내가 그날로 고대 자리보전 신세가 되었습니다. 아무 때고 물찌똥을 지리고 밤이면 신열이 솥단지도 끓이게 오르다가 까무룩 혼절하곤 하는 것이었지요. 심상한 병이 아니었지요. 멀리서 모셔온 의원도 고개만 쨀쨀 흔들다 병 이름도 못 대고 가버렸으니까요. 어부는 고기잡이를 작파하고 산으로 들로 다니며 갖은 약초에 오만 잡초까지 구해다 달여먹였고 누군가 그런 병엔 소쩍새 똥집이 즉효라 하기에 어부는 제 똥집이 타도록 소쩍샐 잡으러 다니기도 했지요. 하지만 그래봐야 백약이 무효한 병이 있지 않던가요. 병자는 병자대로 앓는 소리가 상엿소리 닮아가고 성한 사람은 성한 대로 약수발에 죽을 매골을 썼지요. 그런 와중에 하루는 아내가 찬바람 쐰 모기새끼 같은 소리로 이르길, 죽기 전에 소금에 구운 조기 한 마리만 발라먹었음 저승길에 배는 곯지 않겠소, 하는 게 아니겠습니까. 죽에 넣은 불린 심쌀도 넘겼다 하면 되토하기 일쑤인 아내의 마지막 소원이라는데 어부가 어찌 몰라라 하겠습니까. 하지만 것도 만만한 일이 아닌 것이 바야흐로 엄동설한이요, 조기떼 알 슬러 오려면 아직도 수삭은 실히 남은 터였지요.

좌우간 어부는 날이 밝기도 전에 그물을 둘러메고 물길을 나섰습니다. 명색이 비린내로 절어온 일생인데 먼바다로 나가면 까짓 조기 한 마리 못 건지랴는 보짱이었지요. 이왕이면 부세나 수조기가 아니라 번쩍번쩍 금물 오른 참조기 실한 놈으로다 몇 놈 꿰와야지 마음을 먹었지요. 핫통이를 미어지게 껴입고 이틀을 놋좆을 삐걱여 난생 처음 멀고 먼바다까지 나왔더랬습니다. 허나 아무리 대나무 대롱을 물에 넣고 기다려도 조기 우는 소리는 들리지 않았습니다. 동지에 개딸기 찾는 꼴이 영락없었지요. 하나 그렇게 혀를 찼을 땐 이미 늦고 말았습니다. 북녘 하늘이 뭉게뭉게 일어선다 싶더니 와르릉콰르릉 천둥지둥 무너지는 소리와 함께 노도광풍이 들끓는 것이었습니다.

눈을 떴을 때 어부는 조각 널에 의지하여 망망대해를 떠다니는 꼬락서니였습니다. 물에 젖은 솜옷은 얼음갑옷처럼 몸을 죄어왔고 물주머니고 밥주머니고 오간 데가 없었습니다. 동서남북 어느 부주 용왕님께 살려주십사 빌어바쳐얄지도 모르고 어부는 기진맥진 황천길을 더듬는 꼴이 되고 말았습니다.

 얼마나 그렇게 떠돌았을까요. 소금기가 부옇게 앉은 어부의 눈에 무언가 괴상한 것이 보였습니다. 어찌 보면 잘 익은 호박덩이도 같고 어찌 보면 마악 물을 차고 오른 날샐녘의 햇덩이도 같은, 하여간 둥글고 붉은 열매 하나였지요. 헛것이 보이는 걸로 보아 저승 문턱에 다 왔구나 싶으면서도 어부는 허우적허우적 물을 저어가 그놈을 움켜잡았습니다. 하고는 조갈과 허기에 지칠 대로 지친 나머지 앞뒤 가릴 것 없이 덥석 한 입을 베어물었겠지요. 씹을 것도 없이 열매는 졸금졸금 입 속으로 녹아들어갔습니다. 달고 시원하기가 틀림없이 세상에 없는 과실이었습니다. 이러구러 어부는 족히 한 말은 되었을 그 커다란 열매를 남김없이 먹어치우고 말았습니다. 신기한 건 그래도 전혀 배가 부르지 않았다는 것이지요. 더더욱 신기한 건 그 뒤로 며칠을 바다를 떠돌아도 목이 마르지도 허기가 지지도 않을뿐더러 조금도 춥도 덥도 않았으니, 신통방통한 노릇이었지요. 다만 내도록 어부는 저가 먹어치운 것이 무슨 열매인질 알지 못하였습니다.

 다행히도 어부는 지나는 배가 있어 목숨을 건졌습니다. 그 배는 멀리 서쪽 나라와 물산을 주고받던 큰 배로 마침 유명짜한 현자 한 분이 더불어 타고 있었습니다. 어부는 틈을 보아 현자를 찾아가 너부죽 절을 올리고 자신이 겪은 바를 소상히 아뢰었습니다. 자초지종을 듣고 난 현자께서 무릎을 탁 치고 하시는 말씀인즉, "그대가 먹은 것은 평실(萍實)이란 열매로다. 평(萍)이란 바다에 사는 커다란 개구리밥으로 세상에 오로지 암그루 하나와 수그루 하나만이 있나니 그 암수 한 쌍이 저저끔 바다를 떠돌다 천년에 한 번 만나 꽃을 피운다. 천년을 가는 그 꽃에서 오직 한 알의 열매가 맺혀 익기를 다시 천년이 지나니, 까닭에 평실이란 삼천 년에 한 번 익는 열매인저. 가히 신공(神功)의 영과(靈果)라 할지니 그 덕은 왕후(王侯)가 얻으면 천하를 아우를 것이요, 그 효험은 죽은 자의 몸에도 숨이 돌게 하는도다. 천신과 수신을 아울러 감복시킬 정성이 아니면 감히 얻지 못할 것이로되 이제 그대가 지은 복과 바다용왕의 조화에 따라 그를 취하였다 하니, 살아서 장생불로요 죽지 않고 우화등선(羽化登仙)하리로다" 하는 것입니다. 남한테 들은 이야기만 같으면 무슨 새 까먹은 소리냐고 코피리를 불었겠으나 저가 몸소 그 신효를 겪은 바였으니 믿지 않을 턱이 없었지요.

여하튼 어부는 며칠 뒤 다시 고향 바닷가로 되돌아왔습니다. 그런데 동네 어귀를 돌아드는 그를 보자마자 이웃 하나가 덥석 두 손을 부여잡더니 "이 무심한 사람아! 이 무심한 사람아!" 에고대고 곡을 놓는 게 아니겠습니까. 알고 본즉 고 며칠 사이 어부의 아내가 그만 숨을 거두고 만 것이었습니다. 상제도 없이 벌써 마을 사람들끼리 죽은 아내를 초장(草葬) 치렀다지요. 어부는 한달음에 뒷산으로 뛰어올라갔지만 짚무덤에 묻힌 아내가 반겨 일어날 리 없었지요. 꺼으꺼으 울어젖히다 마침내 어부는 아내의 초분을 덮은 짚이엉을 올라타고 괴춤을 풀어 뽀얀 엉덩이를 까내렸습니다. 미련한 생각에도 저가 먹은 열매가 영험하기를 죽은 사람도 살린다 했으니 그 똥물이라도 혹시 무슨 효험이 없을까 싶었겠지요. 하지만 아무리 뱃구레에 끙끙 힘을 줘도 똥은 나오지 않았습니다. 애초에 너무나도 신효한 나머지 그 열매는 똥으로 될 것이 아니요, 열매말고는 그 동안 아무것도 먹지 않았으니 똥이 나올 턱이 없었지요. 그렇다고 다른 것을 먹어 억지로 똥을 만든들 무슨 소용이 있겠습니까.

그래도 어부는 끝내 아내의 무덤자리를 떠나지 않았습니다. 똥이 나올 그날까지 버티고 견딜 생각이었지요. 이미 영생불사의 몸이니 갱신도 않고 영원히 그 자리를 지킬 수 있겠지요. 끄응끄응…… 때문에 지금도 멀리 남녘 바다 잇댄 어느 산골짝에 가면 뒤웅스런 안간힘 소리가 들려온다고 합니다만.

*

 들녘이 펄럭이고 있었다. 마음도 덩달아 여울을 탔다. 햇발부터 바람을 타고 출렁이고 있었다. 세상이 모두 소슬한 걸까.
 막 고갯마루를 넘어서자 오불고불 흘러가는 구릉의 윤곽 위로 구름 사이 볕뉘가 소복이 쌓이고 있었다. 내리막 지는 산세에 등고선의 주름이 넉넉히 펴지며 멀리 훨찐한 펀더기가 곱게 다려놓은 무명베와 한가지였다. 들판의 끝자리 둘러 해송숲 푸나무서리 넘어서면 아마도 남쪽 바다가 기다리고 있을 터였다. 남실바람이 부는 오후에 바다는 은결 위로 현(絃)을 타듯 파도를 울렁일 거였다. 사르랑사르랑.
 노인은 무언가 적절한 탄사를 떠올리려 애썼지만 심장을 벌렁이게 하는 부푼 속마음은 선뜻 입 밖으로 튀어나오질 않았다. 노인은 여짓여짓 입시울만 씰룩였을 뿐 잔뜩 수수러진 마음의 돛은 멋대로 바람을 타고 있었다.
 삼신할미의 점지를 받고 이승에 던져질 때 한번은 꼭 감아돌도록 정해놓은 반환점 앞에 다다른 느낌이었다. 해도 반환점이라 친다면 그는 너무 늦은 셈이었다. 이미 칠순 세월을 센 머리에 고스란히 이고 있는 나이에 반환점이라니. 인생 칠십이 고래희(古來稀)라면 문자 그대로 여생(餘生)일밖에.

아닌게 아니라 집을 나설 때 드난살이 아주머니가 그러잖아도 뼛속에 강쇠바람 일 나이에 여적 낚시 타령이냐고 퉁을 놓았다. 농익은 홍시감 터지듯 피식, 한번 웃어주고는 신발끈을 동인 게 벌써 사날 전. 하지만 기세도 좋게 둘러멘 낚시 가방과는 달리 나절 가웃이나마 착실하게 물가에 앉았는 것도 정말이지 만만찮은 일이 돼버렸다. 아무리 노둔해졌다 해도 찌놀음에 챔질할 순간을 놓칠 만큼은 아니라고 자위하고 있었지만 두어 시간 쪼그리고 앉았으면 시근시근 근력이 패는 건 어쩔 수 없었다. 그러면 괜스레 바람에 물결이 일어 찌가 얌전치 못하다는 핑계나 주워섬기며 주섬주섬 낚싯대를 걷곤 하였다. 하긴 바람이 많은 계절이었고 그렇게 혼령처럼 너울지는 남녘 땅 새밭이나 헤쳐가며 손 타지 않은 은근한 낚시터나 둘러보자는 여정이었다.

그렇게 지난밤을 지낸 소읍의 차부에서 되는 대로 먼저 오는 차편을 집어타고 한나절이 넘게 달린 뜨내기걸음. 버스가 비포장길로 접어들어 덜컹이는 차창 밖으로 눈길을 풀어두고 있을 무렵 문득 이삭 거둬내고 말라비틀어진 수숫대 위에 쏟아지는 햇살이 스산하게 가슴을 저미고 드는 것이었다. 흙먼지를 남기고 사라지는 차편을 앞세워 보내고 마른 황토흙을 따라 걷기 시작한 나라진 발품. 희끄무레한 잿빛 구름 사이를 비집고 내리쬐는 햇빛 줄기가 감히 서기(瑞氣)라고까지는 하지 못할지라도 그런 대로 발씨 서툰 노인에게 낯선 타곳의 이정표가 되어준 셈이었다.

영마루에 이르기까지 만만찮은 가풀막은 선뜻 차에서 뛰어내린 객기를 멋쩍게 만들었다. 헐떡이는 숨을 달래 산고개를 넘는 찰나 노인은 극적인 감정에 휘말렸다. 경명(傾命)이라더니! 아스라이 산굽이를 휘감아내린 비탈길이 기울어가는 인생굽이를 절감케 했고 고개 너머로 펼쳐진 창창한 풍광은 스스로 어떤 인생의 한 장막을 걷어낸 듯싶어진 거였다. 흡사 자신이 주연으로 출연했어야 할 무대에 정작 뒤늦게 도착하는 바람에 배우며 관객까지 모조리 빠져나가고 홀로 텅 빈 객석을 마주하여 서 있는 심정이었다.

　노인은 아스라한 전경을 향해 일인극 주인공처럼 마주 섰다. 아직 한 토막의 단막극쯤은 가능할 듯도 싶잖은가, 혼잣말을 중얼거렸다. 황토바람이 일었다. 남해의 파도결을 몰아온 해풍이었다. 노인은 황토먼지 속 벼룻길을 향해 마저 걸음을 놓았다. 계절은 이미 찬바람 머리를 지나고 있었다.

　가을걷이 끝난 내걸배미에는 묵은 볏가리 하나 남아 있지 않았다. 노인은 마른논 사이를 관류하는 조붓한 수로를 따라 허전허전 갈대처럼 걸었다. 낚시할 자리를 보아둘 셈이었다. 저만치 정자나무가 솟구친 아래로 오순도순 마을의 지붕이 보였다.

　저녁참에 잠깐 낚싯대를 드리우기 전에 먼저 숙소를 정해두려고 마을에 들어섰을 땐 이미 노을이 서녘을 물들이고 있었다. 잠포록한 날씨에 맞춰 저녁답 마을은 그러잖아도 다리쉼을 하고프게 푸근한 정경이었다. 노인은 그 장면 한 귀퉁이에 슬그머니 끼어들어 한동안 마을을 거들떠보았다. 잔밉게도 예쁘게 쌓아올린 돌각담을 따라 조붓한 골목을 이루며 옹기종기 모여 있는 촌집들. 그중 한 집 철대문에는 불 꺼진 조등(弔燈)이 철새 떠난 새집처럼 웅크리고 있었다. 떠나는 이로 하여금 아름다운 이승의 종착역으로 간직해두기에 마침맞게 마을의 저녁은 아늑히 저물어가고 있었다. 바야흐로 사진첩 속에 끼워지는 한 장의 흑백사진 같은 광경이었다.

'담배'라고 쓰인 양철간판이 삐걱삐걱 바람그네를 타고 있었다. 가겟방 쪽유리문은 흙먼지가 뽀얗게 앉아 김이 서린 듯 보였다. 버걱버걱 이가 맞지 않는 문짝을 열고 들어섰지만 누구 하나 내다보는 이도 없었다. 철제 앵글로 짜맞춘 진열대 위에는 허섭스레기 같은 잡살뱅이 상품이 듬성듬성 널려 있을 뿐 매기 없는 촌점방엔 파리조차 날지 않았다. 살 마음도 없이 이것저것 들었다 놓았다 하는 새 안쪽 내실의 문이 빠끔히 열리더니 늘어진 낮잠에 한쪽 머릿결이 누운 채로 주인 아낙이 잠기 어린 눈을 비볐다.

"하룻밤 자고 갔음 싶소만, 민박도 치시오?"

"민박이랠 것두, 고 문간방이 하나 비었긴 헌디."

여인네는 시큰둥 하품 섞인 대꾸를 뱉았다.

"내도록 비워둬설랑……"

군소리 말고 자든 말든 알아서 하라는 식으로 여인네는 볼품 사납게 통바지를 추어올리며 앞장을 섰다. 수더분한 노인의 인상을 한눈에 알아보는 의뭉이었다.

천장 없는 더그매에 군데군데 거미줄이 올라 있고 구석자리로 조곡포대 따위가 쌓여 있긴 했지만 그럭저럭 하룻밤은 지낼 만한 방이었다. 노인을 토마루에 앉혀놓고 서둘러 걸레질을 하면서 여인네가 물었다.

"낚시 오셨는게비요."

"입질이 좀 있소? 더러 물가에 사람들이 앉았긴 하던데."

"풍이 아니라 철 되면 물보덤도 괴기가 더 많다고덜 안 헙디요. 허지만서도 폴쎄 찬바람이 불어쌓는디……"

먼지 섞인 쥐똥을 걸레로 쓸어모으며 여인네가 언구럭을 떨었다. 한로 지나 대소한이 벌모렌데 철도 모르고 낚시가방이나 둘러메고 다니는 한량 풍신을 빗댄 피새였다. 노인은 푼더분 뒤뚱이는 아낙의 엉덩이에 대고 빙싯 웃었다.
"시방 군불을 넣어도 따숴질라믄 한참은 걸릴 끄인디……"
"그럼 잠깐 가서 물내나 맡고 오리다."
"그라믄 저녁 진지도 차려야겠지라이? 으쩌까, 물가로 개져다드릴까라?"
좋을 대로 하라고 이르고 노인은 낚시가방을 둘러멨다. 큰 놈으로 하나 올리라는 덕담을 보태며 여인은 먼지구럭이 된 걸레로 쓱쓱 손을 문질렀다.
노인이 그렇게 점방 문을 나섰을 때 마침 건너편 초상집에서도 한 소녀가 대문간으로 걸어나오고 있었다. 소녀는 떨어지는 붉은 노을에 한결 시름겨운 소복을 두르고 있었다. 한 손에는 불 켜진 초를 들고 다른 손으론 꺼질세라 조심스레 심지게를 보듬듯 하여 사뿐히 걸어오는 소녀의 함초롬한 모습에 노인은 저도 몰래 눈길을 빼앗겼다. 순간 노인은 저도 몰래 처음 보는 소녀의 이름을 입 속으로 불러보는 스스로에 당혹감을 느꼈다.
소녀는 대문간에 걸어둔 조등 속에 살몃 촛불을 품어놓았다. 불이 켜지자 조등은 비로소 하나의 영혼이 떠나는 항구의 등대처럼 아스라이 익어가기 시작했다. 소녀가 그 아련한 불빛에 바짝 얼굴을 가져다 붙이자 아이의 얼굴마저 발그랗게 착색되어갔다. '謹弔'라고 쓰인 먹글씨가 한동안 소녀의 볼에 그림자를 드리웠다. 커다란 눈망울을 섬벅이며 한동안 등롱 속 촛불을 들여다보던 소녀는 다시금 소리없이 대문간으로 사라져갔다.
노인은 꼼짝 않고 서서 소녀의 모든 동작을 망막에 새기고 있었다. 소녀가 사라진 뒤에도 아이의 뒷모습은 해읍스름한 궤적으로 남아 있었다. 그 궤적을 따라 노인은 아득히 오래된 삶의 지돌잇길을 어렵사리 감아돌고 있었다.

쟁쟁쟁쟁쟁―
꽹과리 소리가 울렸다. 꽹과리에 맞춰 등불이 출렁였다. 등불은 하나둘이 아니었다. 사방이 온통 연등의 물결이었다. 오래 전 스러진 옛 절터였건만 오늘밤만큼은 소도록한 불빛들로 장하게 되살아나고 있었다. 불길처럼 솟구치는 사물(四物) 소리에 맞춰 형형색색의 등불들이 일제히 춤을 추고 있었다. 여트막한 산자락을 타고 길고 긴 연꽃등의 물결이 흘러내렸다. 개성 시내가 온통 벌겋게 달궈져 있었다.

영등(影燈)놀이가 열리는 남산(용수산)자락의 쓸쓸한 폐사지는 모처럼 모여든 사람들의 손에 손에 들린 제등(提燈)으로 수백년 만에 숨이 돌고 있었다. 불현듯 되살아난 생기에 화들짝 꽃을 피운 고목과 같았다.

만등회(萬燈會). 예전 실로 일만 개의 등을 불 밝혔다는 연등의 도시 개성에 다시금 꽃불이 피어오른 건 진정 오랜만이었다. 전쟁 말기 일제에 의해 일체의 제등행렬과 연등장엄이 금지된 이래 해방 전, 작년의 초파일도 봄답지 않았다. 춘래불사춘(春來不似春). 초파일 연등을 밝히고서야 비로소 겨울옷을 벗고 봄옷으로 갈아입는다는 개성 사람들에게 그 추웠던 봄의 기억은 유별난 것이었다. 그 반동이었을까. 오늘, 해방 후 첫 석탄일을 기해 봇물 터지듯 쏟아져 온 연등의 물결이 천지를 지피고 있었다.

거리마다 깃발을 올린 등대(燈臺)가 세워졌고 불자(佛子)건 비불자건 가리지 않고 개성의 모든 남녀노소가 주렁주렁 등불을 만들어

거리로 쏟아져나왔다. 등불도 각양각색이었다. 연꽃등을 위시해서 일월등, 말머리등, 학등, 거북등, 잉어등, 사자등, 오리등, 호박등, 수박등…… 말 그대로 불이 번지듯 연등의 행렬은 시가의 구석구석으로 퍼져나갔다. 그들 모두가 벌겋게 달아 있었다.

쟁쟁쟁쟁쟁—

다시 한번 꽹과리가 울었다. 카랑카랑한 꽹과리 소리는 청명한 밤하늘로 시원스레 퍼져올랐다. 꽹과리 소리를 따라 연등의 너울이 뭇별이 되어 검은 하늘로 흩어지기 시작했다.

윤후는 고개를 돌려 은명을 바라보았다. 내내 짐작할 수 없는 우울에 잠겨 있던 그녀도 어느새 연등의 불꽃심처럼 열이 올라 있었다. 장난기가 솟은 윤후는 그녀의 얼굴께에 대고 초롱을 흔들어 보였다. 그녀의 옅은 미소가 보기 좋게 달궈졌고 그녀 역시 질세라 윤후의 눈앞에 대고 둥실둥실 종이등을 흔들어댔다. 둘은 마주 보고 웃었다. 어느새 그녀의 웃음에 도발적 기운이 풍기고 있었다. 오랜만이었다. 모든 것이 생생하게 되살아나는 밤이었다. 오랜 시간을 두고 그리워만 했던 것들이 물컹 만져질 것 같은 생기로운 밤이었다.

은명이 그를 찾아온 것은 엊그제였다. 여자의 몸으로 길잡이 하나 없이 삼팔선을 넘어온 그녀가 비로소 약혼자 앞에 서 있었다. 처음 보았을 때 그녀는 가을걷이 끝난 들판에 습습한 갈바람을 견디고 섰는 허수아비를 연상케 했다.

—정말 보고픈 사람을 만날 땐 빈털터리여야 한다면서요.

긴 우여곡절을 갈무리하기엔 밑 빠진 자루처럼 너풀거리는 첫인사였다. 그나마도 그 한마디뿐이었다. 그녀와 함께한 지난 며칠 윤후는 정말 방에 짚인형 하나를 들여놓고 있는 기분이었다.

황해도 신막에서 쌀섬깨나 거둔다던 은명의 집안이었다. 지난 참에 실시된 토지개혁 때 불노(不勞)지주란 낙인을 피해가지 못한 사실까지는 알고 있었다. 해도 평북 땅 어디로 이주령이 떨어졌다는 집안 소식만 물어도 그녀의 눈동자는 불안스레 흔들렸다. 언제 가족과 떨어졌고 어떻게 남행길을 잡았는지 물어볼 엄두가 나지 않았다.

　은명의 넋 나간 표정에 담긴 상실감을 그로선 함부로 건드릴 자신이 없었다. 그녀는 부풀어오른 비눗방울처럼 불안하고 공허해 보였다. 밤마다 간간이 들려오는 송악산 너머 총소리에 잠을 깨면 그녀는 마주하고 누운 벽을 꿰뚫어보고 있었다. 제 쪽으로 돌려뉘어도 그녀의 눈동자는 까마득 먼 곳에 초점을 맺고 있었다. 그러다 어느새 자동인형처럼 벽을 향해 돌아눕는 그녀의 등을 보노라면 윤후는 자책감에 휩싸이곤 했다. 며칠째 은명은 넋이 나간 얼굴로 그의 하숙방 귀퉁이에서 움직이려 들지 않았다. 흡사 그녀는 하나의 음울한 정물화처럼 방 안의 어둠 속에 침윤되어버렸다.

　작년, 해방을 얼마 앞두고 헤어진 두 사람이었다. 서울에서 윤후는 전문학교 상과 졸업생으로, 은명은 여자청년연성소를 나와 유치원 교사로 만나 교제해오다가 조촐한 약혼식까지 올린 사이였다. 그는 졸업과 함께 고향 개성의 식산(殖産)금융조합에 취직했고 그녀 역시 고향집으로 되돌아갔다가 덜컥 해방을 맞게 되었다. 해방은 두 사람에게 별리의 개인사이기도 했다. 개성과 신막 사이 반나절 기차길이 기막힌 이역이 되고 말았다. 전혀 내왕이 불가능한 것도 아니었지만 일제하 수탈기관으로 지목돼 숙청 대상에 오른 식산계 은행원으로서 윤후는 감히 북쪽땅을 밟을 용기가 없었다. 그렇게 뜨문뜨문 인편에 소식만 주고받던 부지하세월 속에 급기야 얼마 전 군정 당국은 무허가월경에 대해 발포령까지 내렸던 것이다. 그리고 회오리치는 시공을 뚫고 은명이 그의 곁에 누워 있었다.

"모두 내 소심한 탓이오."

윤후는 곁에 누워 뒤로 은명을 껴안았다. 그녀의 뒤통수에 대고 용기 없는 자신을 고백했다. 미처 품안을 채우지도 못하는 그녀의 작은 몸피가 격류하는 시절의 여울목을 홀로 건넜다는 게 새삼 안쓰러웠다. 그는 그녀의 머리채에 얼굴을 파묻고 나직이 용서를 빌었다. 입술에 닿는 가칠가칠한 그녀의 머릿결이 묘한 촉감을 불러일으켰다. 그는 좀더 깊숙이 그녀에게 파고들었다. 자책으로 식은 제 몸에 그녀의 체온을 용서의 징표로 받아들이고 싶었다. 그때 그녀가 벌떡 몸을 일으켰다.

"돌아가야겠어요."

단호한 그녀의 목소리와는 달리 눈동자는 여전히 먼 곳으로 풀어져 있었다. 윤후는 아연히 은명을 바라보았다.

"아니, 이제 와 어디로 돌아간단 말이오?"

그녀는 대답하지 않았다. 재우쳐 물을수록 점점 먼 곳으로 흐르는 그녀의 눈길에서 그는 비로소 이건 아니라는 직감을 느꼈다. 그녀를 와락 끌어안았다. 상대를 보듬어주었다기보다는 차라리 허방다리에 쑥 빠져들어가는 자신을 지탱하기 위한 몸짓에 가까운 포옹이었다.

그렇게 사흘이 흘렀다. 오전 근무를 끝내고 관사로 돌아왔을 때 은명은 여전히 방구석에 처박혀 있었다. 손목을 잡아끌듯 해서 밖으로 나왔다. 무언가 잠시라도 정신을 팔아버릴 대상을 찾아헤매다 무작정 개성좌 안으로 들어섰다. 그렇지만 영화는 시답잖은 소극(笑劇)이었고, 애초 두 사람의 마음을 달래줄 거리는 되지 못했다. 상영시간 내내 그녀는 실밥 터진 봉제인형 같은 얼굴을 하고서는 스크린 아닌 허공을 바라보는 표정이었다. 두 사람이 썰렁한 극장을 빠져나왔을 때 거리는 벌써 모색(暮色)에 물들어가고 있었다.

그때 거리 모퉁이에서 둥둥 북소리가 울렸다. 제등행렬이었다. 달구지 위에 올려놓은 커다란 법고 앞에 풍채부터 헌거로운 젊은 스님네 하나가 소맷자락을 펄럭펄럭, 타고(打鼓) 소리도 신명지게 행진을 이끌고 있었고 그 뒤로 열 지은 용고(龍鼓) 소리가 뒷박을 이었다. 오랜만이었다. 북소리에 맞춰 수많은 사람들이 각양각색의 등불을 손에 들고 두 사람 앞을 지나쳐가고 있었다.

느닷없이 윤후는 은명을 이끌고 행렬 속으로 뛰어들었다. 얼떨결에 사람들과 발걸음을 맞추고 있을 때, 누군가 그녀의 손에 꽃등 하나를 건네주었다. 어느 결에 윤후도 손법고를 쥐어잡고 되도 않는 박자로 덩더꿍이장단을 메기기 시작했다. 고법(鼓法) 따윌 배운 적은 없었지만, 그저 앞장선 달구지 위로 덩두렷이 솟은 달덩이 같은 스님네가 휘모는 대로 떠쿵떠쿵 북채를 두들기다보니 제풀에 흥김이 솟는 것이었다. 덩실덩실 어깨가 흔들렸고 걸음새가 덩달아 출렁였다. 두 팔을 한껏 벌려 가위질 춤사위를 젓는 그를 보고 비로소 은명이 피식 웃음을 흘렸다. 그걸 보자 윤후는 더욱 신명을 내 경중경중 그녀 주위를 맴돌았다.

서어까모니부울(釋迦牟尼佛)~ 서어까모니부울~ 서어까모니부울…… 이윽고 윤후는 석가모니 부처가 귀머거리라도 됐다는 양 열지은 사람들과 함께 소리 높여 부처를 불러젖히며 시가를 행진해나갔다.

출렁출렁 연등의 물결은 그렇게 이곳 폐사지로 흘러들었다. 한때 태조 왕건의 원찰(願刹)로 사방 삼십 리가 모두 절집 땅이었다는 이곳. 조선조 들어 땅 밑으로 꺼져버린 듯 언제 어떻게 스러졌는지도 모르게 쇠락하여 사람들의 뇌리에서 지워지고 만 이 옛 절터에는 고루거각(高樓巨閣) 대신 주춧돌 몇 개만 점점이 남아 있었고, 그 한켠에 귀퉁이 깨진 옥개석(屋蓋石)을 처량맞게 이고 있는 삼층석탑만이 남산의 산그림자에 파묻혀 세월을 버티고 있었다.

누가 시킨 것도 아닌데 사람들은 하나씩 둘씩 저마다 가지고 온 등롱에서 촛불을 꺼내 돌탑에 올려놓았다. 삼층으로 된 석탑의 지붕돌마다 빼곡히 촛불로 장엄되었고 그러자 어느새 돌탑은 타오르는 궁전이 되었다.

딱, 따그락, 딱딱딱딱…… 회주승(會主僧)의 목탁이 울리자 사람들은 등꽃을 내려놓고 탑돌이를 시작했다. 쟁쟁하게 울리던 사물 소리도 일제히 멈췄고 훤소(喧騷)를 그친 사람들은 묵묵히 합장을 하고 탑 주위를 맴돌았다. 윤후도 은명을 잡아끌듯 해서 사람들과 어울려 탑을 돌았다. 돌탑의 지붕 위에서 환하게 타오르는 등촉만이 갑작스런 고요 속에 기를 쓰고 피어올랐다. 돌탑을 싸고 사람들의 그림자가 연꽃무늬처럼 가지런히 늘어섰다. 누구도 말이 없었고 윤후와 은명, 두 사람 역시 입을 열지 않았다. 모두가 간곡히 제가끔의 비원(鄙願)을 빌고 있었겠지만 그건 누구도 들어서는 안 되는 마음의 속삭임이어야 했다. 탑을 두고 맴돌면서 사람들은 각자의 마음의 한 점을 향해 소용돌이가 되어 빨려들어가고 있었다.

윤후는 곁눈질로 은명을 바라보았다. 아무 말도 해선 안 되는 만큼 되레 많은 것을 묻고 싶은 시간이었다. 하지만 은명은 가라앉은 눈길로 앞사람의 발꿈치만 내려다보며 걷고 있었다. 촛불 빛을 받아 그녀의 속눈썹이 젖어 있는 것을 보았다. 해도 윤후는 섣불리 그녀의 눈물을 닦아줄 염을 내지 못했다. 울고 있는 것은 그녀만이 아니었다. 돌탑도 울고 있었다. 탑의 갑석 위에서 녹아내린 촛농이 지붕돌 물매를 타고 뚜욱뚝 떨어지고 있었다. 천년을 묵은 돌마저 저렇게 섧게 울고 싶은 밤이던가.

쟁쟁쟁쟁쟁-

가라앉은 가슴에 고였던 울기(鬱氣)를 놀래 쫓아버리는 갑작스런 꽹과리 소리. 탑돌이가 끝나자 망석중이놀이가 시작됨을 알리는 신호였다. 이제 바야흐로 개성의 초파일 행사 중에 가장 흥미진진한 대목이 벌어질 순간이었다.

놀이판을 벌일 자리를 따라 여러 개의 장대를 세워놓고 그 꼭지마다 줄을 매어두었다. 줄에는 망석중이라는 꼭두각시를 중심으로 지등(紙燈)으로 만든 갖가지 짐승과 물고기 인형을 매달아놓았다. 탑돌이를 마친 사람들이 줄대를 중심으로 둥그렇게 모여들자 자연스레 무대가 이루어졌다. 그네들의 손마다 들린 꽃등이 아롭다록 무대의 조명이 되어주었다.

으어어어라~ 오어어어야~

곡소리도 아니고 신음 소리도 아닌 괴상한 놀량목을 터뜨리며 작달막한 곱사등이 노인네 하나가 불쑥 가운데로 나섰다. 노인은 망석중이놀이의 명물이었다. 말하자면 노인의 역할은 꼭두각시의 대잡이였다. 누구 하나 저 늙은 곱추의 이름을 몰랐건만 개성 사람치고 그를 모르는 이 또한 없었다. 실로 노인을 다시 보게 된 건 오랜만의 일이었다.

곱사등이 노인이 망석중 인형의 줄을 잡자 사물 소리가 잠시 숨을 죽였다. 홉뜬 눈으로 찌긋이 좌중을 흘겨보던 노인이 마른기침 한번 털어내고 이리저리 줄을 잡아당기자 드디어 높이 매달린 망석중이 까댁까댁 흔들리기 시작했다. 어린아이 크기만한 나무인형은 차츰 동작을 키워가며 갖은 몸짓을 지어냈다. 바가지로 만든 커다란 제 머리를 슬금슬금 쓰다듬기도 하고 사타구니를 갉작갉작 긁어대기도 하는 양이 영락없이 살아 있는 사람의 몸짓이었다. 곱사등이 노인은 자랑삼아 그렇게 인형의 온갖 마디를 한 번씩 움직여 보이고는 이윽고 나무인형으로 하여금 둘러선 좌중을 향해 일일이 삿대질을 시켜 보이는 것이었다. 그 동작이 구부정한 노인의 그것과 너무도 닮았기에 사람들은 참았던 웃음보를 터뜨리며 한바탕 박장대소를 했다. 그리고 다시금 장단을 살려 북이며 장구, 꽹과리가 울리더니 마침내 노인의 몸짓 그대로 꼭두각시가 덩실덩실 춤을 추기 시작했다. 꼭두각시와 함께 줄에 매달린 갖은 짐승 모양 등불이 덩달아 너울거렸다.

노인은 놀이에서 산받이를 겸하는 셈이었지만 본래 망석중이놀이에는 이렇다 할 대사가 없었다. 그저 수도(修道)를 마친 망석중이 온갖 짐승들과 어울려 이렇게 저렇게 춤을 추며 놀아젖히는 것이 그 전부였다. 노인은 땡중인형과 더불어 온갖 우스꽝스런 동작을 주고받다가 으어어어라~ 오어어어야~, 특유의 황소 영각하는 소리나 질러대는 게 고작이었다. 그러면 둘러선 사람들 역시 제멋대로 각자가 들고 있는 꽃등을 둥실당실 흔들며 장단을 맞춰주었다. 그렇게 저마다 출연진이 되어 신명지게 얽히고 설키는 것이 망석중이놀이였다.

장구채 장단이 정신없이 빨라졌다. 제 흥을 가누지 못한 날라리는 아예 자리를 털고 일어나 사람과 등불의 물결 사이를 헤집고 다니며 깨방정을 떨었다.

윤후와 은명, 두 사람은 곱사등이 노인이 잡아끄는 대로 각자 등대자루 하나씩을 떠맡았다. 윤후의 등대 꼭지에는 용등(龍燈)이 올라 있었고 은명의 것에는 인어등이 매달려 있었다. 그리고 두 개의 등대에 매달린 줄에는 미럿한 달덩이 같은 노란 지등이 대롱거리고 있었다. 여의주였다. 그러니까 용이 된 윤후와 인어가 된 은명이 서로 줄의 양 끝단을 당겨라 놓아라, 여의주를 주거니 받거니, 희롱을 떠는 셈이었다. 여의주가 한켠으로 쏠릴 때마다 꽹과리가 부서질 듯 자지러졌다. 그때마다 두 사람은 서로의 얼굴이 발긋발긋 피어나는 것을 확인했다. 여의주는 두 사람의 속심에서 오래도록 뭉쳐진 뭉클한 무엇이었다. 한번 몸 밖으로 토해놓은 그것은 좀처럼 되삼킬 수 있는 것이 아니었다. 윤후는 정말 구름과 뒤엉킨 한 마리 황룡이 된 기분이었다. 은명은 여전히 소리없는 눈물을 짓고 있었다. 옛이야기에 나오는 인어처럼 그녀의 눈물은 알알이 구슬이 될 것이었다. 오지 않는 낭군을 기다리며 끝도 없이 베틀을 놀리고 또 놀리며 출렁출렁 서러움의 베를 짜 파도에 띄워보내야 했던 애모쁜 물고기처럼……

마침내 그는 등대자루를 집어던지고 뛰어가 그녀의 손목을 잡아 끌었다. 이 밤만 같으면 그의 앞을 막아설 건 세상에 없을 듯싶었다. 두 사람이 군중을 헤치고 산마루 소나무숲 속으로 사라지도록 옛 절터를 그득 메운 만등의 열기는 식을 기미를 보이지 않았다. 산 아래 개성 시내가 한껏 자지러지고 있었고 그녀의 입술은 촛불보다 뜨거웠다. 그는 우악스레 그녀의 몸을 소나무 둥치에 밀어붙였다. 거친 손길이 그녀의 옷깃을 파고들었을 때였다. 은명이 와락 그의 머리를 끌어잡아 가슴팍에 묻었다. 그리고 이렇게 말했다.

"돌아가야 해요."

그는 싸늘한 소름에 몸서릴 쳤다. 눈을 칩떠 그녀를 올려다보았을 때 그녀도 이윽히 그를 마주 보고 있었다.

"돌아가야 해요."

윤후는 더듬더듬 그녀의 뺨을 어루만졌다.

"어디로 간단 말이오. 나를 두고 갈 데가 어디란 말이오."

그러나 채 말을 끝맺기도 전에 은명은 솔숲을 빠져 달아나고 있었다. 그는 달음질치는 그녀의 뒷모습을 망연히 바라보고 있었다. 아득히 흐르는 꽃등의 물결이 그녀의 그림자를 삼켜버렸다.

*

　수로에 도착한 노인은 잠시 당황스러웠다. 아까 눈여겨보아두었던 포인트에 벌써 누군가 자릴 잡아버렸기 때문이었다. 수로의 가운데께, 수초가 북더기진 곳을 향해 새부리 모양으로 비죽 튀어나온 자리였다. 물풀 있는 곶부리 자리는 아비한테도 양보하지 않는다고 했는데…… 게다가 마땅히 낚싯대를 드리울 만한 다른 자리도 눈에 띄지 않았다. 비탈진 냇둑이라 앉을 자리를 마련하려면 야전삽 따위로 한참이나 부산을 피워야 할 테지만 노인은 그렇게까지 극성스런 '꾼'도 못 되었다. 다만 한쪽 물가에 도도록 둔덕진 자갈밭이 있긴 했지만 썩 입질이 좋아 보일 것 같지도 않았을뿐더러 거기도 벌써 누군가 아예 때아닌 텐트까지 쳐놓고 대대적인 살림을 살고 있었다. 사람은 보이지 않았지만 네댓 개의 낚싯대가 부챗살처럼 펼쳐져 있었고 텐트 주위로 음식찌끼가 그대로 담긴 코펠 따위가 너저분하게 널려 있는 꼴이 모르긴 몰라도 제대로 낚시를 배운 사람은 아닌 듯싶었다. 그런 경위 없는 사람 곁에는 처음부터 자릴 잡지 않는 게 상책이었다. 노인은 이러지도 저러지도 못하고 우두커니 물가에 서 있어야 했다.
　고새 먼저 와서 노인이 점찍어둔 자릴 차지하고 있는 건 올망졸망한 꼬마 둘이었다. 형제지간인 듯 보였고 그중 큰녀석이래 봐야 이제 열두어 살 정도로밖에는 보이질 않았다. 낚싯대 하나를 가운데 놓고 두 녀석이 궁둥짝을 맞붙이고 나란히 앉아 있는 꼴이 맹랑해 보였다. 한참 나부댈 나이답지 않게 도지개 한번 틀지 않고 진득하게 찌를 노려보고 있는 품이 제법 조사연(釣士然)한 것이었다.
 차분히 기다려보기로 했다. 어차피 이제 해가 서산마루로 넘어갈 시간이니 어린 녀석들이 저녁끼니도 거른 채 마냥 낚시질이나 하고 있을 것 같지도 않으려니와 잠시 두 소년 조사들의 깜찍한 낚시 솜씨를 구경하는 것도 그런 대로 흥미로울 듯싶었다.
 숙지근해진 선들바람이 붕숭한 갈대꽃을 뒤흔들고 가자, 조붓한 수로는 자잘히 금물결을 뒤챘다. 떨리는 금빛을 배경으로 아이들이 던져놓은 찌가 거무스레 실루엣으로 보였다. 찌란 놈은 오똑하면 오똑할수록 외로워 보이게 마련이었다. 외로움이란 또 시선을 멀찍이 물리게 만드는 법. 아이들 낚싯대야 고작 두 칸짜리였지만 고 끝에 매인 가는 찌눈금이 노인의 눈엔 가마득한 좌표로 퇴영되고 있었다. 맞은바람을 타고 사위가 가물가물해지는 것을 꼭 노안(老眼) 탓으로만 돌릴 일도 아니었다.
 "성아, 왔다!"
 작은놈의 일침에 맞춰 까딱 찌가 놀자 큰녀석의 손은 벌써 대끝을 움켜쥐고 있었다. 옴쏙 물결에 파묻히는가 싶던 찌꼭지가 다시금 솟구치더니 비스듬히 누울 참나 소년이 낚싯대를 챘다. 늦지도 빠르지도 않은 나무랄 데 없는 동작이 여간 여문 솜씨가 아니었다.
 "옳거니!"
 노인은 저도 모르게 아이들의 어깨 너머로 끼어들었다. 파드득! 수면을 차고 자지러지는 품이 제법 씨알이 있어 보였다. 큰녀석이 서둘지 않고 낚싯대가 낭창거리는 대로 손맛을 즐기고 있는 새 작은 녀석은 올 성근 채반을 뜰채 삼아 물 속으로 들이밀었다. 팔딱팔딱 날뛰는 것이 족히 뼘치는 넘어 보이는 놈이었다. 때깔부터 노르께하고 몸집이 때글때글한 태가 이곳 바닥 붕어가 틀림없었다. 씨알 먼저 맘에 차는데다가 제법 힘도 겨루는 맛이 있을 것 같은 게 그만한 놈으로 예닐곱 수만 나와준다면 새벽까지 버텨봄직도 한 노릇이었다.

 그때 저쪽 텐트에서 비죽이 사람 머리가 튀어나왔다. 기름때 흐르는 머릿결이 멋대로 뻗쳐 있고 때 전 오리털 파카 속으로 켜켜이 껴입은 덧옷 때문에 몹시도 추레한 인상을 풍기는 사내였다. 사내는 떠드는 소리에 곤한 잠을 깼다는 듯 심술궂은 표정으로 잠시 이쪽을 흘겨보더니 이윽고 절걱절걱 자갈바닥을 뭉개며 다가왔다.

 "니들 또 왔네?"

 첫마디부터 잔뜩 신경질이 섞인 목소리였다.

 "요 조막탱이만한 녀석덜이 아침저녁으로 성가시게 구누만. 알아들을 소리로 이를 적에 당장 낚싯대 걷으라, 응?"

 그러나 무엇보다 노인에게 귀설게 느껴지는 것은 사내의 말투에서 풍기는 서북(西北) 사투리 억양이었다.

 "헹, 갈 팀 아제버텀 가셔라. 괜스레 자다 나와설랑 또……"

 "요 행신머리 더런 게 좀 보지! 어른 말씀하시는데 따박따박 말시비질일까. 야, 이놈들아, 여기 어르신 오셔서 기다리시는 게 안 뵈니? 어르신이 오셨으면 발딱 일어나 자릴 비켜드려야디, 밍그적밍그적 이게 뭐 하는 짓입네!"

 사내의 느닷없는 간사위를 받자 노인은 어쩔 줄을 몰랐다. 경위 없는 사내의 말본새에 눈살이 찌푸려들 판이었는데 정작 그가 노인을 생각해주는 꼴이 오히려 난감하기만 한 것이었다.

 "아니오. 되었소. 낚시자리야 당연히 선래자(先來者)가 임잔데……"

 "그래도 그런 것이 아니디요. 애들이 웃어른 공경하는 것부터 배워야디요. 아, 재우 못 인나!"

사내는 서슴없이 큰녀석의 머리통에 알밤을 놓았다.
"씨이……"
얻어맞은 녀석이 대번에 발끈 일어섰다.
"어랍쇼. 욘석 눈깔 치뜨는 것 좀 보라. 어디 어른한테 골부림이네……"

사내가 다시 주먹을 치켜들었을 때 노인은 황황히 사내의 팔을 붙들었다. 공연히 자신을 핑계로 애꿎은 아이들에게 심술을 피우는 그자의 꼴이 민망스럽기도 했지만 그보다 저만치 둑길 위에서 이쪽을 내려다보고 있는 누군가를 보았기 때문이었다. 다름아니라 아까 초상집에서 보았던 그 소복 입은 소녀였다. 순간적으로 노인은 들켜선 안 되는 장면을 들켜버린 개구쟁이처럼 쩔쩔매는 꼴이 되었다. 꼭 짝사랑하는 사람 앞에서 치신사나운 꼴을 보이고 만 것 같은 어설픈 설렘이기도 했다.

노인은 재깔재깔 욕말을 주워섬기는 사내를 말려가며 그를 다시 텐트 앞까지 밀고왔다. 아이들은 사내의 심술 따위는 어느새 잊어버리고 다시 물가에 쪼그리고 앉았다. 사내의 행짜 따위엔 이제 익숙해졌다는 듯 이쪽으론 눈길 한번 돌리지 않는 것이었다.

뒤를 돌아보았을 때 둑 위의 소녀도 이쪽을 바라보고 있었다. 노인과 눈길이 마주친 소녀는 잠시 물끄럼 이쪽을 바라보다가 이내 몸을 돌려 갈숲 사이로 스적스적 사라져갔다. 노인은 소녀를 쫓아가고 싶었다. 무슨 이야기를 건네야 할지는 모르겠으나 아무튼 소녀에게서만 구할 수 있는 답을 찾아 예까지 온 듯한 뒤늦은 조바심이 일었다. 소녀는 오래 전부터 노인의 삶 한 자락과 어금막힌 자리에서 서성이고 있었을지도 모른다.

그러나 막 걸음을 놓으려는 순간 사내가 그의 낚시가방을 잡아채는 것이었다. 뒤돌아보는 노인의 얼굴에 대고 그는 누런 이를 드러내며 빙글빙글 웃어 보였다. 좀전까지 터무니없는 해찰을 떨던 표정과는 사뭇 다른 얼굴이었다.

"여기다 대를 펴시디요. 딴 데 가보셔야 마깟은(마땅한) 자리도 없을 겝네다."

그러면서 사내는 노인의 낚시가방에 매어둔 접의자를 풀어 손수 물가에 자릴 잡아주고 나서는 것이었다.

"저 녀석들 자리만은 못해도 그럭저럭 여기도 미끼를 던질 만합디요. 물 속 사정이야 누가 알겠습네까? 물 속 가는 길이야 물고기 맘이디요, 안 그렇습네까?"

넙데데 웃어 보이는 그의 얼굴에는 좀전의 밉상은 오간 데가 없다. 이상한 사내였다. 노인은 소녀가 사라진 방천길을 아쉬운 듯 바라보며 엉거주춤 사내가 권하는 자리에 앉아야 했다.

노인이 늘그막에 접어들어 묵혀두었던 낚싯대를 다시 꺼내잡은 것은 재작년, 그러니까 반생을 같이 살다시피 했던 엄동술 사장이 세상을 버린 뒤였다. 그야말로 뒤를 보는 시간을 제하곤 그림자처럼 붙어지내던 두 사람이었지만 노인은 엄 사장이 남기고 간 휑뎅그렁한 자리를 마주하기 전까진 남겨진 자로서 떠맡아야 하는 공허를 짐작하지 못했다. 외려 저 죽은 뒤 뒷갈망 치러줄 인사라도 있으니 늙마에 그만도 복이라고 항상 되뇌고 있었거늘.

두 사람이 처음 만난 것은 그가 젊어서 유학하던 시절 서울 하숙집에서였다. 평남 강동이 고향인 동술은 일찍이 죽술연명도 어려웠다던 빈농의 고향집을 떠나 한뎃잠을 자며 떠돌며 살았다. 애옥살이 가난뱅이의 씨답지 않게 본래 덩치가 헌걸찬데다가 절굿공이 푼수

평실이 익을 무렵 249

는 족히 되는 주먹으로 한창 시절엔 유명한 평양 서성리 바닥에서도 엄동술 이름 석 자면 모두 고개를 짤짤 흔들어댔노라 떠벌릴 만큼 가히 장골(壯骨)이었다. 철들 나이가 되어서 자릴 잡은 것이 동대문 부근의 철물공작소였고 그 공장의 주인이 윤후의 하숙집 주인이라 두 사람은 자연스레 한 지붕살이를 하게 되었다. 하지만 전쟁 말기에 이르러 철공소의 기계붙이까지 모두 공출되어 이렇다 할 일도 없어 나중엔 고작 근방의 숭인동 우시장에서 차인꾼으로 소일하던 동술 덕에 윤후는 가끔 고깃점이나 얻어먹었고 그 값으로 까막눈인 그를 대신해 강동의 고향집에 띄울 편지 따윌 대필해주곤 했다.

"이자 헤어지면 윤동짓달 초하룻날에나 보잤구만!"

해방되던 해 졸업과 함께 고향인 개성으로 발령을 받아 떠날 때 그는 윤후에게 그렇게 실없는 농으로 석별의 아쉬움을 감췄다. 정말로 그렇게 헤어져 다시는 못 만날 줄 알았건만.

두 사람이 다시 만난 건 휴전 직후 윤후가 피난지 부산에서 상경한 뒤였다. 서울이라고 해봐야 가까운 푸네기 하나 없긴 매한가지였지만 그래도 학창 시절 한때를 보낸 낯설지 않은 곳이기도 했으려니와 헤어진 은명에 대한 '만에 하나'라는 미련맞은 심사도 없다곤 할 수 없었다. 하지만 서울은 조금도 그의 허망함을 위안해주지 못했다. 위안은커녕 차라리 서울에 대한 기억이 없느니만 못하였다. 형해만 남은 도시는 앙상한 그의 현재와 다를 바가 없었다. 은명과의 추억이 서렸던 장소들은 물론이고 한동안 몸을 의탁하리라 생각했던 지인들의 집들도 모조리 전흔으로만 남았고 일껏 판잣집으로나마 되지었다 싶은 곳에도 모두 생면부지들만이 살고 있었다.

그렇게 의지가지없이 떠돌던 그가 마침내 허기와 피로에 지쳐 주저앉은 곳이 남대문로의 시장통. 아무런 일자리나 잡아 밥내라도 맡아야겠노라 찾아왔건만 무양무양한 성격에 어디 한 군데 청 한번 넣어보지도 못했을뿐더러, 본래가 마른 논에 꽂아놓은 꼬창모처럼 볼품없는 몸피에다 난리통에 단벌로 버티느라 굴왕신 찜 쪄먹게 꾀죄죄한 차림의 그를 보고 품을 사줄 사람도 없었다. 허기에다 실의까지 겹쳐 아무렇게나 날바닥에 주저앉아 날 잡아잡수, 한숨이나 쉬고 있을 때 문득 왕사발 깨지는 언성이 들려왔다.
"이거이 뉘라? 자네 윤후 맞디?"
힘없이 치떠보니 다름아니라 수년 전에 헤어졌던 엄동술이었다. 워낙 감정을 발하는 데 격의가 없던 동술은 그 자리에서 으스러져라 그를 껴안고 반가움을 표했다.
"그래, 요 꼬락서니가 어캐 된 일이야?"
시장통 술국집에 앉아 허겁지겁 비운 뚝배기에 자기 몫의 국물을 더 부어주며 동술은 전후사정을 캐물었다.
"귀신도 굶는다는 난리통 아닌가……"
적당히 얼버무리고 넘어가려 했지만 동술은 멱씨름이라도 하듯 코를 디밀고 저간의 이야기를 모조리 들그서내고 말았다. 워낙이 무람없는 사람이었다.
"제엔장칠!"
자초지종을 다 듣고 난 뒤 동술은 술청의 때 낀 천장을 향해 푸우, 담배연기를 뿜었다. 그가 내미는 럭키스트라이크 한 대를 빼물자 새삼 눈시울이 매콤해지는 탓에 윤후는 외로 고개를 돌렸다.
"그라면 자네 날 도와서리 가티 일 좀 안 해볼텐?"
한동안 담배연기만 맴돌던 술상 위를 가로질러 동술이 새로운 제의를 해왔다. 이야기인즉슨, 휴전 후 군 수송대에서 제대한 동술이 경력을 살려 얼마 전부터 미군부대에서 적정 연한이 지난 트럭을 불하받아 운수사업을 시작했는데, 그 일에 윤후의 도움이 필요하다는 것이었다.
"내가 사업에 대해 뭘 알겠나. 공연히 자네한테 짐스럽게……"
안감망(安敢望), 점직스런 마음에 사양부터 하고 봤지만 동술 역시 면치레로 한 소리만은 아니었다.
"사업이랍시고 벌여놓으니 델로 먼첨 걸리는 거이 사모 쓴 도적놈덜이야. 간나덜이 내레 면무식도 못한 처지란 걸 알고는 지레 사사건건이 딴지를 걸고 나오는데 열불이 꼭지에 올라도 뭣이래 알아야 대거릴 칠 거이 아닙네. 자네부텀 잘 알디만서두 내레 숫자 나부랭이만 보믄 한숨부터 나오딜 않네? 어캐도 자네야 대학서 상과깨지 나와설라문 은행원이루 주판알 놀음은 해보디 않았네? 그러디 말고 낼 좀 도와돌라야. 난리통에 명부지성부지(名不知姓不知) 개져다 쓰는 거이보담야 내한테 훨 실답디 않갔네."
결국엔 전표나 묶어주고 피천이나 얻어쓰자는 심산에 고개를 끄덕이게 되었다. 사업이야 수완 좋은 엄 사장이 모두 알아서 했고 그가 하는 일이라곤 장부정리에 도장관리뿐이었지만 엄 사장은 착실히 동업자 대우를 해주었다. 그렇게 슬그머니 암질러 얹힌 것이 어영부영 반생을 같이하게 된 사연이었다.
홀앗이 살림이긴 엄 사장도 마찬가지였다. 그 역시 사변통에 가족과 이산한 처지였다. 해방 직후 마찬가지로 귀향하여 본향 처녀와 결혼해서 어엿한 맏상주까지 두었지만 일자릴 찾는다고 다시 남하한 것이 영 되돌아갈 수 없는 땅으로 발을 디딘 셈이었다.
마주 보는 얼굴에서 세월여류(歲月如流)를 확인해가며 두 홀아비는 더 늙기 전에 달첩자리라도 보라고 농지거릴 주고받기도 했다. 윤후는 그렇다 치고 엄 사장은 "내 버는 돈이면 내로라 하는 명화일

류(名花一輪) 기생덜이 세모시 고쟁이 바람으로 줄을 설 텐데 뭣이 아쉬버서 새장가를 가네!" 너스레를 떨었다. 그러면서도 그는 정작 유녀들과 어울린 술자리가 불콰하게 익을 때쯤이면 벌게진 눈으로 술병 모가지를 잡고 벌물을 켜듯한 술로 억병이 되게 취해버리곤 하였다. 순진하게도 여자만 품으면 홀어머니 모시고 간난을 겪고 있을 이북의 아내를 떠올리는 엄 사장의 고질이었다. 누가 술을 일컬어 망우물(忘憂物)이라 했던가. 이튿날 아침 속풀이 술국을 마시며 윤후가, "자네 혹시 그새 살방망이가 솜방망이 돼버려 그런 거 아닌가?" 슬쩍 농을 걸면 대뜸 주먹 쥔 팔뚝을 털레털레 흔들어 보이며, "기따위 객쩍은 소리 하디 말라. 내레 구들장 깨지는 거이 겁시나 방 아질 못 찍는 기야, 알기나 한?" 큰소리였다. 씩둑거리는 농담서껀 해장술에 다시 취기가 오르면 "오살할 세상, 통일만 되라우야. 내레 기날로 한달음에 달려가서 에미네 끌어안고 땀벌창 난 몸뚱이를 첨 버덩 강물에 담그가서. 대동강 물을 온통 쌀뜨물로 만들어놓가서" 씁쓸한 흰소릴 쳐댔다. 그런 날이면 으레 내박친 소주병으로 탁자 위에 유리 조각이 퍼렇게 널리곤 했지만 윤후는 나서서 말릴 생각을 하지 않았다. 그렇지만 강물보다 도도한 세월이라, 엄 사장의 비릿한 농담도 차츰 황혼연설이 되어갈밖에.

그렇게 면면이 어울리지 않을 듯하면서도 한데 두얽혀 한 세상살이 더불어 해낸 두 사람이었건만 한 가지 취미만은 함께하지 못했으니 그것이 곧 낚시였다. 한창 사업에 불이 붙었을 때를 빼놓곤 윤후는 여가가 있을라치면 으레 낚싯대를 둘러메고 나서곤 했지만 엄 사장은 같이 나서자는 제의를 무 토막 자르듯 거절했다.

"내레 어려서 딱 한 번 낚시딜이란 거이 해본 적이 있디만 세상 없어두 못 할 짓이 그거이야. 뭐이가 돟타고 그짓꺼릴 꺼네? 둥덩산 같은 대장부가 오죽잖이 할 지랄이 없어 오그랑쪽박 시늉으로 물가에 쪼글뜨리고 앉아서리 수수깡 찌나 텨다보고 있네? 우리 고향선 낚시 딜 같은 거이 애쎄 하는 이가 없었서야. 자네도 알디? 내 고향 강동이 대동강 동쪽에 있대서 강동 아님."

엄 사장의 너스레가 다시 고향 타령으로 이어졌다.

"수정처럼 맑다 해서 이름 붙은 수정천 시내가 대동강으로 흘러들기 전에 거치는 강이 고향집 앞을 흐르는 서강이었대서. 그 맑은 강물이 넘늘넘늘 흐르는 넓죽한 강변에 벼락가티 천길 절벽을 이루며 불쑥 솟은 커단 바위가 하나 있는데 그거이 거북바위라 불렸어야. 경치? 그거이 말로 해서 설명이 되간네? 좌우단간 여름 한철이면 사방서 몰려든 뱃놀이객으로 닥시글댔지. 해도 뉘 하나 낚시딜은 안 해서야. 가을 늦어 강물에 얼음이 얼락 녹을락 하믄 떡메 하나 든든한 눔으로 울러메고 물가 바위기슭에 내려가는 기야. 그래개지군 간 힘을 모아 떡메로 바위를 쿵, 내리치디. 허면 막 겨울잠에 들렸던 물고기딜이 하얗게 배때기를 까뒤집고 둥둥 떠오르는 기야. 붕어랑 잉어랑 꺽지며 황쏘가리…… 야아 말도 마라야. 그대로 주워담기만 하믄 그날로 온 동네 저녁상엔 비린내가 확 풍겼더래서. 쿵쿵, 떡메를 칠 때마다 바위에 허다하게 뚫린 동굴 속에 잠자던 겨울새덜이 화드득 놀라 하얗게 날아오르는 거이, 하아–! 그런 장관이 없어서야. 참말 보고 싶구나야. 봄날 거북바위 휘어진 능선을 타고 흐벅지게 핀 개살구꽃구름, 움켜쥐면 뭉클 터질 듯한 고 연분홍 깔색이 눈앞에 썬하다야."

그래, 순박했던 시절. 고향 이야기야 제아무리 쾅포면 또 어떠랴. 여하튼 윤후는 껄껄 웃음소리를 대꾸로 삼고 혼자 묵묵히 낚시터를 찾아다니곤 했다. 스스로도 목적을 정하지 않은 조행(釣行)이었다.

잡는 족족 놓아줄 물고기를 왜 그렇게 쫓아다녔는지. 가져다붙이자면 그것이야말로 소심한 그가 할 수 있었던 유일한 표박행이었다.

그러나 한 번, 일생을 두고 딱 한 번 엄 사장이 낚시터에 따라온 적이 있었다. 엄밀히 말해 동행이 아니라 그를 찾아나선 걸음이었다.

갤 듯 말 듯한 장마비로 빗밑이 무겁게 늘어지던 어느 휴일 오후였다. 추적이는 비를 무릅쓰고 나선 길이었지만 윤후는 정작 찌를 주시하고 있지 않았다. 맥없이 풀린 그의 눈에는 빗방울이 강물 위로 떨어지며 이루는 자디잔 파문만이 무수히 들어올 뿐이었다. 강물을 타고 흐르는 시간 속에 얼마나 그렇게 넋없이 앉아 있었는지 모르지만 비옷 위로 떨어지는 빗방울 장단을 타고 머릿속을 출렁이는 갖은 상념 속에 그는 곁에 다가오는 발걸음 소리도 듣지 못하고 있었다.

"올라개자우."

고갤 들어 보았을 때 거기엔 뜻밖에도 엄 사장이 우산도 받쳐쓰지 않고 서 있었다.

"예 있는 줄 어떻게 알고······"

"이녁이 헤어진 제수씨 생각하며 올 데가 여기밖에 더 있네?"

강 건너 저 멀리가 바로 윤후가 난리통에 은명을 놓친 생이별지였다. 이산가족찾기 방송을 보다 말고 불쑥 자릴 차크 일어섰으니 동술이 어림짐작으로 찾아올 만도 했다. 흘끗 그를 올려다본 윤후는 다시금 비 내리는 김포벌의 널따란 조망을 향해 눈길을 맞추었다. 두 사람 다 그렇게 먼산바라기만 한 채 한동안 말이 없었다. 멀리 북으로 이어진 들녘이 안개 속으로 물러앉고 있었고 두 사람의 시선은 빨려들듯 그 가망 없는 불투명 속으로 끌려갔다.

"올라개자우. 당장 개서 적극적으루 나서보자우."

"······"

"도대체 뭐일 망설이네? 씨나이가 에미넬 찾는 데 뭐이 걸리는 기 그리도 많네? 찾아보자우. 이런 기회가 또 하세월에 오갔네? 찾아보고 나서래야 둑었는지 살았는지 가늠이 될 거이 아닙네?"

윤후는 속으로 한숨을 삼키고 대꾸하지 않았다. 소 죽은 귀신 같은 침묵에 엄 사장이 안달을 냈다.

"살았으면 만날 사람이구 또 둑었다면 님자래 메밥이라두 지어올려야 되지 안칸?"

"……"

덕석 같은 엄 사장의 손이 그의 어깨를 짚었다.

"님자 잘못 없어. 세월하구 역사를 어캐 님자가 다 덤터기쓰네? 우린 피해자야 피해자!"

피해자? 윤후는 고개를 저었다. 반박할 수도 없었지만 또 용납도 되지 않는 말이었다. 세월이니 역사니 하는 추상명사는 아무래도 좋았다. 문제는 그것을 부대껴온 제 몸뚱이였다. 그건 거부할 수 없는 유일한 제 것이었다. 꾸덕살이 되어 무디고 무디어졌다 해도 썩어 문드러지기 전까진 지니고 있어야 하는 것이었다. 세월이 갈수록 상처 입은 기억은 영혼이 아닌 몸뚱이를 집으로 사는 모양이었다.

"보라, 이러는 게두 죄다 님자가 호사 부리는 게야. 내를 보라우. 오마니가 살아 있는 둘 번연히 알믄서두 만낼 꿈두 못 꾸는 갭갭한 이 가슴을 좀 디다보라."

"……"

"개자우. 개서 방송에두 나가구 넘들처럼 울고 짜고 청승도 떨어보자우. 하다못해 그런 지랄이라두 치구 나면 잠시 잠깐 숨통은 트이디 안캈네!"

엄 사장은 강가의 젖은 명개를 한 움큼 집어들어 북쪽 하늘을 향해 냅다 치뜨렸다.

　이튿날도 날은 개지 않았다. 여전히 세상은 젖어 있었다. 방송국을 벗어나기 직전 윤후는 마지막으로 한 번 더 뒤를 돌아보았다. 열지어 선 행렬의 꼬리가 실내를 벗어나 바깥 계단까지 이어지고 있었다. 지루한 장마비보다 더 지쳐 보이는 사람들. 가슴패기마다 몌별(袂別)의 사연을 적은 알림판을 하나씩 받쳐들고 혹시나 하는 기대를 끝끝내 버리지 못하는 미련한 행렬. 추적추적 빗줄기는 이어졌고 그들이 겪어온 사연과 견뎌온 세월이 그렇게 빗물에 불어 헤실바실 풀어지고 있었다. 보시오, 이런 식의 기다림이 얼마나 하염없는 것인지 수십 년을 견디고도 깨닫지 못하셨소, 이 못난 인사들아! 윤후는 그렇게 수얼수얼 넋두릴 하면서 주머니 속에 구기박질러넣어두었던 종잇장을 꺼내 좍좍 찢어발겼다. 김윤후란 이름 석 자가 적힌 '이산가족찾기 방송 참가신청서'는 끝내 그렇게 찢날려 흩어지고 말았다.
　그렇게 '잊어야지!' 한마디를 곱씹으며 정문을 나섰건만 방송국과 멀어질수록 오금이 접힐 듯 무겁게 얹히는 허탈감에 끝내 그는 비에 젖은 인도턱에 쪼그려앉고 말았다. 혈육을 찾는 이산가족들의 아우성으로 인성만성 복대기는 틈바구니를 비집고 나오느라 진땀을 흘렸기 때문일까. 아니면 추억보다 더 먼 곳에 존재하면서도, 생시보다 더 생생하게 낙인 찍혀버린 영혼의 상처가 새삼 채찍이 되어 오금팽이를 후려쳤기 때문일까. 쇠하여가는 걸음새로 이제 더는 감당할 수 없는 무거운 차꼬 따위가 둔하게 매달려 있는 것 같은 착각. 이 철그덩거리는 족쇄 소리는 내 삶의 어디까지 뒤따를 것인가. 방송국에선 아직도 역사책 속으로 스며들지 못한 삶들이 목놓아 곡을 놓고 있을 거였다. 사람이 역사를 만드는 것이 아니었다. 역사가 사람을 불러내어 제 이야기를 늘어놓는 것이다. 그리고 역사는 흘러가지만 용도가 다 된 사람들은 저렇게 헛꿈을 꾸고 있는 것이다.
 담배를 빼어물었지만 젖은 성냥은 몇 번이고 헛손질만 시키고 있었다.

*

 온전히 해가 넘어가고 천변이 컴컴지경에 휩싸여 아예 찌끝이 보이지 않을 무렵이 되었다.
 "철구야아-, 홍구야아-!"
 마을 어귀 정자나무 아래께서 애들을 불러대는 아낙네의 아련한 저녁밥 채근에 맞춰 아이들이 낚싯대를 걷고 가버리자 이제 물가에는 노인과 예의 사내만이 남았다. 좀전까지 낚시보다는 서털구털 쓸데없는 이야기로 귀찮게 굴던 사내는 노인의 대꾸가 시원치 않자 길어온 물로 라면을 삶기 시작했다. 때맞춰 가겟방 안주인이 날라온 식사를, 마다하는 사내를 불러 함께 라면국물에 말아 나눠먹자 뱃구레까지 두둑해지는 것이 비로소 물가에 나온 기분이 살아났.
 세 마리째 가을날 감나무 이파리만한 붕어로 손맛을 본 노인이 좀 더 버텨볼 요량으로 야광촉을 손톱 끝으로 똑똑 분질러 찌 끄트머리에 매달 즈음 사내는 여기저기 돌아다니며 나뭇가지와 마른 검불을 그러모아 노인의 뒤쪽에 화톳불을 피워주었다. 탁탁 튀는 불티와 옆구리에 와닿는 따스운 기운이 기분좋게 느껴졌고 허공으로 퍼지는 매운내에서 새삼스런 정취까지 느껴지는 것이었다. 검은 하늘에 박힌 별처럼 물위에는 초록빛 야광찌가 떴고 노인과 사내는 뭉근하게 타오르는 불김을 사이에 두고 나란히 찌를 바라보았다.
 밤이 깊어지며 부쩍 입질이 활발해졌다. 한번 입질이 붙었다 싶자 떡밥을 달기가 무섭게 찌가 옴쏙옴쏙 빨려드는 것이 주체 못 할 지경이었다. 그렇게 노인은 고무신짝만큼 실한 놈들로 여닐곱 수를 건져올렸고 나중에는 한 자 반에서 조금 빠지지 싶은 발강이로 톡톡히 손맛까지 보았다. 그러나 노인과 고작 서너 걸음 상<mark>거</mark>를 두고 앉아서 부챗살처럼 대를 펴고 있는 사내는 이렇다 할 조과를 거두지 못했다. 영히 입질이 오지 않는 것은 아니되 소식이 와도 대를 채는 순간의 완급을 조절하지 못하는 바람에 번번이 사내는 빈 바늘 끝만 쳐다보는 꼴이었다. 갈 데 없는 초짜이기도 했으려니와 노인이 보기에 사내는 애당초 낚시엔 별반 관심이 없는 것 같았다. 그도 그럴 것이 담가놓은 지 한참이 지나 떡밥이 모두 풀어졌을 것이 뻔한데도 사내는 미끼를 갈아줄 생각도 없는 모양이었다.
 짬도 없이 들끓던 입질이 어느 순간 칼로 자른 듯 끊어졌다. 으레 그러려니 싶지만 당할 때마다 참 알 수 없는 물 속 심사였다. 더불어 부쩍 물가의 분위기가 어둑신 잠적(潛寂)되자 화톳불에서 삭정이 갈라터지는 소리가 소슬하게 들려왔다. 그제야 노인은 자기가 한포국 재미를 보는 동안 헛손질만 연발한 사내에게 미안한 감정이 들었다. 불빛에 더욱 때꾼하게 파인 사내의 눈자위가 웅숭깊게도 보여 노인은 슬그머니 말을 건네붙였다.
 "그런데 아까 아이들한테는 왜 그리 심하게 굴었소?"
 몇 시간이나마 같이 지내보니 그렇게 불퉁스런 사람은 아닌 듯싶었다. 시무룩 맞은편 둔덕만 바라보던 사내가 헤죽 웃어 보이며 말했다.
 "새암이 났디요. 꼼짝 않고 죽치고 있는 저보다 잠깐 반나절에 녀석들이 올리는 마릿수가 훨 많았디요. 보름째 꼬박 그랬디요."

"아니, 그럼 보름 동안이나 예서 낚시만 했단 말이오?"

사내는, 그게 뭐 대수냐는 듯 천연덕스레 고개를 끄덕여 보였다. 노인은 혀끝을 찼다.

"보아하니 그닥 낚실 탐하는 것도 아닌 듯싶은데 그래 무슨 까닭에 보름씩이나 사서 고생을 하시우?"

사내는 물음 자체가 공연하다는 듯 억지웃음으로 대답을 때우고는 슬그머니 텐트 속으로 기어들어가 소주병 두 개를 꿰차고 나왔다. 오래 전 술담배를 끊었기에 노인은 마다하는 손사래를 쳐 보였지만 하도 물이못나게 조르는 바람에, 그럼 딱 한 잔만! 하고 잔을 받았다. 오랜만에 목젖을 타고 넘는 화끈한 기운이 밤기운에 식은 몸을 타고 순식간에 사지로 퍼졌다. 나쁘지 않았다. 이번엔 노인이 내민 잔을 사내가 받아들고 고개를 돌리는가 싶더니 단숨에 비워버렸다. 그때 멀리서 풍장 치는 소리가 들려왔다. 내일 아침 출상을 앞둔 마을 초상집서 다시래기를 놀 모양이었다.

"상여놀음을 시작하는가보네요."

묵지근한 징소리가 저엉저엉 흘러왔다. 사내는 비운 잔을 노인에게 되내밀었다. 노인은 또다시 잔을 받았다. 정말로 딱 한 잔으로 멈출 생각이었지만 헛상여 노는 소릴 듣자 문득 먼저 간 엄 사장 생각이 치밀어오른 때문이었다.

―관셈보살 관셈보살 에이~이~이 언제 또다시 고향을 오실끄나······

도무지 앞장서 북망산을 넘을 사람이 아니었다. 엄장 거한의 체구가 칠순이 넘도록 말짱했고 앉은자리에서 평양냉면 세 그릇을 육수째 비우고도 입맛을 다시는 먹성도 여전했건만······ 그런 작자가 헐압이 솟구쳐 쓰러진 지 만 하룻밤을 못 넘기고 가노라 한마디 남기지 못했다니. 죽기 이태 전에 전해진 마지막 소식에도 고향땅 강동엔 그때껏 망백(望百)에 든 노모를 모시고 처와 외동아들이 생때같이 살아 있다는 전갈에 또다시 목놓아 터뜨린 울음에 자지러지던 그였다. 오랜 고심 끝에 윤후는 엄 사장의 유골을 연변의 조선 동포를 통해 은밀히 그의 고향에 보내기로 결정했다. 맘 같아서야 어떻게든 가까이 두고 자주 살펴보고 싶었지만 남쪽땅에서야 세상에 없는 길지를 골라 왕릉 부럽잖게 꾸민들 고향의 고자만 들어도 콧날을 붉게 물들이던 그의 넋이 편안했을까.

빈 상여를 울러멘 다시래기 놀이패가 온 마을을 휘저었다. 잠든 마을 여기저기를 들쑤시는 풍물 소리가 점점 크게, 점점 신명지게 들려왔다.

"이 고장에선 그런 모양입네다."

권커니 잣거니 번차례로 비운 술잔 덕에 불콰해진 얼굴을 화톳불에 이글거리며 사내가 말했다.

"망자가 외롭던 사람이었을수록 상여놀음에 온 동리가 모여든다디요. 하고 갖은 수를 써서 상주를 웃게 하면 상주는 불경한 줄도 모르고 껄껄껄 비로소 흉사를 잊는다디요. 상주를 웃겨야 잘한 문상이라지만 없는 처지엔 입 하나 덜었다고 좋아하는 사람들도 없던 않은데……"

아닌게 아니라 풍장에 맞춰 육자배기에 아리랑에 갖은 남도 잡가가 귀성지게도 들려왔다.

—야월공산 깊은 밤에 저 두견새 울음 운다. 이리로 가면 귀촉도 우~ 저리로 가면 귀촉도 우~, 어어어 어어어 좌우로 다니며 울음 운다……

새타령 소리가 단장 호적 소리처럼 고막을 뚫고 가슴속을 파고드는 순간이었다. 언뜻 노인의 눈에 사내의 낚싯대 끝에서 찌가 덩달아 춤을 추는 것이 들어왔다.

"보슈, 왔어 왔어!"

취중이라선지 노인의 목소리는 새되게 갈라진 것이었다. 하지만 정작 사내의 반응은 시큰둥했다. 뒤돌아 힐끔 찌를 바라보고는 사내는 움직일 생각도 하지 않았다.

"놔두시라요. 저러다 또 달아나갔디요."

"무슨 소리오. 찌 노는 걸로 봐서 여간한 놈이 아니겠는걸?"

그래도 사내는 요지부동이었다. 흥분한 노인이 벌떡 일떠섰을 때 낚싯대도 덜컥 받침대에서 떨어지는 것이었다. 고기란 놈이 잡아끈 탓이었다. 여차하면 그대로 대를 끌고 달아날 것 같았다. 어어! 노인의 손가락이 부르르 떨렸다. 그제야 사내는 덮칠 듯 달려들었지만 이미 낚싯대는 수심을 향해 흐르고 있었다. 사내는 내친김에 아예 풍덩 물 속에 뛰어들어 가까스로 낚싯대를 꼬나잡았다.

"세워! 세우라고!"

노인은 아랫도리를 물 속에 담근 채 쩔쩔매고 있는 사내를 향해 마냥 낚싯대를 세우라고 호령했지만 정작 말처럼 쉬운 일이 아닐 거였다. 이만저만한 대물이 아닌 듯했고 그럴수록 노인과 사내는 덩달아 흥분해갔다.

"옳지, 그렇게 낚싯대를 세우고…… 아냐, 아냐 억지로 끌어당기지 말고 그냥 그대로 놀게 놔두. 그렇지!"

사내는 한껏 허리를 젖히고 용을 써댔지만 좀처럼 고기는 모습을 드러내지 않았다. 아치형으로 급하게 휜 낚싯대 끝은 심하게 요동을 쳤고 줄에선 이른바 꾼들이 말하는 '피아노 소리'가 땡땡 울렸다. 노인은 자신이 더 흥분한 나머지 손에 든 랜턴 불빛이 덜덜 떨릴 지경이었다. 어느 순간 마침내 푸드덕 철벙! 소리와 함께 놈이 수면을 박차고 튀어올랐다. 언뜻 보았지만 한눈에 빨래판 저리 가라 데억진 것이 붕어라면 월척 지나서 이른바 '넉짜' 짜리가 틀림없었다.

"옳거니! 조금만 더 버텨, 조금만!"

치신사납게 넋이야 신이야 떠들어대는 노인에 반해 사내는 이를 악물고 용을 쓰는 탓에 대답도 제대로 못 하고 있었다. 처음에 사내쪽이 째이는 듯하던 힘겨루기는 시간이 갈수록 역전되고 있었다. 차츰 대물이 일으키는 물보라가 심해졌고 그럴수록 노인은 기대와 흥분이 뒤섞인 목소리로 사내를 응원했다. 경험으로 미루어 이제 한두 차례만 더 공기를 먹이면 황소 코뚜레 끌듯 수월해질 터였다.

대물의 몸트림이 극성스러워지는 걸로 봐서 고빗사위에 이른 순간이었다. 갑자기 사내의 몸이 출렁 휘는가 싶더니 그대로 뒤로 엉덩방아를 찧는 것이었다. 놀라 휘둥그레진 노인의 눈에 대끝에서 빈 낚싯줄이 털렁이는 게 들어왔다. 겨루는 힘을 이기지 못하고 기어이 목줄이 터져나간 거였다. 물 속에 자빠져 있는 사내나 선 자리에서 방아만 찧던 노인이나 망연자실 넋이 달아나긴 마찬가지였다.

헐복한 년 봉놋방에 누워도 고자 옆이라더니. 한참 지나서 노인이 혀를 차며 사내를 잡아끌어 불가에 앉혔다. 사내는 동그마니 몸을 말아 물이 뚝뚝 듣는 바짓자락에 얼굴을 묻었다. 채신머리없이 울고 있는 사내를 딱히 달래기도 무람한 노릇이었다. 바람머리가 바뀌는가 싶더니 물가의 마른 부들을 쓸고 가는 횡횡 소리가 차차로 드세지기 시작했다. 사위어가는 화톳불이 호록호록 사내를 향해 너울졌다.

"아이들이 보고 싶습네다."

한참 만에 고개를 치켜든 사내가 멍한 눈으로 불꽃을 응시한 채 시르죽은 목소릴 내뱉었다. 노인이 먹다 남은 술잔을 그의 손에 쥐어주며 물었다.
"고향이 아마……"
쪼로록, 술잔에 닿은 입시울에서 쓴소리만 울린 채 침묵하던 사내의 나지막한 대답.
"옳게 보셨습네다. 북쪽이디요."
"그렇다면…… 탈북?"
사내는 고개를 끄덕여 보였다. 벌목공으로 시베리아서 탈출해 이곳에 온 뒤 배운 게 도둑질이라고 막노동판을 전전하며 살지만 그래도 저는 밥은 굶지 않는다며 눈물을 훔치는 것이었다.
"이북에 가족이 남아 있겠구만……"
"아들래미 둘이 있디요. 아까 낚시하던 고 녀석들하고 참말 락자 없이 닮았디요."
노인은 이번에도 위로해줄 한마디를 찾지 못하고 다시금 술잔을 채워주며 사내의 등을 토닥이기만 했다.
"영히 소식도 못 듣고 있겠구료."
"뜬소문 한 조각 들리지 않았다면 차라리 낫겠디요…… 다른 가족은 모르겠고…… 어케어케 몇 다리 건너 오마니 돌아가셨다는 소식을 보름 전에 들었습네다."
끄응…… 노인은 남모르게 신음을 삼켰다.
"청개구리꼴이 따로 없습네다. 노모의 부음을 듣고 당장 북녘으로 달려가야 하는 걸음이 얼토당토않게도 정반대 남쪽 끄트머리로 흘러버렸으니……"
결국 사내는 부여잡은 노인의 손등에 젖은 빰을 부볐다.
"저눔의 헛상여 노는 소리가 염통에 불을 지릅네다, 선생님!"

바람이 불어 출렁이기 시작한 물결에 더이상 낚싯대를 드리울 순 없었지만 노인은 그대로 자릴 지키고 앉아 있었다. 한동안 병나발로 비운 소주병을 차례로 불가에 쓰러뜨린 사내는 비척비척 일어서더니 불붙은 솔가지 하나를 집어들고 방천의 검불에 불씨를 옮겨놓기 시작했다. 그때껏 마을을 감돌고 있는 상엿소리와 더불어 야울야울 불길이 둑을 타고 번져가기 시작했다.

*

가랑비가 내리고 있었다. 새벽비에 젖은 농로에 자꾸 신발이 미끄러졌다. 발길이 따로 놀 만큼 마음이 급했다. 개전 소식을 듣자마자 앞뒤 가리지 않고 뛰어온 길이었다. 산모롱이를 감아돌자 비로소 요양원 건물이 눈에 띄었다. 후미진 산자락에 얹힌 낡은 바라크 건물의 간이요양원은 비에 젖어 더욱 을씨년스레 보였다. 먼산 너머 포성이 한층 살풍경을 북돋고 있었다.

"갑시다. 이제 나와 함께 있는 거요."

무엇 때문에 어디로 가는지도 모르면서 은명은 모처럼 생기 띤 표정을 보였다. 화색 띤 그녀의 얼굴을 접하자 윤후는 오히려 마음이 무거워졌다. 새삼 자신이 그녀에게 무심하진 않았는가 스스로에게 묻지 않을 수 없었다. 속도 모르는 그녀의 미소가 천진할수록 윤후는 부담을 느꼈다. 제 한 몸 건사할 자신도 없는 다급한 상황에다 다소 호전되었다고 해도 아직 성치 못한 정신의 그녀였다.

추루한 요양시설을 벗어나며 윤후는 차라리 잘 되었다고 몇 번씩 억지다짐을 해보았지만 그건 몇 걸음 가지도 못해 허물어질 작심이었다.

　어디로 가야 한단 말인가. 이른 새벽 개성역에서 쏟아져나오는 인민군복짜리들을 떠올리면 집으로 돌아가긴 이미 틀린 일이었다. 그는 무조건 산길을 밟았다. 서둘자고 말했을 때 은명은 생긋 웃어 보이며 치렁한 플레어스커트 자락을 걷어붙였다. 석고처럼 희디흰 그녀의 종아리가 창백해 윤후는 질끈 눈을 감았다. 이를 악물고 그녀의 손목을 잡아끌었다.

　남부여대한 피란민 무리를 따라 두 사람이 임진강 하구에 도착한 것은 개전 후 사흘이나 지난 뒤였다. 인민군의 주력은 이미 서울로 진공하고 있었지만 임진강 이북에는 아직도 철수하지 못한 국군이 남아 있었기에 전선은 뒤죽박죽 얽혀 있었고 그 난리통을 피해 이리 달아났다 저리 도망쳤다 우왕좌왕하는 새 피난행렬은 엉뚱하게 주전선을 뒤따르는 꼴이 되고 말았다. 건너편 멀리 김포가 바라다보이는 개풍땅 정곶 강안에는 피란민과 퇴각하는 국군 패잔병이 뒤섞여 북새통을 이루고 있었다. 강을 건널 방법이라곤 몇 척의 나룻배뿐이었고 그나마도 군인들이 선점한 판이었기에 사람들은 초조하게 발만 굴렀다.

　윤후는 이리 뛰고 저리 뛰고 배편을 잡기 위해 안간힘을 썼다. 되돌아온 배가 강변에 닿기도 전에 강물로 뛰어들어 뱃전에 매달리는 사람들로 아우성을 이루었다. 고래고래 고함을 치다 못해 군인들은 하늘에 대고 공포를 쏘기도 하고 거꾸로 잡은 개머리판을 휘두르기도 했다. 그런다고 물러설 만큼 한가한 사람은 아무도 없었다. 윤후도 기를 쓰며 북새판에 뛰어들었다. 벌써 몇 번이나 밀려난 처지에 앞뒤 가릴 경황이 없었다. 앞사람의 등짐에 매달리다시피 뱃전에 올라선 찰나 윤후는 퍼뜩 뒤를 돌아보았다. 은명이 보이지 않았다. 바락바락 악다구니를 질러 그녀를 불렀다. 버글대는 사람들 무리 어디에도 그녀는 보이지 않았다. 그는 뼛심을 다해 그녀를 불렀다. 시퍼런 힘줄이 목줄기를 타고 툭툭 불거졌다.

은명은 아뜩한 곳에 있었다. 흙탕이 출렁이는 강변에 오도카니 서서 이쪽을 바라보고 있는 그녀를 발견했을 때 그는 한순간 귓속이 멍해지는 이명을 느꼈다. 왕배야덕배야 사방에서 외쳐대는 난민들의 아우성이 멀찍이 물러나면서 현기증이 일었다.

'이리 와. 이리 오라고. 어서어서……'

그는 소리치지 않았다. 오히려 속닥이고 있었다. 먼 곳의 그녀도 속삭이듯 대답해왔다.

'가세요. 전 돌아갈 거예요.'

'어디로 간단 말이야? 나를 두고 갈 곳이 대체 어디메야?'

그녀는 대답 대신 미소 짓고 있었다. 바람이 불었고 그녀의 긴 머리채와 너른 스커트 자락이 나부끼고 있었다. 그걸 보고서야 그는 비로소 깨달았다. 지난 몇 년, 그녀는 실어증에 걸린 게 아니었다. 다만 그녀의 은결든 속이 떠듬떠듬 건네는 말을 그 자신이 애써 듣기를 거부하고 있었다는 걸 알았다.

'가세요……'

배는 안녕을 고하는 그녀의 웃음처럼 조금씩 강변을 떠나고 있었다.

윤후가 갑자기 정신을 차린 것은 저 멀리 강 건너 하늘을 울리는 날카로운 기계음 때문이었다. 남쪽 하늘에서 일단의 항공기들이 매섭게 다가오고 있었다. 일순 찬물을 끼얹은 듯 적요가 감돌았고 두려움에 찬 뭇시선이 일제히 비행기에 몰려들었다. "아군이다! 아군!" 미공군 표지를 확인한 국군장교 한 사람이 사람들을 진정시키며 비행기를 향해 두 팔을 흔들어 보였다. 그걸 신호로 사람들은 너나 할 것 없이 와와, 함성을 질렀다. 모두가 당장 사지에서 구세주를 만난 듯 목청껏 환호를 쳐댔다.

땅 밑의 환호성을 듣기라도 한 걸까. 북쪽으로 향하던 비행편대가 다급한 호를 그리며 되돌아왔다. 그리고 다음 순간 급강하하는 엔진 소리가 귀청을 찢었다. 곧이어 천지를 가르는 굉음. 콰콰콰쾅-. 강에선 물보라가 솟구쳤고 뭍에선 불보라가 휘몰아쳤다.

윤후는 머리를 감싸고 바짝 엎드렸다. 틀림없이 고함을 쳤을 거였다. 강 위의 모두가 찢기는 비명을 질렀을 거였다. 그러나 그 모든 소리는 잇단 폭음에 흔적도 없이 파묻히고 말았다. 비명이란 오래가지 않는 법이다. 단말마를 끝으로 강변에 남은 건 피륙으로 나뉜 처참한 형적뿐이었다.

그는 손을 씻었다. 그녀를 찾기 위해 강변에 널린 폭살된 시신을 낱낱이 들춰보느라 그의 손엔 피떡이 엉겨붙어 있었다. 아무리 헤집고 다녀도 어디에도 은명의 주검은 보이지 않았다. 끝내 형체도 없이 찢겨 은모래 백사장에 붉게 스며들었을까. 아니면 나부끼던 그녀의 그림자가 기어코 바람을 타고 흩어진 걸까.

씻어도 씻어도 손은 깨끗해지기는커녕 어혈이 앉은 듯 불그데데 검자줏빛으로 죽어가고 있었다. 분노도 아니요 원통도 아닌 검붉은 후회가 손끝에 모여 피돌기를 멈춘 것 같았다. 흐르는 강물에 찰박찰박 씻다가 씻다가 결국은 끝내 씻기지 않는 핏빛 두 손으로 얼굴을 감싸안고 그는 짐승처럼 울부짖었다. 늦도록 희번덕이는 황도광으로 서녘을 불태우고 있는 노을빛을 받아 강물은 그의 울음처럼 시뻘겋게 물들어갔다.

강변을 떠나기 전 마지막으로 그는 그때껏 미련스레 둘러메고 있던 고리짝을 벗어 강물에 띄워보냈다. 되돌아선 그의 등뒤로 임자 잃은 피란짐 고리짝이 붉은 물결을 타고 서쪽으로 서쪽으로 끄먹끄먹 멀어져가고 있었다.

*

사내는 아직까지 불을 놓고 있었다. 밤새 수로를 따라 휘우듬한 둑방길을 모두 태워놓고도 무엇이 그렇게 성에 차지 않는지 아직도 들불을 놓아가며 들판을 헤집고 다녔다. 그러다 마침내 사내는 늦사리도 끝난 논둑 위에다 대보름날 달집처럼 우부룩이 짚북데기를 그러모아 불을 지피려 하고 있었다. 하지만 새벽이슬이 덜 마른 짚뭇에선 생연기만 피어오를 뿐 좀처럼 불길이 일지 않았다. 맵싸한 짚불 내가 구수하게 퍼져나갔다. 노인은 사내가 홀랑 태워먹어 시커메진 붓둑길 위에 서서 너른 벌판을 타고 번지는 비추(悲秋)의 스산함을 가슴으로 맞고 있었다.

맞은바라기 냇둑에선 이른 아침 발인을 마친 상여가 느릿느릿 장지를 향해 흐르고 있었다. 아침뜸을 지나 해풍으로 바뀐 바람머릴 타고 사내가 피운 자오록한 연기가 운구행렬을 휘감고 돌았다. 시끌벅적 밤을 샌 다시래기와는 달리 장례행렬은 더없이 조촐했다. 산역을 치를 일꾼들은 벌써 앞서갔고 아마도 겨우 짝을 채웠을 젊은 축들이 딸그랑딸그랑 요령 소리에 발을 맞춰 상두꾼 노릇을 하고 있을 뿐 상주로 보이는 식구라야 두엇에 지나지 않았다. 아침놀을 받아 기다랗게 늘어진 상여행렬의 그림자가 느릿느릿 둑방을 지나고 있었다. 그중에서 노인은 어제 보았던 어린 소녀를 다시 볼 수 있었다. 짚불

연기 사이를 뚫고 비치는 역광에 소녀는 실루엣으로만 존재하는 환영처럼 여겨졌다. 노인은 참았던 탄식을 터뜨렸다.
"참으로 닮았구나!"
글쎄 처음 만났을 적 앳된 그녀가 그랬을까. 아니, 차라리 노추(老醜)를 건너뛰고 보송보송 환생했다 해야겠지. 그러나 끝끝내 노인은 그녀의 이름을 소리내어 부르진 않았다. 불러서 만날 이름이었다면야.
앞소리꾼이 선창을 메겼다. 너호 너호 에에 넘자 너호야~. 상두꾼들이 뒷소리를 받았다. 에에 넘자 너호야~ 저승길이 멀다 해도 널쪽 너머가 저승이라 에에 넘자 너호야~ 살은 썩어 물이 되고 뼈만 남아 흙이 되고 에에 넘자 너호야~ 임이 오나 벗이 오나 한심허기 짝이 없네 에에 넘자 너호야~
검게 그은 재팃길을 따라 상여는 그렇게 흘렀다. 붉은 명정(銘旌)만이 들바람에 펄렁펄렁 수심을 불러낼 때쯤 노인은 낚시가방을 고쳐메고 건너편 상여행렬과 어긋난 쪽으로 발길을 돌렸다. 명정에 나부끼는 이름 석 자가 뉘해였는지 차마 좇아가 들여다보고 싶지 않았다. 물 건너 둑 건너 마른 벌판 아스라이 훨훨 타오르는 짚불만이 바람만바람만 상여길을 배웅하고 있었다.

말하는 벽

똑, 찰방……
물방울꽃이 피는 소리.
동굴 천장에 이슬 맺혔던 물방울이
찬샘에 떨어지며 나는 소리.
그는 잠시 혼란에 빠졌다.
이 소리가 실제로 내가 들은 소리일까
아니면 공허한 식사의 말미에 느끼는
공상 같은 갈증이 만들어낸 소리일까?

그는 달을 보고 있었다.

나는 그가 보고 있던 달이 초생달임을 밝혀두고자 한다. 초승달이라는 표준어라든가 미월(微月) 혹은 현월(弦月) 같은 시적인 표현보다는 初生!이라는 본래 의미를 되새겨보기 바란다. 설레지 않는가.
　실감이 나지 않는다면 당신도 그를 따라 직접 고개를 돌려 창 밖을 보아주기 바란다. 저 미묘한 천체가 있어 비로소 아름다운 초저녁의 박명을 마주하라. 지난 낮의 당신이 수고로웠듯 보이지 않는 힘으로 온 우주를 움직이는 신도 그러했을 것이다. 이제 서서히 별빛을 방목해둔 채 하늘가에서 빙긋이 쉬고 있는 그의 미소를 공감해볼지어다.
　힌두인들의 신화는 달을 두고 '영생의 술이 담긴 잔'이라 상상했다. 태초에 한 악령이 있어 감히 그 술을 마셔버렸다. 노한 조물주는 그에게 영원한 배고픔을 저주했다. 끝없는 배고픔에 못 이겨 악령은 제 몸까지 뜯어먹어야 했다. 그러나 그는 영생의 술을 마신 불사의 몸. 다시금 돋아나는 제 몸을 악령은 또다시 뜯어먹어야 한다. 악령의 살이 그렇게 먹히고 돋아나는 반복을 하는 탓에 그의 몸 속에 있는 달도 차고 기운다는 옛이야기가 생각난다.

아무튼 그가 보고 있던 건 초생달이었다. 자 이제 나는 초생달같이 등장한 그 사내의 이야기 속으로 당신을 안내하려 한다. 당신은 그저 편안한 마음으로 내 이야기에 귀를 기울이면 된다. 당신이 치를 대가는 이야기에 대한 관심이면 충분하다. 그 밖에 나는 아무것도 바라지 않는다. 내 이야기를 들으며 당신이 시시콜콜한 일상을 잠시나마 잊을 수 있다면 더이상의 만족이 내겐 없다. 오늘 낮의 피곤한 일과와 분발해야 할 내일의 일정 사이의 막간을 조금만 내게 허락해달라. 가스레인지 위에 올려놓은 물주전자 따위는 신경 쓰지 않아도 된다. 내 이야기는 그리 길지 않을 것이다.

자, 그럼 이제부터 첫머리에 등장했던 그, 그러니까 달을 보고 있던 한 사내의 이야기로 되돌아가기로 하자.

뒤통수를 쫓아가는 길

그는 달을 보고 있었다. 달은 초생달이었고, 천장에 잇대 조그맣게 뚫어놓은 바람창 속에서 달은 불현듯 그의 앞에 나섰다. 막 어둠의 등걸에서 움을 틔우려는 그 가맣게 아름다운 천체는 그러나 아쉽게도 확연히 눈에 차는 건 아니었다. 낮게 서녘 하늘에 비껴 떠 있는 데다가 창을 막아놓은 반투명한, 아니 거의 불투명에 가까운 두꺼운 비료부대가 달빛의 대부분을 가로막고 있었기 때문이다. 그는 수정

(手錠)이 채워진 손으로 쇠창살을 부여잡고 발끝을 모아 까치발을 하고, 있는 대로 목을 늘여 조막창의 갑갑한 조망에 어렵사리 눈을 맞추고 있었다. 하지만 그렇게 애를 태울수록 달은 점점 불투명 속으로 퇴영해가는 느낌이었다. 그는 달이 보고 싶었다. 명징한 밝기로 어둠을 드티는 그 둥근 휨새를 확연히 느껴보고 싶었다. 풍경(風磬) 끝에 매달린 한 마리 여윈 물고기처럼 챙그랑챙그랑 맑은 소리로 어두운 천구(天球)에 몸을 부대끼며 잠든 세상에다 공허를 일깨우는 빛의 편린. 그런 달을 또렷이 본 것이 언젯적 이야기였던가?

언제?

언제! 순간 그는 맥이 탁 풀리며 쇠창살을 그러쥐고 있던 손가락을 풀어버렸다. 하여 창틀 아래로 내려선 그는 자연스레 벽을 마주보게 되었다. 외부로부터 그를 감금하고 있는 벽만이 아니라 '언제'라고 불리는 기억의 벽. 절벽. 시간의 낭떠러지 말이다.

그는 뒷걸음질쳐 군용모포가 헝클어져 있는 침상 가장자리에 가만히 걸터앉았다. 그리고 비좁고 막막한 실내의 어둠을 향해 살그머니 입을 벌려 발음해보았다. 속삭이는 그의 목소리는 너무도 조심스러워 흡사 낯선 처녀의 젖꽃판을 더듬듯 떨리는 것이었다.

언제?

낚시가 떠올랐다. '언제?'라는 낚싯바늘을 시간의 강물 속으로 날리는 자신의 모습. 유장한 어둠으로 도도히 흐르는 시간의 강심에서 펄떡펄떡 살아 꿈틀댈 기억의 물고기를 낚아올릴 그 한마디 의문사의 날카로움이 기분좋았다.

언제?

그러나 그는 이 밤 내내 단 한 조각의 기억도 낚아올리지 못하고 있었다. 어두운 시간의 강심에서 허전하게 돌아오는 '언제?'라는 빈 낚싯바늘. 허전할수록 날카롭게 벼린 미늘의 끄트머리가 히뜩히뜩 번뜩였다.

　회상할 것이 없다는 것은, 돌이켜볼 기억이 없다는 것은 고도(高度)가 다른 고독이었다. 그같이 소심한 사람에겐 아래를 바라볼 엄두조차 나지 않는 아뜩한 외로움이었다.

　기억상실증? 슬그머니 그렇게 반문해놓고 그는 이내 고개를 저었다. 그것만큼은 확실했다. 자신에겐 상실할 기억마저도 없다는 것.

　그는 알고 있었다. 그에게 있어 현재는 과거에서 발원한 것이 아니라는 것. 그의 현재는 스스로 존재하기 시작했고 따라서 그것은 어떠한 시간의 인과법칙과도 무관한, 본래부터의 혼돈이라는 것. 그는 혼란스런 현재를 감당하기 어려웠다. 저 가녀린 초생달처럼 그는 범람하는 시간의 충격 앞에 무방비로 던져진 존재였다.

　기억상실증? 천만에! 그렇다면 나는 그 단어조차 기억하지 못해야 한다.

　아무튼 그에게 있어 현재는 너무도 분명하게 자신을 압박하고 있었다. 0.75평의 어두운 독방에 가득 찬 이 깊푸른 밤. 조막창을 비집고 들어서는 저 머나먼 달빛의 도래. 그리고 이 모든 현실에 파르르 박혀 있는 불면은 도무지 거부할 수 없는 현실이었다.

　모든 것이 너무도 생생하지 않은가?

　그의 오감은 싱싱하게 살아 있었다. 교도소, 독방, 어둠, 달. 그리고 그 달의 차고 기움. 또는 조각달만을 마주해야 하는 고독한 현재, 차디찬 친구처럼 자신을 가두고 있는 공허와 그 한편으로 비좁게 조여오는 감금의 중압, 게다가 그 모두를 반복적으로 호흡하고 있는 자신의 지루한 현존. 입으로 부르는 모든 것이 눈앞에 나타날 것처럼 생생하건만 이 상황 속에 도대체 무엇을 잃어버렸단 말인가.

그렇군! 결국 나는 기억을 잃어버린 것이 아니고 태초부터 잃어버릴 기억이 없었던 모양이야. 그렇다면 나는 기억상실자가 아니라 기억의 미소지자일 뿐이로군.

원래부터 텅 빈 기억의 창고를 확인이라도 하듯 그는 수정을 찬 손으로 턱에서부터 뒤통수까지 천천히 쓰다듬어보았다. 그리고 손가락 사이를 비집고 나오는 뒤통수의 짧은 머리카락을 불끈 움켜쥐었다.

나를 불러낸 것은 이 밤일 뿐이다. 그 어떤 과거도 현재의 나를 얽어맬 순 없다. 하여 나는 자유롭고 다만 조금 외로울 따름이다.

그것이 오랜 생각 끝에 그가 내린 결론이었다. 그는 다시 초생달을 보러 창으로 다가가 쇠창살을 붙들었다. 챙그랑, 창살의 쇠와 수정이 부딪치며 낭랑한 소리가 울렸다. 그때서야 그는 새삼 자신의 손목에 채워진 수정의 이물감을 느낄 수 있었고 때문에 얼마간 자유롭지 못한 자신의 처지를 조금씩 수긍하지 않을 수 없었다.

아무래도 이쯤에서 당신에게 그가 처한 상황에 관해 조금 구체적인 설명을 해두어야 할 것 같다. 잘 흘러가던 줄거리를 뭉턱 잘라내는 게 달갑잖은 짓이라는 걸 모르는 바는 아니지만 나로선 행여 당신이 그와 그를 둘러싼 상태를 제대로 이해하지 못해서 이야기 자체에 흥미를 잃어버리지나 않을까, 노파심이 나는 것이다. 부언할 기회를 허락해달라. 그러는 편이 효과적인 분위기를 돋우는 데 도움을 주리라 믿는 바이다.

그는 현재 독방에 감금되어 있다. 당신도 잘 아는 바와 같이 독방이란 수감의 형벌을 받고 있는 기결수에게 추가로 벌을 가하는 공간이다. 그가 무슨 연유로 독감(獨監)되었는가는 아쉽게도 나 역시 알지 못한다. 다만 내가 할 수 있는 것은 독방에 대한 전반적인 분위기

말하는 벽 277

의 설명뿐이고 또 그 정도 선에서 멈추는 것이 오히려 더 구미를 당기게 하지 않을까.

　이곳은 교도소 내 은어로 소위 '먹방'이라 불리는 곳이다. 어감이 전해주듯이 이곳엔 인공의 조명이 없다. 보통 교도소 내엔 감시를 위해 24시간 불을 밝혀두게 마련이지만, 죄수 중의 죄수를 징벌하기 위한 먹방만은 일부러 어둡게 해놓게 마련이다. 물론 수감자에게 구속감을 덧대기 위함이다. 경험으로 미루어볼 때 빛을 차압하는 것 이상의 감금이란 이 세상에 없으리라 확신한다. 그 사실이 의심스럽다면 당신도 당장 방의 불을 끄고 얼굴에 안대를 한 채, 한 열흘쯤 지내보라. 물론 영리하고 또 적당히 게으른 당신으로선 하릴없이 내가 시키는 그런 시답잖은 짓 따위는 하지 않을 테고 또 굳이 그러지 않아도 충분히 이곳의 갑갑한 환경을 동감하리라 믿어 의심치 않는다.

　그렇지만 정이 많은 당신, 지나친 동정을 그에게 보내진 말지니. 지금 그에겐 오히려 인공조명이 없음으로 해서 희푸른 달빛이 더 위안이 되어주고 있는지도 모른다. 단지 당신은 달빛마저 차단하지 않은 것이 실은 그 먹방을 고안한 사람들의 고도의 지능적 술책일는지도 모른다는 의심은 한번쯤 해보아도 좋을 것 같다. 완벽한 어둠보다는 틈새로 스며드는 아득한 빛이 수감자로 하여금 더 안타까움을 느끼게 할 수도 있지는 않을까? 당신은 어떻게 생각하는가?

　그는 오랫동안 달을 보고 있었다. 달의 움직임을 관찰하고 있었다. 그는 알고 있었다. 달이란 지구의 위성으로 궤도를 따라 지구를 돌고 있으며 지구도 스스로 돌고 있다는 것을 분명히 알고 있었다. 천체가 돈다는 것은 시간이 움직인다는 말이다. 그는 한참 동안 그렇게 창살에 매달려서 시간이 흐른다는 것을 확인하려 했다. 하지만 아무리 눈을 부릅뜨고 주시해도 달의 움직임은 느낄 수 없었다. 그저 가끔씩 창을 막아놓은 비료부대를 흔들고 지나가는 바람에 달의 형상이 너울지는 것만이 전부였다.

미래는 참으로 더딘 녀석이로군.

이제 그는 몸을 돌려 방 안을 둘러보았다. 벽돌벽으로 막힌 사방에 겨우 한 사람이 꼿꼿이 누울 수 있는 좁고 낮은 침상이 하나. 뚜껑부터 지저분해 뵈는 변기통이 하나. 그리고 그의 정면에 마주하고 있는 커다란 철문. 안쪽으로 손잡이가 없는 그 철문은 몹시 육중한 인상을 풍기고 있었다. 그리고 철문의 아래쪽 소위 '식구통'으로 불리는 작은 미닫이문 앞에는 허기진 식통이 넋없이 숟가락을 물고 있었다. 빈 밥그릇의 높은 운두엔 흐린 달빛만이 채워져 있었고 그걸 보고 있노라니 그는 비로소 약간의 허기를 느꼈다.

과연 나는 저녁밥을 먹은 것일까?

밥그릇이 비어 있는 걸 보면 그랬을 수도 있었지만, 반대로 독감된 이후로 그에겐 한 번도 급식이 이루어지지 않았을 수도 있었다. 기억이 없는 그로선 어느 것이 옳은지 판단이 서지 않았다.

그는 자신이 느끼는 허기의 정도를 가늠해보았다. 해서 자신이 밥을 먹었는지, 혹은 먹지 않았다면 도대체 몇 끼를 굶은 것인지를 미루어, 자신이 얼마나 오랫동안 이곳에 갇혀 있었는가를 짐작해볼 심산이었다. 그러나 그건 형편없이 애매한 실험이었다. 몹시 배가 고픈 듯도 싶었지만 생각을 달리하자 그저 입이 궁금한 정도일 수도 있는 것 같았다.

모를 일이야……

어느새 그는 숟가락을 손에 쥐고 있었다. 그리고 실제로 밥을 먹듯 빈 밥통에 대고 숟가락질을 해서 입으로 떠넣는 시늉을 해보았다.

그런 동작에서 그는 조금도 부자연스런 징후를 느낄 수 없었다.

그렇다면 분명 나는 밥을 먹어본 적이 있었다는 얘긴데……

전혀 밥을 먹어본 기억은 나질 않지만 그는 밥그릇과 숟가락이 무얼 하는 도구인지 뚜렷이 알고 있었고, 심지어 오른손에 숟가락을 쥐고 있는 것으로 보아 자신은 틀림없이 오른손잡이라는 사실까지 확연해진 것이다. 이해가 가지 않는군…… 그는 멍한 표정으로 하염없이 빈 밥그릇에 고이는 퇴색한 달빛을 떠먹고 있었다.

소리가 들린 것은 그때였다.

똑, 찰방……

물방울꽃이 피는 소리. 동굴 천장에 이슬 맺혔던 물방울이 찬샘에 떨어지며 나는 소리. 그는 잠시 혼란에 빠졌다. 이 소리가 실제로 내가 들은 소리일까 아니면 공허한 식사의 말미에 느끼는 공상 같은 갈증이 만들어낸 소리일까?

똑, 찰방……

또! 여하튼 그 소리는 매우 청아한 울림이었고 어둠 속에서 짙은 잔향을 남기고 있었다. 아닌게 아니라 그는 조갈난 듯 혀끝을 내밀어 그 맑은 소리의 음가를 느껴보았다. 소리는 단속적으로 이어졌다. 꼭 그의 갈증이 더 애타게 될 때를 기다리기라도 하듯 느리고도 길게. 마치 동굴 속에서 수억 년을 두고 석순을 빚어내는 끈질긴 낙수 소리처럼 끈질긴 반향으로. 그러다 어느 순간 소리의 리듬과 박자가 몹시 불규칙하게 바뀌었다.

똑또록똑, 똑똑, 따르락 득득……

방울방울 낙수를 받아두던 물통이 한순간에 쓰러지듯 왈칵 소리의 물결이 쏟아졌다. 그는 벌물을 켜듯 벌컥벌컥 소리를 삼켰다.

누군가 나를 부르고 있다!

그것은 통방(通房)이었다. 수감된 자들끼리만 통할 수 있는 언어. 사방 벽이 가로막혀 있는 곳에서만 소통될 수 있는 말. 벽을 통해서만 전해질 수 있는 의사. 벽을 두드리고, 긁고, 찍고, 그어서 만들어내는, 벽을 몸으로 한 뜻. 벽이 그를 부르고 있었다. 그것도 그저 부르는 것이 아니고 몹시 애타게 그를 찾는 거였다.

이보게 날세! 나라구! 대답 좀 해보게, 응?

잠깐! 이쯤에서 다시 내가 등장하지 않을 수 없군. 막 분위기가 고조되는 순간에 불쑥 끼어들게 된 것에 대해 다시 한번 심심한 사과를 앞세우지 않을 수가 없다. 자, 그렇게까지 고약한 표정을 지을 일은 아니다. 나로선 이것만은 밝혀두지 않으면 안 되겠다는 생각에 망설이고 망설이다 뛰어든 것이니 부디 찡그린 얼굴부터 풀기 바란다.

먼저 밝혀두지만 지금부터 전달하려는 두 사람 간의 대화는 사실 상당 부분 나의 윤색을 거친 표현이다. 생각해보라. 은밀하고도 신속히 이루어져야 할 그들의 통방은 기실 두 사람만의 소통이어야 하고 가능한 한 제삼자가 알아들을 수 없을수록 성공적인 의사전달인 것이다. 그들이 지극히 불완전한 언어를 쓰고 있다는 걸 당신은 염두에 두어야만 한다. 두들기고 긁고 부러뜨려 만들어낸 통방의 소통방식엔 사실상 내가 이야기하듯 자연스런 말본새가 담겨 있을 수 없는 것이다.

거기에 나의 아이러니가 숨어 있다. 그들의 대화를 고스란히 전달한다면 그건 지극히 부자연스런 말이 될 것이요, 반대로 내가 적극적으로 그들의 대화를 자연스럽게 고친다면 그건 그들 간의 대화 그 자체와는 분명한 차이가 있다는 뜻이다. 그것이 내 갈등의 뿌리인 것이다. 자, 이만하면 내 직분의 한계에 동조할 수 있겠는가, 당신?

그가 벽이 부르는 소리에 선뜻 대답하지 못한 것은 혼란 때문이었다.

똑딱이 통방을 이해하는 것으로 보아 나는 매우 오랫동안 수감되어 있었던 모양이군. 갈 데 없는 빵잽이인 모양이지?

그런 생각이 그를 처연하게 만들었다.

그런데 상대는 마치 십년지기처럼 나를 부르고 있지 않은가?

난감한 노릇이었다. 스스로조차 모르는 자기 자신을 누군가 속속들이 알고 있다는 것은 가히 박탈이라 할 만했다. 상대는 밑도끝도 없는 강탈범일지도 모른다. 그는 얼른 대꾸하지 못하고 머뭇거렸다. 상대는 이제 안달이 난 것처럼 촉급한 박자로 벽을 울려댔다.

이봐! 나라니까? 자네 거기 있는 거 맞지? 제발 대답 좀 해보게.

난폭한 바람이 밀어닥치자 달빛을 가로막고 있던 비료부대가 심하게 흔들렸고 덩달아 방 안의 어둠에 배인 달빛이 안개처럼 휘몰렸다. 거기에다 벽을 난타하는 파열음. 그는 가슴 가득 심호흡을 머금고 벽으로 다가가 숟가락을 두들겼다.

누구십니까? 누군데, 저를 찾습니까?

놀랍군! 나는 입 속의 혀를 놀리듯 능숙하게 숟가락으로 말을 만들어낼 줄 아는걸? 그러나 뜻밖에도 지금까지 집요하게 귓전을 때리던 상대의 통방음은 그 순간에 뚝, 끊어지고 말았다. 한순간 여태껏 느끼던 것과는 전혀 다른 질감의 고요가 괴괴하게 고여들었다. 그는 새삼 자신의 숨소리가 귀에 거슬릴 만큼 색다른 적막을 경험했다. 이내 숟가락총을 바투 잡아 다시금 벽을 두들겼다.

여보세요. 저 여기 있습니다. 들립니까?

물음표를 뜻하는 마지막 두 번의 긋기를 마치자마자 그는 차가운

벽에 귓바퀴를 붙였다. 그러나 오래도록 응답은 들려오지 않았고 툭탁거리는 자신의 심장박동만이 그가 느낄 수 있는 소리의 전부였다. 그는 갸우뚱 고개를 뉘었다. 왜일까? 왜 상대는 그렇게 애절하게 나를 부르다가 정작 대답을 듣자마자 침묵하고 마는 것일까? 그는 홉뜬 눈으로 코앞의 벽을 노려보았다. 순간 까닭없이 부풀어오르는 적대감! 벽은 잔뜩 도사리고 있는 누군가를 뒤에 숨겨 놓고 자못 엄엄한 표정으로 그를 가로막고 있었다. 화가 난 그는 벽 속의 적대자를 파내기라도 하듯 박박 벽을 긁었다.

왜 대답이 없습니까? 당신은 누구십니까?

하지만 반응은 엉뚱한 곳에서 터져나왔다. 철문 밖 저쪽 끝에서 묵지근한 호령이 쩌렁 복도를 울렸다. 교도관이었다.

어드런 새애끼들이 자빠져 자지 않고 통방질이야!

드륵득드륵득, 곤봉으로 벽을 긁어가며 느릿느릿 다가오는 발걸음 소리. 그러다 교도관은 그의 방 앞에 이르러 세게 철문을 내리쳤다.

따앙!

어둠을 깨고 울리는 날카로운 타봉 소리에 그는 정말 얻어맞기라도 한 것처럼 움찔 몸을 사렸다. 잠시 후 다시 교도관의 곤봉이 드륵득드륵득 벽을 긁으며 멀어지는 소리가 들렸다. 하지만 그는 잔뜩 움츠린 자세를 풀지 못했다.

나는 기억해냈다, 두려움을……!

그랬다. 곤봉으로 맞아본 기억 따윈 머릿속에 떠오르지 않았지만 그의 몸은, 신경은, 반사작용은 틀림없이 그 고통을 두려워하며 떨고 있었다.

그는 두려워지기 시작했다. 시간이 지날수록 처음에 생각했던 '자유롭고 다만 조금 외로울 따름'인 자신의 처지에 점점 회의의 그림자가 드리워지면서, 구속감이란 알 듯 모를 듯한 현실적 분위기가 차츰 자신을 점령해오는 변화를 실감하기 시작했다.

그리고 달빛.

그렇군. 저것이 희망의 정체로군.

그는 머나먼 우주에서 날아와 태연히 방 안의 어둠에 녹아드는 그 끄무레한 빛의 불온한 의도를 깨닫고는 수정에 채워진 손목을 몇 번 비틀어보았다. 손목의 뼈마디가 아릿해져올 즈음 그는 두 손을 허벅지 사이에 끼우고 모로 벽에 기댔다. 차갑게 밀려오는 벽의 냉기가 생생하게 느껴졌다.

어제의 나는 꼭 이런 모습으로 잠이 들었겠지?

감은 눈꺼풀에 힘을 주며 그는 몇 번쯤 '어제의 나'라는 생경한 이름을 뇌까려보았다. 그리고 자신에겐 암기해둬야 할 것들이 무수히 많을 거란 예감 속에 잠을 청했다.

한참이 지나도록 잠은 오지 않았다. 그렇다고 눈을 떠 벽을 바라보기도 싫었기에 그는 흡사 말린 새우같이 웅크린 몸을 풀지 않고 태만한 몽상 속에 두둥실 유영을 계속하고 싶었다. 그때 다시 벽이 울리기 시작했다. 똑또르륵……

미안하오.

그는 번쩍 눈을 떴다. 이번에는 아주 작은 울림이었기에 그는 바스락 옷자락 소리도 내지 않고 소리에만 모든 신경을 집중시켜야 했다.

미안하오. 미안하오.

몹시 작은 소리로 벽은 오로지 그 말만을 반복해서 들려주고 있었다. 잘아든 소리 탓에 상대방이 어느 쪽 벽 너머에 있는지조차 분명치 않았다. 그는 다시 숟가락을 집어들고 벽에 밀착했다.

당신은 어디 계십니까? 나는 당신이 있는 방향조차 알 수 없습니다.

대답은 바로 들려오지 않았고 그는 침침한 어둠을 한참이나 응시하고 있어야 했다. 잠시의 침묵 후 똑똑 끊어지는 분절음이 울렸다.

천……장……이……오……

일순 그는 아연한 표정으로 위를 올려다보았다. 콘크리트 천장은 습기로 인해 얼룩덜룩 추져 있었다. 바람이 비닐창을 흔들 때마다 얼룩무늬는 먹장구름처럼 뭉클뭉클 살아 움직였다. 상대는 전혀 예기치 못한 곳에서 그에게 다가왔다. 그는 침착을 되찾기 위해 꿀꺽 마른침을 삼켰다. 그리고 침상으로 올라서서 최대한 천장 가까이 귀를 파묻고 두 팔을 뻗어 천장을 두드렸다.

무엇이 미안하다는 겁니까?

상대의 응답이 돌아오는 데는 역시 한참 시간이 걸렸다. 하지만 상대는 작정한 듯 생생한 소리로 물음에 응해오기 시작했다.

미안합니다. 내가 사람을 착각한 모양입니다.

그는 소심한 동작으로 분명한 통방음을 만들어내기 위해 조심스레 천장을 두드려야 했다. 불안한 자세와 부자유스런 팔목 탓에 그의 손은 몹시 떨리고 있었다.

누구를 누구로 착각했다는 말씀입니까? 당신은 나를 알고 있던 것이 아닌가요?

그가 돌아올 리가 없지요. 내가 착각한 것이 분명합니다.

그라면 누굴 말하는 것입니까? 왜 돌아올 리가 없다는 것이죠?

그는……

거기서 상대는 꽤 길게 말을 끊었다. 무언가 몹시 주저하는 듯한 느낌을 주는 휴지였다.

……죽었으니까요.

뭐라구?

마지막 그의 놀람 섞인 반문은 숟가락을 긁어 만든 소리가 아니었다. 그건 그의 입에서 직접 튀어나온 말이었다. 그는 천장 위의 상대가 죽었다고 지칭한 인물이 바로 자신을 가리키는 것 같은 느낌에 모골이 송연해지고 말았다.

아참! 다시 나다. 내가 다시 나선 것은…… 이런! 당신의 그 어처구니없어하는 표정! 부디 그 표정 그대로 거울을 한번 봐주길 바란다. 당신 자신, 당신이 그렇게 형편없는 표정을 지을 줄 안다는 사실을 모르고 있었을 게 틀림없다. 뭐라고? 지난번 내가 끼어들었을 때, 그것이 마지막이라고 하지 않았냐고? 글쎄…… 내가 그랬던가? 허허…… 하지만 당신도 나처럼 나이를 먹다보면 별수 없을 것이다. 수얼수얼 혼잣말을 떠들다보면 자기가 무슨 말을 했는지 고대 까먹기도 하고 혹간 가다 남한테 들었던 말을 태연하게 자기가 겪은 일로 착각하기도 다반사요…… 뭐 어쨌든 기왕지사 기웃거린 바에야 어쩌겠는가? 할말은 하고 가야지.
가만있자…… 그런데 내가 무슨 말을 하려고 했더라…… 옳거니! 왜, 아까 가스레인지에 올려놓았던 물주전자! 그것이 벌써 끓어넘쳐 위험천만한 가스가 집 안에 가득한 건 아닌가? 혹은 당신이 좋아하는 TV 연속극을 놓치고 있는 것은 아닌가.
허! 전혀 해당사항이 없다면 혀가 빠지게 이야기를 떠벌리고 있는 나로서야 환영할 일이다. 하지만 당신, 이야기 좋아하면 가난하게 산다는 어릴 적 할머니가 들려준 그 자애로운 경고의 진정한 무서움을 아는가? 자자, 진정할지어다, 진정! 가면 될 것 아닌가. 가겠다. 이대로 조용히 사라지겠다. 다시는 끼어들지 않겠다. 하지만 그래도 노파심은 남는다. 당신은 뜻밖의 위험과 맞닥뜨릴지도 모른다. 그렇지만 그건 더이상 내 책임은 아니다.

 지금 당신이 갇혀 있는 이십칠방이 빈 것은 그리 오랫동안이 아니었소. 이틀 전까지만 해도 그곳엔 삼 년이 넘게 한 사람이 갇혀 있었소. 아시겠소? 삼 년이란 말이오, 삼 년! 그쯤의 세월이고 보면 여기 먹방에선 영원과 마찬가지 아니겠소. 이틀 전 그는 넥타이공장으로 끌려갔지만 그전에 이미 그는 죽어 있던 셈이오. 영원과 다름없는 시간을 보내며 그는 이미 어둠에 절여질 대로 절여져 바짝 응고된 상태가 돼버리고 말았소. 이미 산 채로 목내이(木乃伊)가 돼버린 셈이었소. 엊그제 그를 끌어낸 것은 형집행이 아니라 아마 발굴이라 해둬야 할 듯싶소. 아무튼 그의 경우에서 보듯 죽음이 때론 은혜가 될 수도 있는 것이라오.
 거기서 똑딱이 소리가 잠시 멈췄다. 이윽고 이어지는 통방음은 다소 격앙된 리듬이었다.
 오늘 그 방에서 소리가 울려오기에 나는 만에 하나 그의 형집행이 취소된 건 아닐까 순진한 의문을 품어본 것이었소. 그래…… 터무니없는, 제길, 진짜 터무니없는 생각이었지.
 상대가 말하는 '그'란 인물이 자기를 두고 하는 말이 아니란 걸 알면서도 그는 좀처럼 꺼림칙한 기분을 떨쳐낼 수 없었다. 흡사 주인을 따라 묻힌 살아 있는 순장자가 느낄 법한 미묘한 공포가 그를 사로잡았다. 외부세계에서는 이미 존재의 의미를 잃고 오직 무덤 속에서만 할 일이 남은, 삶과 죽음 사이에 끼인 불투명한 혼령 같다는 자의식이었다. 그는 부르르 고개를 저었다.
 그렇다면 제가 이 방에 들어온 것은 오늘이 분명하군요!
 건 또 무슨 소리요?

그는 막 천장을 두들기려던 손길을 황급히 거두어들였다. 스스로 생각해도 황당한 질문이었다. 상대방은 잠시 기다렸다가 또박또박 이렇게 말했다.

혹시 당신 벌써 시간에 대한 감각을 잃어버린 건 아니요? 이보시오. 당신이 그 방에서 얼마나 홀로 버텨야 할는지는 모르겠소만, 만일 징벌 규정대로 열흘 내 일반사(一般舍)로 되돌아갈 것 같으면 그렇게 무작정 버텨도 무방할 거요. 하지만 여기는 사각지대란 걸 잊지 말아요. 규정 따윈 말 그대로 규정일 뿐, 그걸 지키고 안 지키고는 순전히 교도소측의 의지란 말이요. 그렇다고 어디 하소연할 데도 없는 우리가 아니겠소. 그들이 절대적인 만큼 내 충고를 잘 새겨들어야 할 거요. 부디 수정시계처럼 분명하게 시간을 측정해두시오.

왜 그렇죠? 혹시 그 반대라야 옳지 않겠습니까?

글쎄…… 경험으로 하는 말이오만 당신이 싸울 상대는 교도소측의 불법이 아니라 아마 움직이지 않는 시간이란 괴물일 거요. 후후……

웃음을 뜻하는 부호를 두드리는 상대의 솜씨는 비길 데 없이 절묘했기에 그는 한순간 정말 벽 전체가 싸느랗게 냉소를 짓는 듯한 착각이 들었다.

시간을 분절해내지 못하는 한, 찰나의 순간도 영원의 한 부분으로 연장될 때가 오고 말 거라는 말만 해두기로 합시다.

다시 오랜 침묵이 흘렀다. 상대방이 던진 경고는 알 듯 모를 듯 애매했고 천장 위의 상대는 그가 수수께끼를 풀도록 기다려주고 있는 듯싶었다.

그는 다시 달을 바라보았다. 달은 여전히 그 자리에서 한치도 움직이지 않았다. 그는 이 방 안의 순정한 어둠을 흐리는 달빛이 얼마나 지루한 것인지 넌더리가 날 지경이었다.

그러는 당신은 얼마나 오래 그 방에 갇혀 있었습니까? 말씀대로라면 적어도 삼 년 이상은 되겠군요?

후후…… 설마 사방 벽을 가득 메우고 있는 저 빽빽한 바를 정(正)자를 전부 세어달라는 소린 아니겠지요?

찬물을 뒤집어쓴 듯 온몸에 좌르륵 소름이 돋았다. 상대는 지금 그에게 슬금슬금 공포를 흘려보내고 있는 거였다.

당신은 누굽니까? 누구기에 도대체 생면부지의 내게 겁을 주는 겁니까?

글쎄…… 생면부지라…… 그건 좀 섣부른 판단 아니겠소? 당신은 내가 누구인지도 모르면서, 그러니까 나를 아는지 모르는지조차도 모르면서 함부로 우리가 생면부지라고 말하는 건 아니오? 지레짐작과는 달리 혹시 우리는 잘 아는 사이, 혹은 떼려야 뗄 수 없는 사이일 수도 있는 것 아니겠소?

그럴 리가 없어요. 틀림없이 나는 당신을 모릅니다. 당신이 어떤 이름을 대건 나는 그 이름을 기억하지 못할 겁니다.

'기억'이라는 낱말에 강세를 주기 위해 그는 빠드득 벽을 긁었다.

그럴까요? 하긴 나조차 내 이름이 가물가물하다오. 하도 오랫동안 수번(囚番)으로만 불리다보니…… 내 이름은 말이요……

거기서 상대는 짤막하게 뜸을 들였다.

참 오랜만에 불러보는 이름 석 자로군. 최, 갑, 수.

상대는 마지막 글자의 모음 'ㅜ'를 길게 긁었다. 그 긴 여운은 잠시 후 흔적도 없이 벽 속에 묻혀버렸지만 그는 분명하게 들을 수 있었다. 자신의 뇌수 깊숙한 곳 망각의 돌무지에 파묻혀 있던 웅숭깊은 우물에서 삐걱삐걱 두레박을 길어올리는 도르래 소리. 그 소리를 들으며 그는 멍하니 벌어진 입을 다물지 못했다.

나는 그를 기억해냈다!

그는 몇 번이고 그렇게 뇌까렸다. 최갑수, 그 이름은 그의 의식의 이면에 잠복해 있던 불온한 오열(五列)의 척후병이었다.

당신은 위험하다. 나는 이 말밖엔 해줄 수가 없다. 실은 그래서 진정 당신이 위험한 것인지도 모르겠다. 당신이 내 경고에 동조를 하건 아니면 여전히 느닷없는 나의 개입에 시퉁한 표정을 짓고 있건 나는 이제 개의치 않으련다. 다만 마지막으로 — 이 말을 내가 몇번째 쓰고 있는지를 기억하고 있다면 당신은 내 이야기를 들을 가치가 있다. 참으로! — 고대 애급(埃及)의 노래 하나를 들려주겠다. 이 짤막한 장송시는 총주(冢主)가 밝혀지지 않은 한 피라미드의 묘실을 덮고 있던 석판에 새겨져 전해져오고 있다. 그 육중한 돌에 새겨진 기나긴 회장자(會葬者)들이 입을 모아 부르는 음울한 이 노래가 위태로운 당신에게 진실로 간곡한 충고가 되리라 믿는다.

    그대, 사자(死者)의 갈대밭을 순례하는 이여
    그러나 이곳에선
    오리의 날개조차 건너온 저편 기슭으로
    그대를 되돌려주지는 못한다
    엷게 저민 갈대잎 같은 자여
    그러나 지엄한 오시리스 신은
    벌써 영혼의 모든 것을 삼키는 짐승을
    그대의 등뒤로 보냈다
    그대의 심장과 갈대의 무게를 비교할 저울은
    어느 쪽으로 기울어지려나

도무지 연관을 알 수 없는 반복적인 살인행각, 누차에 걸친 탈옥과 연기처럼 종잡을 수 없는 행적들…… 최갑수란 이름에서 그가 '기억해낸' 사실이었다. 비록 그것이 희대의 탈옥범이란 유명세에 의한 것일지라도, 그는 분명하게 느끼고 있었다. 최갑수란 늙은 죄수의 이름 석 자가 그가 알고 있는 여느 위인이나 저명인사들의 이름과는 달리 틀림없이 그의 매몰된 기억 속에서 솟아오른 것이란 사실. 뿐만이 아니었다. 그 사실은 마치 벽의 틈바구니를 기어다니는 한 마리 벌레를 잡으려다 한꺼번에 무수한 벌레의 알집을 발견했을 때 느끼는 소름 끼치는 느낌처럼 그의 뇌수의 응달에 잔뜩 슬어 있는 기억의 알집을 건드린 듯 사위스럽기 짝이 없는 징후이기도 했다.

그렇군요. 나는 당신을 기억해내고 말았습니다.

한참 뒤 그는 자백하듯, 혹은 징그런 애벌레들이 우글대는 구멍에 손을 밀어넣듯 주저주저 벽을 두드렸다.

그래요? 누구나 내 이름을 듣고 나면 당신처럼 꺼림한 태도를 보이지요.

상대는 미묘한 손놀림의 변화까지 알아챘다는 투로 태연히 대답해왔다.

때론 기억이란 어둔 곳만 숨어다니는 징그런 벌레 같아서 말이외다. 벽 너머의 늙은 죄수는 그의 심리상태까지 꿰뚫어보고 있을까.

하지만 그쪽이 날 기억해냈건 말건 그런 것 따윈 조금도 중요하지 않소. 또 내가 누구고 당신이 누구고 하는 것도 사실 뭐가 대수겠소. 그저 이 지루한 밤 나와 함께 누군가 깨어 있다는 게, 말벗이 생겼다는 게 중요한 것 아니겠소.

그는 고분고분 벽을 두드려 노인의 말에 맞장구를 쳐주었다. 아무튼 어두운 갱도에 갇힌 현재로선 최갑수란 인물만이 미미하나마 유일한 안내등인 셈이었다.

그나저나 뭘 하느라 여태껏 잠도 자지 않고 있었소?

대답할 말이 마땅치 않았다. 아무것도 기억나지 않는 과거를 생각하고 있었다는 게 아무것도 하지 않았다는 말과 어떻게 다를까, 를 생각하며 그는 물끄러미 손에 들고 있는 숟가락을 바라보았다.

혹시 달빛을 먹고 있지는 않았소?

또다시 뒤통수에 살얼음이 끼는 느낌을 받았다. 그는 얼룩진 천장의 추진 구름무늬를 올려다보았다. 어둑한 수면 아래로 얼굴을 디밀듯 천장에서 최갑수란 노인의 얼굴이 불쑥 나타날 것 같았다.

그걸 어떻게……

어떻게가 아니라, 독감된 첫날밤을 세우노라면 누구나 그러기 십상이라오. 당최 억울한 한편 막막한 심정에 밥을 물리기 일쑤지만 기나긴 밤을 대책없는 불면으로 지새노라면 누구나 식통 가득 떨어지는 바랜 달빛에 허기를 느끼게 마련이오. 안 그렇소?

미상불 허방다리를 짚은 듯 뱃속이 쑤욱 가라앉는 느낌이 들었다.

배가 몹시도 고프겠지…… 내게 빵이 있긴 하오만……

빵? 턱이 시큼하게 저려오는 단어였다. 군침을 삼키자 배가 고프다 못해 쓰려오기 시작했다.

징벌독방에 어떻게 빵이 영치됩니까?

당신 좀 희한한 사람이구려. 침 넘어가는 소리가 여기까지 들릴 것 같은데 그 와중에도 사리를 따진다?

맞는 말이었다. 딴은 빵이 어떻게 들어왔느냐가 중요한 게 아니라 빵이 정말 있느냐 하는 것이 문제였다. 계집질하고 날아다니는 것 빼곤 뭐든 할 수 있는 곳이 교도소였다.

단팥빵이요. 며칠 돼서 좀 굳긴 했지만 우유와 같이 먹으면 그런 대로 넘어가지.

아니, 우유도 있습니까?

근데 너무 차갑소. 좀 데워 먹었음 싶은데.

미처 삼키지 못한 도리깨침이 입가에 스몄다.

오죽 먹고 싶겠소. 가뜩이나 단 것이 그리운 처질 텐데. 해도 건네 줄 방법이 문젠데…… 하긴 영 불가능한 건 아니지만……

어떻게 하면 되겠습니까?

그는 귓바퀴가 으스러져라 벽에 밀착했다. 달곰삼삼한 단팥빵과 고소롬한 우윳내를 위해서라면 천장에 구멍이라도 뚫을 태세였다.

교도관을 부르시오.

네? 교도관을 불러 어쩌라구요?

확실친 않소만, 오늘밤 당직이 아마 박가일 거요.

그렇다면요?

허…… 그만 눈치도 없소? 박가라면 나하고 한두 해 뒷구멍을 트고 지낸 사이가 아닌데 아무렴 빵 하나쯤 건네주는 일을 마다하겠소. 물론 다른 방에 들리지 않게 알아서 잘 하시오.

그는 벽의 소리가 다 끝나기도 전에 화닥닥 침상에서 뛰쳐내려왔다. 묶인 팔 때문에 하마터면 중심을 잡지 못하고 바닥에 고꾸라질 뻔했다. 시찰구에 바짝 입술을 붙였다. 그리고 서슴없이 큰 소리로 교도관을 불렀다.

교도관니임! 교도관니임!

잠시 후 써르릉 철문 열리는 소리와 함께 멀리서 발걸음 소리가 들렸다. 처음에는 성급하게 그러나 그가 재우쳐 부를수록 오히려 더딘 박자로. 한참 뒤 시찰구 여닫이가 버걱버걱 소리를 내고 열리자 교도관의 얼굴이 큼직하게 나타났다. 정작 놀라운 건 그 다음이었다.
빵……
시찰구 사각틀 속에서 교도관은 표정부터 먹음직스레 단팥빵을 우물거리고 있었다. 입가엔 단팥 앙금이 묻어 있고 손엔 딱 한 입만 베어졌을 뿐인 단팥빵이 살진 보름달처럼 들려 있었다.
빵이 뭐?
신경질을 부리는 교도관의 목소리는 입 속의 빵 덕분에 아주 부드럽게 들렸다.
저…… 그게 아니라요. 혹시…… 박 교도관님이십니까?
내가 박이건 김이건 이십칠방 니 새끼하고 무슨 상관이야?
교도관은 여전히 매몰차게 다그쳤음에도 그에겐 마냥 부드럽게 들렸다. 오로지 베어문 빵 덕분이었다.
그게 아니고 저 위에서……
저 위? 삼십칠방?
네, 맞습니다. 그분이 저에게 빵하고 우유를 주신다고…… 배가 고파서요.
그는 비길 데 없이 배고픈 미소를 덧붙였다.
그으래? 빵이 먹고 싶다아……
교도관의 얼굴에도 미소가 흘렀다. 양볼이 불룩 솟은 사람 좋은 웃음이었다.
지금 저 위까지 갔다 올 순 없고…… 이거라도 먹을 텐가?
교도관이 들고 있던 빵을 시찰구 앞에 대고 요리조리 흔들어 보였다. 달보드레한 빵내음이 물씬 풍겼다.
정말 그래도 되겠습니까?
뭐 빵 한 쪼가리 가지구…… 자, 아래 식구통으로 손 내밀어.

그는 털썩 무릎을 꿇고 식구통을 쳐들어 두 손을 내밀었다. 그런 동작은 너무도 순진했기에 비유하자면 흡사 갓난아기가 입가에 닿는 모든 것을 젖꼭지로 여기듯 천연스럽기 짝이 없는 몸짓이라고 할 수 있었다. 바로 그 순간 번개같이 따끔한 것이 번쩍 이맛전에 스쳤다.

으……!

교도관의 곤봉이 그의 아랫배를 사정없이 내질렀고 그 탓에 그는 철문 모서리에 이마를 부딪고 만 거였다. 아랫배를 부여잡고 굼닐거리는 그를 향해 교도관은 눈심지를 돋운 채 우물우물 남은 빵을 모두 먹어치웠다. 쾅, 시찰구가 닫히는 소리가 유난히 쩌렁했다. 드륵득 드륵득, 곤봉으로 벽을 긁는 소리가 멀어져갔다. 목구멍이 미어지게 빵을 넘기는 게트림 소리처럼 들렸다. 이마를 짚은 손에 핏물이 묻어 달빛에 반짝였고 그는 그렇게 번뜩이는 분노를 느꼈다. 이게 입방(入房) 신고식이란 것일까? 모멸과 배신이 뒤섞인 감정에 그는 뚫어져라 천장을 노려보았다.

일이 잘못된 게로군. 아마 박이 아니었던 모양이지.

최갑수 노인은 모든 걸 낱낱이 보고 있기라도 했다는 듯 때맞춰 벽을 두드려왔다.

그는 대꾸하지 않았다. 노인의 심술궂은 심사가 허탈하기만 했다.

다시 조막창에 매달려 달을 바라보았다. 낯날처럼 천구의 한 귀퉁이에 붙박여 있는 달을 보며 그는 이제 그것을 시간의 화석쯤으로 간주하고 있었다. 몇 송이 잿빛 뭉클한 조각구름이 어둠 깊은 하늘을 배경으로 점점이 떠도는 것을 보며 그는 더 시무룩 어둠 속에 침잠해 들어갔다. 저 달빛은 나를 어디로 유목(遊牧)하려는 걸까? 불투명한 과거와 오지 않는 미래 사이에 낀 현재는 가없는 어둠 속에서 얼마나 오래도록 나를 방치해둘 것인가.

대꾸가 없었지만 최 노인의 간헐적인 똑딱이 소리는 계속 이어지고 있었다.

화났소?……

무슨 큰 욕이라도 본 거요?……

이보시오. 듣고 있으면 대답 좀 해보구려.

불면의 밤, 듣지 않으려 할수록 더욱 또렷해지는 시곗바늘 소리처럼 그렇게 똑딱똑딱 이어지는 통방 소리를 지우려 그는 일부러 저벅저벅 발소릴 내며 좁은 방 안을 맴돌았다. 한참을 그러노라니 통방 소린 끊어졌지만 어지럼증이 일었기에 그는 다시 침상가에 웅크리고 앉았다. 그러자마자 이번에도 지켜보고 있었다는 듯 때맞춰 벽이 울렸다.

미안하외다. 나 때문에 공연히…… 허나 내 빵하구 우율랑 그쪽에 전해질 때까지 요대로 놔두리다. 혹시 넬 당직이 박 교도관일지도 모르니.

그는 더이상 참지 못하고 더럭 천장으로 다가가 빠르게 벽을 두들겼다.

빵이고 우유고 당신 혼자 다 드십쇼. 하고 이젠 제발 절 혼자 있게 놔두세요.

내가 미워진 게로군요. 뭐라고 화풀이 해도 할말이 없소. 실컷 욕이라도 해보구려. 하지만 빵하구 우유는 어떻게든 남겨놓겠소. 아니 솔직히 말하면 남겨놓을 수밖에 없다오. 빵살이 하기는 나도 마찬가진데 단것이 입에 붙지 않을 턱이 있겠소. 하지만 지금 내 입엔 방성구(防聲具)가 채워져 있다오.

방성구! 그 소릴 듣는 순간 그는 욱 헛구역질을 올렸다. 방성구에 붙어 있는 두툼한 막대가 당장 입 속으로 밀려들어오는 듯한 역겨운 이물감이 목구멍에 가득 찼다. 노인이 던지는 한마디 한마디마다 그의 몸은 민감한 반응을 보이고 있었다.

방성구가 풀리는 건 하루 삼 때 식사시간뿐이오. 사정이 그렇다보니 젖 뗀 돼지새끼모양 밥때만 기다리는 신세라오. 언제나 밥을 먹고 나면 저 빵을 먹어야지 하면서도 저걸 먹어치우면 뭘 두고 기다리나 싶어 며칠째 소들한 마음으로 먹어치우지 못하고 있소.

공연히 생목을 몇 번 올리고 나자 그는 비로소 최 노인의 처지에 동정이 갔다.

그럼 수정을 뒤로 차고 있겠군요.

상체엔 억압복까지 씌어 있구려.

듣는 사람조차 갑갑하게 졸라매는 상황이었다. 먹방에 갇혀서 입에는 방성구가 물리고 양손은 뒤로 묶인데다가 억압복으로 달싹조차 못 하게…… 천장 너머의 저 노인의 밤은 내 것보다 몇 배나 어둡고 질길 것이다. 저 노인은 한마디 한마디 얼마나 어렵사리 나를 부르고 있는가! 그는 축축하게 얼룩진 천장에 가만히 손을 대보았다.

도대체 무슨 까닭에 그런 심한 처지를 당한 겁니까?

왜 그런다고 생각하오?

최 노인의 반문과 함께 다시 훌링 바람이 불었고 어둠 속 달빛이 크게 너울졌다. 덩달아 그의 머릿속에 출렁출렁 파랑이 일었다.

그럼…… 탈……옥……?

혹시나 하고 문제를 두리번거리던 그는 가만히 '탈옥'이란 단어를 두드렸다. 조마조마한 마음과는 달리 가슴팍을 뚫고 나올 것 같은 심장의 박동에 어지럼증을 느꼈다.

글쎄요……

상대는 그렇게 잠시 뜸을 들였다. 잘 모르겠소. 아직도 그들은 내가 사지만 멀쩡히 놀릴 수 있으면 당장이라도 사라질 것처럼 두려워하고 있을까요? 아마 그렇진 않을 거외다.

　노인은 또다시 잠깐 통방을 멈췄다. 그 잠깐의 시간 동안 그는 목울대를 울리는 침 넘어가는 소리에 짜증을 느꼈다.

　돌이켜보면 젊은 날의 나와 교도소측의 관계는 참으로 미묘한 것이었소. 반복되는 나의 탈옥은 실상 그들에게 가증스런 것만은 아니었다오. 나의 탈옥이 거듭될수록 또 그것이 불가능에 가까운 것이었을수록 그들은 역으로 세상에 자신의 존재를 부각시킬 기회를 얻는 것이었소. 말인즉슨 그늘에 가려져 있던 그들 역시 응달 밖으로 고개를 내밀 찬스였다는 이야기요. 그들 역시 세상이 자신들을 외면할까봐 전전긍긍하긴 마찬가지요. 그리고 그때마다 그들은 나로 하여금 탈출을 감행하지 않을 수 없게끔 닦달했던 것이오. 결국 나라는 존재는 양지바른 세상에 들이미는 그들의 홍기나 다름없었소. 그들은 나를 통해 세상에 대고 자해극을 벌인 셈이라오.

　또박또박 이어지던 통방 소리는 거기서 또 끊어졌다. 노인은 가쁜 호흡과 꼬인 손목을 진정시켜야 했을 것이다. 늘어진 리듬으로 똑딱이 소리가 계속됐다.

　그런 악순환 속에서 어느새 나도 늙어버렸소. 오로지 늙어버리기 위해 젊음을 다 써버린 느낌이라면 이해가 갈는지 모르겠구려. 어느 날 문득 이마에 찍힌 '용도 폐기'의 낙인을 보면서 나는 비로소 안식을 얻었다오. 탈옥할 수 없는 나는 그들에게도 무가치한 셈이오. 이제 그들은 나를 내몰려 하지 않고 이렇게 박제상태로 쑤셔박아둘 모양이오. 하지만 그들은 모르지. 아직도 내가 마음만 먹으면 까짓 십오 척 담장쯤은 아무것도 아니라는 것을. 암, 이따위 억압복 따위로 나를 묶어두겠다니. 허허⋯⋯

노인의 너털웃음처럼 바람이 불었다. 바람창을 막아놓은 비료부대가 심하게 떨렸다.

그렇다면 왜 탈출하시지 않는 겁니까?

그는 꿀꺽 생침을 삼키고 최갑수 노인의 반응을 기다렸다. 응답이 늦어질수록 그는 점점 몸이 달았고 그럴수록 벽의 모서리에 귓바퀴를 깊이 묻어야 했다.

그렇게 묻는 것도 당연하오. 하지만 말해준다고 알아들을 수 있는 문제 또한 아닐 듯싶구려…… 아무튼 이제 나는 어느 곳에 있어도 벽을 실감하오. 여기 비좁은 공간과 저 밖의 탁 트인 광활이 어떻게 다른지 무감각해졌다는 뜻이오. 그만큼 어둠은 내게 익숙하다오. 처음엔 주름살마다 박인 이 어둠이 쓰라린 상처였지만 이제는 아주 오랜 시간을 두고 박인 굳은살처럼 당연하게 느껴진다오. 인간이라는 성마른 피조물을 위해 신은 만성이라는 은총을 배려해두신 모양이오.

그는 노인의 이야기에 끼어들지 않았다. 그로서는 이해할 수 없는 내용이었으려니와 노인의 느릿한 넋두리를 방해하고 싶지도 않았다.

나는 이미 소경이 되어버린 듯싶소. 빛이니 어둠이니, 자유니 구속이니 하는 모든 대립항들에 무감각해졌다는 말이오. 더딘 시간은 나를 곱디고운 어둠으로 물들여왔지 싶소. 생각해보구려. 바깥 세상이 그렇게 자유롭기만 할 것 같소? 수도 없이 내몰리듯 탈옥했을 때마다 사실 난 제 발로 되돌아온 거나 마찬가지요. 그건 내 죄악의 발자취를 되밟아간 결과였소. 나를 가두고 있는 건 감옥의 벽이 아니라 내 맘속의 죄의식이었던 것이오. 나는 도무지 그 안에서 빠져나갈 방도를 모르겠소…… 이런! 듣고 있소? 내가 공연한 사람을 붙들고 고해성사를 하고 있는가보구려.

그는 조용히 벽을 두드려 듣고 있다고 답했다. 최갑수 노인은 다시 이렇게 덧붙였다.

　내 하소연이 납득이 가지 않으리란 건 잘 알고 있소. 하지만 당신이 만일 나와 같은 처지를 겪었다면, 당신도 이렇게 어둡게 늙어왔다면, 틀림없이 나와 같은 고백을 하지 않을 수 없을게요. 아, 답답하구려. 당신이 정말 황야에 동댕이쳐진 외로움을 실감할 수만 있다면…… 탈옥의 설렘과 재수감의 절망을 어찌 말로 다 하리오!

　노인은 태연스레 벽을 두들겼지만 그의 귀에는 꿩꿩한 여운이 쿵쿵 메아리쳐왔다. 탈옥! 그 설레는 어감을 따라 출렁이는 맥박을 끝내 진정시키지 못하고 그는 와락 벽에 달려들었다.

　어르신, 나가고 싶습니다!

　……

　노인은 그러나 답이 없었다. 그는 혹시나 몰아치는 바람 소리 탓에 노인이 듣지 못한 것은 아닐까 해서 다시금 분명하고도 신중하게 벽을 두드렸다.

　어르신, 탈옥할 방법을 가르쳐주십쇼. 저는 나가야 합니다. 이 정지된 어둠을 도저히 견딜 수 없습니다. 어르신! 어르신!

　그러나 최갑수 노인의 대답을 듣기까지 그는 한참을 파들거리는 어둠을 응시하고 있어야 했다. 숨결을 조여오는 침묵이었다.

　못 들은 것으로 해두겠소. 무심코 흘린 남의 말꼬리나 붙들고 늘어지는 사람이었소, 당신?

　아닙니다. 그렇지 않습니다. 제 말은 간절하기 비길 데 없는 진심에서 나온 것입니다.

　빵 하나를 훔쳐 수십 년 옥살일 했다는 소설은 읽어봤지만 준다던 빵 하나 주지 못해 멀쩡한 사람을 탈옥수로 만든다는 게 도무지 말이 나 될 법하오? 탈옥에 대한 대가를 알고나 하는 소리요?

모릅니다. 그렇지만 한 가지 분명한 것은 어떠한 형벌도 이 정지된 시간 속에 유기되는 것보다 끔찍하진 않으리라는 확신입니다.

순진한 친구 같으니…… 당신, 정지된 시간 속에 유기되는 것보다 더 끔찍한 것이 무엇인 줄 아오? 그건 시간을 거슬러올라가는 일이오. 알겠소? 기억 말이외다. 기억…… 기억이란, 특히나 죄에 대한 기억이란 악령과 같아서 당신이 어디에 숨건 끈덕지게 당신의 발꿈치를 따라붙는 거요. 영원히 풀지 못할 족쇄에 매달린 커다란 쇠뭉치처럼 말이오. 거무튀튀 녹슨 그 쇠뭉치의 무게는 당신의 평생을 담보로 움켜쥐고 있는 것이오. 알겠소? 제아무리 드넓은 광야로 달아난다 해도 당신은 기억의 감옥에선 탈출할 수 없는 거라고, 영원히!

그 순간 광풍이 불었다. 미친 바람결은 마침내 비료부대의 한 솔기를 터뜨리더니 거세게 방 안을 휘감아돌기 시작했다. 그는 바람처럼 거친 호흡을 몰아쉬었다.

나는 가지고 있지 않습니다, 어떠한 기억도……

정말이지 아슬아슬한 위험 앞에 놓인 당신을 위해 내가 해줄 수 있는 것이 무엇이란 말인가? 앞서 꾸며댄 엉터리 레퀴엠 따위라면 나는 백과사전 한 질쯤은 꾸며댈 수 있고 또 그 모든 것을 낱낱이 들려줄 시간도 내겐 넘쳐흐른다. 하지만 그게 무슨 소용이란 말인가? 응? 당장 되돌아가라. 당신의 정겨운 일상으로! 부디! 당신은 지금 무엇이 들어 있는지도 모르는 오래된 항아리의 뚜껑을 무턱대고 열어젖히려 하고 있다. 다시 한번 말하거니와 지금이라도 되돌아설지어다. 그렇지 않다면 한순간 당신은 당치도 않은 이야기의 망령에 쫓기다가 문득 되건널 수 없는 저편 강가에 밀려와 있는 스스로를 보게 될지도 모른다. 그때 가서 강의 이편에서 뜨적뜨적 미련스런 손짓으로 당신을 부르는 이 무딘 생활의 반복이 얼마나 살가운 것이었는지 후회한들 무슨 소용 있으랴. 마지막(!) 부탁이다. 이렇게 애원하고 있지 않은가?

그는 알고 있었다. 노인이 침묵하고 있는 이유를. 최갑수 노인은 망설이고 있을 거였다. 그는 노인이 충분히 망설이도록 기다렸다. 서늘하게 침묵의 벽을 타고 흐르는 냉기조차 그는 얼마든지 감내할 수 있었다. 한참 뒤 벽의 목소리가 다시 들려왔다.

딱 한 번이라도 당신 얼굴을 볼 수 있다면 좋으련만…… 난 너무 오랜 세월 벽을 사이에 둔 채 말을 나눠왔다오. 이 억양 없는 대화, 탄성을 생략한 이야기…… 통방만으론 도무지 당신의 진위를 판단할 수가 없구려. 진실로 당신이 기억으로부터 자유로운가를 판단하기에 이 벽은 건널 수 없는 장애물이오. 뚜렷한 한계였소. 왜 진작 그 사실을 알아채지 못했을까. 이제야 회의가 들지만 너무 늦었지. 그래, 너무 늦었소. 깨달음이란 그런 거요. 언제나 뒤늦게서야 나타나 넌 늦었어, 라고 속닥이는 야속한 방문객인 것을……

……

그는 대꾸하지 않았다. 대신 그는 온몸의 감각을 끌어모아 벽의 변화를 느끼려 시도하고 있었다. 이제 그는 벽 너머 최 노인의 입가를 비집고 나오는 한숨 소리까지 들을 수 있을 것만 같았다. 아니 들어야만 했다.

하지만 조건이 있다오. 한 가지만 내게 약속해주겠소?

무엇입니까, 말씀만 하십쇼.

그렇게 성급하게 대답하지 마시오. 미리 말해두지만 이건 나를 위한 조건이 아니라 당신을 위한 충고란 말이오.

그는 조급한 마음을 누르고 이어질 노인의 이야기를 기다렸다.
요행 밖으로 나가게 된다손 치더라도 말이오, 그건 아마 당신이 상상하는 자유와는 꽤나 동떨어진 상황일 게 틀림없소. 노파심에서 말하지만 자유란 주어지는 게 아니라 쟁취해가는 거요. 더욱이 우리 같은 죄인에게 자유란 앞으로 나아갈 권리라기보다는 뒤를 돌아보지 말아야 할 의무에 가까운 거라오. 재삼 부탁하건대 기억을 뒤쫓는 일일랑 결코 해서는 안 되오. 약속해주겠소?
네, 라고 막 대답을 하려는 순간 다급하게 최 노인의 말이 이어졌다.
물론, 당신은 당장에 맹세하겠노라 소리치고 싶겠지. 이 순간 당신은 영혼이라도 팔아먹고 싶은 심정일 테니까. 하지만 부디 신중히 생각해보구려. 뒤를 돌아보지 않는다는 것이야말로 감히 신과 내기를 하는 것에 다름없소. 뒤를 돌아본 대가로 롯의 아내는 소금기둥이 되었으며 오르페우스는 아내를 지옥에 떨어뜨렸고 그 자신은 여덟 갈래로 찢겨 죽는 운명이 되었길 않소. 아무튼 기억의 망령은 기어코 뒤돌아설 당신을 소리없이 뒤쫓고 있다는 것만 경고해두겠소. 자 심사숙고할 시간을 주겠소. 기다리는 거야 얼마든지 기다리리다.
그는 마음을 가라앉히기 위해 짧은 머리카락 사이로 연신 두피를 쓰다듬었다. 그리고 독방 안을 감도는 바람을 향해 이렇게 중얼거렸다.
그래, 내 머릿속은 이렇게 폐광처럼 스산할 뿐이다. 있는지 없는지조차 모르는 기억 속의 나를 찾지 않겠다는 건 조금도 어려운 약속이 아니다. 아니, 아예 기억을 찾는 것 자체가 전혀 불가능한 일에 틀림없다. 자유의 대가로 나는 망각을 지불하련다. 나는 나를 찾을 수 없다. 이제 나는 만들어질 뿐이다.
그렇게 혼잣말을 속삭이며 내다본 창 밖에는 더이상 달이 보이지 않았다. 먹구름 속으로 숨어버린 것인지 아니면 아예 달넘이를 끝낸 것인지는 알 수 없었지만 달이 없어 더욱 막막해진 하늘은 이제 광막한 지평으로 그의 앞에 펼쳐져 있었다. 그는 힘주어 숟가락을 잡았다.

약속하겠습니다. 나는 나를 찾지 않을 것입니다.

그는 벽 위에 새겨넣듯 또박또박 그렇게 말했다.

부디……

노인은 그렇게 무언가를 말하려다 말고 대화를 끊었다. 그리고 다시 한동안의 침묵과 한 줄기 한숨과 한 뭉터기 불투명한 고요가 독방 안 가득 차오르는 걸 느끼며 그는 최 노인의 다음 말이 떨어지는 걸 기다려야 했다. 물론 그건 짧은 시간이 아니었다. 눅진하고 끈끈하게 그에게 들러붙어 있던 시간은 그렇게 축축하게 양생(養生)되어가고 있었다.

자, 그럼 지금부터 내가 하는 말을 잘 들어요. 누구에게도 들켜선 안 되는 말이니 가능한 한 바짝 천장에 다가서시오.

그는 최갑수 노인이 시키는 대로 할 수 있는 한 목을 빼고 천장 가까이 밀착했다.

오늘은 이 달 들어 두번째 토요일. 그러니까 레지나 수녀가 오는 날이지요. 날이 밝는 대로 그녀는 독감사(獨監舍) 전체를 일일이 회감(回監)할 거요. 물론 틀림없이 당신 방에도 들를 것이고. 아무튼 그때가 중요하다오. 먹방 문이 열리는 유일무이한 기회란 말이외다. 그녀가 성호를 그어줄 때, 그러니까…… 이보오, 내 말 듣고 있소? 지금 어딨소? 더 가까이 오시오. 더…… 더…… 그리고 나서 말이오……

이제 그는 차츰 벽과 한 몸이 되어갔다. 밀착한 귓바퀴로부터 겉귀를 지나 고막을 타고, 속귀로 그리고 유스타키오관을 따라 인후를 너머…… 그의 온몸은 음파에 물든 청세포가 되어 점점 하나의 거대한 벽의 귀로 변해가고 있었다.

　당신! 이제 그만 엿듣기를 멈춰라. 그래, 그렇지! 순식간에 체념하는 당신의 얼굴…… 이제 나도 여기서 이 지루한 이야기를 멈춰야겠다. 이제 당신을 방해하는 것도 끝났다. 그래. 사실 나는 끊임없이 당신을 방해해왔을 따름이다. 또 그래야만 했다. 그것이 어두운 항아리에 갇혀 바다 밑에 잠겨 있던 나를 꺼내준 당신에게 내가 해줄 수 있는 유일한 보답이었을 테니까. 날이 밝는군. 당신 덕분에 오늘밤도 이렇게 수월하게 흘려보낼 수 있었다. 당신에게 감사하며 나는 그만 사라지겠다.
　흥! 당신도 코웃음을 치는군. 갈 테면 가라고? 암. 나는 갈 테다. 그런데 이제야 나라는 인간에 관심을 보이는 당신의 이율배반은 또 뭔가? 나? 내가 누구냐고? 영리한 당신이 이미 짐작하고 있듯이 나는 바로 최갑수다. 입이 막히고 두 손이 뒤로 결박당한 채, 당신의 천장 위에서 어둠을 두들겨댔던, 바로 그 늙은이란 말이다.
　무슨 소리냐고? 이런, 제기랄…… 그렇다면 당신은 벌써 이 밤의 기억조차 잊어버렸단 말인가? 건 또 무슨 소리냐고? 허허…… 갈수록 태산이로군. 내가 경고하지 않았던가? 당신은 위험하다고. 오래된 고분에 부장돼버린 당신 자신을 아직도 직시하지 못하는가? 이미 늦었다는 말을 내가 빠뜨렸던가? 글쎄…… 혼란스럽긴 나도 마찬가지지. 믿어지지 않는다면 당신 손목을 채우고 있는 그 갑갑한 수정을 한번 들여다보라. 어리둥절해도 이젠 어쩔 수 없다.
　언제나 그렇듯 오늘밤도 우리는 뫼비우스의 띠를 한 바퀴 산책했을 뿐이다. 회절(回折)하여 되돌아오는 진로, 전진할수록 물러나게 되는 미로 속을 이렇듯 즐겁게 거닐었을 따름이다. 몇 번을 말해줘야 우리가 벽을 사이에 둔 동반자란 사실을 납득하겠는가? 애초부터 우리에겐 '언제'라는 말은 어울리지 않았지. 과거로 흐르는 미래, 미래에서 거슬러온 현재 속에서 '언제'라는 말이 도대체 우리에게 무슨 의미가 있는가.

점점 동이 터온다. 이제 당신이 이 어둠침침한 이야기의 갱도를 빠져나가건 아니면 그냥 그대로 시간의 무저갱 속에 매몰되건 나는 알 바 아니다. 다만 당신이 내게 한 약속만큼은 잊지 말라. 날 위해서가 아니다. 당신을 위해서다. 알겠는가? 나는 가지만 나의 경고는 아직도 유효하다. 자신을 찾으려는 한 당신은 끝끝내 위험하지. 왜냐구? 당신은 당신 자신의 기억마저 말소시킬 만큼 간교한 사람이었으니까……

레지나 수녀가 오기까지 아직 몇 시간은 남았을 게다. 몇 시간, 백지상태의 스스로를 살펴보기엔 충분한 시간이지.

패관(稗官) 林 아무개

오래 전부터 나는 북국(北國)으로 가야겠다 생각하였다.

굴원(屈原)이 노래하기를 그곳은 혼이

귀일할 곳이 없는 땅이라 하였다.

붉은빛 탁룡(逴龍)이 한산(寒山)을 휘감고,

넓고 넓어 건널 수 없고, 깊고 깊어 헤아릴 수 없는

대수(代水)가 흐르는 땅.

깃들일 곳 잃은 혼령이 가득 떠다닌다는 그 땅으로 나는 가려 한다.

시간이여, 나를 어디까지 걷게 할 것인가.

문자를 타고 누비면 삼억 리 땅 끝을 모두 디딜 수 있다는 것인가.

하늘이여, 무엇을 꿈꾸기 위해 내게 필묵을 쥐어준 것인가.

林이 돌아왔다.

죽림고회(竹林高會)의 술자리에서 그 소식을 들었다. 그날의 시회(詩會)는 유난히 스산했다. 먼저는 날씨 탓인지도 모른다. 소슬바람이 선뜩한 늦가을에 산비탈 외딴 초정부터가 아늑할 리가 없었다. 앞산의 낙엽 쓸리는 소리가 을씨년스러웠다. 하지만 그보다는 하나 건너 하나로 비어 있는 이 빠진 자리에서 이는 삭풍이 더 허전했다. 소위 강좌칠현(江左七賢)을 자처하던 시객들의 모임이었는데 그중 이미 세 사람이 저승강을 건넜으니 남은 이들의 옆구리에 시린 바람이 들 법도 하였다. 사실 나부터가 복양선생(濮陽先生)이 떠난 뒤로는 좀처럼 시회를 찾지 않았다. 손자뻘밖에 못 되는 내 나이를 잊고 망년지우(忘年之友)로 대해주신 선생이 없었다면 당초 죽림고회는 내가 낄 자리가 아니었다. 그도 그러려니와 근자에 들어선 그이들의 실의에 찬 허무와 냉소에 점점 진력이 나던 참이었다.

빈자리마다에도 술잔이 놓여 있었는데 그 또한 마음에 들지 않았다. 떠난 이들을 떠나보내지 못하는 건 무슨 심사인가. 병풍 너머가 북망산인 것을 고매한 강좌칠현이 모를 리 없건만 아직도 그들은 떠난 이들과 나누던 동병상련을 잊지 못하는 모양이었다. 어찌 보면 그것이 시회의 한계였는지도 모른다. 빈자리는 그런 의미에서 남아 있는 이들이 감당해야 하는 허방다리였다.

사정이 그렇다보니 누군가 시구를 띄워도 제대로 대구(對句)가 맞을 리 없었다. 복양선생이 돌아간 후 실상 이 정자에서 시다운 시는 사라졌다고 보아야 할 것이다.

시가 사라진 자리에 칼이 돋았다. 묵향에 실린 시음(詩吟)이 끊어진 뒤로 문자로 날을 벼린 설검(舌劍)이 춤을 추는 꼴이었다. 촌철살인의 풍자가 도를 넘으면 제 몸에도 자상(刺傷)을 남기는 법이다. 서로가 서로를 조롱하다 못해 갈가리 찢발기고픈 심정이었지만 그거야말로 자학에 불과했다. 출로가 막힌 그들의 문기(文氣)는 이제 서로의 가면을 벗기는 칼날이 되었다. 문인상경(文人相輕)이라고, 남의 글이라면 으레 한 수 아랫길로 여기는 시인 특유의 냉랭한 자존심을 넘어 시회는 바야흐로 백정놀음으로 치닫고 있었다. 백이 숙제(伯夷叔齊) 따라 주려 죽지 못한 서로를 서로가 죽여주는 희한한 살육극이었다. 사십 년 무신정권을 지내오며 우리의 붓은 서로를 죽이지 않으면 안 되는 무사의 칼을 닮아가고 있었다.

시절이 그랬다. 정중부(鄭仲夫)가 피 묻은 칼로 집권한 이래 한 무리였던 이고(李高)가 동배인 이의방(李義方)의 칼에 죽었다. 의방은 다시 중부의 칼에 나가떨어졌고 중부는 경대승(慶大升)에게 죽임을 당했다. 대승이 죽자 중부의 앞잡이였던 이의민(李義旼)이 득세하더니 그 역시 최충헌(崔忠獻)의 칼에 불귀의 객이 되었다. 죽림고회의 남은 시객들이 그들과 다른 것이라면 그저 어서 날 베어보게, 기꺼이 옷섶을 풀고 대드는 꼴뿐이었다.

견디기 어려웠다. 시절이 그렇다고 붓을 칼 대신 치켜들 순 없는 노릇이었다. 그러잖아도 피투성이 세상에 덩달아 피칠갑을 하고 뛰어들어서 무엇을 어찌하랴. 희희낙락 퍼붓는 저주가 더 끔찍한 법이다. 그러나 나는 믿었다. 핏물은 말라서 사라지지만 먹물은 말라서 영원하리라 믿을 도리밖에 없었다.

짐작은 했었지만 그날 냉소의 과녁은 오랜만에 나타난 내 차지였다.

"오늘은 어째 자네가 이 궁벽한 원두막을 찾았는가? 남산리 고대광실 기둥에 대면 이 초막집 살대는 갈바람에도 쓰러질 듯하이."

그렇게 얄기죽거린 건 咸이었다. 남산리는 최 상국(相國, 최충헌) 댁을 가리키는 말이었다. 얼마 전 거기서 벌어진 시회에서 내가 최 상국을 구국의 충신이요 나라의 기둥이라 일컬은 송시를 두고 비웃는 말이었다.

나는 빙긋 웃었지만 술맛은 썼다. 咸을 탓할 마음도 없었다. 그가 이 죽거렸다시피 내 시가 최 상국에게 여봐란 듯 마음에 찬 것도 아니었다. 나 역시 상국 댁을 기웃거리는 삼천 명 문객 나부랭이 중 하나에 불과했다. 벌써 며칠째 내 소매 속엔 상국에게 바치려는 찬시가 잠을 자고 있었지만 누구도 그걸 비웃을 자격은 없었다. 그들 역시 관직을 구걸하는 자천(自薦)의 편지를 허다하게 상국 댁 불쏘시개로 바친 처지였다.

상노 아이가 와서 林이 오지 않겠다더란 말을 전했다.

"무얼 하고 있기에 술단지가 술을 마다한다더냐? 혹 벌써 고주망태가 되어 있던?"

"그렇진 않더군입쇼. 서안에 앉아 글을 적고 계시더이다."

"흥, 여태껏 개도 안 물어갈 수작을 피우고 있다더냐."

咸이 낄낄거렸다. 나는 정말 林이 돌아왔느냐고 물었다. 그는 대답 대신 술병을 흔들어 보였다.

林의 소식은 실로 오랜만이었다. 한번 떠났다 하면 그 길로 종무소식이었으니. 이번 참에도 도시 몇 해 만에 돌아온 길인지 몰랐다. 그를 떠올리자 소슬바람이 더 차갑게 느껴졌다.

그는 비운의 시인이었다. 많은 문사가 그랬지만 林이야말로 경인란(庚寅亂, 무신란)의 가장 큰 피해자였다. 사십 년 전 그날 집안이 통째로 멸문을 당하고 비참한 모습으로 떠돌던 그의 삶은 국조(國祖) 이래 명문 벌족이던 과거에 비해 극과 극을 달리는 것이었다. 굶주려 더욱 형형한 눈빛부터가 그렇듯, 하늘을 찌르는 문기 탓에 오히려 과거에 치를 글을 경멸하여 족족 낙제를 일삼던 고약한 버릇까지. 감히 따라갈 자 없는 문재가 빛나면 빛날수록 그의 운명은 걷잡을 수 없는 내리막을 치달았으니 그의 시재(詩才)는 분명 지옥에서 보낸 선물이었다. 우리는 결단코 그를 천재라 부르지 않았다. 오로지 귀재라는 한마디가 그를 위해 마련된 찬사였다.

가뜩이나 식은 안주가 툭툭히 말라갈 즈음 나는 슬그머니 정자를 빠져나왔다. 애꿎게 젖뜨린 술잔 탓에 발길이 헛놀았지만 모래재 고갯길을 오르다보니 언덕배기에 걸린 저녁달이 묘하게 술배를 곯렸다. 초승달은 영락없이 나를 비웃고 있는 林의 입매를 닮아 있었다.

마지막 종적을 감출 무렵 그는 한 장의 편지를 내밀었다. 최 상국에게 전해달라던 자천문이었다. 물론 편지는 입때껏 내 방 문갑에서 누렇게 바래가고 있었다. 나 역시 수많은 문객들 틈에서 먼발치로 보고 마는 상국마님이거늘…… 칫! 나는 공연히 풀섶을 걷어찼다. 고개가 끝나는 갈림길에서 어느덧 나는 성밖 林의 집으로 향하고 있었다.

울도 사립도 없는 외딴 초막은 도대체 사람이 살까 싶도록 집터서리 안팎으로 시든 뺑대쑥만 검불덤불 말라가고 있었다. 몇 해를 비워두었으니 도깨비 소굴로나 쓰일 법한데 단칸방 문짝에선 누런 불빛이 배어나오고 있었다.

林은 홀로 어둑한 등잔을 마주하여 책상머리에 앉아 있었다. 질화로를 곁에 두고도 목덜미까지 헌 이불을 뒤집어쓴 그의 모습은 몹시 궁상맞아 보였다. 두건도 팽개친 채 헝클어진 상투에선 센 머리가 치렁거렸건만 그는 세상 모르고 책장에 골몰하고 있었다.

요요로운 적막이 집 안팎을 떠돌고 있었다. 그건 다름아닌 林에게서 풍겨나온 것이었다. 화로 속 잉걸에 반사된 탓인지 그의 얼굴은 벌겋게 달궈져 있었다. 하지만 내게는 그가 들여다보고 있는 책장 속에서 미지의 불꽃이 일렁이고 있는 것 같은 착각이 들었다. 움푹 꺼진 눈자위로 그는 책장 속 아득한 세계를 훔쳐보고 있었다.

말할 수 없이 탐욕스런 표정이었다. 흡사 책 속에 묻어둔 보물단지를 들여다보며 흡족해하는 얼굴 같았다. 그의 입꼬리는 기이한 탐닉으로 말려올라가 있었다. 사위에 가득한 어둠과는 달리 그가 마주한 책장 속에는 아무도 짐작할 수 없는 세계가 외따로 빛나고 있는 모양이었다.

꺼림칙한 광경이었다. 아닌게 아니라 방 안의 을씨년스런 어둠 속에는 林 혼자만이 존재하는 게 아니었다. 어둠 속에는 물컹 만져질 것 같은, 보이지 않는 어떤 것들이 가득 들어찬 듯 괴괴한 고요가 출렁이고 있었다. 음산한 유혼(幽魂)들이 林의 웅크린 어깨 너머로 그가 골몰하고 있는 책장 속을 넘겨다보고 있을 성싶었다.

그는 골똘히 책장을 쏘아보다가는 어느 순간 빠르게 무언가를 적어내려가기 시작했다. 본래 의마지재(倚馬之才, 잠깐 말에 기대어 긴 문장을 지어내는 재주)라 칭송을 받던 그였다. 한번 휘날리기 시작한 붓은 좀처럼 멈출 줄을 몰랐다. 가는 붓으로 적은 깨알 같은 글씨에 순식간에 책장이 넘어갔다. 누더기 옷소매에 바람이 이는가 싶더니 책장 위엔 이내 거센 광도(狂濤)가 물결치는 거였다. 그러다 한순간 춤추던 붓끝이 문득 멈추더니 그는 다시 뚫어져라 제 글을 응시하였다. 잠깐 만에 그의 얼굴엔 또다시 짐작 못 할 정념이 이글거리기 시작했다.

탐련(耽戀)이었다. 탐욕에 찬 사랑. 그가 사랑할 수 있는 건 오직 자신의 글뿐이었다. 그리고 그의 글에 더불어 감탄하는 건 이승이 아닌 저 세상의 존재들일 것이다. 보라, 그의 몸에는 구천의 어둠이 스며 있고 그의 얼굴은 피안의 낙조로 번뜩이질 않는가. 문득 고개를 돌린 그와 마주쳤을 때 나는 밤길에 스친 야수의 눈빛을 느꼈다. 몸서리가 났다. 그는 퀭한 눈으로 어두운 내 쪽을 한참 흘겨보았다.

그는 올리는 절도 마다하고 불쑥 내 허리춤에 손을 넣어 술병부터 찾았다.

"뱃구레에 주귀(酒鬼)가 아우성이더니 춘경(春卿) 자네가 올 줄 알았나보이그래."

그는 나보다 한참이나 연장이었지만 깍듯이 이름 아닌 자(字)로 나를 불러주었다. 나 역시 한때는 멋모르고 호형호제하였지만 그건 시회의 좌장인 복양선생이 살아 계실 적 일이었다.

"무슨 글에 그다지도 몰닉(沒溺)하고 계셨습니까?"

"응, 소설을 쓰고 있네."

태연한 대답에 의아한 건 내 쪽이었다. 소설? 林이 젊은 날 몇 편의 가전소설(假傳小說)을 쓴 것이야 그렇다 쳐도 새삼 그런 잡언체(雜言體)에 몰두하고 있다는 건 뜻밖이었다. 긴 세월 천하를 주유하고 온 마당에 고작 소설 나부랭이라니. 평천하(平天下)의 뜻을 담은 시문을 기대하던 나는 적잖이 실망이 들었다.

그는 마뜩찮게 변하는 내 얼굴색에 빙싯 웃음을 흘렸다. 수염을 타고 흐르는 술방울을 슥 문지르고는 그가 책상 밑을 뒤져 무언가를 내 앞에 들이밀었다. 한아름 책권이었다. 각 권마다 '성우우기(星踽踽奇)'란 제목에 권일(卷一) 권이(券二)…… 식으로 순번이 매겨져 있었다.

"떠도는 별의 이야기라…… 대체 무엇에 관한 소설입니까?"

"의종(毅宗)의 죽음에 얽힌 이야기일세."

짚이는 바가 있었다. 의종이라면 정중부의 난 때 무신역도들에 의해 폐위당한 임금이었다. 물론 그 역사는 아직도 끝나지 않고 비릿한 피냄새를 풍기고 있었다. 林에게 어울리는 사료였다.

"선생의 자전적 이야기도 담겨 있겠군요."

"천만에. 전적으로 왕의 죽음을 둘러싸고 벌어진 기괴한 사건이 전부일세."

빗나간 예상으로 멀뚱히 눈알만 굴리고 있는 나를 바라보며 그는 술병을 기울였다.

"자네, 폐왕이 어떻게 죽었는지 알고나 있나?"

의종은 폐위의 치욕을 입고 거제섬에 유폐되었다. 삼 년의 유배생활 끝에 왕은 무신천하에 반기를 들고 일어난 김보당(金甫當) 등의 문신들과 함께 복위에 나섰지만 끝내 그 뜻을 이루지 못하고 난역도들에게 잡히고 말았다. 왕은 역적 이의민의 손에 등뼈가 꺾여 죽임을 당했다.

"허면 그에 별다른 내막이라도 있다는 말씀입니까?"

林은 천천히 고개를 끄덕여 보였다. 의뭉스런 그의 태도에 짜증이 났다. 사실 의종의 시해를 둘러싸고 이러구러 항간에 떠도는 소문은 허다했다. 문제는 林과 같은 멀쩡한 선비가 그런 낭설에 골몰하고 있는 사정이었다.

"폐왕은 문약한 인물이었네. 담은 주머니처럼 작고 겁은 산같이 많은 성품에 김보당 같은 힘없는 문신이 고작 수백의 군사로 거병한 일에 앞장섰겠는가?"
 나는 대꾸하지 않았다. 林의 말투는 점점 심각하게 무거워지고 있었다.
 "왕은 믿는 구석이 따로이 있었네. 유형지에서 보낸 삼 년 동안 폐왕은 승려 정심(淨心)의 도움을 구하고 있었네."
 "예에? 정심이라면 저 서경(西京, 평양) 난적(亂賊)의 우두머리인 요승 묘청(妙淸)이 아닙니까?"
 "그렇지. 왕은 죽은 묘청을 되살려 칭제건원(稱帝建元)의 큰 뜻을 펼치려 하였네."
 허, 웃음도 나오지 않을 허언이었다.
 "아무리 허황하기로 죽은 지 칠십 년도 지난 사람을 어떻게 살린단 말씀입니까?"
 "음양비술에 초혼백단(招魂魄丹)이란 것이 있네. 『진원묘도요략(眞元妙道要略)』이라는 도가(道家)의 비급에 전하는 약방인데 도참(圖讖)의 대가인 묘청이 저 죽을 줄 알고 마련해놓은 비법이라네."
 나는 아예 할말을 잃었다. 세상이 어지러워 정도는 사라지고 사술이 횡행한다지만 林과 같은 선비까지 그렇게 터무니없는 방외학(方外學)을 운운한다는 건 끔찍한 노릇이었다. 벌써 비워버린 작은 술병의 주둥이를 빨고 있던 林이 바짝 내 앞에 다가앉았다.
 "자네 표정이 어째 영 신통찮으이. 허나 자네도 황노학(黃老學, 도가)에 전하는 단경(丹經)을 한번 구해 읽어보게. 불로불사의 선술(仙術)이 참으로 흥미진진하더이. 해봄직하지 않은가? 살아서 구천과 통한다는 것은……"
 거기서 나는 더이상 참지 못하고 버럭 소리를 질렀다.
 "참으로 듣기에 곤욕이올시다. 모처럼 만난 선생께서 하시는 말씀마다 황당무계하니 듣지도 보지도 겪지도 못한 희한한 일이 아닙니까. 일찍이 공자께서 이르길 괴력난신을 멀리하라(不語怪力亂神) 하셨으니 이는 학문하는 자의 근본임을 선생께서 더 잘 아실 게 아닙니까."

"허! 내 하나 물어봄세. 언젠가 옛 사람의 노래로 『초사(楚辭)』에 전하는 「구가(九歌)」와 「초혼(招魂)」만큼 아름다운 것이 없노라 말한 이가 자네가 아니던가? 「구가」로 치면 온갖 신을 부르는 노래이고 「초혼」이야말로 죽은 혼을 되돌이키는 귀곡성이 아닌가 말일세."

林은 빙글빙글 웃으며 이렇게 말했다.

"괴력난신을 불합리한 것으로 돌리는 것은 우리가 흡사 세상의 모든 이치를 통달하여 그 범주를 벗어나는 일은 있을 수 없다고 여기는 또다른 자만심이 아니겠는가. 고작 칠십을 사는 인간이 드넓은 사해를 겪어봐야 그 폭이 얼마이며 망막한 하늘을 이해한들 그 깊이는 오죽하겠는가. 우물 안 개구리가 바깥의 무변광대한 우주와 거기서 펼쳐지는 변화무쌍한 신이(神異)를 몽땅 괴력난신이란 네 글자로 몰아세우는 것이 차라리 방자하지 않은가?"

"허면 사람으로서 사람된 도리를 구하고 실천하는 것이 마땅하지 않다는 말씀입니까?"

"보시게. 사람은 홀로 천지를 누리는 게 아닐세. 산천엔 푸나무가 자라고 들에는 마소가 거닐며 물에는 어별(魚鼈, 물고기와 자라, 곧 어류)이 살고 있다네. 사람이란 그 많은 억조만물의 한 부분에 지나지 않는 걸세. 하물며 사람 중에도 이인(異人)이 있고 사회에도 이속(異俗)이 있으며 지방마다 이산(異産)이 따로 있는데, 드넓은 천지에 우리가 모르는 무수한 이물이사(異物異事)는 또 얼마나 차고 넘칠 것인가 말이야. 그렇게 다종다양한 천하의 조화를 어찌 괴력난신이라 몰아붙일 수 있겠는가."

나는 답답한 마음을 이기지 못하고 두 손으로 연신 얼굴을 문지르고 있었다. 林은 내 코앞에 얼굴을 들이밀었다.

"춘경이, 조급히 굴지 말고 한 걸음 뒤로 물러서보게나."

성성한 그의 수염이 닿을 듯 가까이 왔다. 누런 이빨에 역한 입냄새가 물씬 느껴졌다.

"인간이 스스로 만물의 영장이라 자부할 수 있는 까닭은 바로 세상의 온갖 생령들과 사물들이 생멸하는 바를 관찰하고 그로부터 깨우침을 얻어 하늘의 이치에 다다르고자 노력하기 때문 아니겠나. 허나 우주는 무한하고 인생은 짧디짧으이. 그런 가운데 인간은 양(陽)에 살고 귀신은 음(陰)에 노니는 법이니 인간이 음양의 조화를 좇아 귀신을 부리는 법을 구한다는 것은 유한한 삶에서 무한한 우주에 이르는 길일 수도 있네. 그런 이치를 포기하고 괴력난신을 말하지 않는다는 미명하에 귀신을 꺼리고 신비함을 두려워해서야 쓰겠는가."

"망언입니다. 하늘과 땅 사이의 어엿한 인간으로 어찌 이매망량(魑魅魍魎)의 온갖 도깨비를 섬긴단 말씀입니까. 공자께서도 귀신은 존경하되 멀리하고 사람은 오직 의로움에 힘써야 한다 하지 않았습니까. 귀신 나부랭이가 인간세에 끼어든다면 일시에 세상은 의혹에 가득 차고 신의로 이루어진 사람 간의 질서는 고대 무너질 것입니다. 『맹자』에 쓰여 있습니다. 공자께서 춘추를 완성하시자 세상을 어지럽히던 모든 삿된 것이 두려워 숨었다(孔子成春秋而亂臣賊子懼)는 이 치를 선생은 왜 저버리십니까. 문렬공(文烈公, 김부식)이 요승 묘청 도당을 제압한 근본도 그와 같지 않습니까."

"그런 자네는 신명을 은밀히 돕고 천인의 도를 합한 것으로 『주역』과 『춘추』만한 것이 없다고 한 『한서(漢書)』를 읽어보지 않았단 말인가. 공중니(孔仲尼, 공자)께서 평생을 두고 매듭이 세 번씩 끊어지게

읽은 책이 바로 『주역』이란 점서(占書)였네. 하고 그가 '하늘이 나를 버리셨구나, 버리셨구나(天喪予, 天喪予)!' 거듭 원망한 대상이 과연 사람에 대한 것이었겠는가."

"아전인수올시다. 공자께서 한탄하신 하늘과 선생의 하늘이 한가지가 아니질 않습니까. 선생의 하늘은 경천애인(敬天愛人)의 하늘이 아니라 오로지 괴이하고 잡박한 허깨비일 뿐입니다. 『한비자』에 씌어 있기를 개나 말은 그리기 어려워도 귀신은 쉽다 하였습니다. 개나 말은 누구나 익히 알기에 그만큼 어렵고 귀신은 보이지 않기에 아무렇게나 그려도 된다는 뜻이 아닙니까. 목하 선생께선 그저 편하고 쉬운 길만을 가고자 하십니까."

"허, 참! 물구즉신(物久則神)이라 하였네. 물건도 오래 묵으면 귀신이 된다는데 하물며 천장지구(天長地久)의 우주는 어떠하겠는가. 그 기원을 알 수 없고 그 크기를 가늠할 수 없는 저 막대한 우주에 신이 붙는다면 도대체 그 존재를 어떻게 형용하겠는가. 그 거대한 존재를 어찌 방앗간에 피 묻은 빗자루가 도깨비로 화한 따위에 비한단 말인가."

오랜만에 발견한 먹잇감을 대하듯 그의 눈은 이글거리고 있었다. 끝이 나지 않을 언쟁이었다. 林과 같은 해박한 선비가 억지를 부리겠다고 나서면 사흘 밤낮을 지새워도 결론이 나지 않을 거였다. 나는 지그시 눈을 감고 말했다.

"누구보다 선생의 시문을 사랑하던 의종이었으니 선생께서 폐왕을 기리는 마음을 제 어찌 모르겠습니까. 허나 폐왕이 어이하여 몰락의 길로 접어들었는지를 되새겨보시지요. 폐왕은 허다한 별궁을 짓고 수백의 도사와 무당을 불러들여 연일 신을 부르고 발복을 빌었습니다. 밤낮없이 제사가 이어졌거늘 과연 하늘에 대한 정성이 부족하여 왕은 시역을 당하고 천하는 칼 쥔 자의 수중에 떨어지게 되었겠습니까. 함에도 선생이 소설로 이교를 광신하던 폐왕을 그린다 하시니 다시 한번 왕을 욕되이 하는 것이 아닐는지요. 대관절 어디서 들었는지도 모를 그런 헛소문에 먹을 낭비하십니까."

"어느 소금장수에게 들었네."

林은 술트림을 게워내며 시답잖게 대꾸했다.

"아니 그렇다면 시정잡배 따위가 내뱉은 허황된 이야기에 진력한단 말씀입니까."

"암, 허황되지. 허황되고말고……"

林은 먼산으로 눈길을 흘려보내고 있었다. 취한 것도 아닌데 그는 홀게 늦은 반편이처럼 멍한 표정을 짓고 있었다.

"소금장수 노인은 조금이라도 더 이문을 보고자 산골로만 소금지게를 져나르는 억척이었네. 그의 지게에는 산골에선 듣지 못하는 시정(市井)의 이야기도 한 보따리 얹혀 있을 터. 한 동무가 되어 험한 고개를 넘는 중에 나는 노인에게 소금 아닌 이야기 한 되를 청하였다네. 노인의 이야기는 거칠고 앞뒤가 없었지. 도리어 듣는 내 쪽에서 적당히 이치를 맞춰주어야 했지. 폐왕에 관해서야 난 생생한 기억을 가지고 있지 않겠나. 아무튼 우리는 서로 이야기를 꾸미고 둘러대는 재미에 흠씬 빠져 고갯길 가파름도 잊을 수 있었네."

고갯마루에서 두 사람은 길을 갈랐다. 노인과 헤어져 얼마 후 林은 고원에 다다랐다. 높은 산중이라곤 믿어지지 않는 너른 평원이었다. 벌판엔 억새가 지천이었다. 마른 새꽃이 저녁볕에 빛나고 있었다. 바람이 불었다. 林은 넋을 잃었다. 새꽃은 바람의 길을 따라 흔들리고 있었다. 멋대로 출렁이는 억새숲의 물결에 林은 부평 같은 제 신세를 반추하고 있었다. 하지만 그는 몰랐다. 동계(東界, 함경도)의 변화막측한 바람을 겪어보지 않았던 것이다.

"바람 속의 습기를 맡았을 땐 이미 늦어 있었네. 천지에 가득한 새 꽃이 우우 일어서더니 하늘에 검은 구름이 가득하였네. 일찍이 겪어 보지 못한 모진 풍우였다네. 순식간에 나는 늪지 한가운데 동댕이쳐 진 셈이었지. 깊은 외로움은 무서움과 통한다네. 어느 결에 나는 외마디 비명을 지르고 있더군. 죽어라 내지르는 악청은 그러나 휘청이는 억새에 쓸려 흔적없이 파묻혀버렸지."

林은 흥분해 있었다. 미상불 그의 얼굴엔 노도광풍이 몰아치고 채찍비가 사선을 긋고 있었다. 그의 뒤편 어둠으로 시커먼 먹구름이 피어올랐다. 林은 부르르 몸을 떨었다.

"나는 살기 위해 내달렸네. 올라온 산길을 고스란히 되짚었지. 하지만 춘경이, 제일로 나를 무섭게 한 것이 무엇이었는 줄 아는가?"

추위도 배고픔도 어둠도, 혹은 보이지 않는 곳에 도사리고 있을 산 짐승도 아니었다. 그의 공포는 낯섦이었다.

"알겠나? 낯섦! 나절가웃 전에 분명히 밟아올라왔던 그 비탈길이 난생 처음 디뎌보는 생무지길이 되어 나타났을 때의 공포를 자넨 짐작할 수 있겠나?"

林은 그 길이 황천길이었다고 단언했다. 그 말이 무슨 뜻인지 짐작할 순 없었지만 단지 그 순간 그의 얼굴에 서린 절망의 그림자만큼은 생생하였다. 그는 횡설수설하고 있었다. 자신만이 보고 있는 그 머나먼 지경을 설명하지 못해 안타까워하고 있었다.

"언제나 나는 자조하고 있었네. 진실은 닿을 수 없고 오직 그로 향하는 길이 있을 뿐이라고. 그래서 나는 걷는다고…… 하지만 그게 아닐 수도 있다는 걸 느꼈네. 그 두려운 산비탈길은 내게 이렇게 말하고 있었네. 나그네가 길을 찾는 것이 아니라 길이 나그네를 불러들이는 것이라고. 진실은 죽음의 휘장 뒤에 있는 모양일세."

그는 피곤에 지친 표정으로 책상 위에 걸친 팔짱에 고개를 묻었다. 그리고 어웅하게 울리는 목소리로 이렇게 읊조렸다.

"세상은 나를 낳고 시간은 나를 굴린 것이야. 시공이 만든 이야기 속에 내가 떠돈 셈이지. 시간은 나를 꼭두각시로 삼아 우주를 운행시킨 거라네."

하면서 그는 슬그머니 고개를 돌려 나를 불렀다. 곰삭은 피로가 그의 목소리에 담겨 있었다.

"이보게 춘경이…… 나는 평생을 글만 쓰고 살았네. 하늘이 내게 준 것은 오직 글재주뿐이었으되 세상은 내 글을 외면하였네. 해도 나는 부끄럽지 않다네. 이젠 내 차례일세. 내가 세상을 속일 차례란 말일세."

그는 그간에 쓴 책권을 내게 내주며 이렇게 덧붙였다.

"자네가 그 첫 독자가 되겠군."

*

남산리 최 상국 댁은 여느 때 없이 썰렁한 분위기에 잠겨 있었다. 평소 진상 올릴 달구지로 장사진을 이루던 길어귀에도 찬바람만이 감돌았다. 솟을대문 노둣돌에도 매여 있는 말이 없었다. 문간의 합각머리에 상장군 깃발이 펄럭이는 것으로 보아 상국이 입궐한 것도 아닌 모양이었으니 수상한 노릇이었다. 평소 삼천여 식객들로 넘쳐나던 대문 안도 그날따라 외부인은 그림자도 보이질 않았다. 나는 번졸 하나를 붙들고 사정을 물었다.

"상국마님께서 고뿔이 오르셨소. 심하게 몸살을 앓으시다가 바깥채 군식구들 떠드는 소리에 호통을 치시니……"

날을 잘못 잡은 모양이었다. 하는 수 없이 사랑 대청에 걸쳤던 엉덩이를 털고 일어서려는데 안채로 통하는 중문간에서 젊은 장위(將尉) 하나가 철릭을 휘날리며 다가왔다. 텅 빈 사랑채를 들러보던 그가 이윽고 나를 향해 말했다.

"상국마님께 가십시다."

일순 나는 바짝 곤두섰다.

"상국께서 나를 찾으시더란 말씀이오?"

재우쳐 묻는 내 말에 상대는 대꾸도 없이 앞장을 섰다. 그 자의 걸음에 맞춰 허리에 찬 장검에서 절걱절걱 쇳소리가 차갑게 울렸.

중간채를 지나면 수십 칸으로 이루어진 숙위군의 숙소를 담장 삼아 상국이 집무를 보는 도방(都房)이 자리잡고 있었다. 국왕의 편전을 본떠 으리으리하게 꾸며놓은 당상마루 아래 널찍한 뜨락엔 삼엄한 눈빛의 군졸들이 경계를 서고 있었다. 상국이 거처하는 안채까지는 처음 들이는 걸음이었다. 순검군 사이를 지나며 의관을 여미는 내 손길은 가늘게 떨리고 있었다.

안사랑은 위아랫방으로 나뉘어 그 사이는 또 네 짝 넌출문으로 막혀 있었다. 시종이 장지문을 열자 비로소 안석(安席)에 비스듬히 몸을 기댄 상국을 볼 수 있었다.

"소생 직한림(直翰林) 이규보(李奎報) 상국 합하(閤下)를 뵈옵나이다."

상국의 손짓을 받고 무릎걸음으로 나아갔다. 비로소 장지가 닫히며 나는 상국과 독대를 하게 되었다. 달아오른 온돌의 열기가 후끈한 가운데 옅은 자색을 띤 무렴자(창가리개)로 들어오는 저녁놀이 은은하게 상국의 얼굴을 비추고 있었다. 오래 잠겨 있던 탓인지 그의 목소리는 낮게 가라앉아 있었다.

"사랑에 있는 손 중에 아무나 들라 했더니 바로 그대가 왔구먼."
"기상이 고르지 못하시다 듣고 소생이 용태를 염려하였나이다."
"그저 그러하이."
"합하께선 나라의 동량이신바 작금의 중차대한 시국에……"
그러나 상국은 귀찮다는 손사래를 쳐 보이며 말허리를 잘랐다.
"되었네. 공연한 소리나 듣자고 그댈 부른 게 아니야."
두건 밑으로 땀방울이 흘렀다. 열기가 죄어오듯 하는 실내였다.
"폐하께서 전의를 보내시어 절대 찬바람을 쏘이지 말라 하시니 이거야 원…… 바깥출입도 못 하고 사흘 밤낮을 자리보전만 하고 있었네. 그저 심심증을 가셔줄 말상대를 찾은 것이니 편히 하게나."
잠시 생각을 굴렸다. 새삼 심각한 정사를 논하기도 멋쩍거니와 술을 들잘 수도 없으니 거문고도 소용없는 노릇이요, 바둑을 생각해보았으나 상국이 그쪽에는 영 손방이었다.
"시문을 지어올리리까?"
어느새 나는 오래도록 소매 속에 품고 다니던 찬시를 떠올렸다. 이만 기회도 없다 싶었건만 단박에 미간을 찌푸리는 상국을 보자 슬그머니 소매 속에 넣었던 손을 거두지 않을 수 없었다. 하긴 사십 년 무인정권 이래 나라의 쇠퇴한 문운(文運)을 진작시키겠노라 허다한 문객을 거느리고 있었지만 내심으로 상국은 그닥 시벽을 즐기지 않았다.
"언젠가 자네가 들려준 고주몽(高朱蒙) 이야기 같은 재미진 이야기나 한번 들려주게. 사서에 통달한 자네이니 다른 이야기도 허다히 알 터이지."
예전에 읊었던 「동명왕편(東明王篇)」의 오언장시를 두고 하는 말이었지만 느닷없이 옛이야기를 찾으니 머릿속이 뒤죽박죽이었다. 상국은 장침(長枕)을 높이하고 내 입만 바라보고 있는데 막상 나로선 경황없이 진땀만 빼는 지경이었다. 물실호기(勿失好機)라 했거늘, 이대로 물러났다간 다시 또 독대의 기회를 얻는 것은 고사하고 두고두고 빙충맞은 글방물림이란 트집만 날 판이었다.

"험, 험……"

상국의 공연한 헛기침이 쇠북 소리처럼 고막을 울렸다. 혹여 물러가라 호통이라도 치면 뒤통수가 뜨거워 어찌 이 방을 빠져나갈 것인가.

바로 그때 林이 쓰고 있는 소설이 떠올랐다. 『성우우기』. 그것처럼 적당한 꼭지도 없었다. 폐왕 의종은 이의민의 손에 죽임을 당하였다. 그리고 그 이의민을 죽인 이가 바로 저 앞의 최 상국이 아닌가. 상국이 그때 내세운 명분이, '왕을 시해한 천하의 역적을 벌하였노라' 였으니…… 이처럼 아귀가 착착 맞아들어갈 수도 없는 노릇이었다.

"합하께오선 혹여 폐왕 의종 임금의 시역에 얽힌 내막을 상세히 알고 계시온지요……"

그렇게 말하는 내 목소리는 어느덧 음산한 귀기를 풍기고 있었다. 흡사 林이 그러했던 것처럼.

바람을 일으키며 걷고 있었지만 마음은 더 급하였다. 밤은 이슥한 달빛에 젖어 있었다. 해도 林은 잠들지 않았을 것이다. 아니 설사 자고 있다 해도 당장 깨우지 않으면 안 될 터였다.

林의 초막이 있는 천마산 기슭은 여전히 괴괴한 정적에 싸여 있었다. 입동을 지난 밤공기에 하얗게 서리가 맺혀 있었다. 때맞춰 홍건한 달빛 은파(銀波)를 타고 가슴 시린 서정이 치받고 올라왔다. 그는 언제고 깨어만 있을 시인이라는 생각이 새삼 벅차게 느껴졌다. 하로동선(夏爐冬扇, 여름날 화로와 겨울날 부채)도 언젠가는 제 몫을 해내고 말리라는 믿음이었다. 그의 서안을 밝히는 등잔이 시린 바람에

야울거릴수록 그는 빛을 발할 사람이었다.
"저올시다, 선생."
아닌 밤중에 돌쩌귀를 울리는 소리에도 林은 별로 놀라지 않았다.
"아무래도 자네 단단히 야귀(夜鬼)에 썬 모양이네. 올 적마다 오밤중이니."
시큰둥 쏘아보는 눈길이 며칠새 한치는 더 깊어진 듯싶었다.
"며칠을 두고 장장마다 귀곡성이 절절한 책을 끼고 있던 탓이겠지요. 아무려니 '외로이 떠도는 별'이 백주대낮을 횡행하고 다니겠습니까."
우리는 서로 농지거리로 인사를 삼고 마주 앉았다.
"그래 내 소설을 읽어보았다는 말이로고."
"읽다뿐이겠습니까."
비로소 나는 정색을 하고 무릎을 당겨 앉았다. 오늘 낮 상국 댁을 찾은 걸음부터 해서, 『성우우기』를 들려준 사연이며, 그 긴 이야기 동안 상국이 멀미는커녕 '그래서, 그 다음은!' 하고 보채기까지 하더란 소식을 소상히 풀어놓았다.
"충헌이 그렇게 내 소설에 혹하더란 말인가?"
"혹하다 뿐입니까. 소설이 미완성이 아니었다면 저는 꼼짝없이 밤을 새울 뻔하였지요. 마지못해 나를 보내며 상국이 뭐라 했는지 아십니까? '그대는 돌아가는 길로 林 아무개라는 그 자를 찾으라. 해서 밤도와 남은 책을 읽고 날이 밝는 대로 내게 와야 해. 아니지, 그럴 게 아니라 아예 그 자의 손목을 끌고 새벽같이 도방에 들라. 내 뒷이야기가 궁금해서 도무지 잠을 이룰 수 없지 싶다.' 그렇게 발싸심을 내지 뭡니까, 하하……"
소식을 전하는 동안 林은 벌떡 일어나 서성이기 시작했다. 초조한 형색이었다. 등잔불이 덩달아 흔들렸고 그에 맞춰 바람벽에 드리운 林의 그림자도 출렁이고 있었다.

"키득키득……"

문득 그의 입에서 꽈리웃음이 새나오기 시작했다. 차츰 커지는 웃음소리를 따라 벽에 걸린 그림자도 크게 너울지고 있었다. 마치 제 웃음에 더 웃음이 나는 양 그는 광포하게 웃어젖히고 있었다.

"오늘은 어째 술을 아니 가져왔는가."

미친 듯한 웃음이 멈추고 그는 봉창 밖 어둡고 추운 산기슭을 바라보고 있었다. 웃음을 그친 그의 어깨는 바람 빠진 가죽태(소의 오줌보로 만든 공)처럼 축 늘어진 모양새였다.

"제가 가져온 소식이 달갑지 않으십니까."

"달갑지, 암 달갑다마다…… 어깨춤이라도 추고 싶은 심정이네."

그렇게 말하며 林은 등불 앞에 쪼그리고 앉았다. 기름이 닳아가는 등잔 종지에서 폴폴 검은 내가 피어오르고 있었다.

"오해는 하지 말게. 난 그저 내 꼬락서니를 비웃었을 뿐이야."

끄먹끄먹 불빛이 林의 얼굴에 아롱지고 있었다. 가슴에 턱을 묻은 林은 한숨도 깊었다.

"내 귀엔 아직도 그날의 아우성이 회오리치고 있다네. 운명의 봇둑이 한꺼번에 무너지던 소리……"

그는 사십 년 전의 악몽을 되새기고 있었다. 시시각각 그의 얼굴색이 변해갔다.

"기억하는가? 그들은 '무릇 문신의 관을 쓴 자는 그 씨를 말리겠노라!' 날뛰고 있었네. 마루 밑에 숨어 있는 내 귀에 요란한 그들의 발소리는 우레와 같았네. 열조(烈祖)의 신위가 불타고 부모형제의 비명이 하늘을 찢었는데 나는 울음소리도 내지 못하고 있었지. 피붙이의 절규가 나를 끌어내는 것만 같아 나는 깊이 깊이 몸을 웅크려야 했다네."

막바지에 크게 피어오른 등잔의 불꽃심이 고스란히 그의 눈동자에 담겨 있었다. 林은 그 매캐한 연기를 집어삼킬 듯 쏘아보고 있었다.

"솔직히 난 아직도 두렵네. 내가 그들 앞에 내 발로 나서야 한다는 사실이 몸서리가 날 지경이라구."

"최 상국은 다르질 않습니까. 도리어 그는 중부와 의민의 잔당을 척살했으니 선생의 원수 갚음을 해준 격이 아닙니까."

"원수? 내 원수가 누군데? 나도 모르는 그 보이지 않는 원수를 최충헌이 안다? 허허, 꼭두각시지. 의민이건 충헌이건 모두가 허수아비일 뿐이야."

"정녕 꼭두각시라면 그들을 두려워할 까닭도 없질 않습니까?"

"이보게. 꼭두각시는 바뀌어도 그 마디를 놀리는 대잡이는 시퍼렇게 살아 있다네. 진정 무자비한 건 그놈이지. 정중부건 이의민이건 혹은 최충헌이건 그 뜨르르한 이름을 단박에 갈아치울 만큼 냉혹한 괴수란 말일세. 의민은 왕을 죽였고, 충헌 또한 두 번이나 보위를 갈아치웠네. 금상(今上)도 그의 말 한마디면 선왕들 짝이 나고 말 게 아닌가. 하나같이 열성조를 더럽히고 세상을 시궁창으로 몰아놓은 놈들이 다르긴 뭐가 달라."

"그러니까 우리라도 나서야지요. 세상이 시궁창이니 그 속에 가라앉지 않으려면 더 꼿꼿이 서야 되겠지요. 분을 터뜨려 죽기는 쉬워도 살아서 수습하기는 어려운 법입니다."

"위선이야! 꼭두각시 발치에 무릎을 꿇는 것이 어찌 지사의 뜻인가!"

"암요. 위선이겠지요. 그럼 이따윈 다 무엇입니까?"

나는 쾅, 소리를 내며 책상 위에 놓인 『성우우기』 책권을 내리쳤다.

"제가 위선이라면 이 책은 위악이올시다. 제가 왜 이 소설을 읽은

줄 아십니까? 이 궁핍한 시절에 시문(詩文)이 어떻게 살아남아야 하는지 궁금하였습니다. 태양이 구름에 숨고 도리가 진구렁에 빠졌다면 글도 다른 모습으로 진리를 품어야겠구나 여겼기 때문입니다. 잠룡(潛龍)이 때로는 구름으로 때로는 강물로 몸을 바꾸듯 말입니다. 세상을 속이겠노라 하셨지요. 그럼 보란 듯 속여보시지요. 이제 기회가 오지 않았습니까. 왜 자신만 위악의 껍질에 숨어 나서질 않으십니까?"

林의 얼굴에 경련이 일었다. 떨리는 눈자위에서 흡뜬 눈알이 당장 튀어나올 듯 그는 흥분을 참지 못하고 있었다. 나는 소리를 낮춰 간곡히 호소했다.

"못다 지은 시문이 남지 않았습니까? 이제 그 시채(詩債)를 갚으셔야지요."

그는 질끈 눈을 감았다. 하더니 이윽고 에에익―, 기성을 지르며 책을 집어던졌다. 책상이 엎어지고 먹물이 사방에 흩뿌려졌다. 등잔이 쓰러지며 사위가 어둠에 빠졌다.

"이 가짜 선비 같으니라고! 썩 내 눈앞에서 사라질지니!"

"가라면 못 갈 듯싶습니까! 가겠소이다. 이 가짜는 당장 꺼질 터이니 진짜일랑 이 캄캄지경 속에서 귀것들이나 붙들고 마음껏 떠들어보시지요."

나는 서슴없이 욕말을 뱉어내고 밖으로 뛰쳐나왔다. 마당에 서서 나는 이렇게 소리쳤다.

"낼 아침입니다. 낼 아침까지 우리집을 찾지 않으면 만사는 물거품이로소이다."

이튿날 건밤을 꼬박 새운 나는 이슬아침부터 상을 차려놓고 林을 기다렸다. 그러나 아침참이 다 지나도록 그는 나타나지 않았다. 안타까운 일이었다. 벽창호 같은 위인이로다. 그렇게 혀를 차며 나는 홀로 집을 나섰다. 상국에게 둘러댈 핑계를 떠올리며 동구를 돌아설 때였다. 저 멀리 우두커니 서 있는 그림자 하나가 눈에 들어왔다. 林이었다.

"선생!"

나는 한달음에 뛰어가 와락 그의 옷자락을 잡았다. 축축한 습기가 느껴졌다. 신새벽부터 그렇게 바장이고 있었던 모양이었다.

"어어…… 그게 말일세……"

"됐습니다. 지난밤 제가 지은 죄는 나중에 나무라시지요."

구실을 둘러대려는 그의 입을 막고 나는 책보따리를 빼앗아 집으로 잡아끌었다. 우선 더운 국물로 언 몸을 녹이게 한 뒤 봉수구면을 말끔히 가다듬었다. 때 전 헌 옷도 벗기고 곱게 다린 백저포(白苧袍) 위에 비단 홍포를 둘렀다. 새로 오건(烏巾)을 씌우고 금대를 허리에 채웠다. 번듯하게 꾸며주긴 했으나 아무래도 멀쩡하게 키만 큰 그에게는 품은 헐렁하고 기장은 짤라뱅이였다. 상국 댁으로 향하는 길에도 그는 몸에 맞지 않는 옷에 신경이 쓰이는 눈치였다.

"아무래도 꼬락서니가 좀……"

그는 아직도 망설이고 있었다. 나는 잡아채듯 그의 손목을 이끌어 도방 문턱을 넘었다.

일곱 권째 책이 끝났다. 이야기는 점입가경으로 빠져들어갔지만 막장을 넘기는 林의 손길은 도리어 태연한 것이었다. 반면 나는 다소 황당한 감정에 빠져 있었다. 선비를 사흘 만에 보면 괄목상대해야 한다지만 林의 경우는 상국 댁 대문간을 기점으로 완전히 사람이 돌변해버린 셈이었다.

처음 보는 천하의 권자(權者) 앞이건만 그는 바위처럼 태무심하였다. 책을 읽어내리는 그의 목소리는 낭랑하고 구성진 것이었다. 물이 시내를 따라 흐르듯 이야기의 고저장단에 맞춰 말씨까지 박자를 타는 거였다. 이야기의 구절에 따라 시시때때 뒤바뀌는 그의 얼굴색을 지켜보면서 나는 林이 몇 겹의 탈바가지를 쓰고 있는 것만 같았다. 그는 놀랄 만큼 스스로의 소설 속에 몰입하고 있었다. 책 속에 숨겨둔 귀신들이 번갈아 그의 얼굴에 출몰하는 느낌이었다.

최 상국은 첫 대목부터 林의 달변에 홀딱 넋을 잃었다. 지난밤 내내 미지의 이야기꾼을 오매불망하던 차에 지금의 林의 존재는 말 그대로 현몽(現夢)한 셈이었다. 소설이 거기까지만 씌어진 것이 상국에게는 못내 아쉬운 모양이었다.

책권을 덮은 뒤에도 벌겋게 이야기에 달아올라 있는 상국을 향해 林은 넉살 좋게 입이 마르다 하였다. 그때서야 상국은 친히 호통을 질러 늦은 점심을 채근했다. 수고의 뜻으로 거푸 석 잔의 술을 내리며 상국이 물었다.

"내 어제 이 한림에게 들은즉 그대가 지은 이 글을 두고 소설이라 부른다지? 과문한 탓에 미처 소설이란 시문이 있다는 건 알지 못했도다. 이는 과문육체(科文六體, 과거의 여섯 과목 문체)로 치면 어디에 속하는고?"

"소설은 육체의 그 어디에도 속하지 아니합니다. 소설이란 그런 갖춰진 형식을 좇지 아니하는 글이며 따라서 형식을 중히 여기는 과거의 글과는 다릅지요."

"허면 소설이란 그대들이 만들어낸 문체인가?"

"소설이란 본래 전국시대 제자백가의 한 무리를 일컫는 말로『한서』「예문지(藝文志)」에 따르면 대도(大道)와는 동떨어진 꾸며낸 말이란 뜻에서 소설(小說)이라 불리옵니다."

"허어, 그대들과 같이 학식 높고 고매한 죽림고회의 군자들이 어찌하여 대도를 저버리고 한낱 허황한 소설의 길로 접어들었는고?"

상국은 묘하게 수작을 걸고 있었다. 해도 林은 태연히 술잔으로 입술을 적시며 답했다.

"분명 소설이란 허황한 이야기입지요.『장자』의 「외물편(外物篇)」에 보면 바로 합하께서 시생에게 하문하신 바 꼭 같은 질문을 혜자(惠子)가 장자에게 묻고 있습니다. 그때 장자가 대답하기를 '소설, 곧 쓸데없는 것을 알아야 더불어 쓸데 있는 것을 말할 수 있다. 대저 땅은 넓고도 또 크지만 사람이 쓰는 것은 걸을 때 딛는 작은 자리일 뿐으로 그 나머지 부분은 모두 쓸데없는 것이다. 하면 그 발 디딜 자리만을 남겨두고 그 밖의 땅을 모조리 황천까지 파놓는다면 그래도 사람이 그 땅 위를 걸을 수 있겠는가'라고 했습니다. 장주(莊周)의 그와 같은 대꾸로 시생의 답을 삼게 하소서."

"해도 죽은 묘청을 살려낸단 대목은 과한 듯싶으이. 실감이 떨어지는 설정이야."

"위나라의 장화(張華)가 남긴『박물지』를 보면, 한나라 말엽 범명우(范明友)란 자가 집안 노비의 무덤을 발굴하니 노비가 살아나왔다는 기록이 있습니다. 괴이히 여긴 범명우가 옛일을 물으니 노비가 대답하는 바가 사서인『한서』에 조금도 틀리지 않았다 했습니다. 뿐이오리까. 역시 중국의 삼국시대 때 발굴된 서한(西漢)의 한 무덤에서는 궁녀가 살아나 그니를 어여삐 여긴 위나라 조비(曹조)의 황후 곽씨가 일생을 곁에 두고 살면서 옛날 서한시대 궁중의 법도에 대해 물었다고 하니 그 궁녀는 적어도 이백 년 이상을 송장으로 지냈던 셈입지요. 이는 동진의 간보(干寶)가 지은『수신기(搜神記)』에 기록된 사실로 그 책 속엔 그것말고도 무덤에서 깨어난 사람들의 이야기가 허다합니다. 장화나 간보 등이 모두 당대의 내로라 하는 사가였으니 어찌 허언을 적어 남겼겠습니까."

청산유수로군, 나는 실소를 참고 있었는데 상국은 심각하게 고개를 끄덕였다. 林이 덧붙여 말했다.

"육조대(六朝代)에 이르면 지괴(志怪)소설이 풍미하였나이다. 지괴란 괴이한 것(怪)을 기록한 글(志)이니 이는 세간에서 그 괴이함을 궁금해하고 또 즐기기 때문입지요. 소설이 나아가는 바는 바로 거기에 있습니다. 소설의 이야기가 헛된 것이지만 그것이 비단 망령된 헛소리에 멈추지 않는 것은, 소설이 그렇게 인생세간에 뜻하지 않게 존재하는, 곧 현실 속에 잠겨 보이지 않는 비현실의 어두운 문을 두드리는 지팡이인 까닭입지요. 오늘날 형식에 치우친 학문이 오직 옛 성현의 올바른 가르침만을 좇아 그들이 걸었던 발자국을 따라만 가려 하는 데 반해 소설은 듣도 보도 못 한 이야기가 제멋대로 구비치는 상상의 물결을 타고 아무도 가볼 수 없던 전인미답의 세상으로 향하는 일엽편주라 하겠습니다. 『시경』에 이르듯 시란 뜻이 가는 바라고 한다면 학문이란 앎이 가는 바가 될 것이요, 소설이란 모름이 가는 바라할 수 있습지요."

상국은 수염꼬리만 돌돌 손가락으로 말고 있었다. 알다가도 모를 알쏭달쏭한 林의 기묘한 말에 그저 고갯짓만 연발할 뿐이었다.

"소설은 그러한 변문(變文)을 통하여 현실과 꿈의 경계를 어지럽히길 꾀하나이다. 하여 신산한 인민의 삶을 달래주는 데 그치지 않고 인생세간의 무대를 넓혀, 보이지 않고 알지 못하는 것을 더듬어 익숙하게 하는 괴이한 힘을 일으키는 바입지요. 사람의 삶이 불안한 것은 죽음을 모르기 때문이올습니다. 하오나 죽음이란 삶이 떠나오고 또 되돌아갈 자리이니 사람이 그 모르는 바를 자꾸 기억하여 익숙히 한다면 삶 또한 태연함을 찾을 것입지요. 저자의 백성이 정통한 역사보다 꾸며진 야담을 사랑하는 까닭이 그에 있구나, 시생이 깨우친 바올습니다."

"과연 그대의 말이 옳도다. 대중과 즐기는 바를 같이하면 못 이룰 것이 없다(與衆同好靡不成)고 『삼략(三略)』에 전하지 않더냐. 내가 그대의 허허실실을 짐작하겠노라."

하면서 상국은 이렇게 토를 달았다.

"헌데 그대와 같은 뛰어난 문재가 어인 일로 아직까지 등용문에 오르지 못했단 말인가?"

올커니. 나는 비로소 귀를 기울였다. 절호의 기회가 온 것이다.

"석벌의 집같이 엉성하기 짝이 없는 시생의 글을 두고 그다지 과찬을 내리시니 송구한 마음뿐이올습니다. 시생이 아는 바가 얕고 지닌 덕이 재주를 덮지 못해 지난날 치르는 과시마다 낙제의 고배를 마셨으니 부끄럽기만 합니다."

"무슨 소리! 그대가 지은 글이 이다지도 나를 감복케 하고 또 내 묻는 일마다 그대가 모르는 바가 없었다. 아마도 그대가 지닌 뜻이 너무 커 세상이 그걸 담기엔 오히려 작은 그릇이 아니었는가 싶구나. 내 전부터 환고일세(環顧一世, 세상에 쓸 만한 인물이 없어 탄식함)로 주름살이 늘더니 그게 다 지공거(知貢擧, 과거를 주관하는 벼슬)들이 옥석을 가리지 못한 탓인 줄 이제야 알겠다. 그대 같은 인재가 늦도록 입신을 이루지 못한대서야……"

드디어 뭔가 일이 되어가는구나 싶은 순간이었건만 정작 林은 엉뚱한 대꾸를 했다.

"시생이 학문도 보잘것없거니와 이미 입신에는 추호의 뜻도 없습니다."

그의 뜻밖의 선언에 기껏 배려를 해주려던 상국만 멀뚱한 입장이 되었다. 林은 마롱마롱 상국의 눈을 똑바로 쳐다보며 말했다.

"『문심조룡(文心雕龍)』이란 문장론에는 다음과 같은 글이 전하고 있습니다. 남달리 형식에 얽매이지 않은 시문에 뛰어났던 양나라의 간문제(簡文帝)는 그의 아들에게 시를 가르치며 말하기를 '입신의 길과 문장의 길은 다르다. 입신은 근엄하고 무게가 있어야 하지만 문장은 방탕할 필요가 있다'고 하였다 합니다. 시생이 그 뜻에 탄복하여 일찍이 공맹의 도를 저버리고 글로써 방탕하고자 하니 어찌 입신을 꿈꾸오리까."

"흐음……"

상국은 그럴싸하다는 듯 또 한 번 고개를 끄덕여 보였지만 나는 그가 말한 '방탕한 글의 길'이란 말이 못내 마음에 걸렸다. 林은 이렇게 덧붙였다.

"옛날에 여불위(呂不韋)는 삼천여 문객의 지혜를 도아 역사상 가장 위대한 소설이라 할 『여씨춘추(呂氏春秋)』를 지었습지요. 시생은 단지 그런 위대한 소설가를 따르는 삼천 명 문도 중 하나이고 싶을 따름입니다."

"과연 겸양의 덕까지 갖춘 진정한 선비로다!"

속 모르는 상국은 그렇게 적당히 치하의 말로 넘어갔지만 그의 말을 듣는 순간 나는 내심 이만저만 놀란 것이 아니었다. 여불위가 누구인가? 나중에 진시황이 된 정(政)의 실제 아버지요, 『여씨춘추』라면 천하통일의 야심을 품은 여불위가 천자에게 들려줄 세상의 크고 작은 이야기를 모아놓은 책이었다. 죽기 전 여불위의 벼슬이 바로 상국이었고 시방 최충헌의 지위 역시 상국이 아닌가. 또한 여불위가 거느렸던 문객이 삼천이었듯 최 상국도 삼천 명의 문인을 솔거하고 다니고 있었다. 나는 뜨끔하게 가슴 끝이 저려왔다. 도대체 林의 꿍꿍이를 가늠할 수 없었다.

돌이켜 생각하면 그날 밤 나는 공연한 일에 화를 내고 있었는지도 모른다. 사건은 최 상국이 내린 은전에서 비롯되었다. 명목이야 林의 책에 대한 놀금인 셈치고 거두란 것이었지만 그 값이 물경 은병 두 개 템이나 되었으니. 그만한 은냥이면 궁색한 林의 처지에 두어 해는 공부에 전념할 수 있는 돈이었다. 그런데 문제는 상국 댁 수청(守廳)이란 작자가 은병 값을 셈하여 달구지에 실어보낸 쌀섬이었다.

"아니 쌀섬이 왜 이만밖에 아니 되는고? 아무리 나락금이 비싸기로 은병 두 개에 고작 쌀 열 섬이라니!"

"흉년에 나락이 천세가 났습니다요. 그나마 성밖에선 볍씨도 먹어치울 지경입지요."

"네가 글방 퇴물이라고 양반을 업수이 아는구나."

나는 작자에게 당장 은병을 되가져오라고 호통을 질렀다. 그러나 정작 林은 "수고하였네", 인심 좋은 얼굴로 청지기를 다독여 돌려보내는 거였다.

"원래 낙정미(落庭米)라는 게 있는 법 아닌가."

기가 막혀 있는 내게 싱글싱글 웃어 보이는 林.

"이게 남포석이라지?"

그는 상국이 하사한 벼루를 뜯어보고 있었다.

"허, 남포석이기 망정이지 단계벼루라도 받았으면 아예 어깨춤을 추셨겠소이다!"

그래도 林은 껄껄 웃어넘기고 말았다.

"그나저나 앞으로 어떡하실 요량입니까? 다음 차엔 놓치지 말고 자천의 운이라도 떼어보셔야지요. 상국을 마주하기가 그렇게 쉽진 않습니다."

그래도 林은 대꾸 없이 벼룻돌만 들여다보고 있었다. 나는 목소리를 높여 다그쳤다.

"재미 나는 골에 범도 난다질 않습니까. 세상 없는 이야기도 하룻밤 꿈이지 언제까지 상국이 소설에만 혼을 빼고 있겠습니까. 선생의 소설이 비끄러매어놓지 않은 배와 같아 어디로 흐를지 몰라 드리는 말씀입니다."

"허! 지음(知音)이라더니 춘경이 자네야말로 내 소설을 제대로 꿰뚫고 있네그려."

그렇게 말하는 林의 어조는 어느새 냉랭한 얼음기를 띠고 있었다.

"실은 나도 내 소설이 어디로 흐를지 알지 못하네. 아니 차라리 알까보아 두렵다고 해야겠지."

나는 공연한 말을 꺼낸 걸 후회하고 있었다. 어느새 미지의 곳으로 흐르는 林의 눈길을 보자 꺼림칙한 생각이 들었다.

"언젠가 말했듯 나는 죽음의 풍경을 보고 나서야 소설을 써야겠노라 마음을 먹었네. 뜬구름 같은 이야기는 나를 참으로 낯선 곳으로 인도하였지. 거기서 나는 깨달았네. 내 삶의 진정한 주인은 죽음이었구나, 하는 사무치는 앎이었네. 내 삶의 행로는 죽음이라는 아득한 영속 사이에 잠깐 스친 틈새였단 말일세. 삶이란 지루한 영겁의 암흑 가운데 찰나에 빛나는 사금파리 같은 것이었네. 시간은 흐르기 위해 나를 낳았고 세상은 돌기 위해 나라는 이야기를 꾸몄지. 나는 소모되기 위해서만 존재하고 제행무상(諸行無常)의 무대를 뛰노는 광대에 불과하였단 말일세. 우주는 나로 하여금 생로병사를 열연케 하였고 시간은 암흑의 구경꾼이었다는 자각이었네. 가히 싸늘한 각성이 아닌가."

떨어진 문종이 새로 바람이 들어왔다. 林은 쓸쓸한 취기를 바람에 말리며 그렇게 말했다.
"옛 시인이 바람을 두고 노래하였네. 절몽도(切夢刀)라고. 꿈을 가르는 칼 말일세. 세상에 나 홀로라는 처절한 고독마저도 허락지 않고, 내 삶조차 내 것이 아니었다고 일깨우는 차디찬 칼날이었지."
바람 소리는 점점 드세어지고 있었다. 우수수 서릿발을 실어오는 삭풍은 그러나 밖에서 몰아치는 것이 아니라 林의 부르튼 입술에서 새어나오고 있었다.
"죽음이 생을 채찍질하여 몰아치듯, 나는 문자로 내 소설을 다그치고 있다네. 나는 깨어나지 않기 위해 소설을 쓰고 있는 것일세. 내가 진정 속이고자 하는 대상은 곧 나란 뜻이지."
마지막으로 林은 짤막하게 덧붙였다.
"돌아가주게. 이제 내 주위를 서성이는 죽음과 이야기를 나눌 시간일세."

*

그것이 林과의 마지막 만남이었다. 물론 그 순간엔 그렇게 접고 말 인연이라고는 생각지 못하였다. 그러나 설령 알았다고 하더라도 나는 그를 말리지 못했을 것이다. 나는 그의 소설이 영원히 미완의 상태로 남아 있을 것이란 걸 뚜렷이 예감하고 있었다. 그는 결코 제 손으로 마지막 종지부를 찍으려 하지 않을 거였다. 그가 영원히 우회하려 하고 있다는 것만은 분명한 사실이었다.
막 그의 집을 빠져나와 산모롱이를 돌아설 때였다. 무언가 나를 스치는 것이 있었다. 퍼뜩 얼굴을 들었다. 그저 바람이었나. 아니었다.

나를 스친 건 외줄기 바람이 아니라 알 수 없는 냉정한 기운이었다. 그 순간 머릿속에 숙살지기(肅殺之氣)라는 한마디가 떠올랐다. 매섭게 차가운 가을바람을 두고 이르는 그 말이 왜 그렇지 지엄하게 다가왔을까. 무언가 잡히지 않는 것들이 우우 林의 초막을 향해 몰려가고 있다고 느꼈다. 그의 집 뜰에 솟은 버드나무가 머리채를 뒤흔들었다. 봉창에 어린 林의 그림자가 심하게 너울지고 있었다.

며칠 뒤 죽림고회의 시회에서 林의 이야기가 화제에 올랐다. 소식을 전하는 咸은 몹시 취해 있었다. 평소 죽어서 술병으로 환생하겠노라 입버릇 삼던 그가 그렇게 인사불성으로 취한 것도 별일이었다. 林 때문이었다.

이틀 전 법왕사에서 열린 팔관회의 시쟁(詩爭)에서 뽑힌 咸은 상(上)으로부터 친히 술을 하사받았다. 상국은 그를 축하하기 위해 연회를 베풀기로 했다. 咸이 모처럼 상국을 마주할 자리였다. 그 자리에 뒤늦게 林이 나타난 모양이었다.

"유현덕이 제갈량 모시듯 하더군. 참으로 교룡이 운우(雲雨)를 만난 듯하니 나 같은 촌부자(村夫子)야 눈꼬리에나 닿았을까."

咸이 자조하는 사연인즉 수백의 문객들 틈에 섞여 상국 앞에 시를 바칠 기회만 노리고 있었건만 林이 나타나자마자 상국은 뒤도 돌아보지 않고 그에게로 뛰어갔다는 것이다. 혹시나 林을 불러보았건만 그는 咸에게 눈길 한번 주지 않고 최 상국과 함께 도방으로 사라졌다고 했다.

"암! 광세지도(曠世之度, 천하를 좁게 여기는 도량)가 그쯤은 되어야지."

정자 난간에 쓰러질 듯 기대어 咸은 그렇게 뇌까리고 있었다. 정작

분을 삭이지 못하는 건 李였다.

"광세지도가 아니라 안하무인이지. 자네가 뒷배를 보아주지 않았다면 벌써 굶어 죽었을 위인이 아닌가."

"하로동선이 제때를 만난 것이라 좋게 생각하시지요."

어설프게 林을 변명하려는 내게 李는 벌컥 부아를 터뜨렸다.

"자네가 내게 『논어』를 가르치는가. '여름날 화로는 습기를 말리는 데 쓰고 겨울날 부채는 불땀을 부치는 데 쓴다(夏爐炙濕冬扇爇火)'는 말씀은 선비가 선비 노릇을 못 한다는 나무람이 아니던가. 목하 林이야말로 광언망설(狂言妄說)로 시문을 더럽히고 있다질 않는가."

나는 마땅히 대꾸할 말을 찾지 못하고 고개를 돌렸다. 그런 나를 보며 咸이 낄낄 웃음을 흘렸다. 취기 오른 그의 웃음은 갈수록 커졌다. 억지로 쥐어짜는 그의 앙천광소에 겨우 붙어 있던 갈잎이 우수수 떨어졌다.

비명 소리처럼 겨울이 찾아왔다. 경자일에 궁중에서 변란이 있었다. 내시 왕준명(王濬明) 등이 최 상국을 죽이려고 승도(僧徒)들을 이끌고 수창궁을 습격한 사건이었다. 그들의 시도는 실패로 끝났지만 사건은 거기서 멈추지 않았다. 독기 오른 무인들의 피의 복수극이 차례를 기다리고 있었다.

도성 안의 신민들은 숨도 크게 쉬지 못하고 이어질 피바람을 기다리고 있었다. 우리 모두는 넋나간 얼굴로 생사여탈권을 쥐고 있는 최 상국의 도방 쪽을 향해 목을 늘이고 있었다. 우리의 죄목은 역모의 여부가 아니라 모두가 죄인인 세상을 살고 있다는 사실이었다.

설마 설마 했건만 상국은 기어코 왕을 갈아치웠다. 변란이 나고 나흘 만이었다. 폐왕은 강화섬으로 유배되고 새로이 한남공(漢南公)이

왕위를 이었다. 무신정권 이래 다섯번째 왕이자 최 상국이 내세운 세 번째 임금이었다. 도방의 명에 의해서 나를 포함한 한림원 관원들은 추대의 표문을 짓느라 며칠 밤을 꼬박 새우다시피 보냈다.

林의 소식을 다시 들은 건 한소끔 흔바람이 가라앉은 이듬해 정월이었다. 咸이 가져온 소식은 놀라운 것이었다.

"뭐라 하셨습니까? 선생이 도방에 갇혔다고요?"

"그런 모양일세. 도무지 충헌을 만날 수 없자, 하루는 그가 불각시에 상국의 행차에 뛰어들었다지 무언가. 하마터면 충헌이 낙마할 뻔하였다는 게야. 혼뜨검이 난 지 미처 달포도 지나지 않은 마당에 오죽 기겁을 했겠는가. 그가 필시 죽을 망령이 났던 게지."

간이 서늘해지는 소식이었다. 칼날 위를 걷는 듯한 시방의 정국에 미치지 않고서야 그런 일을 저지를 수는 없었다. 술에 취하면 하루를 잊고 시에 취하면 일생을 잊는다지만 사람이 그다지도 앞뒤를 가리지 못한단 말인가.

"그래서 말인데, 춘경이. 아무래도 자네가 좀 나설 도리밖에는 없겠네. 어찌하겠는가. 미웁다 고웁다 해도 시구로 얽어 맺은 인연이 아닌가. 사람 목숨은 살려놓고 볼 일일세."

돌아서려다 말고 咸은 슬그머니 내 손을 잡았다. 그리고 지음이라는 말을 몇 번이고 되풀이했다. 과연 들어줄 이 없으면 시를 지을 필요도 없는 것일까. 시적(詩敵)을 잃은 가인(歌人)의 뒷모습은 겨우내 부쩍 늙어 있었다.

나는 서둘러 상국에게 바칠 글을 지었다.

예부터 시인은 가슴에 시마(詩魔)를 품고 산다 하였습니다. 임 아무개라는 궐자(厥者, 그놈)가 본디 낭만이 분방하고 시벽이 괴팍

하여 시마를 주머니에 고이 묶어두지 못하는지라 뜻하지 않은 변을 만날 적이 많았습니다. 하오나 그의 시마는 자형(字型)에 갇혀 있을 물건이 아니온지라 한번 뛰쳐나와 시의 격을 깨고 운율을 어지럽히면 사람의 애를 저미고 흐르던 하늘도 운행을 잃고 별똥별을 떨굴 지경이니, 뉘라서 그의 시흥을 억누르리오리까. 엎드려 생각건대 술에 취하면 나라님도 몰라본다(醉中無天子) 하였습니다. 임 아무개가 술보다 더 독한 시흥에 취하여 앞뒤 모를 일을 저질렀다 하오나 누구보다 그의 시귀(詩鬼)를 짐작하시는 합하께오서 헤아려 다스려주시오소서. 그의 시가 지금은 구천을 유랑하여 음산할지언정 기이하고 험난한 길을 꺼리지 않는 것 또한 기개라 하지 않을 수 없습니다. 합하께오서 나라의 문운을 염려하신다면 시인의 기개가 올바로 흐를 수 있도록 길을 잡아주시오소서. 그의 시를 장부답게 하소서.

　남산리 도방을 찾았을 땐 이미 밤이 깊어 있었다. 간곡히 상국을 뵙기를 청하였지만 번졸들은 얼씬도 못 하게 문간을 막아섰다. 나는 낯익은 철릭짜리를 붙들고 사정을 하였다.
　"허면 어떻게든 이 서한만이라도 상국께 좀 올려주시오."
　"상국께서 이미 수침에 드셨을 터인데 어찌 서한을 읽으시겠소."
　더는 억지를 부려볼 상황이 아니었다. 하는 수 없이 편지를 접어넣고 돌아서려는데 장교가 이렇게 토를 달았다.
　"혹여 그 임 아무개라는 패관 때문에 오시었소?"
　나는 반색을 하고 그렇다고 고개를 끄덕였다.
　"그 자라면 상국의 명을 받고 벌써 지난 낮에 놓아보냈소."
　고맙다는 인사조차 건넬 겨를도 없이 부리나케 발길을 놀렸다. 성문을 빠져나와 林의 집으로 향하는 외딴길로 접어들 무렵 통금을 알리는 인경(人定)의 북소리가 울렸다.

나는 문득 걸음을 멈추고 고개를 돌렸다. 저만치 성루의 북소리가 유난히 멀게 들렸다. 사람의 집과 그만큼 멀어진 느낌이었다. 나는 가만히 서서 스물여덟 번 북소리를 고스란히 들었다. 마지막 북소리까지 어두운 하늘로 사라졌을 때 사위의 스산함이 가슴을 메웠다. 풀벌레 소리조차 끊긴 겨울밤이 새삼 홀로인 나를 일깨웠다. 내가 왜 林에게 달려가야 하는지 회의가 들었다.

林의 초막으로 향하는 산모롱이를 돌아서면서부터 나는 이상한 기운에 사로잡혀 있었다. 저만치 산그림자에 파묻힌 그의 오두막엔 불빛이 보이질 않았다. 새삼스런 공허가 추위를 타고 밀어닥쳤다.

그러고 보니 이런 고독은 처음이었다. 林에게 올 즈마다 나는 이 스산한 산자락에 홀로가 아니었다는 자각이 들었다. 푸르스름 밤안개를 뚫고 오오— 들려오는 산짐승의 울음소리. 발 밑에 부서지는 갈잎 소리. 하늘을 굽이치는 은하수의 물결 소리. 메마른 푸서리를 쓸고 가는 바람 소리. 계절의 하늘을 빛내는 별자리의 이야기 소리. 한없는 적막이 들려주는 그 요란한 아우성 가운데 林은 자리하고 있던 거였다. 불 꺼진 그의 방에 들어서기도 전에 나는 이미 林이 떠나고 없음을 직감할 수 있었다.

방 안은 비어 있었다. 차가운 냉골 위로 얼마 되지 않는 세간살이가 아무렇게나 흩어져 있었다. 부시를 쳐서 등잔을 밝혔다. 기름이 다한 등잔의 불꽃은 희미하였다.

책상 위엔 총총히 떠난 林의 흔적이 역력했다. 나는 가만히 그 앞에 앉아보았다. 누덕누덕 책등을 기운 낡은 책 속에 파묻혀 있노라니 더욱 그의 기억이 또렷이 살아났다. 등잔대를 가까이 끌어당겼다. 언젠가 보앉던 林의 얼굴이 그러했듯 내 얼굴도 미지의 빛으로 환하게 달아오르는 착각이 들었다. 힐끔 뒤를 돌아보았을 때 나는 흙벽에 어른거리는 내 그림자를 불러보고 싶었다. 그러나 나는 그의 이름을 알지 못했다.

소리를 들은 건 그때였다. 물소리였다. 흐르는 물소리가 틀림없었다. 급히 여울을 스치는 시내 소리였다. 나는 등잔을 받쳐들고 물소리가 울리는 뒤란으로 나섰다.

폐가의 뒤뜰은 황무지와 다름없었다. 커다란 고욤나무 하나가 유난히 우뚝하게 보였다. 소리는 나무 밑에서 흘러나오고 있었다. 한 무더기 잿더미가 쌓여 있었다. 수북한 검은 재티 속에 타다 만 몇 장의 종이가 보였다. 林이 쓰고 있던 소설 『성우우기』의 일부분이었다.

등잔을 가까이 가져가자 내 귀에 울리는 물소리가 점점 또렷해졌다. 아무렇게나 붓을 던져도 글씨가 된다(投筆成字)는 林의 유려한 글씨가 아름답게 흘러내리며 이루는 소리였다.

옛 사람이 말하기를 태초에는 오로지 캄캄한 혼돈만이 있어 하늘과 땅이 서로 뒤섞여 있었다 하였다. 그 혼돈 속에서 어둠을 가르고, 큰 거북의 다리를 잘라 기둥을 세워 하늘과 땅을 구분지은 이가 있었으니 그가 곧 삼황(三皇)의 둘째인 여와씨(女媧氏)로 처음으로 인간을 낳은 여신이라고 옛 책은 기록하고 있다.

훗날 오제(五帝)의 두번째인 전욱(顓頊)이 우주를 관장할 때의 일이다. 여와씨의 제후였던 공공씨(共工氏)가 하늘의 권세를 차지하고자 반란을 일으켰다. 전욱은 황제(黃帝)의 손자로 온갖 술법에 능한지라 이내 공공씨를 제압한즉, 분을 이기지 못한 공공씨가 하늘을 받치고 있던 네 기둥 중 서쪽 것을 들이받아 하늘이 서쪽으로 기울어지게 되었다. 그때부터 하늘의 해와 달과 별이 서쪽으로 지기 시작하더니 은하수가 흘러내려 땅의 서쪽 끝 곤륜산을 타고 홍수가 일었다.

하여 요·순·우의 삼대에 걸쳐 천하의 제왕이 된 자는 오로지 홍수로부터 억조 창생을 구하는 일에 전념할밖엔 다른 도리가 없었다. 그후로 오직 치산치수(治山治水)의 덕을 갖춘 이에게 왕권이 전하여진바, 마지막 우왕대에 이르러서야 아홉 개의 산에 구멍을 뚫고 아홉 개의 강에 둑을 쌓아 겨우 물길을 잡을 수 있었다.

마침내 우왕은 깨닫기를 하늘과 땅이 마음대로 교통하는 것이 결코 세상에 이롭지 못하다 여겼다. 그는 다스리던 아홉 개의 산과 아홉 개의 강을 나누어 천하를 구등분하였다. 그로부터 인간은 차츰 신과 결별하여 정천이지(頂天履地), 하늘을 이고 땅을 밟고 서서 홀로 가는 운명이 되었다.

대홍수 이전 신인(神人)의 시대는 그리하여 끊어지고 말았다. 삼황오제 시절 하늘의 뜻이 곧 인간세의 법도이던 전설은 사라지고 대신하여 역사가 열렸다. 그런고로 차후 만백성의 왕이 된 자는 바른 정치를 위해 하늘의 뜻을 묻지 않을 수 없었고 그것이 곧 점복의 전통이 되었다. 점이란 신과 결별한 인간이 신을 부르는 소리인 것이다. 비로소 하(夏)나라에 이르러 거북 껍질로 점을 치게 되었으니 거기서 갑골문이 탄생하여 오늘날의 글자를 이루었다.

까닭이 그러하니 글자란 본디 사람끼리의 소통을 위하여 만들어진 것이 아니라 신과의 교통을 위해 고안된 것이다. 문선왕(文宣王, 공자)께서도 『춘추』에 이르길, '하늘과 땅을 가로세로로 엮은 것을 글이라 한다(經緯天地曰文)'고 하였으니, 문자의 참뜻은 온 우주에 대한 사람의 경건한 물음인 것이며 신과 인간의 공유물인 것이다.

하늘과 땅이 마침내 나뉘고 그 빈자리에 문자가 들어선 이래 인간이 신을 만나는 길은 그렇게 글을 통하는 방법이 되었다. 그후로 하늘을 따르는 인간의 길 역시 두 갈래가 되었으니 하나는 문자의 뜻을 해석하는 학문의 길과 또하나는 여전히 신과 직교하려는 종교의 길이었다. 공맹의 도와 노장의 도가 둘인 듯 하나인 까닭이 거기에 있지 않은가.

타고 남은 부분은 거기까지였다. 나는 다시금 천천히 잿더미를 뒤적였다. 바슬바슬 손끝에 부서지는 林의 상념의 촉감이 말할 수 없이 부드러웠다. 비로소 나는 기이한 분위기를 느꼈다. 무언가 나를 지켜보고 있다는 느낌이었다. 혹시 林은 아닐까, 사방을 둘러보았다.

들풀을 스적이는 소리는 그러나 한 마리 삵이었다. 세로로 찢어진 놈의 눈동자가 서리꽃 속에서 푸르게 빛나고 있었다. 어느새 밤안개가 내 주위로 몰려들고 있었다. 고욤나무에 날아 앉은 몇 마리 밤새들이 아득한 울음을 주고받았다. 커다란 달무리가 나목의 우듬지에 걸려 있었다. 하늘이 외눈을 뜨고 나를 내려다보는 느낌이었다. 드문드문 보이는 별들도 처음 보는 별자리를 짓고 있었다. 나뭇가지가 가늘게 떨리고 있었다. 나도 떨고 있었다. 아니 딛고 선 땅이 그릉그릉 숨을 쉬고 있는 느낌이었다. 저 멀리 산능선이 출렁이는 착각이 들었다. 산줄기를 따라 어둠은 희뿌옇게 묽어 있었다. 그 너머는 다른 꿈을 꾸는 세상인 모양이었다. 무언가 꾸역꾸역 내 주위로 몰려드는 것을 느낄 수 있었다.

그러나 나는 조금도 두렵지 않았다. 마침내 나는 잿더미 속에서 또 다른 종이 몇 장을 찾아내었다.

천지는 그렇듯 살아 있다. 옛 사람의 말대로 하늘이 갈라져 만물이 태어났고 땅이 울어 산이 솟고 강이 흘렀다. 시간이 흐르면 산도 자리를 옮겨앉고 세월에 따라 강도 마르고 넘쳐 줄기를 바꾸게 마련이다. 하늘은 별을 내었다 거두며 호흡을 하고 구름을 토해 대지와 가까워지고 은하수를 뿌려 멀리 사라진다. 땅은 명산(名山)의 도움을 받아 돌을 그 뼈로, 물을 그 핏줄로, 풀과 나무를 그 털로, 흙을 그 살로 삼아, 살고 또 죽는다. 생멸은 비단 생령(生靈)의 이치만이 아니다. 그 모든 것을 품고 있는 천지 역시 태어나고 번성하고 또 쇠하고 스러지는 것에 한가지이다.

다만 문제는 시간이다. 큰 강의 흐름은 십 년이 다르고 높은 산봉우리도 백 년마다 높이가 변한다. 이천 년이 흐르면 하늘의 십이궁 별자리도 자리를 바꾼다. 만 년이 가면 바위는 흩어져 모래알이 되고 십만 년을 빛나는 별이 없다고 하였다.

불문(佛門)에 이르길, 우주는 만물을 통해 되풀이되는 꿈이니 끝없이 다채롭다 하였다. 그럼에도 그 꿈의 길이 소라의 껍질을 닮은 형상(螺旋)을 이루어 결코 앞선 시간과 꼭 같지 않음을 내가 알았다. 누가 그 꿈의 여정에서 신기원(新紀元)을 바랄 것인가.

나는 묻고 있을 뿐이다. 되돌아오지 않을 답이기에 끊임없이 물을 수밖에 없노라 다짐하였다. 그것만이 하늘이 사람을 낳고 땅이 그를 키웠음에도 우주가 내게 유한한 삶과 무한한 문자를 함께 허락한 까닭이라 여겼다. 그것이 하늘과 땅이 끊어져 통하지 못하는 (絶地天通) 괴로움을 견디는 방편이라 여겼다.

오래 전부터 나는 북국(北國)으로 가야겠다 생각하였다. 굴원(屈原)이 노래하기를 그곳은 혼이 귀일할 곳이 없는 땅이라 하였다. 붉은빛 탁룡(逴龍)이 한산(寒山)을 휘감고, 넓고 넓어 건널 수 없고, 깊고 깊어 헤아릴 수 없는 대수(代水)가 흐르는 땅. 깃들일 곳

잃은 혼령이 가득 떠다닌다는 그 땅으로 나는 가려 한다.

그 빙백(氷白)의 땅 위에 내가 서리라. 남쪽나라 시인 굴원은 무엇에 홀려 북국을 헤매었는가. 그의 최고의 절창이 어찌하여 하늘에 대한 물음(「天問」)이어야 했는가 소리쳐 물어야겠노라.

시간이여, 나를 어디까지 걷게 할 것인가. 문자를 타고 누비면 삼억 리 땅 끝을 모두 디딜 수 있다는 것인가. 하늘이여, 무엇을 꿈꾸기 위해 내게 필묵을 쥐어준 것인가.

혹, 등불이 꺼졌다. 바람이 닿기도 전이었다. 뒤미처 앞산의 소나무 바늘잎을 쓸고 오는 칼바람이 매섭기도 하였다. 바람은 내게로 와 이내 회오리지기 시작하였다. 아차, 하는 새 나는 광풍에 종잇장을 빼앗기고 말았다. 펄렁펄렁 고욤나무 높은 가지를 넘어 林의 소설은 검은 하늘로 빨려들고 있었다. 손을 뻗어보았지만 천공은 허망한 공간이었다. 현기증이 솟았다. 회오리바람을 타고 별과 달과 어둠이 소용돌이치고 있었다. 재티가 흩날렸다. 안타까운 나의 호흡, 그 하얀 입김마저 바람은 깨끗이 거두어가버렸다.

더이상 물소리는 들을 수 없었다. 나는 그 자리에 힘없이 주저앉았다. 내 앞에는 林이 꿈을 꾼 흔적이 그은 흙이 되어 남아 있었다. 사위어간 화톳불을 오래도록 바라보고 있었다.

멀리 파루(罷漏)의 북소리가 울렸다. 나는 그가 북국에서 돌아왔다는 소식을 듣지 못했다. 나는 그가 어디에 있는지 알고 싶지 않았다.

해설
진정한 작가이고자 하는 자의 소설
— 양진오 | 문학평론가

민경현은 참 이채로운 작가로 보인다. 그는 고집스럽게 독자들을 영원성, 절대성, 현존성의 예술세계로 안내하고 있으며 예술가로의 입문은 인격적 완성, 구도의 완성을 성취하는 고통의 길이라고 말하고 있다. 분명 민경현의 이채로움은 독자들에게 예술의 본래 성격을 다시 한번 환기시키고 치열하게 사유하게 한다는 점에서 각별한 의미를 지닌다고 말할 수밖에 없다.

1. 작가의 열의

　작가로 불리는 자 혹은 작가로 불리기를 원하는 자라면 누구나 자기 문학의 단단한 성채를 쌓아올리기를 희망한다. 그리하여 그들은 우리 시대의 흔한 작가 중의 한 명이 아니라 작가 중의 작가, 독자들에게 기억되는 작가로 인정받기를 희망한다. 그러나 이 희망은 얼마나 작가를 고독하게 만드는 절망인가? 그리고 이 희망은 얼마나 작가를 깊은 정신적 고통에 빠지게 하는 미망인가?
　그러나 모름지기 작가로 불리기를 원하는 사람이라면 그를 서서히 엄습해오는 희망 속의 절망이 크고 깊어 보여도 자기 문학세계의 성채를 쌓아올리려는 열의를 보여주어야 하리라. 비록 그 열의가 신기루 같은 허망한 결론으로 마감된다 하더라도 작가로 존재하고자 하는 자들은 운명을 걸고 자기의 소우주를 설계하고 건축하는 모험과 정진을 게을리 할 수 없다. 이와 같은 열의를 보여주지 않는 작가들은 '모양만 작가'라는 힐난을 들어도 그리 섭섭하게 여길 필요는 없을 듯하다.

이 부끄러운 힐난을 모면하고 싶은 작가라면 자기 문학세계를 형성하는 '질료'를 고민하지 않을 수 없다. 도대체 어떤 질료로 자기 문학세계를 구축해야 하는 걸까? 중요하게 여겨지는 질료들이 한두 가지가 아니기에 이 자리에서 낱낱이 그 사례를 열거해 보일 순 없지만, 작가의 독창적인 개성이야말로 자기 문학세계를 구성하는 최고의 질료가 아닐까 싶다.

어느 시대의 문학이든 당대 문학의 보편적 경향, 주류적 경향이라고 불리는 문학의 움직임이 있다. 한 시대를 압도하는 보편적이고 주류적인 문학의 스타일은 언제나 존재하는 법이었다. 80년대의 문학에는 80년대의 주류적 경향이, 90년대의 문학에는 90년대의 주류적 경향이 있었다. 작가로서 당대의 주류적 경향에 초연하거나 거리를 두며 창작활동을 전개한다는 건 생각처럼 쉬운 일이 아니다. 특히 문단에 자기 이름을 알린 지 얼마 안 되는 신인의 경우, 당대의 보편적이고 주류적인 경향들에 민감하게 반응할 수 있다. 언제나 그렇지는 않았지만, 이 반응이 어설픈 포즈로 이어지는 신인들의 예를 우리들은 목격하기도 했다.

신인이라고 하여 당대 문학의 보편적이고 주류적인 경향을 무조건 도외시해야 한다는 말은 아니다. 작가는 어떤 경향을 좇아가는 존재가 아니라 스스로 자기의 경향을 만드는 존재인 까닭에 당대의 주류적인 경향에 함몰되어서는 안 된다는 말이다. 요컨대 작가는 그의 언어와 사상으로써 문학이라는 이름의 글쓰기를 수행하는 존재이되, 수행의 방식은 언제나 그 자신의 개성을 관철하는 방향에서 전개되어야 한다는 얘기다. 이렇지 않을 때 작가는 작가가 아니라 한낱 이야기꾼으로 전락할 수 있다.

우리가 민경현을 한낱 이야기꾼이 아니라 작가라고 부르는 까닭은 그가 그의 문학세계의 구축에 남다른 열의를 보여주고 있고, 이 열의가 주목할 만한 문학적 성과로 나타나기 때문이다. 그런데 민경현의 열의는 시시때때로 신중에 신중을 거듭하는 예술가의 순정적 열의를 연상시킨다. 오랜 기간의 연마와 훈련, 세상에 선보일 작품을 갈고 다듬는 조탁의 태도, 마땅치 않은 작품을 과감하게 깨버리거나 불살라버리는 예술가의 순정적 열의를 민경현은 독자들에게 연상시키고 있다.

그런데 세상은 어떤가? 세상은 예술가의 순정적 열의를 보여주는 젊은 작가에게 우호적인가? 오늘의 세상은 민경현에게 이렇게 말하고 있지 않을까? "우습고 우습도다 그대여! 이제 문학작품도 한낱 상품에 불과하거늘 그대의 열의를 이 세상 누가 알아준단 말인가!"

그러나 민경현은 세상의 조롱에 아랑곳하지 않는다. 그는 '문학은 작품이 되어야 한다'는 명제의 의미를 투철하게 인식할 뿐만 아니라 성의를 다해 이 인식을 묵묵하게 실천하고 있다. 민경현은 문학을 혼성 모방의 차원에서 짜깁기할 수 있는 글쓰기의 일종이 아니라 창조의 탄생으로 인식하고 있고, 문학을 사회학이나 심리학이 아니라 미학의 차원으로 끌어올리려는 문학적 실천을 수행하고 있다. 대중 추수주의적인 입장에서 보자면, 민경현의 순정적인 열의가 무의미해 보일 수 있지만 그의 열의는 어느 시대에나 질적으로 좋은 문학은 많지 않지만 분명히 존재한다는 사실을 깨닫게 하는 결과들을 잉태하고 있기에 아름답다. 그런 점에서 민경현의 열의는 미망으로 부를 수 없다. 그의 열의는 오늘날의 한국문학의 가능성을 인정하게 하는 근거를 낳고 있으니 어찌 그의 열의를 하찮게 볼 수 있단 말인가.

2. 우리말의 세공사

진정한 작가가 되고자 하는 민경현의 열의를 확인할 수 있는 대목은 그의 언어 구사력이다. 그런데 이 구사력은 동시대의 작가들인 전성태나 김종광이 보여주는 방언 구사의 능란함과는 다르다. 비유적으로 말하자면, 민경현은 신중한 언어 세공사처럼 보인다. 물론 우리 시대의 작가 중 민경현만이 이러한 비유를 독점할 수는 없다. 민경현 이외의 작가들 중에도 언어의 세공사라는 비유를 들을 만한 작가들은 있다. 그러나 삼십대의 젊은 작가 중에서 민경현처럼 언어를 장식하고 세공하여 언어의 미학화를 자기 소설의 특징으로 쟁취하는 작가는 그리 많아 보이지 않는다.

논란의 여지를 무릅쓰고 말하자면, 지난 90년대의 문학은 소설 언어의 예술성 내지 미학성 창출에 그리 큰 성과를 보여주지 못했다는 생각이 든다. 특히 우리말을 능숙하게 처리하는 젊은 작가들을 90년대 문학의 현장에서 만난다는 것은 쉬운 일이 아니었다. 우리말의 울림, 우리말의 의미, 우리말의 통사론을 이해하고 소설을 쓰는 작가들은 그리 많지 않았다. 이런 점을 고려해볼 때, 민경현은 신인은 신인이되 성숙한 신인이라는 평가를 받을 만큼 언어 구사력이 단연 돋보인다. 민경현의 그 어떤 소설을 읽더라도 우리는 민경현을 언어 미학주의자로 부를 만한 근거를 어렵지 않게 확인할 수 있다. 몇 단락을 잠깐 살펴보기로 하자.

1) 들녘이 펄럭이고 있었다. 마음도 덩달아 여울을 탔다. 햇발부터 바람을 타고 출렁이고 있었다. 세상이 모두 소슬한 걸까.
　막 고갯마루를 넘어서자 오불고불 흘러가는 구릉의 윤곽 위로 구름 사이 볕뉘가 소복이 쌓이고 있었다. 내리막 지는 산세에 등고선의 주름이 넉넉히 퍼지며 멀리 훨씬한 편더기가 곱게 다려놓은 무명베와 한가지였다. 들판의 끝자리 둘러 해송숲 푸나무서리 넘어서면 아마도 남쪽 바다가 기다리고 있을 터였다. 남실바람이 부는 오후에 바다는 은결 위로 현(絃)을 타듯 파도를 울렁일 거였다. 사르랑사르랑.(「평실이 익을 무렵」, 231쪽)

2) 눈 설(雪)자 설안거를 중동무이 뛰쳐나온 탓일까. 희붐하게 밝아오는 하늘에 폴폴 눈송이가 비쳤다. 산굽이 하나를 채 돌기도 전에 눈발은 제법 굵어지기 시작했다. 가뜩이나 너테가 앉은 길에 눈이 쌓여 걸음조차 수월치 않았다. 숫눈 위로 꿩이란 놈의 발자국이 어지럽게 흩뿌려 있었다. 구백 능선 선원에서 기슭까지 가려면 생눈사람 꼴이 날 판이었다.(「너의 꿈을 춤추련다」, 13쪽)

　이 간단한 예에서도 민경현 소설의 미학성을 확인할 수 있다. 오불고불, 볕뉘, 편더기, 사르랑사르랑, 중동무이, 희붐하게, 너테 등 우리말의 자연스런 표출이 일단 눈에 띄는 특징이다. 우리말 형용사와 부사 명사 등을 써서 아름다운 시적 통사 구문을 만들어내는 그의 수완이 놀랍지만 이것만을 놓고 민경현 소설의 미학성을 거론한다면 그 모습이 다소 궁색해 보인다.
　그렇다면 민경현 소설의 언어 미학의 참된 근거는 무얼까? 그 근거의 하나가 민경현 소설언어의 도상성(圖像性)이다. 이렇게 얘기할 수 있는 까닭은 민경현 소설의 언어가 마치 다채로운 색으로 한 폭의 회화를 그려내려는 충동을 지닌 언어처럼 보이기 때문이다. 요컨대 민경현 소설의 언어는 언어이면서 때로는 웅장한, 때로는 소슬한 회화를 만들어내는 질료로 쓰인다는 얘기다.

1)에는 북에서 홀로 남하하여 외로운 인생을 살아가는 한 노인의 쓸쓸한 심사가 투영되어 있고 2)에는 오랜 시간 동안 스승으로 모신 노사를 떠나는 젊은 화승의 신산한 심사가 투영되어 있다. 이처럼 민경현 소설의 언어가 그려내는 회화는 소설적 자아의 번민과 고뇌를 적절하게 표현하는 시각적 장치로 활용되고 있다. 요컨대 민경현 소설의 언어가 만들어내는 회화는 소설적 자아의 정서와 분리되어 존재하는 객관적인 풍경이 아니라 소설적 자아의 삶과 긴밀하게 연결된 의미 있는 장면, 더 자세하게 말해 주체로서의 인물과 객체로서의 환경의 정서가 혼용된 장면으로 이해된다. 핵심만을 말하자면, 민경현의 소설은 지속적으로 회화로 변모하고자 하는 도상성의 언어이며 그 회화는 마치 인생의 주제들이 투영된 단아한 동양화나 담백한 유화를 연상시킨다. 이런 점에서 민경현의 소설 언어는 기본적으로 도상의 본질에 육박하려는 언어라는 평판을 받을 수 있다.

언어의 도상성과 함께 주목해야 하는 특성이 있다. 벤야민의 어법으로 말하자면, 민경현 소설의 언어는 아우라를 성취하는 언어이다. 그의 언어에는 다른 작가의 소설에서는 발견하기 어려운 혼의 움직임이 흐르고 있다. 여기에는 설명이 필요하다. 민경현은 한 편의 소설 아니 하나의 짧은 문장에서도 인간의 혼이 엮어내는 인생의 비밀스러운 분위기를 조성하고 있다. 민경현의 소설언어는 때로는 인생살이의 파국과 파멸의 분위기를, 때로는 도취와 열정의 분위기를 조성하는 비가시적인 인간혼의 존재를 가시화하려는 특징을 지닌다.

이런 까닭에 민경현 소설언어의 마디마디에는 인간의 독특한 혼인 아우라가 꿈틀거리고 있다고 파악된다. 그의 소설언어는 근본적으로 인간의 아우라 그리고 우리들 인생의 비밀스런 분위기를 감지하게 하는 언어로 의미 있게 활용되고 있는 것이다. 한 예를 보기로 하자.

선생이 밤새 노려보고 있던 것은 무엇이었나.
비가 오고 있었다. 해묵은 기왓골에 부딪혀 삭은 양철낙수통을 타고 흐르는 밤비 소리가 옛집을 고요히 재우고 있었다. 가을비의 단조로운 리듬처럼 옛집은 누백년 기대 있던 산기슭에서 그렇게 밤을 견뎌야 했다. 선생도 아마 무언가를 견디고 있었는지 모른다.
선생은 좀처럼 붓을 들 것 같지 않았다. 당신 앞에 펼쳐놓은 화선지는 차라리 광막해 보였다. 석이도 말없이 먹을 갈았다. 몇 시간째인지 모르게. 아마 오늘은 밤도와 연적(硯滴)의 물을 다 말릴 때까지 먹을 갈아야 할지도.
늙은 묵객(墨客)의 불면처럼 지루한 것도 없었다. 그 무한정의 시간 속에 선생은 무엇을 묵새기고 있었나. 그래 모른다. 알 수가 없다. 알까보아 두려웠다. 선생의 고요는 불안의 피막에 쌓여 있었고 밤은 가 룽가룽 불온한 전조의 숨을 고르고 있었다. 선생의 침묵은 걷잡을 수 없는 붓놀림을 자제하기 위한 안간힘 같기도 했다. 파천황(破天荒)의 찰나를 고대하며 갈무리해두는 일격처럼⋯⋯(「사제와 나그네」, 141~142쪽)

「사제와 나그네」의 도입 단락으로 이 단락이 풍기는 분위기가 심상치 않다. 민경현은 소설의 한 단락을 쓰더라도 위의 예에서와 같이 가볍게 넘어가지 않는다. 그는 한 단락에서조차도 무언가 중대한 사건이 예고되는 분위기, 무언가 심각한 긴장이 다가오는 분위기를 만들어낸다. 그런데 이 단락만 그러할까? 독자들은 이 단락만이 아니라 민경현의 언어가 만들어내는 모든 단락과 단락, 그리고 한 편의 소설에서 인간의 희로애락으로 엮어진 어떤 심상치 않은 기운, 가시적으로 포착되기 어려운 인간의 혼이 움직이고 있다는 점을 느낄 수 있다. 이처럼 민경현의 소설언어는 지시 대상을 표현하는 재현의 언어이기는 하되, 더 근본적으로는 비가시적인 마음의 결, 영혼의 결을 환기하는 아우라의 언어로 이해될 만한 특징을 지니는바, 이러한 특징 또한 민경현을 신중을 기하는 언어 세공사로 부를 수 있는 근거로 거론될 수 있다.

3. 예술가가 된다는 것의 의미

어느 작가든 몰두하며 쓰고 싶은 소설이 있다. 쓰고 싶은 욕망, 써야 한다는 당위성으로 쓰는 소설이 있다. 민경현에게도 이런 욕망과 당위성을 확인할 수 있는 소설이 있다. 그가 연작 형태로 발표하고 있는 예술가 소설이 그런 예에 속한다. 이 소설집에 수록된 작품 중에서 예술가 소설의 전형에 해당하는 예는 「너의 꿈을 춤추런다」 「사제와 나그네」 등이다. 그런데 이 소설들은 작가가 99년에 출간한 『청동거울을 보여주마』에 수록된 「내영」 「꽃으로 짖다」의 후속편에 해당하는 작품들이라는 점을 먼저 알아둘 필요가 있다.

민경현이 연작 형태로 발표하는 예술가 소설은 종래의 예술가 소설과 구분되는 유별난 독창성을 보여주고 있다. 불교의 종교적 상징 체계로부터 소설의 의미를 형성하고 있다는 독창성이다. 민경현의 소설을 읽어본 독자라면 누구나 불교에 관한 작가의 풍부한 이해에 놀란다. 불교를 흉내내는 작가가 아니라 확실히 불교를 알고 쓰는 작가라는 말을 들어도 좋을 만큼 민경현의 예술가 소설은 불교와 행복하게 소통하고 있다.

이런 까닭에 민경현의 예술가 소설은 자연스럽게 예술의 완성을 구도의 차원으로 격상시키는 효과를 불러일으킨다. 예술의 창작은 수도 행위이며 예술가는 구도자와 다름없다고 그의 예술가 소설들은 독자들에게 인식시키고 있다. 예술작품의 창작이 천재의 영감에서 기원한다거나 천재의 파격적인 자기 도취에서 비롯된다는 서양 낭만주의의 예술관이 민경현 소설에서는 보이지 않는다. 예술가들은 도덕적으로는 파탄자이지만 예술적으로는 천재라는 서양의 예술관에서 민경현은 멀리 떨어져 있다.

그가 지지하는 예술관은 탁월한 예술은 예술가의 도덕적 성품에서 나온다는 동양적 예술관이며 그가 지지하는 예술작품은 한 천재의 영감의 발산으로 만들어진 작품이 아니라 오랜 도제적 훈련의 결과로 만들어진 작품이다. 이 얘기를 그의 소설을 놓고 더 살펴보기로 하자.

「너의 꿈을 춤추련다」「사제와 나그네」에서 독자들은 대조적인 이미지를 보여주는 두 명의 예술가를 만날 수 있다. 젊은 화승 이석과 당대 최고의 금어로 인정받는 노사는 사제관계로 이들은 (인격의) 미성숙 : 성숙, (작품제작 능력의) 결핍 : 완벽, (정신세계의) 혼돈 : 정돈 등의 대조적인 이미지를 보여준다. 요컨대 작가는 이석과 노사를 미성숙한 예술가와 완벽하게 성숙한 예술가의 전형으로 독자들에게 제시하면서 예술가가 된다는 것의 의미를 진지하게 탐색하고 있다.

어린 나이에 조고여생(早孤餘生) 처지가 되어버린 석이는 절집을 드나들던 할머니에 의해 당대 최고의 금어로 평가받는 노사에게 맡겨진다. 석이는 오랜 시간 동안 "나뭇결이나 닦고 아교풀이나 먹이는 가칠장이" 노릇을 하며 노사에게 화공일을 배운다. "그 긴 세월 노사의 곁을 지키고 있던" 석이는 이제 잔심부름이나 하는 가칠장이가 아니라 불화를 그리는 금어로 인정받고 활동하기를 원한다.

"남 앞에 내놓은 처녀작"이 한국화 부문 우수작으로 선정될 만큼 화가의 재질을 지니고 있는 석이였다. 한국화 부문 우수작으로 선정된 작품은 "모든 인력으로부터 벗어나 너울너울 환희용약으로 빨려들고 있는 비구니의 승무"를 그린 승무도이다. 이 승무도의 모델은 누구인가? 석이는 이 모델을 '경내 너머의 컴컴한 동백숲 속의 깊푸른 소'에서 만나게 된다. 그녀는 "질감으로 가득 찬 피조물"이었으며 "물컹한 실재감을 자아내는 무한의 창조력"을 석이에게 느끼게 한다. 이 순간 석이는 그녀를 그리고 싶다는 욕망에 빠져든다. 요컨대 석이는 여성 육체의 목격을 통해 무한한 창조력을 환기받는다. 그녀를 그리고 싶다는 욕망은 절제할 수 없는 것이어서 석이는 사흘을 호되게 앓으며 그림을 그리게 된다. 그리고 이 그림이 한국화 부문 우수작으로 선정된다.

그런데 석이는 노사의 무반응에 격노하여 한국화 부문 우수작으로 선정된 자기의 작품을 노사의 면전에서 불태워 없애버린다. 이처럼 석이에게 중요한 건 우수작 선정이 아니라 당대 제일의 금어인 노사의 인정이다. 그러나 석이의 갈망과는 다르게 노사는 석이가 그린 승무도에 대한 일언반구의 반응을 보여주지 않는다. 실망한 석이는 스승의 곁을 떠나고 승무도의 모델이었던 희명마저도 파킨슨증후군을 앓다가 석이의 곁을 떠난다. 죽은 희명의 재를 강물에 뿌려주던 석이는 순간적으로 그의 무의식 속에 내재되어 있던 기억 하나를 떠올린다. 나무기둥에 금단청을 베풀고 있는 노스승의 모습, 그리고 스승이 그렸던 연꽃, 그 꽃을 그리며 노사가 석이에게 해준 말을 석이는 기억한다.

중앙의 꽃술을 여덟 개 꽃잎으로 감싸야 한다. 네 분의 부처와 네 분의 보살이 꽃잎 속에 깃들이시나니. 여덟 개의 꽃잎을 동심원으로 놓되 서로 포개어두는 것은 그림 속 꽃잎에 시간을 흐르게 함이다. 꽃으로 하여금 소용돌이를 일으키게 하는 것이다. 소용돌이는 한 곳으로 모이는 법이니 그곳을 갈마(羯磨, Karma)라 이른다. 중심이란 뜻이다. 따라서 만다라란 여덟 개의 깨달음과 보리심을 거쳐 더할 곳 없는 곳(無上正等覺)에 다다르려는 마음의 상징이다. 부처께서 법을 설하실 때 세상에 내리는 꽃을 두고 이르는 말이 곧 단다라화니라.(「너의 꿈을 춤추런다」, 39~40쪽)

독자들은 석이가 떠올린 기억에서 자연스럽게 노사가 염두에 두고 있는 예술의 최고 경지를 파악할 수 있으니 그 경지는 자아와 우주의 통합의 상징, 인간 영혼의 분열을 치유하는 상징인 만다라화를 한 폭의 그림으로 그려내는 일이다. 이로써 석이와 노사의 예술가로서의 수준 차이는 확연해지고 있다. 석이가 인정 욕망에 사로잡힌 예술가, 예술가로서의 정체성을 확고하게 확립하지 못한 미성숙한 예술가라면 노사는 인정 욕망을 뛰어넘은 예술가, 성숙한 구도자적인 예술가로 보인다. 민경현의 무게중심은 당연히 노사 쪽에 기울어져 있다. 민경현은 석이의 시점으로 예술가 소설을 쓰고 있지만 결국 그가 도달하고 싶은 예술가의 자리는 노사의 자리이며 진정한 예술은 득도의 깨달음과 통한다고 독자들에게 얘기해주고 있다.

작가가 그리고 있는 석이의 예술가 입문과정은 마치 신화의 기본적인 패턴인 아버지 세계에서의 출발-분리-귀환과정을 연상시키기도 한다.「너의 꿈을 춤추련다」에서 석이가 산사를 떠나는 행위는 오랜 시간 동안 석이에게 아버지로 존재했던 노사의 세계에서 자기를 분리시키는 의미로 해석될 수 있고「사제와 나그네」에서 석이가 당대 문인화의 대가를 만나면서 사제로서의 예술가의 위상을 내면화하게 되고 노사 작품의 미학성을 발견하는 행위는 더 성숙한 예술가로서의 귀환을 위한 준비의 의미로 해석될 수 있다.

이번에는「사제와 나그네」를 잠시 살펴보기로 하자. 이 소설에는 석이에게 예술가는 사제여야 한다는 이른바 예술가 사제론을 설파하는 선생이 등장한다. 이 사람은 누구인가? 화가로서의 일생을 정리할 화집을 편집하는 선생, 친일행각에 관한 논쟁에도 불구하고 자기의 작품은 자기의 작품이라고 일관되게 인정하는 선생, 아들의 자살로 내내 마음에 그늘이 어린 선생, 예술가는 작품으로 자신의 존재를 입증하는 사제여야 한다고 말하는 선생이었다. 이처럼 선생은 노사와는 경쟁적 위치에 놓일 수 있는 또 한 명의 예술가로서 석이에게는 노사의 공백을 메워줄 수 있는 스승일 수 있었다. 그러나 선생이 석이에게 보여준 절대예술의 세계는 그가 그린 작품의 세계가 아니라 노사가 그린 꽃단청이었다.

화집 제작을 둘러싼 우여곡절이 다소 정리된 어느 날 선생은 석이에게 말한다. 꽃구경이나 가보자고. 그 꽃은 그러나 실제의 꽃이 아니라 노사가 그린 단청의 꽃이었다. 탄복하며 바라보는 석이에게 선생은 이 단청을 그린 주인공이 노사라는 걸 넌지시 말해준다. 석이는 노사의 곁을 떠나고 나서야 노사 작품의 진면목을 발견하는 미학적 개안의 경험을 하고 있다.

석이는 비로소 추녀를 따라 찬찬히 눈길을 돌렸다. 보면 볼수록 구석구석 허튼 곳이 없는 단청공양이었다. 꽃이 피어야 할 곳에 꽃을 두고 구슬을 드리워야 할 곳에 구슬이 있었다. 꽃무늬도 한량없지만 색깔만도 십만팔천 색이라는 단청이었건만 추녀 끝 화문(花紋)은 그 꽃잎에 그 색이 아니면 결단코 용납될 것 같지 않은 형색이었다. 금어가 그린 것이 아니라 본디 나무에서 피어난 꽃이었다. 그러다 끝내 기둥마다 흐르는 구름(流雲)에 이르면 법당이 통째로 동풍을 타고 부유하는 느낌이 들었다.(「사제와 나그네」, 174쪽)

이 두 편의 소설은 작가 민경현의 예술관 혹은 예술가가 된다는 것의 의미를 생각하게 하는 거울과 같다. 이 두 소설에서 보여주는 예술은 키치적 형태의 대중문화도 아니며 대량생산되그 대량소비되는 일회성 상품도 아니며 복제 가능한 물건도 아니다. 요컨대 민경현이 그려 보이려는 예술은 자본주의 근대를 초월한 영원성의 예술이며 불멸성의 예술이다. 그리고 예술가는 이러한 예술의 경지에 도달하기 위해 구도의 길을 걸어가는 수도자와 동일하게 인식되고 있다.

이런 맥락에서 민경현은 참 이채로운 작가로 보인다. 그는 고집스럽게 독자들을 영원성, 절대성, 현존성의 예술세계로 안내하고 있으며 예술가로의 입문은 인격적 완성, 구도의 완성을 성취하는 고통의 길이라고 말하고 있다. 분명 민경현의 이채로움은 독자들에게 예술의 본래 성격을 다시 한번 환기시키고 치열하게 사유하게 한다는 점에서 각별한 의미를 지닌다고 말할 수밖에 없다.

4. 종교와 철학의 프리즘으로 이 세상을

민경현은 '맨눈'으로 세상을 직접적으로 바라보는 작가는 아니다. 그는 종교와 철학의 프리즘으로 세상을 간접적으로, 우회적으로 조망하면서 삶의 진리를 깊이 있게 드러내 보이려 한다. 맨눈으로는 세상의 표면을 볼 수 있지만 그 이면의 실상은 볼 수 없기에 민경현은 종교와 철학의 프리즘을 빌려 세상의 이면을 들여다보려고 한다. 이런 점에서 민경현은 눈에 보이는 삶의 외관보다는 삶에 대한 깊은 숙고를 그의 소설에 드러내 보이려는 창작 동기를 지닌 작가로 평가된다. 이런 점에서 종교와 철학은 민경현에게 세계 해석의 창이며 틀과 같다. 도대체 그가 발견한 삶의 진리는 어떠한 걸까? 먼저 종교의 프리즘으로 살펴본 삶의 진리를 알아보기로 하자.

「스타바트 마터(Stabat Mater)」라는 소설이 있다. 총 3개의 장으로 구성된 이 중편소설은 독자들을 참으로 낯선 비경의 세계로 안내한다. 특히 2장과 3장에서 장관이라 할 정도로 비경의 세계를 연출하는 이 소설은 무인 별하, 노화승 삼봉선사, 무녀 은례의 우주적 인연과 이 인연을 완성하는 환상적인 주술적 제의를 보여주고 있다. 두 차례의 호란 끝에 아내와 딸을 인질로 청국에 보내게 된 무인 별하, 도적으로 몰려 참사당하지만 그가 그린 극락구품변상도 안으로 입적해버린 신기의 노화승, 노화승의 폐사지에서 접신의 춤을 추며 무녀로 입문하는 별하의 딸 은례의 이야기는 순환하는 인연이 만들어주는 번뇌와 이 번뇌로부터 초월하려는 해탈과 신성한 예술의 탄생과 소멸을 조명한다. 세속과 신성, 삶과 죽음, 존재와 부재의 이분화된 경계가 허물어지면서 혈연적 인연이 만들어준 고통의 번뇌가 해소되는 마지막 장면이 인상적인 이 소설은 우리가 삶이라고 부르는 인간의 역사에는 인과 연, 업보의 씨줄 날줄이 무궁무진하게 펼쳐져 있다는 진리를 깨닫게 한다.

불교의 프리즘 계열에 합류하는 또하나의 작품은 「꽁치는 빨간 눈으로 죽는다」이다. 이 소설은 인간이 저지르는 악행의 업보와 그 업보로 인한 비극적인 인간 파멸의 과정을 그리고 있다. 여기 한 척의 원양어선이 있다. 이 배의 인물 배치와 사건은 이등항해사인 '나'에 의해서 중개된다. 이 배에 김인영이란 선원이 어렵사리 동승하게 된다. 이어 얼마 안 있어 일등갑판원 강형달이 자살하는 사건이 발생한다. 그리고 이 배는 태풍에 휘말려 침몰 직전의 위기에 다다른다. 그리고 김인영마저 실종된다. 어인 까닭일까? 사건의 진상은 갑판장에 의해 밝혀진다. 칠 년 전에 일어났던 사건이다. 느닷없이 불어닥친 바람이 서른다섯 명의 선원들 대부분을 집어삼킨다. 선장, 갑판장, 강형달, 김인영, 김인영의 동생 김인태 그리고 두 명의 선원이 구명정에 목숨을 부지하게 된다. 이중 얼마 있지 않아 죽은 두 명의 선원은 바다에 버려진다. 김인태는 혼수상태였고 김인영은 끝내 혼절한다. 선장, 갑판장, 강형달은 "죽지 않으려고 또다른 죽음을 씹"게 되었으니 생존을 위해 김인태의 인육을 먹는 일을 저지르게 된다. 돌이킬 수 없는 업보의 잉태였으며 언젠가는 되돌림받을 업보의 뿌리였다. 그리고 그 업보는 칠 년 만에 다시 나타난 김인영에 의해 또하나의 비극적 사건으로 재현되고 있으니 이 소설은 인간의 인연이 만들어낸 업보의 순환적 고통을 잘 보여주고 있다.

다시 천천히 정리해보기로 하자. 굳이 불교의 설명 방식을 빌리지 않더라도 인간이란 존재는 그들이 만든 인연과 업보로 인해 괴로워하는 존재임이 분명하다. 인간의 인연이 만들어낸 고뇌로부터 자유로운 인간은 그리 많지 않은 법이며 이 고뇌를 해탈하는 존재도 그리

많지 않은 법이다. 민경현의 이 두 소설은 인연과 업보가 만드는 인간의 고통과 한계를 유려하게 표현하고 있다. 간단하게 살펴본 「스타바트 마터(Stabat Mater)」「꽁치는 빨간 눈으로 죽는다」 이외에 「평실이 익을 무렵」에서도 인간의 인연과 고통의 문제를 파악할 수 있다. 더이상 이어지지 않는 한 여자와의 인연 때문에 평생 쓸쓸하게 살아가는 한 노인, 그 노인의 고향 친구로 월남한 엄동술, 노인이 낚시터에서 만난 탈북 동포 등은 하나같이 인과 연의 갈림길에서 괴로워하는 존재들의 동일한 표상들이다. 이 소설의 외관은 분단문제로 처리되어 있지만 그 밑바탕에는 불교의 인간론이 깔려 있다. 그런 점에서 이 소설은 분단문제를 치열하게 사유하는 소설이라기보다는 인연과 업보로 괴로워하는 인간적 고통을 사유하는 소설에 더욱 가깝다.

　이번에는 철학의 프리즘으로 바라본 삶의 진리를 살펴보기로 하자. 민경현은 인연과 업보로 요약되는 불교의 관점만으로 삶의 진리를 숙고하지는 않고 있다. 인식의 범주를 확대하여 삶에 대한 지속적이고 강렬한 문제의식을 제기하는 철학적 태도로 그는 소설을 쓰기도 한다. 현대인들의 존재론적 위상을 살펴보는 그의 소설에서 독자들은 이와 같은 태도를 확인할 수 있다.

　우리는 인간을 의미 있는 존재로 인정하고 싶어한다. 그런데 인간이 의미 있는 존재로 인정되기 위해서는 한 가지가 전제되어야 한다. 자기의 자아를 분열된 자아가 아니라 통합된 자아로 구성할 수 있는 인간, 더 자세하게 말해 자기 삶의 과거와 현재, 미래를 서로 통합하여 개인의 자아를 일관된 정체성의 자아로 만들어갈 수 있는 기억의 능력을 소유한 인간이어야 한다는 것이다. 그러나 의미 있는 존재로서의 인간은 과연 존재할 수 있을까? 민경현이 그려내는 인간은 오로지 죄의 기억에 집착하여 기억 능력이 손상된 인간이거나 아예 기억 능력이 없는 인간, 즉 완전히 소외된 인간의 전형이거나(「말하는 벽」) 진실의 불확실성 혹은 진실 증명의 원천적 불가능성 때문에 감금되는 인간(「순회 법정」)들이다.

'뒤통수를 쫓아가는 길'이라는 부제를 달고 있는 「말하는 벽」은 표면적으로는 한 수인(囚人)의 정신착란의 고통을 서술하는 소설로 읽힌다. 그런데 작가가 비중 있게 다루려는 주제는, 현대 인간의 존재론적 위상이 닫힌 공간에 갇힌 수인에 비유될 수 있고 수인 중에서도 기억 능력을 상실한 수인에 비유될 수 있다는 데 있다. 폐쇄된 공간에 감금되어버린 존재, 그와 함께 자기의 자아를 망실해버린 기억 상실의 존재를 민경현은 「말하는 벽」에서 그려내고 있다.

이 소설의 수인은 어떤 이유로 언제 독방에 갇히게 되었는지를 기억할 수 없다. 그는 자신의 이름도 모르거니와 죄목도 모른다. 태어나자마자 갇혀버린 사람처럼 살아가고 있다. 그는 마치 세상에 투기되어버린 의미 없는 인간처럼 독방에 투기되어버린 존재로 살아가고 있다. 어느 날 최갑수란 노인의 목소리가 벽을 타고 나에게 들려온다. 이 소설에서 최갑수 노인과 나는 기억하는 인간과 기억하지 못하는 인간이라는 차이의 관계를 보여준다. 기억하는 인간인 최갑수 노인은 나에게 인간의 기억 중 죄에 대한 기억은 "악령과 같아서 당신이 어디에 숨건 끈덕지게 당신의 발꿈치를 따라붙"으며 그렇기 때문에 자기는 기억의 감옥에 갇힌 사람이라고 말한다. 반면 기억하지 못하는 인간인 나는 희대의 탈옥범인 최갑수 노인에게 탈옥의 방법을 요청한다. 그런데 나의 요청을 받고 망설이던 최갑수 노인이 신중한 제안을 한다. 탈옥의 방법을 제공할 테니 과거를 망각하며 살아가라는 제안이다.

소설은 이 지점에서 끝난다. 이 소설에서 주인공 나의 탈옥 여부는 중요한 문제가 아니다. 최갑수 노인의 존재 여부도 그리 중요한 문제는 아니다. 최갑수 노인은 나의 이중자아로 해석될 수도 있고 그렇게 해석되지 않아도 상관없다. 이 문제들보다 더 중요하게 고려되어야 하는 건 기억하지만 죄의 기억만을 소유하여 기억의 감옥에 감금된 최갑수 노인이나 그 어떤 과거도 기억할 수 없는 나는 '존재하지만 존재하지 않는' 소외된 현대인의 표상으로 충분히 이해될 수 있다는 점이다.

이처럼 민경현은 단편소설 하나에서도 간단하게 처리할 수 없는 철학적 쟁점을 제기한다. 이런 점은 「순회 법정」에서도 반복되고 있다. 「순회 법정」의 주인공 K는 법정 서기로서 새로운 근무지 림보(林堡)로 발령받는다. 지상에 버려진 유형지처럼 보이는 림보는 어떤 공간인가? 독자들은 K의 새로운 근무지 림보에서 단테의 『신곡』에 나오는 지옥의 변방 Limbo를 연상할 수 있다. "천국과 지옥 사이에 존재"하는 공간, "무죄하지만 구원을 받지 못한 영혼의 거처"를 일컬어 림보라고 단테는 『신곡』에서 묘사한 바 있거니와 K가 발령받은 근무지 림보 역시 정상과 비정상의 경계 구분이 모호한 공간으로 묘사되고 있다. 여기서 림보의 공간 구체성은 그리 중요하지 않다. 더 중요하게 고려해야 하는 쟁점은 진실과 거짓의 경계가 모호한 림보가 현대인들의 일상세계의 은유일 수 있다는 점이며 결코 자기의 진실을 증명할 수 없었던 까닭에 감금되어버린 K가 현대인들의 대리적 자아일 수 있다는 점이다. 「순회 법정」을 읽다보면 혹시 우리가 몸담고 사는 여기가 림보는 아닐까 하는 착각에 빠진다. 결코 자기의 진실을 증명할 수 없게 만드는 부조리한 공간 림보, 의식의 소멸을 불러일으키는 림보, K로 하여금 자기 정직성을 포기하게 만드는 림보는 카프카 소설의 어둠에 잠긴 성이 주인공을 영원한 이방인으로 만들어버린 것처럼 K를 영원한 이방인으로 만들어버린다. 그 영원한 이방인의 얼굴은 혹 우리의 얼굴이 아닐까?

5. 민경현이 걸어갈 길

민경현의 소설은 흔히 전통의 미학적 복원(백지연)으로 평가받기도 하고 민경현은 현미와 망원을 접붙이려는 장인정신을 소유한 작가(임규찬)로 평가받기도 했다. 그러나 이제까지의 평가에 작가가 그리 구속될 필요는 없다고 본다. 민경현이 걸어갈 길 — 전통을 수용하되 새롭게 창조하여 자기의 전통을 만드는 길 — 은 민경현이 새롭게 만들어야 하며 개척해야 할 까닭이다. 이 글을 마무리하는 과정에서 민경현의 소설 「패관(稗官) 林 아무개」의 결말을 천천히 읽어 보고 싶다.

오래 전부터 나는 북국(北國)으로 가야겠다 생각하였다. 굴원(屈原)이 노래하기를 그곳은 혼이 귀일할 곳이 없는 땅이라 하였다. 붉은빛 탁룡(逴龍)이 한산(寒山)을 휘감고, 넓고 넓어 건널 수 없고, 깊고 깊어 헤아릴 수 없는 대수(代水)가 흐르는 땅. 깃들일 곳 잃은 혼령이 가득 떠다닌다는 그 땅으로 나는 가려 한다.

그 빙백(氷白)의 땅 위에 내가 서리라. 남쪽나라 시인 굴원은 무엇에 홀려 북국을 헤매었는가. 그의 최고의 절창이 어찌하여 하늘에 대한 물음(「天問」)이어야 했는가 소리쳐 물어야겠노라.

시간이여, 나를 어디까지 걷게 할 것인가. 문자를 타고 누비면 삼억

진정한 작가이고자 하는 자의 소설

리 땅 끝을 모두 디딜 수 있다는 것인가. 하늘이여, 무엇을 꿈꾸기 위해 내게 필묵을 쥐어준 것인가.(347~348쪽)

소설의 본질 혹은 소설가의 존재 방식에 관한 훌륭한 고찰인「패관(稗官) 林 아무개」의 결말은 고독한 비장미를 물씬 풍긴다. 그런데 이 고독한 비장미를 보여주는 이는 패관 임 아무개가 아니라 민경현이라고 말하면 억측일까? 그리 과장된 억측으로 여겨지지는 않는다. 패관 임 아무개가 자기에게 묻듯 민경현은 자기에 묻고 또 묻고 있지 않을까? 무엇을 꿈꾸기 위해 필묵을 손에 쥔 소설가가 되었느냐고. 민경현은 민경현의 길을 걸으며 그 꿈의 정체를 탐색하기를 바란다. 작가의 꿈이 무르익기를 진심으로 고대한다.

작가의 말

 그것은 지극한 꿈이라.
 마침내 낙오병은 동굴을 발견했다. 희푸른 설산의 마루에 빤히 보이는 동굴은 그러나 쉽게 다가갈 수 없었다. 눈바람에 깎인 산릉선은 희고 차가운 칼날처럼 아찔했다. 한 길의 산자락을 오르면 숨길은 그보다 더 벅차게 그를 다그쳤다. 닳아진 신발의 밑창만큼 그는 육중한 등짐에 짓눌린 허리를 하고 눈벌을 헤치며 걸었다. 가까스로 동굴의 입구에 닿았을 때 안에 있던 순례자가 뛰쳐나와 그를 맞았다.
 순례자는 낙오병을 모닥불 가로 이끌어 앉혀 쌓인 눈을 털어주고 젖은 옷을 벗어 말리게 하고 자신의 옷을 벗어 체온을 지키게 도와주었으며 언 발에 입을 맞춰 얼음기를 빼주었고 얼어죽은 날짐승의 고기로 낙오병의 주린 배를 달래주었다. 낙오병이 비로소 안정을 되찾고 감사의 뜻을 표하자 순례자는 신의 뜻으로 돌렸다. 기도할 시간이 되었을 때 순례자는 잠시 불을 끄겠다고 말했다.

동굴이 암흑에 싸이자 순례자는 커다란 보퉁이에서 종과 양피지와 밀초를 꺼냈다. 밀초의 가녀린 불빛이 수염에 덮인 순례자의 파리한 얼굴을 비춰주었다. 순례자는 종을 흔들어 어둠에 숨은 죄를 환기하고 양피지에 적힌 문구를 천천히 읽어내려갔다. 낙오병은 동굴벽에 메아리치는 순례자의 낮은 음성을 듣고 있었다. 순례자가 읽고 있는 것은 다름아닌 그에게 파문을 내린 선고문이었다. 읽기를 다 마치자 순례자는 입김을 불어 촛불을 껐다. 완전한 암흑이 두 사람을 감쌌다. 낙오병이 물었다.

기도하는 중에 당신은 어찌하여 신의 이름을 부르지 않습니까. 당신의 주는 유목민의 신이 아닙니까.

바로 그 이유 때문에 나는 파문을 당하였소. 오래 전 적들이 유일하신 주 하나님의 신성한 이름을 더럽히는 걸 막기 위해 우리 조상들은 모든 기록에 담긴 당신의 이름에서 모음을 지워버렸다오. 해서 그분의 이름은 신성한 네 글자의 자음(JHVH)으로만 전하여지기에 그분은 '불리워질 수 없는 이름(the Name Ineffable)'으로만 존재하신다오. 따라서 아무도 그분의 이름을 부르지 못하는 것이 마땅한 바이고 때문에 나는 그분의 이름을 부르지 않았던 것이며 당연히 파문자의 낙인을 부끄러워하지 않는다오. 나는 잃어버린 모음을 찾아 순례를 하고 있으며 나의 서원이 이루어질 그날까지 나는 그분의 이름을 부를 수 없는 거라오.

하면서 순례자는 다시 모닥불을 지핀 후 보퉁이를 끌러 양피지 권자(卷子)를 낙오병 앞에 내밀었다.

아브라함이 이삭을 낳고 이삭은 야곱을 낳고 야곱은……

소리내어 읽어내려가던 낙오병은 고개를 끄덕이며 이렇게 말했다. 이것은 현자가 기록한 책이 분명합니다. 이름으로 시작되는 모든 문장은 거룩한 법입니다.

낙오병 역시 지고 온 커다란 등짐을 풀었다. 그 안에서 무수한 죽간(竹簡)이 쏟아져나왔다.

저는 궁성의 장서(藏書)를 지키는 수졸(守卒)로서 침략자의 공격으로 궁성이 불 탈 때 바로 백삼십 권 죽간의 이 책 하나만을 지고 탈출하였지요. 선현들께서는 '글이란 마땅히 사마천(司馬遷)에게 배워야 한다(文當學遷)'고 하셨으니 저는 이 책 하나만이라도 간직할 수 있는 마땅한 명산을 찾아헤매고 있습니다.

죽간을 받아 읽던 순례자가 탄성을 발했다.

오호, 당신들은 받드는 신의 이름을 알고 있는 행복한 민족이로군요.

낙오병은 자신의 수고롭고 짐 진 것을 알아주는 순례자가 고마워 미소지었다. 두 사람은 그 동굴에서 바람머리가 바뀔 때까지 함께 지냈다. 그 마흔닷새 동안 순례자는 낙오병의 죽간을 읽었고 낙오병은 순례자의 양피지를 읽었다. 그리고 두번째 보름달이 지던 새벽 두 사람은 동굴을 나섰다. 둘은 서로의 기원이 이루어지기를 빌어주고 길을 갈랐다. 낙오병은 새순을 피우기 시작한 산아래 초원으로 향했고 순례자는 아직도 시허연 산릉선으로 올랐다.

시간은 흐르기 위해 두 사람을 꿈꾸었다. 낙오병은 다시 태어나기를 북국의 순록으로, 또 수도승으로, 춤추는 무희로, 개구리밥으로, 시인으로, 종려나무로, 불화를 그리는 금어로 태어나 그의 삶을 반복하였다. 순례자 또한 윤회의 수레바퀴를 굴려 뱃사람으로, 화살에 맞은 까마귀로, 무당으로, 개구리밥으로, 법원 서기로, 탈옥수로, 붉은 백일홍으로, 자살한 화가로 여러 생을 살다 갔다.

어느 날 남자는 여자에게 헤어지자는 통보를 받았다. 남자는 결국 그렇게 될 일이라고 생각하고 있었다. 사실 그들의 만남은 적당히 통속적이었는데, 남자는 통속이란 참 숨어 있기 편한 은신처라고 생각했다. 그리고 남자는 통속의 범주 내에서만큼만 아파하기로 했다. 며칠을 게을리 누워 남자는 공상으로 시간을 보냈다. 여자가 떠오를 때마다 남자는 건들건들 다리를 흔들며, '나의 이데올로기가 사랑은 아니었지'라고 뇌까리곤 했다. 그렇다 해도 남자는 억지로 피학적 어감의 단어를 떠올리지 않으려 애쓰고 있는 스스로에 대한 환멸을 아예 피해갈 수는 없었다.

누워 있던 남자는 문득 뇌리를 파고드는 어떤 생각이 들었고 뒤이어 관자놀이를 타고 흐르는 눈물을 느꼈다. 아니, 눈물이 먼저였고 생각이 나중이었는지도 모른다. 남자는 일어나 앉아 여자에게 편지를 썼다.

―너, 그거 알아? 우리가 만나던 동안 넌 한 번도 내 이름을 불러주지 않았다는 사실?

그것은 진정 거짓말 같은 기억이었고 남자는 통속의 진흙창 속에 떨궈놓고 온 기적의 열쇠라도 발견한 듯 애타게 여자를 찾았다.

두 사람은 언제나 함께 시간을 보내던 그 어둠침침하고 습기로 얼룩진 방에서 다시 만나서 으레 그렇듯 길고 지루한 저음의 음악을 들었다. 음반이 몇 번을 돌고 또 돌도록 둘 사이엔 아무런 변화도 없었다. 여자는, 그게 뭐가 대수야, 라고 외면하고 있었지만 남자는 그녀의 표정 속에서 아주 오래 감춰두고 있던 체념을 훔쳐보고 말았다. 턱을 괴고 있던 여자가 허리를 폈을 때 남자는 그녀가 돌아가려는구나 하고 습관적으로 느꼈다. 그러나 뜻밖에 여자는 불현듯 남자의 허벅지 위에 도발적인 자세로 올라앉는 거였다. 하고는 희고도 길고도 또 따뜻하기 그지없는 팔로 남자의 머리를 감싸안고는 정수리에 대고 남자의 이름을 나직하게 불러주었다. 여자의 따뜻한 입김을 남자는 머리카락 올올이 느낄 수 있었다. 그리고 여자는 남자에게 입을 맞추었다. 듬뿍 타액을 묻히는 깊은 입맞춤이었다. 남자는 입술에 흥건한 여자의 타액을 빨아먹다가 히뜩 고개를 들려 멀어지는 여자의 뒷모습을 바라보았다. 낙오병은 그렇게 돌아서서 만년설에 빛나는 산릉선으로 사라지는 순례자의 모습을 눈부시게 바라보고 있었다. 그때서야 낙오병은 느낄 수 있었다. 지난 마흔닷새 동안 그들은 서로의 이름을 묻지도 또 부르려 하지도 않았다는 사실을……

남자는 어둠에 스며드는 여자의 뒷모습을 향하여 혼잣말을 던졌다. 그대, 아직도 발견하지 못했군요, 잃어버린 모음을…… 그대의 순례가 아직도 끝나지 않았으니, 그리하여 그대는 아직도 아름다운 것을……

남자는 무거운 짐을 지고 있던 그 시절처럼 잔뜩 어깨를 웅크리고 옷깃 속에 얼굴을 파묻었다. 그리고 어느새 세상이 멋대로 갖다붙인 모음을 섞어 신의 이름을 불러보았다. 여호와, 야훼, 에흐바…… 남자는 싱긋 웃으며 절레절레 고개를 저었다.

2002년 3월
민경현

문학동네 소설집
붉은 소묘
ⓒ 민경현 2002

초판인쇄 | 2002년 3월 13일
초판발행 | 2002년 3월 20일

지은이 | 민경현
책임편집 | 김현정 조연주 장한맘 손미선
펴낸이 | 강병선
펴낸곳 | (주)문학동네
출판등록 | 1993년 10월 22일 제22-188호

주　　소 | 136-034 서울시 성북구 동소문동 4가 260번지 동소문빌딩 6층
전자우편 | editor@munhak.com
전화번호 | 927-6790~5, 927-6751~2
팩　　스 | 927-6753

ISBN 89-8281-477-9 03810

* 잘못된 책은 바꿔드립니다.

www.munhak.com